디아스포라 휴머니티즈 총서

004

디아스포라 휴머니티즈 총서 **004**

시카타 신四方晨과
전쟁아동문학

서기재 지음

앨피

※ 이 저서는 2014년도 정부(교육부)의 재원으로 한국연구재단의 지원을 받아 연구되었음(NRF-2014S1A6A4A02024701).

시카타 신, 월경(越境) 이방인

전쟁을 '즐기는' 아이들

이 책은 일본 전쟁아동문학의 본질이 무엇인가를 파헤치는 작업 속에서 한 인물과 그의 문학에 주목하고 있다. 그 인물은 시카타 신(しかたしん)이다.* 1928년 식민지 조선의 경성에서 태어나 17년간을 보내고 일본으로 귀환한 일본인 시카타는, 당시 조선에서의 삶을 바탕으로 전쟁과 식민지를 돌아보게 된다. 그를 '전쟁과 식민지를 품은 이방인'이라고 부르는 것은 이러한 삶의 궤적과 귀환 후의 자각을

---

* 시카타 신(しかたしん, 본명 四方晨, 1928~2003)은 식민지 조선에서 태어난 일본 작가이다. 아버지(四方博)는 경성제국대학 교수였고, 어머니(麗子)는 서양화가였다. 시카타는 1945년 9월 경성제국대학 예과 재학 중 패전을 맞아 일본으로 귀환했다. 그와 그의 가족은 규슈(九州), 도요하시(豊橋)를 전전한 끝에 나고야(名古屋)에 정착하였고, 거기에서 그는 아이치(愛知)대학 법경제학부를 졸업하였다. 재학 당시부터 연극, 라디오 드라마를 썼고, 쓰카와라 고이치(塚原亮一)의 권유로 아동문학 신인회에 들어가 아동문학 습작을 시작했다. 이후 나고야대학 강사, 일본아동문학자협회위원, 일본아동연극협회이사, 극단 〈우린코(うりんこ)〉 대표, 국제아동극협회일본센터 사무국장 등을 역임했다.

의식한 것이다.

전쟁과 아동문학, 얼핏 어울리지 않아 보이는 두 가지는 '대결 구도'와 '아동물'이라는 점에서 접합점을 찾을 수 있다. 아동을 대상으로 한 각종 미디어가 아동의 흥미를 자극하기 위해 손쉽게 사용하는 것이 우리 편-상대편이라는 대결 구도이기 때문이다. 아동들은 '우리 편'의 승리를 통해 쾌감과 생동감, 그리고 자신감을 대리 체험하고, 우리 편이 위험에 처했을 때 등장하는 조력자는 아동들의 흥미를 지속적으로 이끌어 가는 역할을 한다. 아동들은 전쟁 그 자체를 거론하지 않아도 '유사전쟁' 상황에 자신을 대입하며 거기에서 일종의 의미를 얻는 것이다. 아이들이 이래도 괜찮은 것일까?

시카타는 이 지점에 의문부호를 찍었다. 그리고 추상적인 전쟁이 아닌 실제 전쟁과 대면했던 자신의 경험을 문학과 접목시켰다. 그는 '날것의 힘'을 가지고 있는 일종의 소수자였다. 그가 목격한 것은 잔혹한 식민지 일본인, 식민지에서 본 일본 패전 상황, 패전 후의 일본이었다. 그는 이런 것들이 흥미진진한 이야깃거리나 박물화된 역사로 이해되어서는 안 된다고 여겼다.

시카타는 아동들을 둘러싼 사회적 문제도 예리하게 의식했다. 이는 전쟁에 대한 일본의 '반성 결여'와 관련되어 있었다. 패전 후 일본은 다시 우경화 조짐을 보였고, 베트남전쟁에 간접적으로 가담했으며, 각종 미디어를 통해 추상화된 전쟁 이야기가 난무했다. 시카타는 미래를 여는 주체인 아동들에게 전쟁이 아무 여과 없이 유희적 요소로 자리 잡는 세태를 우려했다. 일본 아동들에게 전쟁이 무엇인지를 이야기하지 않으면 안 된다는 생각이 그를 사로잡았다. 이는 비단 시카타 문학의 출현과 수용에만 머무르지 않는, 현재까지 이어져 오는 전쟁에 대한 일본의 태도와 연관된 이야기다.

시카타는 과거의 기억을 통해 미래의 가능성을 열고자 했다. '문학'은 그 가능성을 여는 적절한 매개적 장소로 선택되었다. 실제로 오늘날에도 전쟁을 이야기할 때 정작 '사람'은 가려지고, 경제적 손익이나 종교적 신념, 무기의 발달 등이 부각되는 경우가 적지 않다. 타국의 전쟁 상황을 미디어를 통해 대면하는 젊은이들의 입에서 회자되는 것은 인간 갈등의 근저에 있는 문제보다는 '나와 비슷한 생각을 가지고 있는가?' '내게 이익이 되는가?' '이길 수 있는가?'의 여부인 것이다. 이러한 상황에 시카타는 균열을 내고자 했다. 그리하여 전쟁이라는 상황과 그 상황이 들춰 낸 인간의 본질, 나와 타인의 존재 양식에 대해 모색했다.

시카타는 식민지의 지배자 측에 있었지만, 피식민자를 배려하고 이해하려고 한 '선한' 일본인이었다고 자부했다. 그러나 패전을 경험하면서 자기 안에 지배적이고 착취적인 '응시'가 있었음을 발견하게 된다. '난 다르다'고 생각했지만 결국 다른 일본인들과 같은 행동을 했던 자신을 두렵지만 되돌아보게 되었던 것이다. 이 지점에서 시카타는 스스로를 '이방인'으로 여기고, 그의 문학 속 인물들도 이러한 관점에서 조형해 냈다. 여행(이동)을 문학과 삶의 중심에 둔 것은 이 때문이다.

여행(이동)에는 사회성이 내포되어 있으며, 이는 '초월'과 맞닿아 있다. 물리적 이동의 기저에는 새로운 경험에 대한 욕망이 있기 때문이다. 시카타는 자신이 맞닥뜨린 환경을 뛰어넘어 다른 환경으로 편입되기를 바라는 심정을 문학에 담았다. 비단 물리적인 이동뿐 아니라 정신적으로도 같은 경험을 욕망한 것이다.

그 구체적인 방법으로, 시카타는 친숙한 것들에게서 자신을 분리하는 형태로 이방인으로서의 자신을 구축한다. 이러한 이방인으로서 한 걸음 떨어진 곳에서 나라와 민족의 경계를 넘어 타인을 바라보고자 했다. 이방인으로서의 시카타를 단적으로 드러내는 단어는, 열도의 일본인들이 그를 호칭한 '명태 새끼'였다. 시카타는 스스로도 자신을 '명태 새끼'라 부르며 본토의 일본인과 구별된 존재임을 드러냈다. 왜 일본 국적을 가진 시카타가 일본인과 자신을 구별해야만 했을까?

조선 태생 '명태 새끼'의 자발적 유배

식민지 시기의 제국 일본은 일본인과 조선인을 가르고, 여기에서 본토인(혹은 국민)과 이방인을 만들어 냈다. 시카타는 자신이 생각했던 본토인이라는 것의 근원에 얼마나 많은 차별과 배제가 포함되어 있었는지를 깨닫는다. 자신이 정의(正意), 정상, 일반적이라고 여겼던 것이 결코 선험적인 것이 아니라 일본 제국주의가 지향했던 집합의식에 불과하다는 것을 알게 되었다. 그리하여 현대사회에서 일반성을 끌어내고자 사용하는 '구별하기'가 결국 상대성의 문제라는 것, 일반과 성상이란 것도 결국 상황 의존적인 사회문제임을 지적하고자 했다.

스스로 이방인임을 자칭한 시카타가 가장 문제시했던 것은, 일본인의 정상성이 국가적 욕망에 따른 규칙이나 집단성, 제도, 반복성과 관련되어 있고 이것이 전쟁에 고스란히 반영되어 있다는 점이다. 그가 스스로를 이방인의 자리에 위치시킨 것은, 정상을 가장하기 위해서 비정상이 수반되는 상황은 이방인의 위치에서만 간파할 수 있기 때문이다. 다양한 장소를 경험한 이방인은 정상과 비정상을 가르는 기준이 사회나 집단이 보유한 거대한 사고 체계임을 알고, 그것이 얼마나 불안정한 것인지를 안다. 그래서 이질적인 것에 관대할 뿐 아니라, 그것을 비정상적인 것으로 배척하지 않고 호기심을 가지고 가능한 한 자신의 일부로 수용하는 존재가 될 수 있다.

그렇게 이방인으로서 자신을 바라보게 된 시카타는 자신의 본래성을 찾기 위해 문학자의 길로 들어선다. 그리고 문학을 통해 나라 사이의 경계에서뿐만 아니라 주변의 수많은 타인으로부터 독자 스스로도 이방인일 수 있다는 사실을 전달한다. 인간은 본질적으로 이방인이다. 자신이 처한 곳에서 그곳을 초월하여 동시에 다른 집단에도 편입되길 바라는 존재이다. 시카타가 그려 내는 주인공들(일본인, 조선인)도 이러한 이방인이었다. 시카타는 자신의 직접적인 체험과 현실적 삽화, 영상형 문체를 통해 이러한 이방인 이야기를 입체적으로 전개해 나간다.

이 책은 총 10장으로 구성되어 있다. 1장부터 3장까지는 시카타 문학의 형성 기반, 즉 전쟁을 이야기하는 아동문학이 성립되기까지 일본 아동문학계의 상황, 그 속에서 시카타 문학의 위치를 짚어 본다.

4장부터 9장까지는 이방인으로서 시카타의 삶이 체현된 아동문학에 대한 비평이다. 마지막 장인 10장은 이러한 저작의 배경이 된 시카타의 실제 체험을 번역 소개한다. 각 장에 대한 간략한 설명은 다음과 같다.

1장은 1945년 패전 직후 일본에서 '전쟁아동문학'이라는 개념이 성립하기 이전에 전쟁을 다룬 아동문학의 실태를 살피고, 당시 아동문학의 특성과 문제점을 통해 전쟁에 대한 반성적 사고를 제시한다.

2장은 일본 아동문학 성장기인 1960~70년대 아동문학계의 흐름을 살펴본다. 특히 이 시기에 일본인의 자기 인식이 공동체에서 개인 중심으로 변화한다는 사실에 착안하여 문학의 역할과 전쟁의 관련성을 서술한다. 구체적으로는, 일본아동문학협회가 펴낸 잡지를 중심으로 논의된 전쟁아동문학 문제에 접근한다.

3장에서는 현대 일본의 아동문학 흐름 속에서 '패전 후'라는 사회적·문학적 인식이 어떤 형태로 전개되는지를 고찰한다. 특히 패전 후 아동문학 형성의 흐름 속에서 가해자 혹은 피해자로서 트라우마를 갖게 된 시카타 신 문학의 원점에 해당하는 조선 체험을 추궁한다.

4장에서는 일본의 전쟁아동문학 중에서도 식민지 조선과 만주를 배경으로 한 아동문학의 존재 양상을 살핀다. 전쟁을 경험한 세대는 전쟁아동문학을 통해 아직 전쟁과 식민지를 모르는 아동들에게 자신들의 삶 자체를 전달함으로써 전쟁의 실체를 알리고자 했다. 시카타 신의 첫 작품인 《무궁화와 모젤》은 이러한 전쟁아동문학의 원상(原象)이라고 할 수 있는데, 이 장에서는 그의 아동기 식민지 체험에 대한 기억의 의미와 문학적 표출 방법을 탐구한다.

5장에서는 시카타 신의 전쟁아동문학 초기 작품인 《차렷! 바리켄 분대》를 통해, 아동의 특성 및 관심사가 어떤 형태로 문학에 접목되는지를 고찰한다. 이를 통해 전쟁기를 기억하여 문학화한다는 것이 작가의 실제 경험과 어떤 연관성이 있는지를 밝힌다.

6장에서는 시카타 신의 《도둑천사》를 통해 전쟁과 패전이 일본 아동에게 안겨 준 결과와 시대 극복 양상을 소개한다. 이를 통해 시카타 신-텍스트의 아동-현대의 아동을 연결하는 고리가 어떻게 드러나는지를 살피고, 패전 후 일본의 아동문학이 발신하는 의미를 고찰한다.

7장에서는 시카타 신의 삶과 그의 작품 세계를 통해 전쟁기 아동으로 살아간다는 것의 의미를 탐구한다. 특히 시카타 신이 문학의 중심에 둔 '모험'이 시카타의 실제 인생에 어떤 중요성을 담지했는지를 현대 아동들에게 제시되는 상징물로서 《국경》(제1부)을 매개로 살펴본다.

8장에서는 시카타 신의 《국경》(제2부)을 통해 '아동기=전쟁기' 기억의 방법적 장치에 주목한다. 여기에는 '평화'에 대한 강력한 희구가 있고, '생명'에 대한 소중함이 전제된 형태로 전쟁에 대한 비판적 사고가 작동한다. 시카타는 텍스트에 등장하는 아동들을 통해 어른들이 부수지 못한 자기와 타인의 권력적 장벽을 뛰어넘고자 했다. 또한 아동들이야말로 인간 가치의 중요성을 인식하는 공감대를 만들며, 끊임없이 배우고 발전함으로써 새로운 것을 지향하는 '성장하는 주체'로서 존재한다는 점을 밝힌다.

9장에서는 시카타가 기존의 전쟁아동문학이 구축한 성역을 탈피하여 그만의 방식으로 '전쟁'과 '아동' 문제를 텍스트화했다는 특징에 주목한다. 그는 문학을 통해 '책임'과 '가해자 의식', 이로 인해 끊임없이 긴장감을 가지고 살아야 하는 일본인에 대해 이야기하고자 했다. 그리고 현대 아동들이 경원시하는 문학을 아동들에게 밀착시키기 위해 다양한 수법을 활용했다. 이 장에서는 시카타 신 전쟁아동문학의 완성이라고 할 수 있는《국경》(제3부)을 통해 '패전'의 모습과 그 의미를 고찰한다.

10장은 시카타 신의 〈아동문학자가 본 조선(児童文学者がみた朝鮮)〉을 번역한 것이다. 이 글은 시카타의 식민지 체험과 일본 귀환 후 이방인으로서의 체험, 그리고 마지막 부분은 시카타와 독자의 대담으로 구성되어 있다. 특히 대담 부분은 시카타가 자신의 작품 세계 및 그 배경에 대한 솔직한 고백이 담겨 있어 조선과 관련된 작품 세계의 실질적 세부를 들여다볼 수 있다.

일제강점기는 그야말로 제국주의 체제가 국민의 신체에 각인되어 국가라는 개념을 형성한 시기다. 따라서 국경은 국민의 정체성을 강화하는 수단이자, 우리와 그들을 분리하는 경계선으로 작용했다. 그러나 시카타는 저작 활동을 통해 국경은 개인의 경험, 그리고 개인들의 상황(민족적 강제, 계급 등), 그것과 연결된 차별적 시선에 따라 다양화될 수 있다는 것을 보여 주었다. 그는 조선에서도 일본에서도 외국인이었다. 경계의 안이 아니라 경계 밖에 자신이 배치되어 있다는 감각은 식민지 체험과 패전이 가져다준 결과였다.

이러한 '이방인 감각'을 그는 아동문학을 통해 전쟁 상황을 설명하고 이를 다시 타자를 이해하는 데에 사용하고자 했다. '이방인 감각', 즉 타자로 지시당하는 입장을 통해, 고정적 관념에서 벗어나 독특한 행위를 창출할 수 있는 잠재력을 보유한 존재로 거듭나려 한 것이다. 그는 이를 국경을 초월하는 가능성으로 치환해 갔다. 그는 경계의 내부와 외부를 넘나들며 이질적인 삶의 형식들을 수용하고 결합하는 과정을 통해 거기에서 새로운 삶의 형식을 만들어 가는 하나의 운동으로서 자신의 삶과 문학을 표출했다.

그간 일제 식민지 시기는 지배와 피지배라는 구도 속에서 이해되고 향유되어 왔다. 그래서 우리는 피식민자의 입장에서 지배자의 사악함을 폭로하고 단죄하는 역할을 담당해 왔다. 한편 식민자의 입장에서는 자신의 잘못을 부정하거나, 긍정하더라도 끊임없이 면죄부를 부여할 근거를 찾는 형태가 되기 쉬웠다. 이 책은 이러한 역사적·사회적·구조적 여건 속에서 경계를 체험하고 그 경계를 뛰어넘고자 했던 한 인간의 삶과 진심이 아동문학으로 어떻게 체현되는지를 밝히는 데 그 의미가 있다.

2017년 5월
서기재

차례

1

패전 직후 일본 아동문학의 경향과 '전쟁아동문학'

아동문학에 파고든 전쟁

한국전쟁 이후 반세기를 훌쩍 넘는 시간이 흘렀지만 한국은 현재까지도 북한의 핵무기 개발과 '전쟁'이라는 문제에서 자유로울 수 없다. 해외 언론은 북한의 핵무기 개발에 촉각을 곤두세우지만, 정작 한국인은 '전쟁 불감증' 얘기가 나올 정도로 전쟁을 남의 일처럼 여긴다. 물론 해외 언론의 주장에 다 동조할 수는 없지만, 우리가 전쟁이 무엇인지 잘 모르고 있다는 점은 부인할 수 없다. 전쟁을 직접 겪은 적이 없는 데다, 일상에서 접하는 미디어 속의 '전쟁'은 역동적인 전투 장면에 오히려 휴머니즘을 자극하기 때문이다.

핵무기와 전쟁 담론에서 빼놓을 수 없는 나라가 일본이다. 전국(戰國)시대를 거쳐 근대의 청일전쟁과 러일전쟁, 중일전쟁과 아시아·태평양전쟁에 이르기까지 핏빛으로 물든 그들의 근현대 역사가 그러했고, 세계 유일의 핵 피폭국인 그들의 비극이 그렇다. 이 때문에 일본인들은 수많은 전쟁 담론을 형성하고 접근법을 모색해 왔으며, 패전 직후부터 전쟁을 직접 경험한 세대들에 의해 다수의 체험기나 소설 등이 만들어졌다.

전쟁과 아동이 일본 아동문학계에서 본격적으로 문제시된 때는 1960년대 이후이다. 이 시기에 일본 사회 전체가 냉전구도 속에서 재군비화되었다. 동시기 체결된 미일신안보조약은 이런 분위기에 일조했다. 당시 세계정세를 대변하는 사건이 1962년 '쿠바 핵미사일 위기'다. 쿠바 사태로 비롯된 극한의 미소 대립은 세계를 핵전쟁 직전으로까지 몰고 갔다. 하야시 후사오(林房雄)가 〈대동아전쟁긍정론〉을 표방하고, 일본 청소년들 사이에 '기대되는 인간상'[1]이 유포된 것도 이 즈음이다. 내셔널리즘nationalism적 메시지가 확산되는 현상과 더불어, 일본 미디어업계에서는 아동 오락거리로서 전쟁물이 대량 양산되었다.[2]

일본 아동문학계에서는 국가적 독서 권장 시스템을 구축하여 아동의 독서 환경을 관리하려는 움직임도 나타난다. 이른바 일본 '전쟁아동문학' 형성의 가장 큰 요인은, 이러한 사회적 분위기에 대해

---

[1] '기대되는 인간상(期待される人間像)'은 1966년 10월의 중앙교육심의회(中央教育審議會)가 〈후기 중등교육 확충정비에 대하여(後期中等教育の擴充整備についてについて)〉에서 밝힌 보고문으로, "청소년의 능력을 최대한 개발해서 국가사회의 인재 수요에 부응하고 국민의 자질과 능력 향상을 꾀하기 위해 적절한 교육을 행하는 것은 당면한 절실한 과제"라는 내용을 담고 있다.

[2] '일본어린이를지키는회' 편집의 〈어린이 백서(子ども白書)〉(어린이를 지키는 회(子どもを守る會), 1964년판)는 어린이의 생활에서 전쟁이 일상화된 것에 대해 다양한 측면에서 지적하고 있다. '어떤 매체를 통해 전쟁에 대해 알게 되었습니까?'라는 질문에 만화 72.5퍼센트, TV 37퍼센트, 영화 26퍼센트라는 응답이 나왔고, 미디어의 군국주의 부활이 그대로 아이들의 세계에 침투해 가는 상황이었다. 당시 일본 방위청(防衛廳)이 연간 1억 3천만 엔이 넘는 국비를 사용하여 자위대의 선전을 일삼은 것도 안방의 TV와 긴밀하게 연계되어 있었다(日本兒童文學者協會編, 《日本兒童文學》(2)8, 日本兒童文學者協會, 1965, 26쪽).

아동문학 종사자들(작가)이 제기한 반대와 의구심이었다. 이들은 '반전과 평화'를 지향하는 창작물을 쏟아 냈다. 이 시기 전쟁아동문학은 전쟁의 실상을 알리는 데 중요한 역할을 했다. 그러나 이들의 창작 활동은 1960년대 중반부터 시작하여 1970년대 융성기를 거쳐 1980년대 이후 쇠퇴하게 된다.

현재 일본의 전쟁아동문학에 대한 관심과 연구는 그 출현 배경과 범위 규정에 머물러 있는 단계이다.[3] 전쟁아동문학이 무엇인지를 규명하는 기초적인 내용이 주류를 차지하고 있다는 것이다. 결과적으로 패전 직후부터 전쟁에 대해 그려 온 여태까지의 전쟁아동문학이 독자들에게 제대로 전달되지 못했다는 의미다. 이는 전쟁을 대하는 일본인들의 태도와 연관 깊다. 전쟁은 일본(인)의 역사에서 '피해자'라는 이미지를 떠올리는 사건으로 정착해 왔다.

이 장에서는 패전 직후의 일본 전쟁아동문학을 통해 전쟁을 직접 경험한 세대가 간과하거나 문학으로 포장하여 회피한 '전쟁책임' 문제를 고찰한다.

---

3 일본의 전쟁아동문학은 1988년《전쟁을 모르는 어린이 어른들에게》(よい本をすすめる"あめんぼの會編著, 白石書店)를 출발점으로,《어린이 책에 '전쟁과 아시아'가 보인다》(1994, きどのりこ編著, 梨の木舍) 등 전쟁을 그린 아동문학에 대한 소개가 이어지며 재조명되기 시작했다. 이후《일본의 전쟁아동문학》(1995, 久山社),《아동전쟁물의 근대》(1999, 久山社),《전쟁아동문학은 사실을 전했는가》(2000, 梨の木舍),《어린이 책에 그려진 아시아태평양전쟁》(2007, 梨の木舍) 등의 저서를 펴낸 하세가와 우시오(長谷川潮)의 적극적인 연구 활동으로 일본의 전쟁아동문학사를 이해하는 큰 축이 마련되었다. 그러나 최근까지도 야마나카 히사시(山中恒)의《전쟁아동문학론》(2010, 大月書店)과 도리고에 신(鳥越信)과 하세가와 우시오의《처음으로 배우는 일본전쟁아동문학》(2012, ミネルヴァ書店) 등 개념 정리와 작품 및 특징 소개, 연구사 정리가 일본 전쟁아동문학 연구의 주된 내용이다.

아픔과 상실을 담는 그릇

1943년 9월 이탈리아에 이어, 1945년 5월에는 독일이 연합국에 항복하면서, 1939년 독일의 폴란드 침공으로 발발한 제2차 세계대전이 수습 단계에 접어들었다. 이로써 미국 영국 프랑스 등의 연합국에 맞서던 '3국 동맹' 가담국 중 일본만이 남게 되었다. 연합국은 포츠담회담을 열어 일본에게 무조건 항복을 요구했다. 그러나 일본 정부가 이를 거부하자, 미국은 8월 6일 히로시마(廣島)에 이어 사흘 뒤에는 나가사키(長崎)에 원자폭탄을 투하했다. 1945년 8월 15일, 마침내 일본의 히로히토 천황은 라디오방송으로 일본의 패전을 선언했다.

이로써 아시아와 태평양 일대를 무대로 전개되던 일본 제국주의의 전쟁 도발은 막을 내렸다. 그러나 일본인들의 '전쟁'은 끝나지 않았다. 일본 전쟁아동문학이 하나의 장르로 성립되기 이전에 출현한 전쟁 관련 아동문학을 살펴보는 이유는, 패전 직후에도 일본은 여전히 전쟁의 연장선상에 있었기 때문이다. 전쟁을 경험한 세대가 맞이한 전후(戰後)는 결코 전쟁을 빼놓고는 이야기할 수 없는 삶의 현실이 존재했다.

특히 일본 아동을 규정하면서 '소국민(小國民)'에서 갑자기 '민주주의국가의 대들보'로 급선회해야 하는 패전 직후의 상황은 일본인으로서 정체성 재규정이 요구되었다. 그리고 이는 일본의 '전쟁 처리'와 직결되어 있는 문제였다. 도미야마 이치로(冨山一郎)는 독일과 일본의 전쟁 처리를 비교하여 일본의 문제점을 지적했다.[4] 그는 패선

---

[4] 도미야마 이치로 지음, 임성모 옮김, 《전장의 기억》, 이산, 2002, 27쪽.

직후 일본의 태도를 문제 삼았다. 즉, 전쟁을 직접 경험한 세대가 전쟁의 기억이 채 가시기 전 전쟁 책임에 대해 취한 행동은 전후 책임 문제와 직결되어 있다는 것이다.

패전 직후인 1945~60년 시점에서 전쟁은 '실제 체험'에 가까운 문제였다. 그 때문에 일본인들은 전쟁과 관련된 사항에 민감하게 반응했으며, 그만큼 이 시기는 전쟁에 대한 실천적 해석과 행동이 가능한 때였다고 볼 수 있다. 특히 민주주의국가로 새 출발하는 시점에 아동문학은 전쟁을 바르게 이해하고 그 의미를 전달할 수 있는 중요한 매개 역할을 맡을 수 있었다. 이런 점에서 패전 직후 시기의 일본 아동문학계를 살펴보는 것은 의미 있는 일이라 할 수 있다. 이를 위해서는 먼저 이 시기 아동문학의 출현 양상을 살펴볼 필요가 있다.

문화적으로 일본의 패전 직후 시기는 둘로 나눌 수 있다. 패전부터 1952년 4월 평화조약 발효 때까지가 제1기로, 민주주의적 예술적 문화 전통이 부활했다가 이것이 후기 들어 반동적 문화의 부활과 강화로 소외되는 과정을 겪는 시기다. 제2기는 강화조약 발효 이후 1960년 6월 미일신안보조약 성립 때까지로, 만화 TV로 대표되는 시각적 매스컴 문화가 압도적으로 진출하고 활자 미디어가 전면적으로 쇠퇴해 가는 시기다.[5] 진구 테루오(神宮輝夫)에 의하면, 이 시기

---

[5] 鳥越信, 〈兒童文學硏究·評論の歷史とその現代的意義について〉, 《日本兒童文學史硏究》, 風濤社, 1974, 12쪽.

의 아동문학은 번역과 창작, 장편과 이야기(모노가타리), 유머소설 등의 4가지 범주로 구분된다.[6] 구체적으로 살펴보면 다음과 같다.

　패전 직후에 일본에서는 수많은 번역본이 출판되었다. 안데르센 작품 및 《보물섬》《톰소여》《허클베리핀》《소공자》《소공녀》 등의 고전 작품뿐만 아니라, 새롭게 창작된 작품도 번역되었다.[7] 새로 번역된 작품들은 시대에 어울리는 테마를 통해 아동에게 질 높은 작품을 전하려는 열망을 담아 갔다. 긴 전쟁 후 꿈을 빼앗기고 빈곤에 내던져진 아동들에게 위로를 전하고자 하는 노력이었다. 그리고 표지 디자인과 삽화 등의 시각적인 면에서도 신선한 흐름이 생겨났다. 창작 기법에서는 여러 방면에서 '재미'를 살리는 기술이 유행했다. 이는 추리를 하거나 난센스와 유머를 삽입하여 남자아이들의 흥미를 자극하는 과학모험 소설 형태로 제시되었다. 유년 독자를 대상으로 한 유머와 위트를 담은 창작물들도 발표되었다. 장편소설과 이야기(모노가타리)도 이때 출현한다. 주로 농촌 아이들의 일상생활을 다룬 소설과 동화, 소년들의 모험담이 주를 이룬다.

　패전 직후부터 10년간 일본 소년소녀 소설과 동화 등은 세부적 묘사는 생략하고 기복이 심한 줄거리를 전개하는 특징을 띤다. 현실 비현실에 구애받지 않고, 생활과 인생의 향상에 대한 확신을 전달한다.

6　神宮輝雄, 〈子どもの文學新周期 1945~1960〉, 《日本兒童文學の流れ》, 國立國會図書館國際子ども図書館, 2006, 6~11쪽.

7　神宮輝雄, 〈子どもの文學新周期 1945~1960〉, 6~11쪽.

그리고 정치·경제에 대한 현상 비판을 피하고, 이데올로기적 색채 없이 크고 작은 해피엔드로 마무리하는 경향이 있다. 이 시기 유머소설의 등장은 전후 삶의 방식에 대한 힌트로서 작용하기도 했다.[8]

이처럼 전후 일본 아동문학계에서는 시간 흐름과 상관없이 일상생활에서 일어나는 사건을 창작의 소재로 삼거나, 전후라는 현실 시간 속에서 일어난 사건을 강조하고, 또는 전쟁과 자신의 경험을 표면에 드러내는 등 다양한 창작 태도와 시점이 출현했다.

이는 이 시기에 아동문학을 바라보는 관점 자체가 변화했기 때문이다. 특히 리얼리즘의 등장은 아동문학에도 일대 사고 전환을 가져왔다. 메이지유신(1868) 이후 일본 아동문학은 어른의 입장에서 아이들의 성장에 도움이 될 만한 메시지를 전하는 데 초점이 맞춰졌다. 그러던 것이 패전 이후의 아동문학 작가들은 아동의 세계를 작품의 무대로 내세우고, 이를 통해 자신을 표현하고자 했다. 문학을 통해 아동을 가르쳐야 한다는 강박에서 해방된 것이다. 작가들은 정치·사회·경제·가정생활 등 당면한 사실을 관찰하고, 생각하고, 표현하고자 했다.(1945~1960년 일본 아동문학과 아동문화의 동향은 이 장의 마지막 부분에 〈표 1〉〈표 2〉로 정리)

전후 일본 작가들은 주로 동인지를 통해 작품 활동을 했다. 아동문학계도 전시의 언론통제에서 벗어나 자유롭게 목소리를 내면서 동인지 붐이 일었다. 《고추잠자리(赤とんぼ)》(實業之日本社, 1946年4月~48年10月), 《은하(銀河)》(新潮社, 1946年10月~49年8月), 《어린이 광장(子供の廣

---

8 神宮輝雄, 〈子どもの文學新周期 1945~1960〉, 8쪽.

場)》(新世界社, 1946年4月~50年5月), 《소년소녀(少年少女)》(中央公論社, 1948年2月~51年12月) 등의 아동문학잡지가 발간된다.[9] 그러나 부흥은 오래 가지 못했다. 1950년 한국전쟁이 일어나면서 일본은 또다시 정치적인 반동에 휩싸이게 되고, 이 소용돌이 속에서 자유의 불씨는 사그라들고 만다. 대부분의 동인지들이 1950년 무렵에 폐간되었다.

이후 10년간 일본 아동문학 출판계는 침체에 빠진다. 패전 직후 아동문학계에 활력을 불어넣은 장편소설이나 유머소설 같은 창작 경향이 잘 계승되지 못한 점, 또다시 전쟁이 발발하며 잠시 아동들에게 맞춰졌던 문학의 관점이 어른 중심으로 복귀한 점 등이 이 시기 불황의 이유로 꼽힌다.

이처럼 패전 직후 일본의 아동문학은 '전쟁' 때문에 잃어버린 시간을 되찾으려는 노력의 일환으로 아동을 주체적 대상으로 삼아 아동들에게 희망과 재미를 선사하려 했으나, 이는 성공하지 못했다. 작가들의 바람과 달리 일본 아동들은 문학에 담긴 '재미'를 발견해내지 못했다. 이 발견을 가로막은 가장 큰 걸림돌은 '패전 직후'라는 현실이었다. 다른 말로 표현하면, 전쟁이 남긴 과제였다. 이와 관련하여 비록 패전 직후의 신문학 경향의 주류는 아니었지만 '전쟁' 관련 문학이 출현했다는 점을 기억해야 한다.

패전 후 일본의 아동문학은 크게 번역-비일상-일상적 소재의 세 부류로 나눌 수 있다. 그러나 아무리 일상적 소재를 다루더라도 결코 전쟁의 영향에서 완전히 자유로울 수 없었다. 선생을 외면하거나

---

9 神宮輝雄, 〈子どもの文學新周期 1945~1960〉, 22쪽.

전쟁을 극복하거나, 둘 중 하나였다. 1945년의 패전은 일본 제국주의의 종말을 알린 충격적인 사건이었다. 이로써 일본 전체를 이끌어간 이념의 전달 기관이자 최고의 권위를 자랑했던 '국가'의 의미가 일순간에 사라졌다. 이런 상황에서 전쟁문학이 어떤 역할을 할 수 있었을까?

패전 직후 전쟁을 다룬 문학으로, 1947~48년에 《고추잠자리》지에 연재된 〈버마의 하프(ビルマの竪琴)〉[10]는 전쟁 상황을 주체적으로 받아들여 기술한 상징적인 아동문학 작품으로 평가된다. 작가인 다케야마 미치오(竹山道雄)[11]는 이 작품에 임하면서 품었던 생각을 다음과 같이 밝혔다.

'전쟁은 끝났다, 이제부터 민주주의 시대이다'라는 식으로 우리가 시대를 뛰어넘을 수 있을까. 그 전쟁은 침략전쟁이었다. 때문에 '우리는 피해자다'라는 식으로 우리 자신이 참가했던 전쟁을 마주 대할 수 있을까. '모든 것은 거부할 수 없는 국가의 압력 탓이었다. 이제부터는 새로운 국가의 입지에 대해 이야기해야 한다'라는 식으로 인간의 이념은 무시해 버려도 좋은 것인가. 패전이라는 사실의 그늘에는 수많은 인간의 죽음이 있다. 그 죽음을 외면하고 어떻게 현재 유일한 지금의 삶

---

[10] 다케야마 미치오가 유일하게 집필한 아동 대상의 작품으로 수차례 증판되었다. 잡지 《고추잠자리》에 1947년 3월부터 1948년 2월까지 게재되었다.

[11] 1903~1984. 일본의 평론가, 독일문학자, 소설가, 일본예술원 위원, 제일고등학교 교수, 동경대학교 교양학부 교수 역임. 대표작으로 《버마의 하프》(1947), 《하이디(ハイジ)》(1952)가 있으며, 주요한 수상 경력으로는 매일출판문화상(每日出版文化賞, 1948), 기쿠치칸상(菊池寬賞, 1983) 등이 있다.

을 확인할 수 있을 것인가. 이 사실을 제외하고 미래를 이야기하는 것은 불가능하나. 우리가 인간인 한, 이 사실을 직접 대면하여 그 의미를 계속 추궁할 수밖에 없다.[12](필자 번역, 이하 모든 인용문)

'전쟁을 마주 대하는 태도'에 따라서 현재와 미래의 삶이 결정된다는 다케야마의 주장은 매우 시사적이다. 전쟁이 끝났다고 해서 바로 평화가 도래하지는 않으며, 전쟁의 의미를 계속 추궁해야 한다. 다케야마가 선보인 전쟁문학과 이에 대한 일본 대중의 반응은 패전 직후 일본인들이 어떻게 전쟁을 대면하고 바라보았는지를 알려 주는 실마리가 된다.

전쟁과 평화는 흑과 백, 더위와 추위처럼 명확하게 구별되는 별개의 개념이 아니다. 전쟁을 어떻게 대면하는지에 따라 평화가 찾아오는 방식이 달라진다. 전쟁과의 대면 방법에 대한 모색, 이것이 전쟁을 극복하는 유일한 방법인 것이다.

패전 직후의 전쟁아동문학

'전쟁아동문학'이라는 용어의 형성과 사용은 1960년대 이후부터이다.[13] 그렇지만 1945년에서 60년 사이에도 전쟁을 소재로 한 아동문

---

12 猪熊葉子他, 《講座日本の兒童文學5》, 明治書院, 1973, 33쪽.
13 하세가와 우시오, 〈일본전쟁아동문학에 없는 것〉, 《창비어린이》 (3)1, 창작과비평사,

학은 존재했다. 전쟁아동문학이라는 용어가 나오기 이전, 이러한 아동문학이 별도의 장르로 구분되지 않을 때, 즉 의식적으로 전쟁아동문학을 기술하는 것이 아니라 자신이 경험한 전쟁을 자연스럽게 문학의 소재로 가져온 시기의 문학을 살펴보는 것은 전쟁을 대하는 일본인의 근본적인 태도를 이해하는 데 유용한 방법이 될 수 있다.

패전 직후, 당시 아동문학의 주류 작가이던 오가와 미메이(小川未明), 하마다 히로스케(浜田廣介), 쓰보타 조지(坪田讓次)는 아동문학을 적극적으로 발표하지 않았다. 그 이유를 하세가와 우시오(長谷川潮)는,

1. 전쟁은 아동문학에 어울리지 않는 소재라고 생각
2. 그들의 아동문학 방법으로는 전쟁을 다루기가 어렵다고 생각
3. 그들의 인생과 문학에서 전쟁은 절박하지 않음
4. 전쟁이 아이들에게 미치는 영향이 얼마나 큰지, 아이들이 전쟁에 얼마나 관심이 있는지 모름
5. 자신에게 뭔가 떳떳하지 못한 점이 있어 전쟁을 외면하고 싶었기 때문이라고 설명하고 있다.[14]

인간적으로 공감하기 어려운 내용들은 아니다. 그러나 이러한 태도는 전쟁에 대한 무관심과 회피로 이어져 심각한 문제를 낳을 가능성이 크다. 일본의 아베 신조(安倍晋三) 총리는 2014년 1월 6일 새해 첫 공식 활동으로 일본 왕실의 조상신에게 제사를 지내는 이세신궁

2005, 259쪽.

[14] 하세가와 우시오, 〈일본전쟁아동문학에 없는 것〉, 258쪽.

(伊勢神宮) 참배를 택했다. 그는 현지에서 가진 기자회견에서 "헌법이 제정된 지 68년이 되어 간다. 시대의 변화를 파악해 해석의 변경과 개정을 위한 국민적 논의를 심화시켜야 한다."[15]고 밝혔다. 바로 국내외적인 문제가 된 '평화헌법'(정식 명칭은 '일본국헌법') 논란의 서막이다. 아베의 평화헌법 개정 발언과 행보는 현재까지도 일본 자국뿐만 아니라 주변국에서도 전쟁 책임 논란을 일으키고 있다. 이후 해마다 되풀이되는 평화헌법 개정 논의는 전쟁 당사국이었던 일본뿐아니라 일본에게 피해를 입은 주변국들에게도 전쟁 인식과 전후 처리에 관한 경각심을 불러일으키고 있다.

그렇다면 전쟁 직후의 전쟁 기록들은 과연 전쟁을 어떤 시각으로 바라보았을까? 이 시기에는 전쟁 체험을 바탕으로 한 기록들이 적지 않다. 특히 일본이 아닌 해외에서 체험한 전쟁을 기록한 아동 대상 수기가 눈에 띈다.

9세부터 11세까지 3년간 제2차 세계대전 하 유럽에서 가족과 함께 도주 생활을 하다가, 일본의 항복 직전 독일에서 미국군에게 억류되어 미국을 경유하여 귀국한 본인의 체험을 요약한 오노 미쓰하루(小野満春)의 《나의 구미일기(僕の歐米日記)》(1947 世界文庫), 1944년 가을 북경에 있는 은행원 아버지를 1학년인 작자가 어머니 여동생과 함께 찾아가서 1946년 봄 귀국할 때까지 지낸 이야기를 그린 니타니 마사아키(仁谷正明)의 《북경으로, 북경에서, 북경으로부터(北京へ北

---

15 인터넷 기사, 〈서울신문〉 http://www.seoul.co.kr/news/newsView.php, 2014년 1월 7일(9:52AM) 검색.

京で北京から)》(1948 學習社), 만주 연길에서 패전을 맞이한 작자와 그 가족이 연길수용소와 블라디보스토크를 거쳐 1946년 12월 귀국할 때까지의 체험을 담은 도이즈미 히로지(戶泉弘爾)의《나의 소련일기(僕のソ聯日記)》(1950 コスモポリタン社) 등이 대표적이다.

물론 일본 내 전쟁 체험기도 있다. 야마모토 에이스케(山本映佑)의《작문집: 바람의 아이(綴方集風の子)》(1948 實業之日本社), 시마다 세이조(島田正藏)의《전화고아의 기록(戰災孤兒の記錄)》(1947 文明社), 쓰보타 조지(坪田讓治)의《범죄소년 수기(犯罪少年の手記)》(1948 鎌倉文庫), 나가이(永井降)의《원자구름 아래에서 살며(原子雲の下に生きて)》(1949 大日本雄弁會講談社), 오사다 아라타(長田新)의《원폭 아이(原爆の子)》(1951 岩波書店), 세키 고레카쓰(積惟勝)의《우리는 이렇게 자랐다(われらかく育てり)》(1951 新興出版社), 시미즈 이쿠타로(清水幾太郎)의《기지의 아이(其地の子)》(1953 光文社) 등이다.[16]

전쟁 관련 창작물로는, 다케야마 미치오의《버마의 하프》(1948 中央公論社), 쓰보이 사카에(壺井榮)의《엄마 없는 아이와 아이 없는 엄마(母のない子と子のない母と)》(1952 光文社),《스물네 개의 눈동자(二十四の瞳)》(1952 光文社), 사가와 미치오(さがわみちを)의《아버지를 살리고 싶어(お父さんを生かしたい)》(1952 靑銅社), 오쿠라 히로유키(大藏宏之)의《전쟁둥이(戰爭っ子)》(1957 金の星社), 히라오 이마오(平野威馬雄)의《레미는 살아 있다(レミは生きている)》(1959 日本兒童文學刊行會), 시바타 미치코(柴田道子)의《골짜기 아래에서(谷間の底から)》(1959 東都書房), 이누이 도미코(いぬいと

---

16 長谷川潮,《日本の戰爭兒童文學 --戰前, 戰中, 戰後》, 久山社, 1995, 68~69쪽.

みこ)의《나무 그늘 아랫집의 난장이들(木かげの家の小人たち)》(1959 中央 公論社) 등이 있다.[17]

원수폭(原水爆, 원자폭탄과 수소폭탄) 문제를 다룬 작품도 꾸준히 발 표되었다. 이누이 도미코의 〈강과 노리오(川とノリオ)〉(《兒童文學研究》 6 号 1952)와 〈날치 도련님이 아파요(トビウオのぼうやはびょうきです)〉(《時事新 報》1954.5.2), 이마니시 스케유키(今西裕行)의 〈히로시마의 노래(ヒロシマ のうた)〉(《日本クオレ2 愛と眞心の物語》, 1960 小峰書店) 및 〈어느 오리나무의 이야기(あるはんの木の話)〉(《兒童文芸》1960.3) 등이다.[18]

전쟁의 실체를 전달하는 데에 기여한 것으로는 1950년대 번역 소 개된 외국 전쟁아동문학들도 빼놓을 수 없다. 도라 드 용Dola de Jong의 《폭풍이 오기 전(あらしの前)》(1952 岩波少年少女文學全集 吉野源三郎譯原題 : THE LEVEL LAND), 〈폭풍이 지난 후(あらしのあと)〉(1958 岩波少年文庫 29 吉野源三郎譯 原題 : RETURN TO THE LEVEL LAND) 등은 전쟁이 왜 일어나며, 그 속에서 사람들은 어떻게 살고 죽는지와 같은 근본적인 문제를 추궁했다.[19]

그런데 이들은 당시 일본 문단 내에서 주류가 아니었다. 패전 직 후 발표된 전쟁 소재 문학은 아동문학계의 비주류 작가들에 의해 출 현했다. 그들은 전쟁이 자신의 직접적인 행위에서 비롯된 인과적 결 과가 아님을 주장하며, 패전이 가져다준 '상실'과 '현재의 비참한 상

---

17 鳥越信 長谷川潮,《はじめて學ぶ日本の戰爭兒童文學史》, ミネルヴァ書房, 2012, 18쪽.

18 鳥越信 長谷川潮,《はじめて學ぶ日本の戰爭兒童文學史》, 108쪽.

19 鳥越信 長谷川潮,《はじめて學ぶ日本の戰爭兒童文學史》, 110쪽.

황'을 중점적으로 기술했다. 즉, 패전과 국가를 직접적으로 연결시키면서 자신은 전쟁의 주체적 입장에서 빠져나와 버린 것이다. 그렇게 전쟁이 일본인에게 안겨 준 고통에만 집중하느라 스스로를 객관화하지 못한 상태로 전후 15년이 지나가 버린다.

이처럼 패전 직후에는 개인의 전쟁 체험을 공유하며 이를 집단적 체험으로 연결시키는 문학이 도출되었다. 제국주의 시대에 가장 신성시되었고 자연스러웠던 '국가' '일본'이라는 공동체에 기여하다 피폐해져 버린 개인의 정신 상황을 사실적으로 묘사하려고 했다. 이런 경향은 당시 일본 대중들이 바라던 바이기도 했다. 다케야마 미치오의 《버마의 하프》와 쓰보이 사카에의 《스물네 개의 눈동자》, 《엄마 없는 아이와 아이 없는 엄마》 등에 대한 대중의 반응이 그 대표적 예이다. 이 작품들은 패전의 아픔을 전달하는 매개체로 오늘날까지도 다양한 미디어를 통해 리메이크되고 있다.[20]

물론 문학이 반드시 어떤 규정을 가지고 기술되어야 하는 것은 아니다. 그러나 전쟁을 일으킨 주체가 전쟁이 끝나자 전쟁의 기억을 곧바로 머릿속에서 지워 버리려는 것은 결코 성숙한 태도라고 보기 어렵다. 특히 참혹한 전쟁 경험을 통해 전쟁의 실상을 깨닫고 배워야 할 아동들에게는 결코 바람직한 경향이 아니다. 오히려 어른들이 애써 지우려 한 전쟁의 기억이 생생하게 살아 있던 패전 직후 15년

---

[20] 이와 관련한 연구는 서기재의 〈쓰보이 사카에의 《스물네 개의 눈동자》에 나타난 '반전' 의식과 은닉된 메시지〉(《일본어교육연구》73, 한국일어교육학회 2015, 109~121쪽)와 서기재의 〈패전 직후 일본인의 전쟁윤리 고찰-쓰보이 사카에의 《엄마 없는 아이와 아이 없는 엄마》를 통해〉(《일본어문학》 67, 한국일본어문학회, 2015, 271~290쪽) 참고.

간이야말로, 전쟁의 의미를 성찰하고 이를 후대에 남길 수 있는 적기일 것이다. 이 시기를 놓친 결과가 오늘날 '할아버지 세대가 저지른 잘못을 내가 왜 사죄해야 하는가' 묻고, 평화헌법 개정을 요구하는 일본의 젊은이들일 것이다.

전쟁 이야기로 추상화된 일본인

전쟁 피해를 고백하는 개인들의 체험담은 그들이 가장 소중하게 여겼던 국가에 대한 피해자라는 의식을 형성해 갔다. 이러한 분위기는 곧 대중에게 확산되었다. 일본 대중에게도 전쟁은 지극히 개인적인 고통의 체험으로서 스스로를 위로하는 데 필요한 대상물이 되어 갔다. 이러한 대중의 욕구가 또다시 창작에 반영되는 순환의 고리가 만들어졌다.

패전 직후를 대표하는 일본의 전쟁아동문학으로, 앞서 언급한 다케야마 미치오와 쓰보이 사카에의 문학이 종종 거론된다.[21] 이들이 기술한 《버마의 하프》(영화화 2회), 《스물네 개의 눈동자》(영화화 2회, TV드라마화 6회, 애니메이션화 1회), 《엄마 없는 아이와 아이 없는 엄마》는 영화로도 제작되면서 당시 일본 대중들의 큰 호응을 얻었다.

두 사람의 작품은 전쟁 상황에서 필사적으로 살아남으려는 노력,

---

21 鳥越信 長谷川潮, 《はじめて學ぶ日本の戰爭兒童文學史》, 104쪽, 長谷川潮, 《日本の戰爭兒童文學 --戰前, 戰中, 戰後》, 71쪽.

패전이 가져다준 개인의 상처를 끌어안는 소위 '치유'의 문학이었다. 이들의 문학은 '국민문학'으로서 영화와 음악을 통해 '추억과 위로'의 아이콘으로 자리 잡게 되었다.

　태평양전쟁 직후의 버마를 무대로 미즈시마(水鳥)라는 병사를 중심으로 그려지는 다케야마 미치오의 《버마의 하프》는 아동문학의 질과 지위를 높인 이색적인 작품으로 평가받으며, 아사히출판문화상(每日出版文化賞, 1948)과 예술선장문부대신상(芸術選奬文部大臣賞, 1951)을 수상한다. 그러나 "종전 후 읽을 수 있었던 문학작품 중 동화문학에서 가장 걸출한 작품"[22]이라는 평과 함께, 작품의 근본 사상에 "인간 경시와 일종의 퇴폐사상"[23]이 있다는 상반된 평가를 받기도 한다.

　함께 싸워 온 병사들의 유골을 두고 일본으로 귀국할 수 없다는 내용의 '미즈시마의 편지'는, 그 인생의 강력한 이념이자 삶 자체였던 전쟁을 떠나 민주주의 상태로 전환한 일본으로 돌아갈 수 없음을 의미한다. 그와 그의 동료들에게 피해와 아픔을 주었던 역사적 사건인 전쟁을 영원히 망각하고 싶지 않다는 의지의 반영이다. 일본인의 아픔에 대한 영원한 동정을 약속하는 듯한 이 편지는 천황의 인간 선언으로 순식간에 뒤바뀐 일본 사회에 적응하기 어려웠던 당시 일본인의 심정을 반영하는 것이자, 전쟁 상황에서 강한 정신력으로 버

---

[22] 吉田精一, 〈竹山道雄著 〈ビルマの竪琴〉〉, 《生活學校》, 池袋兒童の村3(7), 1948, 45~46쪽.

[23] 竹内好, 〈〈ビルマの竪琴〉について〉, 《文學》, 岩波書店22(12), 1954, 67~70쪽.

텨 온 일본인의 상징과도 같은 것이었다.

《스물네 개의 눈동자》와《엄마 없는 아이와 아이 없는 엄마》로 일약 스타가 된 쓰보이 사카에[24]의 문학은 종종 '국민문학의 완성'[25]으로 불린다. 작품의 배경이 된 그녀의 고향은 성지가 되어 오늘날에도 방문이 끊이지 않는다. 일본의 시골 마을을 배경으로 여성과 아동을 중심으로 기술된 쓰보이의 소설에서, 비평가와 독자들은 전쟁을 배경으로 향토성과 서민의식을 드러낸 것에 강한 공감을 표했다. 전쟁으로 겪은 개인적 체험으로서의 수난을 공유한 것이다. 쓰보이의 주인공들은 '눈물'을 통해 위로 받으며, 상처를 치유해 나가는 데 초점을 맞춘다.

고마쓰 신로쿠(小松伸六)는 쓰보이 문학의 낙천성에 주목하고, "문학에 흐르는 따뜻한 휴머니티 그 자체"를 강조한다. 그리고 쓰보이 문학의 잠재적 테마는 "전쟁 비판"이며, "강렬한 반전문학이 아니라 어디까지나 조용한 서민 입장에서의 전쟁 고발"[26]이라고 평한다. 세키 히데오(關英雄)도 "서민적 모성적 휴머니즘이 점점 발전하여 사회

---

[24] 1899~1967. 가가와현(香川縣)에서 태어났다. 26세 때인 1925년 프롤레타리아 작가 쓰보이 시게지(壺井繁治)와 결혼했고, 1938년 처녀작인《무우잎(大根の葉)》를 발표했다. 예술선장문부대신상(芸術選獎文部大臣賞)을 비롯하여 신조문예상(新潮文芸賞) 아동문학상(兒童文學賞) 등을 수상했다. 1952년 발표된《스물네 개의 눈동자》,《엄마 없는 아이와 아이 없는 엄마》는 영화로도 수차례 상영되어 국민적인 전쟁영화로 자리매김했다.

[25] 西澤正太郎, 〈壺井榮-國民文學としての位置〉,《國文學解釋と鑑賞》(9), 至文堂, 1997, 22쪽.

[26] 小松伸六, 〈壺井榮　人と作品〉,《二十四の瞳》, 新潮文庫, 2005, 275쪽(원문은 1973년 9월에 작성).

적 휴머니즘의 방향으로 확대된 증거"[27]라고 평가한다. 즉, 전쟁을 일본인의 체험이 아니라 인간의 체험, 인류의 체험으로 추상화해 가는 것이다. 이 같은 추상화를 거치며 일본이라는 전쟁 주체는 소거되어 간다.

전쟁 경험이 아직 생생하게 일본 국민들에게 남아 있던 패전 직후 상황에서, 전쟁은 점점 더 명확하지 않은 것으로 설명되어 갔다. '전쟁의 추상화'는 당시는 물론이고 현재의 일본 대중에게 가장 호응을 불러일으키는 전쟁 이해 방법이 되었다. 그들이 그토록 강조했던 '전승국의 자부심'은 온데간데없이 사라지고 '상처 입은 인간들'만 남은 것이다. 일본인에게 전쟁은 구체적으로 반성할 것도, 돌아볼 것도 없는 애매한 것이 되어 버렸다.

다케야마 미치오와 쓰보이 사카에 같은 국민작가가 활약하는 사이에, 아동문학계에서도 '피해자 일본인'을 그린 다수의 작품이 양산되었다. 히라오 이마오의 《레미는 살아 있다》[28]는 작가의 고백적인 작품으로, 주인공은 혼혈이라는 열등감 때문에 불량한 행동을 일삼는다. 미국인 아버지와 일본인 어머니 사이에서 태어나 혼혈이라고 차별받는 고독한 소년 이마오(イマオ)의 개인적인 체험이 주 내용이다. 나가이 박사가 편집한 《원자구름 아래에서 살며》는 나가사키

---

[27] 關英雄, 〈壺井榮の兒童文學〉, 日本兒童文學者協會, 《日本兒童文學-壺井榮追悼特集》 700, 河出書房 1967, 6~12쪽.

[28] 平野威馬雄, 《レミは生きている》, 東都書房, 1959, 1~204쪽.

의 한 초등학교에 다니던 4학년에서 6학년까지의 학생들이 겪은 원폭 체험기로, 원폭으로 부모나 형제를 잃은 아픔의 기록은 모은 것이다.[29]

이 시기 '피해자 일본인'을 단적으로 그려 낸 작품으로 시바타 미치코의《골짜기 아래에서》[30]가 있다. 1944년부터 미군의 본토 공습이 본격화되면서 일어난 학동소개(學童疏開) 체험을 그린 이 작품은, 아시아태평양전쟁 말기인 1944년 7월 초등 5학년 여학생이 겪은 일을 담고 있다. 전쟁 때문에 가족과 헤어져 집단소개에 참가한 치요코(千世子)는 어른들에게 더 이상 속지 않고 자신이 바르다고 믿으며 자신의 양심에만 복종하리라 결심한다. 전쟁을 체험한 아동의 눈으로 전쟁을 고발하는 작품으로서 의미가 있지만, 결국 이 수준을 넘지 못한 채 추체험(追體驗)에 기반한 나르시시즘으로 끝나고 만다.[31] 여기에서 어른들로 상징되는 일본은 그들을 여태까지 속여 온 항의의 대상이다. 결국 믿을 만한 존재는 자신뿐이라는 개인에 대한 긍정과 확신으로 작품은 마무리된다. 전쟁을 일으킨 주체(일본)에서 화자 자신은 빠지면서, 상처 입은 개인만이 남게 되는 것이다.

---

[29] 당시 10세 아동(萩野美智子)의 글을 보면, "어머니는 우리들의 점심으로 가지를 먹이기 위해 밭에 나가 있을 때 폭탄에 맞았습니다. 윗옷도 몸뻬도 다 타고 찢어져 거의 알몸이 되어 있었습니다. … 그날 저녁 어머니는 고통스러워하시며 돌아가셨습니다" 등 가족을 잃은 아픔을 담은 작문이 다수 수록되어 있다(長崎平和研究所,〈長崎の証言の會〉의 홈페이지 참조, http://www.nagasaki-heiwa.org/n3/syougen.html, 검색일 2014년 7월 21일 11:55AM).

[30] 柴田道子,《谷間の底から》, 岩波書店, 1976, 1~342쪽.

[31] 〈日本子どもの本100選 1945~1978〉, http://www.iiclo.or.jp/100books/1946/htm/frame019.htm 2014.1.13.(9:55AM) 검색.

이외에 전쟁으로 어머니가 정신적 질병을 앓는 아이의 생각을 그린 단편집《전쟁둥이》도 전쟁으로 입은 일본인의 정신적 피해를 그려 낸 작품이다.《아버지를 살리고 싶어》[32]는 일본 각지에 사는 다양한 연령의 아이들이 전쟁을 체험한 내용을 담은 문집으로, 고학년 아이들의 글에 이르러서는 패전 후 미소의 대립이 격심해지는 세계 규모의 냉전 구도를 주제로 삼았다. 1950년 한국전쟁 때 일본을 서측 진영의 일국으로 두고자 하는 미국의 노골적인 의도를 문제시하기도 한다. 여기서도 일본과 일본인은 미국 점령에 의한 '피해자'로서 그려진다.

이처럼 패전 직후 전쟁을 소재로 한 아동문학은 '일본인으로서의 자기부정'과 깊게 관련되어 있다. 이 시기 작품의 대부분은 변혁과 해방의 뜨거운 열기 속에서, 작가 스스로의 무한한 자기 확대 욕구와 자유에 대한 집착이 주위 대상에 대한 분노나 비판의 형태로 발산된 것이다.[33] 자신을 둘러싼 환경에 모든 책임을 돌리고 자신은 가벼워지려고 한 경향이 강했다고 볼 수 있다. 이러한 문학들은 전쟁을 일으킨 주체로서의 일본이 소거되고, 국가 대 국가의 대결이 거론되는 상황에서는 미국을 전쟁 가해자로 그린다는 특징이 있다. 자신에 대한 반성 없이 외부에서 가해자를 찾는, '극복'보다는 '망각'하려는 욕망의 반영이라고 볼 수 있다.

---

32 寒川道夫他編,《お父さんを生かしたい 平和を叫ぶ子らの訴え》, 青銅社, 1952, 3~216쪽.

33 横谷輝,〈子どもをどうとらえるか—リアリズムの可能性(下)〉,《日本兒童文學》12月号, 日本兒童文學者協會, 1964, 7~9쪽.

진정한 자유란 무엇인가

'일본은 패전과 함께 자유를 얻었다.' 참 아이러니한 말이 아닐 수 없다. 전쟁에서 패했는데 자유가 찾아왔다니. 그러나 이는 당시 일본 아동문학계가 맞이한 상황이었다. 새롭게 번역된 책을 통해 다른 세계를 맛볼 수 있었고, 교훈적인 내용에서 벗어나 생활을 있는 그대로 그려 내기도 하고, 유머를 그 핵심에 두어 아동들의 흥미를 불러일으키기도 했다. 문학을 즐길 수 있는 환경이 마련되었다는 데에는 의심할 여지가 없었다.

그러나 환경이 바뀌었다고 해서 과거에 아무 일도 없었던 것처럼 문학을 펼칠 수는 없다. 그런 의미에서 패전 직후의 전쟁을 다룬 아동문학은 중요하다. 결코 지울 수 없는 과거와 어떻게 마주했는지를 알 수 있는 단서가 되기 때문이다. 실제로 패전 직후의 전쟁아동문학은 일본인이라는 자신의 정체성을 거부한 채 '피해자'로서의 개인을 그리는 데 치중했고, 전쟁 시기를 추억하며 그때 입은 상처를 싸매는 데에 사용되었다. 그 결과, 일본 아동들에게는 전쟁에 대한 애매한 환상만 남게 되었다.

패전 후 10여 년간 일본 아동문학계는 번역과 창작을 통해 아동들에게 어떤 즐거움을 줄 것인가에 지나치게 치중한 나머지, 아동문학 본연의 역할을 망각하고 말았다. 그리하여 전쟁을 소재로 삼으면서도 전쟁에 대한 책임과 반성 같은 전쟁의 진정한 의미가 빠져 버린 문학작품을 생산했다. 그 결과는 1960년대의 우경화로 연결되며 일본 아동문학은 새로운 국면을 맞게 되었다.

〈표 1〉 1945~1960년의 아동문학 경향[34]

번역 연구의 새로운 기운		
신역	고전 번역	번역 연구
《고성의 왕자(孤城の王子)》(ペドロ・カルデロン原作 高橋正武譯, 新少國民社, 1948)《곰사왕 리차드(傴僂王リチャド)》(シェークスピア原作 佐藤緑葉著, 少年少女世界名作集, 藤卷書房, 1948)《다섯 개의 꿈(五つの夢)》(クレーメンス・ブレンタ-ノ著, 百瀬勝登譯, 地平社, 1948)《비공주님(雨姫さま)》(テオドール・シュトルム著, 山崎省吾譯 春光社, 1948)	《안데르센 동화집(アンデルセン童話集)》(原典新・平林廣人譯, コスモポリタン社, 日本童話協會編集, 1948)	《로빈슨 크루소(ロビンソン・クル-ソ-)》(デフォー原作 鍋島能弘譯, 羽田書店, 1950)《솔로몬 왕의 보물동굴(ソロモン王の宝窟)》(ハガ-ド原作 奥田清人著, 京屋出版社, 1948)《꼬마 무쿠 이야기(チビムクの話: ハーフ童話集 少年世界文學選8)》(ハ-フ著 万澤甕譯, 京屋出版社, 1948)《하프 동화전집(ハーフ童話全集)》(W. ハ-フ著 塩谷太郎譯, 弥生書房, 1961)
창작의 새로운 기운 : '재미'		
《버마의 하프(ビルマの竪琴)》(竹山道雄著, 中央公論社)《장난꾸러기 이야기(腕白物語)》三太武勇伝》(青木茂著, 光文社),《지로부친 일기(ジロ-ブ-チン日記)》(きたばたけやほ著, 新潮社),《포리코 마을(ポリコの町)》(太田博也著, 小峰書店),《코루푸스 선생님 기차를 타다(コルプス先生汽車へのる)》(筒井敬介著, 季節社)		
추리소설	난센스와 유머	유머, 위트, 난센스 이야기 (유년 대상)
《소년 산호섬(少年珊瑚島)》(木々高太(林巖)著, 湘南書房 新日本少年少女選書, 1948)	《온천장의 너구리(温泉場のたぬき)》(土家由岐雄著, 小峰書店, 1948)《머리를 파는 가게(首を賣る店)》(火野葦平著, 桐書房, 1949)	〈개구리(かえる)〉(横山トミ, 兒童文學者協會編《日本兒童文學選》수록, 1948)

---

34 神宮輝雄, 〈子どもの文學新周期 1945~1960〉, 6~10, 15~23쪽을 참고하여 필자가 작성한 것임.

장편과 이야기(모노가타리, 物語)	
농 산촌 아동들의 소설과 동화	소년들의 모험 이야기
《고개의 아이들(峠の子供たち)》(泉本三樹著,　明朗社, 1948)《나의 운세(ぼくのうらない)》(磯部忠雄著, アテネ出版社, 1949)《하늘의 구름인가 봉우리의 벚꽃인가(空の雲か峯の櫻か)》(二反長半著, 東京一陽社,　1948)	《산허리의 소년들(岬の少年たち)》(福田清人著,　大日本雄弁會講談社,　1947)《살아있는 산맥(生きている山脈)》(打木村治著, 中央公論社, 1953)
유머소설의 개화	
《미스위원장(ミス委員長)》(伊馬春部著,　偕成社, 1950)《독톨선생님 이야기(ドクトル先生物語)》(北町一郎著, 宝文館, 1953)《머리를 늘어뜨린 사장님(おさげ社長)》(宮崎博史著,　偕成社, 1954),《유쾌한 뱅글뱅글 선생님(ゆかいなクルクル先生)》(猪野省三著,　泰光堂, 1954)《패랭이꽃 골목(なでしこ横丁)》(紅ユリ子著,　宝文館, 1955)《푸른하늘 팀(青空チーム)》(五十公野清一著, 泰光堂, 1956)	

〈표 2〉 1945년~60년 아동문화의 동향[35]

1945	GHQ(연합군 최고사령부)의 수신(修身), 일본, 역사, 지리과 수업 정지 명령, 항구에는 전쟁고아와 부랑아들이 모이고, 암시장에는 조잡한 완구와 그림책, 사탕 등이 등장해 아이들의 관심을 모음. 그림연극이 등장하여 〈황금배트(黄金バット)〉가 첫 공연. 일본소국민문화협회 해산.
1946	일본동화회 창립, 아동문학자 협회 창립,《고추잠자리(赤とんぼ)》창간,《은하(銀河)》창간, 국정 역사 교과서《나라가 걸어온 길(くにのあゆみ)》발행, 주간신문〈어린이만화신문〉이 곤도 히데조(近藤日出造)의 편집으로 발행됨.《신보물섬(新宝島)》(手塚治虫)이 발행되어 스토리만화의 기원이 됨.

35　尾崎秀樹,《子どもの本の百年史》, 明治図書出版株式會社, 1973, 326~332쪽을 참고하여 필자가 작성한 것임.

1947	초중학교에 사회과 수업 개시, 체제가 정비된 만화 단행본이 출판되기 시작. 야마가와 소지(山川惣治)가 그림연극으로 〈소년왕자〉를 《오모시로북(おもしろブック)》에 연재. NHK 어린이 시간에 〈종이 울리는 언덕(鐘の鳴る丘)〉(菊田一夫)이 방송되어 인기를 모음. 여름방학녹음어린이회(夏休み綠蔭子ども會) 활동이 왕성해짐.
1948	학습잡지의 창간과 복간이 눈에 띔. 소위 '무국적 동화' 및 풍자적 난센스 테일의 창작이 왕성해짐. 네 컷 만화나 짧은 개그만화가 많이 그려짐. 신문 연재만화 〈사자에상(さざえさん)〉의 인기가 높아짐. 문화적 잡지가 계속 폐간됨.
1949	《은하》 폐간. 〈버마의 하프〉(竹山道雄)와 〈감나무가 있는 집(柿の木のある家)〉(壺井榮)이 마이니치(每日)출판문화상 수상. 아동잡지의 속악화 정도가 심해짐. 스토리만화가 융성해짐. 기노시타 준지(木下順二)의 민화극民話劇 〈유즈루(夕鶴)〉 초연.
1950	아동문학자협회 신인회 발족, 아동문학동인지 운동 일어남. 교육그림연극연구소 발족. 《소년소녀광장(少年少女の廣場)》 종간. 《아이들의 마을(子どもの村)》 종간. 계절 감각을 살리지 못한 아동잡지 발행일 문제화.
1951	제1회 문부대신상을 〈논짱 구름을 타다(ノンちゃん雲の乘る)〉(石井桃子) 〈버마의 하프〉가 수상. 오가와 미메이(小川未明) 예술원 회원으로 추대. 아동문학자협회 제1회 아동문학상 〈낙제골목(ラクダイ橫丁)〉(岡本良雄), 〈감나무가 있는 집〉 수상.
1952	민화의 회(民話の會) 발족. 제2회 문부대신상을 〈엄마 없는 아이와 아이 없는 엄마(母のない子と子のない母と)〉가 수상. 〈백마의 기사(白馬の騎士)〉(北村壽夫) NHK에서 방송 개시 후 인기 상승. 제1회 소학관(小學館)아동문화상을 나마치 사부로(奈街三郎), 스미이 스에(住井すゑ), 쓰치야 유키오(土家由岐雄) 수상. 출판계에 전기물(戰記物) 붐이 일어남.
1953	제3회 문부대신상을 하마다 히로스케(浜田廣介)가 수상. 제1회 어린이를 지키는 문화(子どもを守る文化) 회의가 열림. 아동잡지 대판(大判)화. 잡지 변질. 만화에 유도물(柔道物) 대유행.
1954	아동문학서클협의회 결성. 〈홍공작(紅孔雀)〉 NHK에서 방송 개시 후 〈아동용시대극(新諸國物語)〉의 인기가 점점 높아짐. 제1회 산케이(産経)아동출판문화상을 〈걸어간 눈사람(あるいた雪だるま)〉(佐藤義美), 〈日本兒童文學全集〉(河出版) 등이 수상. 아동문학동인지 운동이 전국적으로 융성해짐. 만화 〈아카도 스즈노스케(赤胴鈴之助)〉(武內つなよし)의 인기가 높아짐.
1955	쓰보타 조지(坪田讓次) 예술원상 수상. 일본아동문학잡지편집자회 창립. 각지에서 안데르센 탄생 150주년 기념. 일본아동문예가협회 결성. 악서추방운동 여론 상승.

1956	〈버마의 하프〉영화화. 만화 〈철인28호〉(横山光輝), 〈등번호 0(背番号0)〉(寺田ヒロオ)의 인기 높아짐.
1957	군국주의 붐이 일어남. 강담사(講談社)에서 학년별 학습잡지를 창간. 〈아카도 스즈노스케〉가 라디오, TV, 영화화되어 매스미디어의 입체화가 진전. 전기(戰記)만화의 진출.
1958	제1회 미메이(未明)문학상 〈고탄의 휘파람(コタンの口笛)〉(石森延男)이 수상. 〈아동문학의 흐름전〉이 미쓰코시(三越) 백화점에서 열림.
1959	문부성의 아동도서 선정제도안에 대하여 아이를 지키는 문화회의 실행위원회에서 반대 성명. 주간 《소년매거진(少年マガジン)》,《소년 선데이(少年サンデー)》 창간. 만화방에 〈닌자 무예집(忍者武芸帳)〉(白土三平) 등장.
1960	창작아동문학계가 오랫동안의 침체기를 극복하고 창조적 발전을 이루어 장편 출판이 활발해짐. 아동문학계에 신구 세대 모순이 격화되어 세대교체가 이루어짐. 소년 주간지가 점차 부수를 늘림. 아동도서 출판에서 전집이 주축이 됨.

2

1960~70년대 일본 아동문학과
전쟁아동문학

새로운 아동문학의 시대로

전쟁을 매개로 국가의 공동목표에 자기동일화를 꾀했던 일본인은, 패전으로 인해 삶의 목표를 잃었다. 패전 직후 일본인은 배고프고 궁핍한 패배자였으며, 자기 존재의 당위성을 만들어 내지 않으면 삶 자체가 고통이었다. 그 때문에 자신을 위로할 장치가 필요했고, 패전 직후의 아동문학도 그 한 역할을 담당했다. 그 결과, 자기방어를 위한 공공의 적을 만들고, 전쟁에 대한 책임을 회피하는 내용이 대중적 인기를 얻는다.[1]

한편, 1960년대 이후 일본 아동문학계의 구조는 크게 바뀐다. 패

---

[1] 이른바 '위로의 문학' '자기 존재의 당위성을 표현하기 위한 문학'이라고 할 수 있다. 대표적인 작품으로, 패전 직후의 다케야마 미치오의 〈버마의 하프〉, 쓰보이 사카에의 〈스물네 개의 눈동자〉 등이 대표적인 예이다. 이들은 전쟁이 자신들에게 얼마나 참혹한 인생을 가져다주었는지, 국가를 믿은 결과가 어떤 것이었는지를 다양한 각도에서 기술하고 있다. 이는 패전 전 아동문학계의 주류가 아닌 이들로부터 나온 발신이었다.

전 직후부터 1950년대까지의 문학이 보여 줬던 것과 같은 '전쟁'과 '생활'과의 직접적인 연관 관계에서 벗어나, 문학을 통해 전쟁과 일본인을 객관화할 수 있는 시기가 도래했다.

이 장에서는 일본 아동문학의 확대 시기인 1960~70년대 아동문학 현상을 살펴본다. 특히 일본인으로서의 자기 인식이 '공동체'에서 '개인'으로 변화하는 것에 주목하여, 전쟁 해석과 문학적 양상을 파악한다. 이를 위해 '일본아동문학자협회(日本兒童文學者協會)'[2]가 발간한 《일본아동문학(日本兒童文學)》[3] 잡지를 중심으로 아동문학의 융성과 함께 적극적으로 논의되는 전쟁아동문학의 문제에 대하여 고찰한다.

---

[2] 일본 패전 후 1945년 9월 세키 히데오(關英雄)가 지인과 의논하여 아동문학자 통일 단체를 발족한다. 《소년클럽(少年俱樂部)》계의 대중아동문학 작가를 제외한 《빨간 새(赤い鳥)》계, 《프롤레타리아 아동문학(プロレタリア兒童文學)》계, 《동화문학(童話文學)》계의 아동문학자들의 찬성과 동의를 얻어 1946년 3월 17일 창립총회를 개최했다. 세키는 당초 단체명을 '아동문예가협회(兒童文芸家協會)'로 계획했으나, 오가와 미메이(小川未明)의 제안으로 아동문학자협회(兒童文學者協會)로 하기로 하고, 오가와가 초대 회장을 맡았다. 1958년 사단법인 신청을 계기로 일본아동문학자협회(日本兒童文學者協會)로 개칭하고, 1963년 사단법인 허가를 받았다. 이후 오피니언지(誌)로서 《일본아동문학(日本兒童文學)》을 격월로 발행하고, 협회 편찬물을 출판하고, 일본아동문학자협회상과 신인상 등을 매년 선정 수여하며, 각종 강좌 및 연구회를 개최했다. 또한 저작권 등의 작가 생활권 옹호, 국제 교류, 아동과 아동문학에 관한 사회적 발언 및 행동을 해 왔다.

[3] 《일본아동문학》은 1946년 9월에 창간되어 지금에 이른다. 이 잡지는 일본 패전 후 《소년클럽》계열의 대중아동문학 작가를 제외한 《빨간 새》계, 《프롤레타리아아동문학》계, 《동화문학》계 아동문학자들의 찬동을 얻어 창립된 순수문학계의 대표 잡지라고 할 수 있다. 이 장에서는 1960~70년대에 간행된 잡지를 중심으로 연구한다.

1960~70년대 일본 아동문학의 상황

일본 근대 아동문학이라는 '역사적 현상'의 출발점은, 통상 오토기 바나시(お伽噺)가 탄생하여 성장한 19세기 말에서 20세기 초로 본다. 그리고 1910년대 후반에서 1920년대 전반, 잡지《빨간 새(赤い鳥)》로 대표되는 '동심주의 아동문학'으로 이른바 '동화'가 풍부하게 펼쳐진 시기가 일본 근대 아동문학의 개화기다. 이후 40년 가까운 긴 소강기를 지나 일본 아동문학은 제3의 전성기를 맞게 되는데, 바로 이 장에서 다루고자 하는 1960~70년대이다. 일본 아동문학계의 두 번째와 세 번째의 비약적 성장 사이에는 아시아태평양전쟁과 전후의 사회 혼란기가 있다.

패전의 충격이 어느 정도 가시기 시작한 1950년대 말, 일본 아동문학계에는 평론이나 창작 분야에서 '동화 비판'을 축으로 한 새로운 전환점이 마련된다. 1920년대에 태어난 작가들이 중심축을 이루어 1960년대 문학의 주류를 이루게 된 것이다. 이들의 작품은 새로웠고, 그 새로움이 비난을 받으면서도 아동 독자들에게 널리 수용되었다.

아동문학계의 발전에는 일본 경제의 비약적 성장과 이에 동반한 사회적 요인도 한몫했다. 각 학교에서 추진된 독서 활동, 1960년 '엄마와 아이의 20분간 독서운동' 및 1967년의 '일본 어린이 책 연구회' 발족, 1970년 '부모자녀 독서 지역문고 전국연락회' 결성, 그 외 공공도서관의 확대, 유아교육의 보급 등 아동문학을 둘러싼 환경이 비약적으로 정비되었기 때문이다.[4] 그러면서 아동문학의 형태에도 변화가 찾아와, 기존의 단편 위주에서 장편문학이 빈번하게 출현하게 된다. 문학이 사회 자체와 그 안의 인간관계에까지 관심을 갖게 되면서 그에 걸맞은 다양한 표현 방법과 분량이 필요해졌기 때문이다. 교육 기회가 확대되고 가정 내 보호 기간이 늘어나면서 아이들이 '아동'으로 존재하는 시간도 길어져 아동 독자의 연령대가 높아진 현상도 문학의 장편화에 기여했다. 그리하여 이 시기 일본에서는 아동문학에 대한 인식 및 그 표현 방법에 적극적인 변혁이 일어났다.

내용 면에서 1960년대 전반기를 규정하는 중요한 특징으로는, 사회성이 강한 작품이 눈에 띈다는 것이다. 사회, 국가, 전쟁 등을 직접적인 소재로 다룬 작품이 많았다.[5] 정치적 상황을 배경으로 미군 기지에 대한 투쟁을 다루거나, 이승만 라인을 소재로 한 작품, 포르투갈 반독재 운동을 주제로 한 작품 등을 확인할 수 있다. 가난을 이겨 내고 열심히 살아가는 아동들을 다룬 작품도 다수 있다. 작가들은 이러한 작품을 통해서 인간 사회의 진실과 미래에 대한 신뢰를 이야기했다.

1960년대 전반기를 지나면서는 1964년 동경올림픽 개최와 도카이도(東海道) 신칸센 개통, 이에 따른 경제 고도성장으로, 일본인의 관심이 정치에서 경제문제로 이행할 조짐을 보였다. 아동문학도 이러한 상황을 반영하여 '주니어 로망'이라고 불리는 소설이 유행하며, 결함

---

[4] 西田良子, 〈戰後兒童文學のあゆみ-戰後から50年代まで〉, 《戰後兒童文學50年》, 日本兒童文學者協會, 文溪堂, 1996, 33쪽.

[5] 長谷川潮, 〈現代兒童文學,その生成と發展--60年代から70年代へ〉, 《戰後兒童文學の50年》, 日本兒童文學者協會, 文溪堂, 1996, 40쪽.

자동차 문제 등 고도성장에 대한 조소를 보내는 작품이 등장했다.[6]

1970년 전후 들어서는 산업 발달로 일본열도의 공해 문제가 표면화되어 관련 아동문학이 출현하기도 한다. 1967년 사이토 류스케(齋藤隆介) 붐이 대표적이다. 그의 만화풍 창작은 '민중의 사상'을 담아 인간으로 사는 의미를 담아내면서 엄청난 인기를 얻었다.[7] 그의 작품은 경제적으로는 풍부해졌지만 열도 전체를 덮친 공해와 가정 내 아동 관리 문제 등 정신적으로 피폐해지고 있던 일본 사회에 신선한 자극을 주었다. 이는 아동문학 독자층뿐 아니라 어른 세계 전체의 여론을 환기시키는 계기를 마련했다. 역사적 사실이나 인물을 새로운 시점으로 그려 내거나, 사실을 픽션화한 대작 역사소설도 이 시기에 등장한다.

1970년대는 1960년대 전후 제1세대에 이어 아동문학의 변혁을 이끈 제2세대의 활약으로 일본 아동문학이 양적으로나 질적으로 확대되고 성장한 시기다. 책이 대량으로 팔리고, 아동문학에 대한 어른들의 관심이 고조되며 관련 강연회나 세미나가 전국적으로 성황리에 개최되었다. 그 결과, 창작하는 측이나 작품을 수용하는 측 모두 풍부한 결실을 거두었다. 60년대와 비교하면 직접적으로 정치성을 드러낸 작품은 줄어들고, 아동 교육 문제의 측면에서 정치나 사회문제를 간접적으로 취급하는 경우가 많았다. 또한 1967년의 사이

---

[6] 長谷川潮, 〈現代兒童文學,その生成と發展--60年代から70年代へ〉, 42쪽.

[7] 사이토 류스케 붐의 또 다른 요인은, 다키다이라 지로(瀧平二郎)가 그린 그림이다. 두 사람이 합작하여 만든 그림책은 그림책 장르 자체의 붐을 일으켰다(長谷川潮, 〈現代兒童文學,その生成と發展--60年代から70年代へ〉, 45쪽).

토 붐과 비슷하게 어른들의 지지를 받으며 아동문학에 대한 관심이
확대되는데, 1970년대 후반에 일어나 80년대까지 휩쓴 하이타니 센
지로(灰谷健次郞) 붐이 그것이다.[8] 하이타니의 작품은 학교를 주요 무
대로 교사와 아동들의 다양한 관계 속에서 교육의 이상을 추구하는
내용이 중심이다. 하이타니는 사회적 약자를 등장시켜 이들의 입장
에서 사회를 고발하며 인간성 회복을 추구했다.

　아동문학의 이러한 전환을 이끈 것은 아동에 대한 어른들의 '태
도' 변화였다. 이 시기에 일본인들은 아동에게 어떤 책을 읽힐 것인
지를 고민하기 시작했다. 70~80년대 인기를 끈 아동문학은 가정
이 아동을 성장시키는 장이 아니라 오히려 아이들을 관리하고 억압
한다는 인식을 바탕으로 했다. 가정뿐만 아니라 사회의 가치 기준
과 학교의 '관리화'에 관심을 두고 아동들 편에서 이에 반격하는 내
용을 담기도 했다. 이는 흔히 아동문학에 기대하는 교훈, 훈계, 이상,
순수, 비폭력, 해피엔딩, 보호당하는 자, 어른의 기대에 대한 순종 등
에 대한 전복이었다. 한 인간으로서 아동의 자기이해와 사회 모순에
대한 대처, 이에 대한 책임을 문학화했던 것이다.

　일반 아동문학 전반의 변화는 '전쟁아동문학'에도 영향을 미쳤다.
1959년 이누이 도미코(いぬいとみこ)의《나무 그늘 아랫집의 난장이
들(木のかげの家の小人たち)》이후 60년대 전반부터 다수의 전쟁아동문
학이 발표되었다. 이 시기 사회, 국가, 전쟁 등이 아동문학의 직접적
인 소재가 된 데에는 작가들이 태어난 연대와 관련이 깊다. 60년대

---

[8] 長谷川潮,〈現代兒童文學,その生成と發展--60年代から70年代へ〉, 53쪽.

작가들은 1920년대에 태어나 아동기에 '15년전쟁[9]'을 겪고, 전쟁 말기에는 노동자로 동원되거나 군인 또는 병사가 되었다. 이보다 조금 뒤인 1930년대에 출생한 작가들은 아동기를 완전히 전쟁 속에서 보낸 사람들이었다. 이들은 정신과 신체가 국가와 직접적으로 연결된 세대라고 할 수 있다. 이러한 세대가 어른이 된 1960년대는 사회적으로 '안보투쟁'의 압력에도 불구하고, 미일신안보조약 가결 등 미국과 일본 간의 관계에 큰 변화가 일어난 시기였다.

이 시기에 주목할 만한 또 한 가지 특징은, 식민지 조선이나 만주에 관한 작품이 대거 등장했다는 것이다. 아카기 유코(赤木由子), 시카타 신, 미키 다쿠(三木卓), 사이토 나오코(齋藤尙子) 등은 아동기와 청년기를 구식민지에서 보냈다는 공통점을 가지고 그러한 체험을 작품에 반영했다.[10] 이러한 식민지 출신 작가들의 활동은, 전쟁기 타국 아동들의 시선을 통해 일본 아동의 모습을 되돌아볼 수 있는 계기를 제공했다. 이는 어른들 중심의 전쟁 기술에서 벗어나 아동들의 전쟁, 즉 아동이 직접 체험한 전쟁의 실상과 그 안에서 일본인 아동으로서의 자기객관화를 꾀하려 한 작품들이었다. 전쟁에서 아동은 보호받지 못한 피해자가 아니라, 아동 또한 전쟁의 가해자인 일본인이었다는 사실을 작가 개인의 아동기로 거슬러 올라가 다시 추억해 낸 것이다. 이외에도 오키나와 전쟁, 원폭 관련 문학 등 전쟁의 실상을

---

[9] 1931년 만주사변부터 1945년 포츠담선언 수락으로 태평양전쟁의 종결에 이르는 약 14년간에 걸친 분쟁 상태와 전쟁을 총칭한다.

[10] 中村修 韓丘庸 しかたしん,《兒童文學と朝鮮》, 神戶學生青年センタ 出版部, 1989, 41쪽.

아동들에게 알리려는 소설도 대거 등장한다.

전쟁에 대한 문제의식

'공동체'에서 '개인'의 문제로

아동문학의 비약적인 변화와 발전은 '15년전쟁'을 바라보는 입장에도 다양한 시각을 형성하게 했다. 이는 일본 아동문학계에 일어난 제3의 변화라 할 수 있다. 이 변화 속에서 전쟁아동문학은 어떤 위치를 점하고 있었을까.

일본인에게 전쟁은 패전 직후까지도 여전히 '공동체'의 문제였다. 일본국가의 국민으로서의 자기정립과 이것이 발생시킨 공동체 의식이야말로 전쟁을 가능하게 한 원동력이었다. 그리하여 공동체가 맞이한 패전은 공동체 의식을 강요한 대상에게 그 보상을 요구하며 전쟁과 개인의 관계를 추상화시키기도 했다. 그러나 패전 이후 경제적 기반이 확립되면서 사회 구성원들이 개인에 집중할 수 있게 되고, 패전 이후 태어난 아동들이 문화계의 주류를 이루게 됨에 따라 전쟁은 더 이상 공동체의 문제가 아니라 '개인'의 문제로 취급되어야 함을 인식하게 되었다.

빠른 경제성장과 함께 미국문화가 유입되면서, 일본 사회는 개인과 가족 중심의 사회로 전환되었다. 그러니 전쟁 문제만큼은 개인의 문제로 취급되지 못하는 미숙함이 남아 있었다. 자신의 잘못을 들추어 반성하고 사과하고 책임을 지려는 성숙한 태도와는 아직 거리가 있었다. 이런 상황에서 일본이 다시 베트남전쟁에 가담하게 되면서 일본 사회는 또다시 급속히 우경화되었다. 게다가 이 시기에 널리 보급된 TV 등의 미디어가 전쟁을 미화하여 전달하면서 일본인의 개인과 전쟁 인식은 또다시 위기를 맞았다.

그중에서도 미디어에 무방비로 노출되고 그 영향을 강하게 받는 아동들이 더 문제였다. 가뜩이나 전쟁에 대한 환상을 갖기 쉬운 아동들을 상대로, 일본의 미디어는 전쟁의 승리자를 '멋진 존재'로 표현했다. 1951~1953년 말 아동잡지계에 전쟁 붐이 일었던 당시, 일본의 아동잡지들은 아시아태평양전쟁을 배경으로 극한적인 전장 상황을 설정하여 전투기, 군함, 전차 등의 병기 특집과 이 병기를 활용한 극지전(極地戰)을 그려 낸 바 있었다. 이와 유사한 현상이 1960년대에도 재등장하여[11] 아동잡지의 스릴러 붐, 간 붐[12], 전기 붐 등이 일어났다.

이와 같은 독서계의 분위기를 의식하여 일본 아동문학자들은 《일본아동문학》을 통해 미디어가 국가와 밀착하여 군국주의를 다시 조장하는 것에 경계를 표했다. 이들은 미디어의 전쟁 보도에 국가권력이 개입하여, 라디오나 TV가 국가의 '기대되는 인간상' 만들기 정책에 일조하고 이른바 '청소년 대책'을 통해 교육문화 전체에 영향을

---

[11] 今村秀夫・谷川澄雄, 〈兒童娛樂雜誌一年の動き〉, 《日本兒童文學》 10卷第6号, 日本兒童文學者協會, 1964, 19쪽.

[12] '간(ガン)'은 영어 건(gun)의 일본어식 표현으로 총을 말한다. 1960년경 일본 아메요코(アメ横)의 나카다(中田)상점과 에하라(江原)상점이 외국제 캡건을 수입 판매하기 시작하는데, 이것은 아동용 완구로 실제 총과는 거리가 있었다. 그 후 수입 캡건을 개량하여 실제 총과 흡사한 '모델건'을 만들었는데, 이것이 발매와 동시에 큰 인기를 얻었다. 일부 장난감은 화약의 폭발력을 이용하여 플라스틱제 탄환을 발사할 수도 있었는데, 이런 종류는 발매 금지 처분을 받았다.

끼치고 있다고 주장했다. 미디어를 이용한 군국화의 재등장에 대해
스미이 다카오(隅井孝雄)는 다음과 같이 비판했다.

> 지금까지도 전쟁과 관련된 방송이 많았습니다. 그 주류 중 하나는
> 미국 TV나 영화였습니다. 전쟁을 스포츠화하고, 스릴과 스피드 있는
> 장면으로 구성하여 특히 아이들의 전쟁관을 크게 변화시키는 역할을
> 했습니다. 그러나 모두 '자신들과 관계없는 세계의 이야기'로 아동들
> 측에서 보면 한계가 있었습니다. 그러나 최근은 어떤가요? 소년 항공
> 병을 태평양전쟁 영웅으로 취급하여 아동들에게 제시하고 있습니다.
> 지난번 NET에서 방영된 〈자위대기념일〉은 '지축을 흔들며 진군하는
> 전차대'라든가, '해상자위대는 그 위용을 동경 해상에 나타냈다'라는
> 등 20년 전과 완전히 똑같은 형용사로 자위대를 찬양하고 있습니다.
> (중략) 잡지에는 '대동아전쟁긍정론'이 당당하게 게재되고, 소년잡지들
> 은 눈을 의심할 정도로 전쟁에 관한 읽을거리로 채워져 있습니다. (중
> 략) 우리들은 방송에서 현재 진행하는 상태가 교육위원회의 관선, 근평
> 勤評 투쟁, 도덕교육의 추진, 학력 테스트의 강행 등 민주교육을 파괴하
> 려는 행동과 무관하지 않다고 생각합니다. 국가의 교과서 통제를 정점
> 으로 교육문화 전반에 대한 거센 공격이 가해지는 것입니다.[13]

미디어가 아동들의 전쟁 인식에 미치는 영향을 우려하는 글이다. 전

---

13 隅井孝雄, 〈軍國主義化の進むテレビ·ラジオの實体〉, 《日本兒童文學》第二卷八号,
　日本兒童文學者協會, 1965, 24쪽.

쟁의 주체였던 일본인의 모습을 자랑스럽게 묘사한 장면은 전쟁을 경험한 아동문학 작가들에게 경각심을 불러일으켰다. 미디어가 전쟁의 추상화를 넘어 군국주의를 노골적으로 부추기고 있다고 본 것이다.

작가들은 전쟁을 공동체가 아니라 개인의 문제로 다루어야 함을 깨달았다. 작가 본인의 전쟁관과는 무관하게, 전쟁 체험을 솔직히 드러내야 할 필요성을 느꼈다. 국가가 미디어와 손잡고 아동들에게 '전쟁의 허상'을 전달하는 것을, 실제로 전쟁을 체험한 어른이자 작가로서 그냥 두고 볼 수만은 없었던 것이다. 그들은 근대 일본이 치러 온 전쟁은 일본의 개인들이 국가라는 '환상의 공동체'에 자신들을 수렴시킴으로써 가능했음을 깨달았다. 이러한 자각은 수많은 의문을 수반했다.

자신들을 포함한 일본인들은 과연 억지로 전쟁에 끌려 나간 것일까? 자신의 의사는 없었을까? 혹시 증오나 악의에 찬 정념적인 에너지의 발산은 아니었을까? 타인을 배제하려는 심리는 개입되어 있지 않았을까? 이러한 심리가 국가 혹은 국민이라는 '합법적인' 회로를 통해 발산된 것이 전쟁이 아닐까? 아동문학자들은 전쟁아동문학의 문제점을 고민하기 시작한다.

타자를 인식하는 개인으로서의 자각

1966년《일본아동문학》에는 〈전쟁아동문학의 문제점〉[14]을 주제로 요코타니 테루(橫谷輝), 이시카와 미쓰오(石川光男), 요시다 히사코(吉

---

[14] 橫谷輝, 〈戰爭兒童文學の問題点〉,《日本兒童文學》10月号, 日本兒童文學者協會, 1966, 6쪽.

田比砂子), 이시가미 마사오(石上正夫) 등이 합숙연구회를 통해 열띤 토론을 벌인 내용이 실린다.

토론은 크게 두 가지 논점으로 나뉘었다. 먼저는 전쟁의 본질과 관련된 것으로, 전쟁은 과연 무엇인가, 그것에 어떤 태도로 접근해야 하는가, 전쟁 자체를 어떻게 다뤄야 하는가 등이 논의되었다. 그리고 두 번째는 전쟁에 대한 다양한 생각과 체험이 아동문학으로 표현될 때 어떤 방법이 바람직하고 무엇이 필요한가 하는 점이었다. 여기에서 아동문학자 및 비평가들의 다양한 의견이 교차되는 것을 볼 수 있다.

이시가와(石川): 인간적인 전쟁은 결코 존재할 수 없고, 그것은 인간을 비참하게 하며 인간성을 파괴하는 것이다. 아이들에게 전쟁의 실체를 알려 경종을 울려야 한다.

니시모토(西本): 전쟁이 피해자 입장에서만 다뤄져 자신의 결백을 주장하려는 것은 용서할 수 없다. 따라서 인간의 추악한 부분을 간과하지 말고 가해자 입장에서 기술해야 한다.

요시다(吉田): '훌륭한 전쟁아동문학'을 쓰기 위해서는 바른 전쟁관의 확립이 필요하다.

이시가미(石上): 요즘 학생들은 전쟁에 대해 관심이 많다. 그리고 소년 주간지나 전쟁 기사 등의 전기물(戰記物)에 열중하는 아이들이 많은데, 이것으로는 전쟁의 실체를 알기 어려우니 질 높은 전쟁아동문학을 읽힐 필요가 있다.[15]

---

15 橫谷輝, 〈戰爭兒童文學の問題点〉, 6~7쪽.

토론 외에도《일본아동문학》에는 전쟁아동문학의 필요성에 대한 요청이 다수 언급된다. 가미노(上野)는 〈전쟁책임에 대한 반성의 분위기〉에서, 아동문학자 대부분은 피해자인 자신에 대한 자각은 있어도 자신 역시 일본이라는 국가의 일원이고 많은 살상 파괴의 가해자였음은 간과하고 있다며, 전쟁책임에 대한 자기 재고의 필요성을 주장한다.[16] 1966년 8월호에서는 〈전중·전후파의 8월 15일〉[17]이라는 제목의 설문 조사를 통해 전쟁아동문학에 대한 작가들의 자세를 점검한다. 여기에서는 전쟁 체험자가 본인의 체험이나 실감을 기반으로 전쟁의 실체를 적확하게 파악하여 아동들에게 전달할 의무가 있다는 점과, 전쟁 체험을 포괄·초월하여 전쟁 자체를 다루는 노력의 필요성도 언급된다. 특수한 체험을 일반화하는 문학 표현의 방법적인 노력이 필요하다는 것이다. 이는 전쟁에 대해 폐쇄적이고 자기도취적인 태도에서 벗어나, 전쟁 체험을 객관화하고 타자를 인식하는 개인으로서의 자각을 촉구한 진일보한 주장이었다. 이러한 자각과 객관화야말로 전쟁을 체험한 세대와 그렇지 않은 현재의 세대를 연결할 수 있는 고리라고 여긴 것이다.

한편 구마노(熊野)는 베트남전쟁을 언급하며, "전쟁은 과거 완료형

---

[16] "전쟁책임을 스스로에게 묻지 않고 과연 새로운 것이 탄생할 수 있을까. 정신적 혼란을 겪게 했던 전쟁을 남의 일로 간주하거나 혹은 '선의'와 같은 추상적인 '정점(定点)'에 빌붙어 처리해 버리려고 한다면, 아무리 새로운 시대의 요청을 이야기한다 해도 공허한 독선으로 전락해 버리는 것은 아닐까"(上野曉, 〈ビルマの竪琴〉について 兒童文學における《戰後》の問題1), 《日本兒童文學》11卷第6号, 日本兒童文學者協會, 1965, 13쪽).

[17] 今西祐行他, 〈アンケート―戰中　戰後派の八月十五日〉, 《日本兒童文學》8月号, 日本兒童文學者協會, 1966, 39~4쪽.

이 아니라 지금 현재 우리들 안에 살아 있다는 것을 파악"[18]해야 한
다며, 모든 작품은 어떤 형태로든 그 시기의 정치 사회현상을 반영
하지 않고는 만들어지지 않는다고 주장한다. 이 주장의 배후에는 전
쟁을 주제로 하는 문학은 마땅히 무거운 책임감을 짊어져야 한다는
인식이 깔려 있다. 구마노뿐만 아니라 당시 일본 아동문학계에는 베
트남전쟁의 일본 가담에 관한 비판의식이 컸다. 이노쿠마 요코(猪熊
葉子)는 〈특집 베트남 오키나와 문제와 일본의 아동문학자〉[19]에서 베
트남전쟁과 오키나와 문제를 거론하며, 전쟁은 아직 끝나지 않았으
며 정치적인 노력과 그에 따른 작품 활동이 필요하다고 주장한다.

아동들이 인간으로서 존엄을 지키기 위해, 혹은 존엄이 손상될 위기
가 닥친다면 그런 상황을 배제하기 위해 적극적으로 정치에 커밋해야
한다. 이런 상황에 대해 아동문학자가 힘겹지만 그려 내야 한다. (중략)
아동문학이 수행해야 할 역할의 하나로서 베트남 땅에서 전개되는 복
잡기괴한 현실의 실상을 도려내어 이것을 아동들에게 전해야 할 책임
이 있다.[20]

1960년대 당시 아동문학이 나아갈 길에 대한 의견들 중 요코타니

---

[18] 熊野正治, 〈西本鶏介〈戰爭兒童文學論〉批判〉, 《日本兒童文學》12, 日本兒童文學者協
會, 1967, 67쪽.

[19] 猪熊葉子他, 〈特集 ベトナム·沖繩問題と日本の兒童文學者〉, 《日本兒童文學》7号,
日本兒童文學者協會, 1967, 6~17쪽.

[20] 猪熊葉子他, 〈特集 ベトナム·沖繩問題と日本の兒童文學者〉, 7쪽.

의 의견은 시사적이다. 당시 만화나 공상 과학물을 통해 현실 세계와 동떨어진 가공의 세계를 그리는 데 치중하고 있던 수많은 작가와 작품들을 향한 일침이었다고 볼 수 있다. 요코타니는 과연 상상력이란 무엇인가에 대한 근본적인 의문을 제기한다. 그리고 아동문학 작가가 자신을 상대화하고 타자에 대한 진정한 이해에서 출발한 문학을 기술할 때 그것이 비로소 아동문학이라고 이야기한다. 기술자로서의 작가와 매개자(부모, 교사, 사서, 보육자 등)가 아동에게 문학으로 다가갈 때 어떤 마음 상태여야 하는지를 고민한 것이다.

더 나아가, 요코타니는 상상력·공상력·환상력을 추구하는 방법적 차원의 문제가 아니라, 진정한 상상력이라는 것은 바로 현실을 파악하는 능력이고 실재하는 모든 것을 명석하고 심원하게 보는 능력임을 강조했다. 그는 '타자와의 진정한 관계'를 문학의 가장 저변에 위치시키려고 했다. 요코타니는 교육계나 일반 사회의 통념과 달리 문학이라는 것이 어른과 아동의 관계를 우/열로 나누어 교훈이나 설교하는 것이 아니며, 어른이 서비스를 제공하는 것도 아니고, 어른이 자기 자신을 위해 쓰는 것도 아니라고 말한다. 그가 인식한 것은 타자와 마주 대하는 인간으로서의 아동이다.

인간은 그냥 존재하는 것이 아니다. 또 자신의 의식과 그 의식을 성립시키는 주위의 대상에 의해 충족되는 것도 아니다. 말할 필요도 없이 '타자'가 있는 현실을 마주 대하고 있는 것이다. 이 '타자'와 마주 대함 없이 인간이란 무엇이며, 아동이란 무엇인가를 물을 수는 없다. 물론 이 '타자'에 의해 구성되는 계급사회의 존재와의 관련 없이 인간을 추구하기 어렵다는 것은 말할 필요도 없다. (중략) 전후 아동문학의 가장 현저한 특징 중 하나는 '아동'의 개념을 도입한 것이라고 나는 생각한다. 그러나 이 '아동' 개념은 기껏해야 현실의 아동을 알고 존중하는 정도밖에 아니었다. '자기' 존재를 부정하고 상대화 가능한 '타자'는 아니었다. 인간이 그 존재를 획득하는 것은, '타자'의 눈으로 '자기'를 대상화해야만 가능하다. (중략) 인간의 자유는 결코 주관적인 외침이 아니다. 적어도 자유의 제한이고 한계인 지점에 '타자'와의 결부 없이는 생각할 수 없다. 참된 자유는 타자의 존재를 무시하고 거부하는 것에서 비롯되는 것이 아니라, '타자'의 존재 속에서 자유를 개척하는 계기를 발견해야만 얻을 수 있다."[21]

요코타니는 전후 아동문학의 초기 작품들 대부분이 전후 해방과 변혁의 뜨거운 열기 속에서, 작가 자신의 자유에 대한 집착과 무한한 자기 확대의 욕구가 주위 대상에 대한 분노, 화, 비판의 형태로 발산되었다고 지적한다. 초기 전쟁 관련 아동문학은 주관적인 외침이라고 하며, '타자'는 지극히 애매한 형태로 존재하며, 이러한 작가의 열기에 들뜬 외침은 그 나름의 역할을 담당하고, 때로는 사람들에게 감동을 주기도 하지만, '자기'의 상대화는 이루어지지 않았다고 언급한다. 패전 직후의 전쟁아동문학은 '나'를 새롭게 발견하기 위해서 자신을 극한까지 추궁하지 않은 결과물인 것이다. 일본인이 전쟁의

---

[21] 横谷輝, 〈子どもをどうとらえるか―リアリズムの可能性(下)〉, 《日本兒童文學》12月号, 日本兒童文學者協會, 1964, 7~9쪽.

피해자라는 발상도 이러한 것들과 연관되어 있다.

이처럼 1960~70년대 일본 아동문학, 특히 '전쟁' 문제를 마주 대하는 아동문학계는 일본인이라는 '공동체'에서 주체로서의 일본인 '개인'을 발견하고, 더 나아가 '타자'(전쟁의 피해자) 앞에서 스스로를 '상대화'(가해자로서의 일본인)할 수 있는 존재로 향하기 위한 적극적인 사고의 전환을 꾀하고 있었다.

실천으로서의 전쟁아동문학

1960년대 전쟁아동문학은 그동안 놓쳐 온 전쟁책임을 수행하고자 했다. 이제 어른이 된 작가들은 자신을 포함해 일본인이 가해자라고 의식하기 시작했다. 작가들은 전쟁이 일본인의 역사이며, 자신들의 현재임을 아동들에게 전달하고자 했다. 이에 따라 아동은 어른과는 다른 세계에 존재하는 것이 아니라 공존한다는 의식이 작품 속에 담기기 시작했다.

전쟁 체험 작가들의 사명감은 당시 난무하던 '전쟁물'과는 성격이 다른, '일본인의 전쟁'을 언급하려는 노력과 관련이 있다. 예를 들어, 옷코쓰 요시코(乙骨淑子, 〈피챠상(ぴいちゃあしやん)〉)는 작품 속에 '침략전쟁'이라는 단어를 사용한다. 그녀는 전쟁문학을 기술하는 심경을 다음과 같이 이야기한다.

전쟁을 모르는 소년소녀를 상대로 전쟁에 대해 쓴다는 것은 매우 괴롭고, 할 수만 있다면 피하고 싶은 욕망이 생깁니다. 전쟁은 비참하고 어둡고 비생산적이기 때문입니다. 아이들이 가지는 생산성과 어른인 작가의 생산성의 접점에서 아동문학을 창조하고 싶은 저에게 비생산적인 전쟁을 그린다는 것은 어쨌든 어려운 일이었습니다. 그러나 저를 무겁게 짓누르고 있는 전쟁에 대해 쓰면서, 명확하게 꺼림칙한 실체에 대해 소년소녀들에게 전하는 것을 저의 아동문학의 출발점으로 삼고 싶습니다.[22]

옷코쓰는 전쟁 체험자와 비체험자가 공통의 기반을 가지고 전쟁을 이해하려면 자신으로부터 전쟁을 객관화하는 작업이 필요하다고 느꼈다. 이 때문에 허구의 세계를 배경으로 삼는다. 한 소년이 중국 전장에서 전쟁의 실체를 목격하고 그러한 상황에서 어떻게 자신의 길을 선택하는지를 그리는 식이었다. 그러나 이런 방식으로는 일본 침략전쟁의 실체를 낱낱이 드러내는 데 한계가 있었다. 오히려 문학을 통해 작가 자신의 전쟁에 대한 짐을 덜려는 의식이 강했다. 다만, 전쟁아동문학과 아동의 접점을 고민했다는 데 의의가 있다. 사오토메 가쓰모토(早乙女勝元)는 다음과 같이 말했다.

최근 몇 년간 아동용 잡지는 닌자(忍者)와 전쟁물이 판을 치고 있다. 또 백화점의 장난감 판매장은 실물과 흡사한 총기류가 산더미처럼 쌓

---

22 乙骨淑子, 〈〈戰爭体驗をどのように伝えたらよいか〉について〉, 《日本兒童文學》 10卷 第11号, 日本兒童文學者協會, 1964, 37쪽.

여 있고, 거리의 모형 가게에는 전투기와 전차, 전함의 프라모델이 대부분을 차지하고 있다. (중략) 전쟁을 모르고 자란 세대에게 기회가 있다면 진정한 전쟁에 대해 가르쳐 주어야 한다고 생각한다. 그것은 소년기 대부분을 전화(戰禍) 속에서 보낸 내가 다음 세대에게 전해야만 하는 중대한 책임인 것 같다.[23]

이 시기에 일본 대형 출판사인 소학관(小學館, 쇼가쿠칸)에서 발행하는 아동잡지《소년 선데이(少年サンデ-)》(1968.3.24.호)가 자사 연재물인 〈여명전투대(あかつき戰鬪隊)〉[24] 관련 현상 모집을 하면서 그 상품으로 구 일본해군병학교 생도의 정장 세트와 미군 군용 권총 및 나치의 철십자훈장 모형 등을 내걸어 아동문학 작가와 관계자들이 소학관에 항의하고 상품 철회를 요구하는 사건이 발생했다.[25] 후루타 다루히(古田足日)도 동 시기 잡지인《소년 매거진(少年マガジン)》,《소년 선데이》,《소년 킹(少年キング)》,《소년 점프(少年ジャンプ)》등을 언급하며 아동잡지에 군국주의의 검은 그림자가 드리워지는 것을 우려했다. 이러한 잡지가 군국주의 침략을 긍정적 방향으로 인식하도록 만든다는 것이다.

---

23 早乙女勝元, 〈あとがき〉,《火の瞳》, 講談社, 1964, 215~216쪽.

24 〈여명전투대〉는 원작 시가라 슌스케(相良俊輔), 작화 소노다 미쓰요시(園田光慶)의 일본 전쟁만화이다. 1968년부터 1969년에 걸쳐 주간《소년 선데이(少年サンデ-)》(小學館)에 전 후편 2부로 나뉘어 연재되었다.

25 古田足日,《兒童文學の旗》, 理論社, 1970, 231~236쪽.

전기(戰記) 자체가 나쁘다는 것은 아니다. 그 전쟁을 긍정하는 혹은 용감하고 장엄한 장면만을 강조하는 전기가 나쁘다는 것이고, 오히려 제대로 된 전기가 없다는 사실을 우리들은 심각하게 생각해 봐야 할 필요가 있다. 그리고 모델이 될 만한 전기나 전쟁소설이 없을 경우, 교사는 그 실상에 대해 이야기해야 한다. 그러기 위해서는 아이들의 지식을 능가하는 통속 전기에 관한 정보와 아시아 현대사 지식이 절대적으로 필요하다.[26]

이는 아동 교양에 관한 절대적인 권력을 교과서와 잡지가 갖고 있던 당시의 상황에서, 만화가들이 그리듯 일본, 우리 편이 이기면 된다는 획일화된 사고의 고착에 대한 우려이다. 그리고 전쟁의 참상과 인간에 대한 객관적 시각의 확보를 호소한 것이다. 이처럼 후루타는 전쟁아동문학이 감당해야 할 사명을 인식하며 〈전쟁물을 어떠한 재료로 어떻게 쓸 것인가〉[27]를 고민했다.

전쟁물을 쓴다는 것은 아동문학 작가가 짊어져야 할 책임이다. (중략) 전쟁 체험을 발전시키려고 할 때 우리들은 전쟁을 다시 한 번 되돌아봐야 한다. 전쟁의 사실에 입각하여 그 사실을 뛰어넘는 작품을 써야 한다. (중략) 이렇게 전쟁물에 대해 고민하는 이유는 직접적으로는 소년주간지 등에 전쟁 비판이 보이지 않는 전기물, 전쟁만화가 실려 있기

26 古田足日, 《兒童文學の旗》, 226쪽.
27 古田足日, 〈戰爭讀物をどういう材料でどう書くか〉, 《日本兒童文學》 10卷第8号, 日本兒童文學者協會, 1964, 10~18쪽.

때문이다.[28]

후루타는 같은 글에서 이를 위한 방법적 측면을 구체적으로 제시하기도 한다.[29] 그는 가해자였던 스스로를 인식하며 자신은 현재의 아동들에게 이에 대한 빚을 지고 있다고 설명한다. 일본인의 전쟁에 대해 '정확'하고 '이해 가능'하게 전달하는 작업을 아동작가의 사명으로 인식하려 한 것이다.

이외에도 구루수 요시오(來栖良夫)는 "침략전쟁에 대해 명확하게 밝혀야 한다"며, 그것은 "인간의 존엄에 대하여 이야기하는 것이며, 사람이 사람을 지배하고 차별하는 것의 무참함"을 아동들에게 전달하는 것이라고 말한다.[30] 고야마 도이치(香山登一)는 "미래에 어떤 비전을 갖고 현재를 읽을 것인지 하는 냉철한 전망이 없는 전쟁물은 옛날이야기"[31]에 지나지 않는다며, 아동의 전쟁에 관한 바른 인식이 아동문학의 미래를 가늠하는 척도라고 언급한다.

---

[28] 古田足日, 〈戰爭讀物をどういう材料でどう書くか〉, 11쪽.

[29] 후루타는 그러기 위한 방법적 측면을 다음 다섯 가지로 제시한다. 1. 이쪽도 일본의 성전(聖戰)이라고 여겨지던 전쟁에 대해 쓰는 방법. 멋진 전쟁을 써가는 속에서 전쟁을 비판하는 방법, 2 가미가제특공대 히메유리탑 등 아낌없이 버려진 생명에 대한 내용을 씀. 부질없는 노력이라는 점으로 비판, 3. 가다르카나르 전쟁과 같은 보병부대의 전투. 이 보병전투의 처참함은 주간지에는 나오지 않는다. 군대생활의 괴로움이나 공습에 대한 이야기, 식량사정 등, 4. 일본이 중국 그 외의 나라에서 자행한 잔악한 행동을 낫낫이 드러낸다. 5. 원폭에 대한 이야기(古田足日, 〈戰爭讀物をどういう材料でどう書くか〉, 11쪽).

[30] 砂田弘他, 《現代兒童文學論集大4卷 多樣化の時代に1970~1979》, 日本兒童文學者協會, 2007, 24쪽.

[31] 砂田弘他, 《現代兒童文學論集大4卷 多樣化の時代に1970~1979》, 24쪽.

이 시기는 문학자의 자각에 의한 '전쟁아동문학'이라는 용어가 출현한 만큼 관련 문학도 대량으로 생성된다. 세부적인 구분으로는 선쟁 준비의 시대, 전쟁 시대, 패전 직후의 시대, 현재적 문제로서 전쟁을 그린 것으로 구분할 수 있다. 이를 제재 혹은 주제별로 다시 나누면, ① 원폭을 소재로 한 작품, ② 전장을 그린 작품, ③ 패전 직후 식민지 생활을 그린 작품, ④ 전화를 입은 이후의 생활을 그린 작품, ⑤ 전시 하의 국민 생활을 그린 작품, ⑥ 전쟁의 상처를 그린 작품, ⑦ 오키나와와 베트남을 다룬 작품, ⑧ 전쟁 기록 등이다. 이 시기에 출판된 아동문학을 연도별로 정리해 보면 다음과 같다.

〈표 1〉 1960~70년대 전쟁아동문학[32]

연도	작품	정세
1960	요시다 히사코(吉田比砂子)《유스케의 여행(雄介の旅)》, 스즈키 미노르 외(鈴木實他)《산이 울고 있어(山が泣いてる)》	
1961	오오에 히데(おおえひで)《남풍 이야기(南の風の物語)》, 사노 미쓰오(佐野美津男)《부랑자의 영광(浮浪者の榮光)》, 구로야부 쓰기오(黑藪次男)《조국으로 가는 길(祖國への道)》	
1962	나스다 미노루(那須田稔)《우리들의 출항(ぼくらの出航)》	
1963	이시가와 미쓰오(石川光男)《연두색 기선(若草色の汽船)》《학이 날던 날(つるのとぶ日)》《어린이의 집(子どもの家)》, 쇼노 에이지(庄野英二)《별의 목장(星の牧場)》, 나가사키 겐노스케(長崎源之介)《옛날 옛적에 코끼리가 왔다(むかしむかし象がきた)》	

---

32 鳥越信　長谷川潮,《はじめて學ぶ日本の戰爭兒童文學史》, ミネルヴァ書房 2012, 19~20쪽; 澁谷淸視,《平和を考える戰爭兒童文學》, 一光社, 1983, 155~162쪽을 참조하여 필자가 작성.

1964	나가사키 겐노스케《바보별(あほうの星)》, 옷코쓰 요시코(乙骨淑子)《피챠상(ぴぃちゃあしゃん)》, 야마모토 가즈오(山本和夫)《불타는 호수(燃える湖)》, 사오토메 가쓰모토(早乙女勝元)《불의 종(火の鐘)》	
1965	오노 미쓰코(大野允子)《바다에 생긴 무지개(海に立つにじ)》, 야마시타 교코(山下喬子)《폴의 내일(ポ−ルのあした)》, 니스다 미노루《자작나무와 소녀(シラカバと少女)》	안보투쟁, 예멘 내전(1962~69) 베트남전쟁 (1964~75)
1966	이마니시 스케유키(今西祐行)《어느 오리나무의 이야기(あるハンノキの話)》, 아카기 유코(赤木由子)《버드나무 솜 날리는 나라(柳わたとふ國)》	나이지리아내전 (1967~70), 체코 사건
1967	야마나카 히사시(山中恒)《청춘은 의심한다(青春は疑う)》, 나가사키 겐노스케《절뚝이 염소(ヒョコタンの山羊)》, 마에카와 야스오(前川康男)《얀(ヤン)》	(1968), 북아일랜드분쟁 (1969~98)
1968	야마시타 유미코(山下夕美子)《2학년 2반은 히요코의 반(二年2組はヒヨコのクラス)》, 나가사키 겐노스케《겐이 있던 골짜기(ゲンのいた谷)》, 유즈키 쇼키치(柚木象吉)《아! 고로(ああ！五郎)》	
1969	오쿠다 구조오(奥田継夫)《소년들의 전장(ボクちゃんの戰場)》, 야마구치 유코(山口勇子)《스카프는 파란색이야(スカ−フは靑だ)》《소녀기(少女期)》, 마쓰타니 미요코(松谷みよ子)《두 명의 이다(ふたりのイ−ダ)》, 미키 타쿠(三木卓)《멸망한 나라의 여행(ほろびた國の旅)》, 오카와 엣세이(大川悦生)《어머니의 나무(おかあさんの木)》, 스즈키 기요하루(鈴木喜代春)《하얀 강(白い河)》, 안도 미키오(安藤美紀夫)《푸치콧 마을로 가다(プチコット村へいく)》, 나가사키 겐노스케《재가 된 백조(燒けあとの白鳥)》, 구루스 요시오(來栖良夫)《괴물 구름(おばけ雲)》	
1970	와타나베 기요시(渡辺清)《전함 무사시의 최후(戰艦武蔵の最期)》, 간노 시즈코(菅野静子)《전화와 죽음의 섬에 살다(戰火と死の島に生きる)》, 무쿠 하토쥬(椋鳩十)《마야의 일생(マヤの一生)》, 니스다 미노루《히메유리의 소녀들(ひめゆりの少女たち)》, 즈치야 유키오(土家由岐雄)・다케베 모토이치로(武部本一郎)《불쌍한 코끼리(かわいそうなぞう)》, 야마구치 유코《조개 방울(貝の鈴)》, 사이토 료이치(齋藤了一)《거짓말쟁이 대작전(うそつき大作戰)》《전쟁아동문학걸작선(戦争児童文学傑作選)》全5巻　日本児童文学者協会(~1972)	

1971	구루스 요시오《마을 제일의 벚꽃나무(村いちばんのさくらの木)》, 오오에 히데《8월이 올 때 마다(八月がくるたびに)》, 고구레 마사오(木暮正夫)《시계는 움직이고 있었다(時計は生きていた)》, 이마니시 스케유키《유미코와 제비의 무덤(ゆみ子とつばめのおはか)》, 스기 미키코(杉みき子)《안녕이라고 말하지마(さようならを言わないで)》	
1972	사이토 나오코(斎藤尚子)《사라진 국기(消えた国旗)》, 시카타 신《무궁화와 모젤(むくげとモーゼル)》, 사토 마키코(さとうまきこ)《그림으로 그리면 이상한 집(絵にかくとへんな家)》, 오오에 히데《리요 할머니(りよおばあさん)》, 다카하시 히로유키(高橋宏幸)《치로누푸의 구츠네(チロヌップのクツネ)》, 기시 다케오(岸武雄)《화석산(化石山)》, 하마 미츠오(はまみつお)《피었네, 피었네(サイタサイタ)》, 노무라 쇼지(野村昇司)《포대로 사라진 아이들(砲台に消えた子どもたち)》, 다니 신스케(谷真介)《오키나와 소년표류기(沖縄少年漂流記)》	키프로스 분쟁 (1974) 동티모르 분쟁 (1975~99) 나미비아 독립전쟁 (1975~89) 앙고라 내전 (1975~02)
1973	쇼노 에이지《아렌중좌의 사이렌(アレン中佐のサイン)》, 이마에 요시도모(今江祥智)《봉봉(ぽんぽん)》, 사오토메 가츠모토《고양이는 살아 있다(猫は生きている)》, 야마구치 유코《이봐 새하얀 배(お―い〝まっしろふね)》, 오노 미쓰코《노을의 기억(夕焼けの記憶)》, 고세코 가즈코(古世古和子)《용궁에 간 토미할머니(竜宮へいったトミばあやん)》, 가와구치 시호코(川口志保子)《두 개의 하모니카(二つのハーモニカ)》, 모리 하나(森はな)《지로핫탄(じろはったん)》, 데시마 유스케(手島悠介)《28년째 졸업식(二十八年目の卒業式)》	레바논 내전 (1975~76) 베트남·캄보디아 분쟁 (1979~91) 소련·아프카니스탄 침공(1979~89) 이란·이라크 전쟁(1980)
1974	아카자 노리히사(赤座憲久)《한꺼번에 꽃이 피는 마을(いっせいに花咲く街)》, 이다 요시히코(飯田栄彦)《날아라! 토미(飛べよ!トミ―)》, 모리 가즈호(森一歩)《겨울 거리에 저무는 해(雪の街の落日)》	
1975	사네토 아키라(さねとうあきら)《행방불명의 8월(神がくしの八月)》, 나스 마사모토(那須正幹)《다락방의 먼 여행(屋根裏の遠い旅)》, 시바타 가쓰코(柴田克子)《뜨거운 모래의 마을(熱い砂じんの街)》, 쓰르미 마사오(鶴見正夫)《긴 겨울 이야기(長い冬の物語)》, 기쿠치 스미코(菊地澄子)《한사람 한사람의 전쟁(ひとりひとりの戦争)》	
1976	다케자키 유희(竹崎有斐)《채석장 산의 사람들(石切り山の人びと)》, 안도 미키오(安藤美紀夫)《말거리의 도키쨩(馬街のトキちゃん)》, 사카사이 고이치로(坂齋小一郎)《노란 대지(黄いろい大地)》, 니시무라 시게루(西村滋)《과자 방랑기(お菓子放浪記)》	

1977	다카기 도시코(高木敏子)《유리토끼(ガラスのうさぎ)》, 와다 노보루(和田登)《슬픔의 성벽(悲しみの砦)》, 오이시 마코토(大石真)《마을의 빨간 두건들(街の赤ずきんたち)》, 스나다 히로시(砂田弘)《할머니의 호리병(おばあさんのとっくり)》, 우에사카 다카오(上坂高生)《불빛이 없는 밤(あかりのない夜)》, 야마하나 이쿠코(山花郁子)《갈림길 추억의 길(わかれ道おもいで道)》
1978	미야카와 히로(宮川ひろ)《밤의 그림자(夜のかげぼうし)》, 마쓰타니 미요코《마친토(まちんと)》, 이누이 도미코(いぬいとみこ)《빛이 사라진 날(光の消えた日)》, 하이타니 겐지로(灰谷健次郎)《태양의 아이(太陽の子)》, 아카자 노리히사《모래 소리는 아버지의 목소리(砂の音はとうさんの声)》, 혼마 요시오(本間芳男)《부인으로 삼고 싶었어(およめに欲しかった)》
1979	마쓰타니 미요코《나의 안네 프랑크(私のアンネ＝フランク)》《전해 내려오는 전쟁체험시리즈(語りつぐ戦争体験シリーズ)》 일본아동문학자협회, 일본어린이를 지키는 회 공동편집(日本児童文学者協会・日本子どもを守る会共同編集), 사오토메 가쓰모토《동경이 사라진 날(東京が消えた日)》, 고야마 요시코(香山美子)《되돌아보면 바람 속으로(ふりむけば風のなかに)》, 아카자 노리히사《눈과 수렁(雪と泥沼)》, 이마니시 스케유키《빛과 바람과 구름과 나무(光と風と雲と樹と)》

이처럼 1960~70년대는 전쟁아동문학이 다양하게 양산되었다. 작가들은 자신들이 직접 혹은 간접적으로 겪은 아동기를 문학으로 표현해 냈다. 이를 관점이나 주제별로 분류해 보면 다음과 같다.

전쟁의 직접적 경험을 새로운 관점으로 그려 낸 작품들이다.《골짜기 아래에서》,《소년들의 전장》등과 같이 1944년 당시 학동소개(學童疏開) 체험을 그리거나,《겨울 거리에 저무는 해》,《되돌아보면 바람 속으로(ふりむけば風の中に)》,《눈과 수렁》,《꽃피는 눈처럼(花咲く雪のごとく)》처럼 자신을 포함한 구제(旧制, 구제도) 중학생들의 체험을 그린 작품들이 있다.《불의 눈동자(火の瞳)》,《시계는 움직이고 있었다》

처럼 아동기의 공습 체험을 그리기도 하고,《자작나무와 소녀》,《버드나무 솜 날리는 나라》,《무궁화와 모젤》등처럼 식민지에서 겪은 소년소녀기를 새로운 관점으로 묘사해 냈다.

전쟁의 잔인함과 그 주체로서 담당했던 책임감을 기술한 전쟁아동문학도 있다. 병사로서 목격한 히로시마의 참상을 그린《어느 오리나무의 이야기》나 나가사키 원폭 피해를 소재로 한《8월이 올 때마다》,《리요 할머니》등이다.《유리토끼》는 소녀기의 공습 체험을 묘사했고,《여동생(妹)》은 중국 잔류 고아였던 가족에 대한 애절한 심경을 그린다. 이외에 직업 작가가 아닌 이들이 쓴《전화와 죽음의 섬에 살다》,《전함 무사시의 최후》와 같은 작품도 발표되는데, 이들의 작품에는 전쟁 당시 무수한 병사가 살상되는 처참한 전투 장면이 사실적으로 묘사된다.

전쟁이 일어난 다음부터는 마음대로 전쟁을 피할 수 없었던 일본 국민으로서 어떻게 생존해야 할 것인가 등 인간성 상실을 추궁한 작품들도 있다.《나무 그늘 아랫집의 난장이들》,《빛이 사라진 날》에는 이러한 일본인이 극명하게 드러난다.《연두색 기선》,《구명정의 소년(救命艇の少年)》등은 천황제 군대 내에서 자주 볼 수 있었던 엄격한 계급성과 하급 병사에 대한 무자비한 횡포를 그렸다.《어머니의 나무》,《용궁에 간 토미 할머니》,《할머니의 호리병》등은 전시에도 열심히 살아간 서민들의 모습과 전쟁에서 가족을 잃은 슬픔을 견디며 살아가는 어머니들의 모습을 담았다.

패전 후 평화헌법 제정과 미군 기지 문제 등 정치 사상 문화 교육의 측면에서 일본의 군국주의화에 대한 문제의식을 담은 작품들도

발표되었다.《어둠 속의 난장이들(くらやみの小人たち)》이 대표적인 예이다. 미군 기지 반대투쟁을 제재로 한《산이 운다(山が泣いている)》,《푸치콧 마을로 가다》,《검은 바퀴(黒いりょう)》등도 이 시기에 발표되었다.[33]

한편, 1970년대 초반 아동문학자협회는 '전쟁아동문학걸작선'이라는 시리즈를 세상에 내놓는다. 문학 창작을 통해 전쟁의 진실을 알리는 작업이 집단화되어 적극 진행된 것이다. 판타지나 SF 수법으로 아동들에게 전쟁의 실상을 전달하려는 작업도 이루어진다.[34] 그 외 '괴물' 이미지를 통해 전쟁에 대한 분노를 표현한 작품이나, 민화(民話)적인 수법으로 학동소개(學童疏開) 소녀와 탈영병의 이야기를 그린 작품 등 자신의 개인사적 서술 관점을 뛰어넘는 새로운 시도도 이루어진다.

전쟁 이야기의 존재 이유

1960~70년대는 급속한 경제성장으로 생활이 안정되면서 '즐거움'

---

33 澁谷淸視,《平和を考える戰爭兒童文學》, 173~176쪽.

34 宮川健郞,《現代兒童文學の語るもの》, 日本放送出版協會, 2005, 171~172쪽. 여기에서 미야카와는 마쓰타니 미요코(松谷みよ子)의《두 명의 이다(ふたりのイーダ)》(1969, 講談社)와《넓어진 나라 여행(ひろびた國の旅)》(1969, 盛光社), 나스 마사모토(那須正幹)《다락방의 먼 여행(屋根裏の遠い旅)》(1975, 偕成社), 오이시 마코토(大石眞)《마을의 빨간 두건들(街の赤ずきんたち)》(1977, 講談社), 와타리 무쓰코(わたりむつこ)《하나하나민미 이야기(はなはなみんみ物語)》(1980~1982, リブリオ出版), 쓰르미 마사오(鶴見正夫)《긴 겨울 이야기(長い冬の物語)》(1975, あかね書房), 사네토 아키라(さねとうあきら)《행방불명의 8월(神がくしの八月)》(1975, 偕成社) 등을 그 예로 들고 있다.

을 추구하는 문화사회로 신속히 진입한 시기다. 이에 따라 국가와 나의 언세보다는 가족 중심의 사회로 관점이 확대되면서, 아동의 생활과 정서에 깊은 관심을 보이게 된다. 학교, 지역, 가정에서 '독서운동'이 활발해지고, 아동도서 출판의 기회도 확대되었다. 전쟁아동문학 분야에서도, 전쟁에 대한 왜곡된 이미지를 생성하는 사회적 현상을 우려하여 전쟁의 실상을 알리려는 작품이 다수 생산되었다. 전쟁을 공동체의 문제에서 가해자 일본인이라는 개인의 문제로 가져오는 작업과, 이러한 인식을 지닌 개인들이 모여 타자에 대해 일본인을 객관화한 작품들이 출현했다.

아동문학이 확대되고 성장하는 상황에서 전쟁아동문학이 담당한 전후 책임의 성과는, 현재와 미래의 아동에게 전쟁과 일본인의 역사적 관계성을 알리고 세계 각국에서 지속되는 전쟁에 대한 비판적 관심을 제기하며, 타인의 입장에서 나를 바라보는 상을 마련하려고 한 것이다. 그러나 이러한 시도는 당시 사회와 아동들에게 원활히 수용되지 못했다. 이는 전쟁아동문학이 1980년대 후반 이후 쇠퇴의 길을 걷는 현상을 통해 알 수 있다.

전쟁은 그 자체가 하나의 사회현상이고, 계급·국가·민족과 같은 사회집단 간에 정치적·경제적 주장과 목적 추구가 서로 대립하는 지점에서 발생한다. 전쟁은 이상한 상태임과 동시에 일상성의 연장이고, 정치의 특수한 연속인 것이다. 전쟁은 이미 지나가 버린 것이 아니라 오늘날에도 우리가 다양한 형태로 체험하는 것이다. 이 때문에 무엇보다도 전쟁에 대한 바른 인식을 전제 조건으로 전쟁책임을 확인하는 작업과 전쟁의 의미를 재확인하는 작업이 필요하다.

유희로서의 전쟁과 아동문학

현대 아동물은 세간의 화제나 유행을 충실하게 좇아가는 형태로 구성되어 그 내용의 상당수가 등장인물의 대결 구도를 벗어나기 어렵다. 이는 정의인가 아닌가, 선인가 악인가의 구별은 명확하지만 그 싸움의 본질에 대해서는 생각하기 어렵게 만든다. 이처럼 미성년을 대상으로 한 미디어의 많은 부분이 가상이든 미래를 예측한 것이든, '전쟁'의 측면을 강하게 품고 있다는 사실은 부인할 수 없다. 전쟁을 모티브로 삼은 아동물이 흥미 위주로만 흐를 경우, 전쟁의 일상화와 무기 사용 및 인명 살상에 대한 무감각을 초래하며 전쟁에 대한 비판적인 눈을 흐리게 할 가능성이 크다.

이러한 맥락에서 전쟁을 일으킨 당사자였던 일본인이 과거의 전쟁을 되짚어 보는 일은, 현대 아동들에게 전쟁의 실상을 알리고 인간의 존엄과 가치를 일깨우는 중요한 작업이라 할 수 있다. 이를 통해 아동문학이 늘 지적받아 온 '교훈'의 한계를 넘어 '공감'의 이해 형태로 전환[1]할 수 있는 계기 또한 마련될 것이다.

　미디어를 통해 전 세계와 네트워크를 형성할 수 있는 오늘날의 어린이들은 과거에 비해 자국인뿐 아니라 타국인과 접촉하고 소통할 기회가 늘어났다. 그렇기 때문에 막연하고 공상적인 차원을 넘어 자신과 국가, 그리고 세계를 어떻게 이해하고 대응하는가 하는 문제[2]는 중요한 사안이며, 여기에 아동문학이 수행해야 할 과제가 있다 하겠다. 특히 독자를 향한 식민지에 대한 기억은 그들이 앞으로 어떻게 타국(인)을 대할지와 관련하여 반면교사가 될 중요한 단서를 지니고 있다.

　문학 안에 전쟁 시기를 그린 본격적인 작품은 과거 식민지 조선에서 생활한 적이 있는 작가들에 의해 1970년대 초기부터 기술되기 시작하는데,[3] 이 시기는 패전 후 일본 아동문학의 발전기와 때를 같이 한다. 이 일본 작가들의 공통된 관심사는 '전쟁'에 대한 부정적이고 회의적인 마음을 아동들에게 전달하는 것이었다. 이 중 일부 작가들은 실제로 어린 시절을 식민지 조선에서 보내고 귀환했으며, 당시의 경험을 문학으로 형상화했다는 점이 주목할 만하다. 이들이 식민지 조선을 바라보는 독특한 관점은, 자신의 어린 시절 '기억'을 통해 식민지 아동을 재해석하고 현재 일본인으로서의 자기 모습을 비춘다는

---

[1] 鳥越信著, 《日本兒童文學史硏究》, 風濤社, 1971~1976, 102~103쪽.

[2] 澁谷淸視, 《平和を考える戰爭兒童文學》, 一光社, 1983, 162쪽.

[3] 예를 들어 사카타 신 외 사이토 나오코(齋藤尙子), 나가사키 겐노스케(長崎源之助), 와다 노보루(和田登), 사카이 히로코(阪井ひろ子), 세라 기누코(世良絹子) 등의 작가들에 의해 작품이 기술되었다.

데 있다. 이는 현대 독자들에게 역사에 대한 인식을 불어넣는다.[4]

이 장에서는 우선 패전 후 일본의 현대 아동문학의 주변 상황을 살펴본다. 현대 아동문학이 탄생하게 되는 배경에는 '전후(戰後)'라는 사회적·문학적 인식이 전제되는데, 이 장에서는 이 시기 일본 아동문학 주변 환경과 이러한 상황에서 만들어진 작품군을 살펴본다. 그리하여 가해자로서 혹은 피해자로서 트라우마를 지닌 아동작가 시카타 신의 문학적 원점에 해당하는 조선 체험의 의미를 도출한다.

식민지와 전쟁을 담은 문학의 출현 배경

일본에서 아동문학과 관련하여 '연구'라는 용어가 처음 나온 것은

---

[4] 한국에서의 관련 연구는 근대 일본과 관련된 한국 문학의 상황을 그려 내는 데까지는 진전되었다고 할 수 있으나, 현대 일본 아동문학 작가가 식민지 조선을 다룬 문학과 그와 관련한 제반 사항에까지는 아직 이르지 못했다. 현재까지 우리의 식민지 시기 연구는 다음의 다섯 가지 정도로 요약할 수 있다. 1) 한국 작가(방정환, 최남선, 이광수)가 일본 유학을 통해 얻은 일본의 아동문화 및 문학 활동에 대한 연구, 2) 근대 일본 작가(巖谷小波, 久留島武彦)가 한국에서 연구한 아동문화 및 문화 활동, 3) 근대 한국 아동 문화 교육 관계사와 관련한 연구(박영기, 이병담, 박영기, 大竹聖美), 4) 근대 아동문학과 아동극 형성 과정 연구(권복연, 김동희, 박재현, 김화선, 염희경, 신현득, 원종찬), 5) 그 외 한일 아동문학 번역 작업 등이다. 이들의 연구는 일제강점기의 식민지 정책 속에서 한국 지식인들이 '아동'에 주목하여 어떻게 이들을 길러 나갈 것인가를 고민했던 흔적을 보여 주며, 아울러 그들이 타국의 아동문화를 배워 한국에 이식하려 했던 내용을 담고 있다. 일본 작가들이 로컬 컬러로서 조선을 인식하고 일본이라는 큰 틀에서 조선 어린이를 보며 그들을 계몽하려 했던 사항들과, 일제 식민지 정책 속에서 어린이 교육 양상도 확인할 수 있다. 이와 같은 선행 연구의 업적을 통해 근대 한국의 어린이 계몽 양상과 전략적 육성을 통한 어린이로의 재탄생을 이행하는 계기를 마련할 수 있다(박영기, 《한국 근대 아동문학 교육사》 한국문화사, 2010, 1~17쪽).

1911년의 이시이 오토키치(石井音吉, 〈桃太郞硏究〉, 《雄弁》)의 언급에서이다. 이후 1913년 로야 시게츠네(廬谷重常)의 《교육적인 응용을 주로 한 동화의 연구》가 소개됨과 동시에 《동화 및 전설에 나타난 공상연구》, 《동화 10강》, 《세계동화 연구》, 《동화교육의 실제》, 《종교동화의 연구》가 쏟아져 나오게 된다.

1926년에는 '소학교 아동 사상 및 독서 경향 조사'가 이루어지며, 다음 해에는 교토(京都)시 소학교 교원회 연구부에서 '아동독서의 연구 조사'가 진행된다. 1938년에 이르러서는 '아동 읽을거리 조사'가 실시되는데, 이는 정부의 독서 조사로, 원래는 객관적인 자료를 얻기 위한 것이었으나 이후 출판 통제의 자료로 이용되기도 했다.

패전 후 일본 아동문학 의식이 형성된 시기는 1955년 전후로, 일본 전역에서 약 60여 개의 아동문학 동인지와 서클잡지를 근거로 펼쳐진 활동이 그 출발점이라 할 수 있다. 1954~55년에는 아동문학 전문사전이 탄생한다. 1962년 일본아동문학협회가 설립되면서 아동문학 연구의 본격적인 기초가 마련된다. 메이지 시기부터 패전 후에 걸친 주요한 작품 자료집인 《일본아동문학대계》가 편찬된 것은 그 이듬해이다.[5]

한편, 전쟁문학의 형성은 1960년대 신안보조약 하에 다시 고개를 드는 군국주의에 반대하는 운동이 진전되는 가운데 아동문학자들이 전쟁과 평화를 그리는 작품을 발표하면서부터라고 할 수 있다.[6] 1970

---

[5] 鳥越信, 《はじめて學ぶ日本兒童文學史》, ミネルヴァ書房, 2001, 350쪽.

[6] 日本兒童文學者協會編, 《戰後兒童文學の50年》, 文溪堂, 1996, 34~37쪽.

년대의 일본 아동문학계는 과거 아시아태평양전쟁에 대한 반전 비전을 중요한 이념으로 하고 원폭, 공습, 소개를 중심 모티브로 하는 전쟁아동문학을 발전시켰는데, 귀환한 작가들은 식민지 지배에 대한 반성을 축으로 하여 전쟁아동문학 발전의 일익을 담당했다.[7]

이들은 초고속 성장기를 달리고 있는 사회에서 다시 한 번 과거로 돌아가 미성년 시기의 자신을 상기시키며 거기에서 새로운 자신을 발견하고자 했다. 거기에서는 현재와 무관한 것처럼 보이는 '식민지' '전쟁' '타 민족'이 주요 논점으로 제기되는데, 이는 아이러니하게도 지금도 여전히 문제시되는 주제들이다. 현대사회는 가시적이지는 않지만 '전쟁'이라는 요소를 끌어안고 있다. 경제와 문화적으로 보자면 국가 간의 식민과 피식민의 상관관계를 피할 수 없으며, 글로벌화되어 가는 사회에서 다른 민족과의 관련성은 이제 특별한 세계의 이야기가 아니다.

일본에서는 1970년대에 전쟁과 식민지 관련 아동 문학이 양적으로나 장르적으로나 활발해지는데, 조선을 그린 아동문학도 이러한 흐름을 타고 비교적 많은 작품이 만들어진다. 특히 유소년기를 한국에서 지내고 패전을 맞은 후 성인이 된 이들의 식민지 조선 관련 아동문학은, 그들의 당시 생활을 바탕으로 식민지와 전쟁의 기억을 되살리며 '전쟁'이라는 것이 인간, 그중에서도 어린이들에게 끼친 영향을 담고 있다. 그들이 전쟁아동문학을 기술하는 이유와 발상에는 먼저, 전쟁과 식민지를 모르는 어린이들에게 자신들의 전쟁 체험을 전달하고

---

[7] 中村修・韓丘庸・しかたしん,《兒童文學と朝鮮》, 61~62쪽.

전쟁의 실체를 알리려는 의도가 있다. 그 다음에는, 전쟁의 상처를 입은 젊은 세대가 우선 자신 속에 있는 '전쟁'의 의미를 묻지 않고는 아무것도 새로 시작할 수 없다는 삶의 방식과 관련된 이유가 있다.

패전 후 향유하게 된 평화로운 생활은 두 번 다시 전쟁이 반복되어서는 안 된다는 생각으로 이어졌고, 이는 아동문학 작가들로 하여금 창조의 붓을 들게 한 요인이 되었다. 다만, 작가들은 어린이들이 책을 읽고 깊은 생각에 잠기는 계기를 마련해야지 우울해져서는 안 된다는 것, 자신들의 작품이 일종의 새로운 희망을 부여해야 한다는 전략적 태도[8]를 견지했다.

이러한 전쟁아동문학 가운데에서 식민지 체험을 담은 소설은 그 지류로 들어간다고 볼 수 있다. 내용으로는 ① 청소년 시기를 전쟁 중에 보낸 작가들의 작품군으로, 전쟁이나 식민지 체험이 각각의 정신과 육체에 어떻게 작용했는지 그 의미를 살피는 내용, ② 전쟁과 식민지가 초래한 일상생활의 파괴와 비참하고 비인도적인 상황을 반복하고 싶지 않은 평화에 대한 갈망을 담은 작품군, ③ 전쟁이라는 극한 상황이 인간을 어떻게 변질시키는지를 추적한 내용, ④ 패전 후 미국군의 점령과 관련하여 다시 한 번 전쟁의 상흔을 확인하는 것[9]으로 구분해 볼 수 있는데, 여기에서 아동문학만이 그려 낼 수 있는 식민지적 상황의 초월, 그에 따른 국가와 민족의 새로운 경계

---

8 澁谷清視, 《平和を考える戦争兒童文學》, 152쪽.
9 國立國會図書館國際子ども図書館編, 《日本兒童文學の流れ》, 國立國會図書館國際子ども図書館, 2006, 86~90쪽.

가 드러난다.

패전은 일본의 아동문학 작가들이 '제국일본'이라는 중압감에서 벗어나는 계기를 제공했다. 이는 한국은 물론이고 일본 작가에게도 동일하게 적용된 현상이었다. 피식민지라는 상황, 제국주의 실현이라는 목표 앞에서 서로를 이해한다는 것은 양국인 모두에게 고통스러운 일이었다. 과거 식민지기 관련 연구는 가해자/피해자라는 이중 구도 속에서 피해자적인 관점에서 연구되고, 역사적·사회적·문학적 관점에서 이를 뒷받침하는 형태로 이루어졌다. 그러나 근래 20여 년간은 식민지기를 좀 더 문화적 관점에서 살펴보자는 연구가 활발히 진행되었다. 이는 당시의 문화에 객관적인 관점으로 접근하려는 시도를 통해 피해자적인 입장에서 벗어나 당시의 삶의 존재 가치를 발견하는 작업으로, 특히 해당 시기의 미디어를 활용하여 문화적 상황의 이해와 현상에 대한 접근이 활발해진 영향이라고 할 수 있다.

이러한 가운데 일본의 제국주의적 정책을 비판하며 식민지 조선에 대한 이해자로서의 시각을 밝힌 일본 지식인[10]에 대한 연구도 꾸준히 진행되었다. 실제로 일제강점기 조선에 거주했던 일본인들이 조선의 문화와 조선인을 이해하려고 했던 흔적은 어렵지 않게 찾아볼 수 있는데, 이들의 생각 속으로 파고들면 딜레마에 빠지게 된다. 무엇보다 조선에 대한 그들의 사랑의 중심에는 조선 민족보다 조선 문화가 있기 때문이다. 그들은 조선 고유의 전통문화를 통해 조선

---

10 예를 들면 야나기 무네요시(柳宗悦), 아사카와 형제(淺川巧,淺川伯教), 우치무라 칸조(內村鑑三), 아베 요시시게(安倍能成), 이와야 사자나미(巖谷小波) 등.

민족의 위대함을 발견해 내고, 과거 반도의 문화가 일본으로 건너갔다는 사실을 인성하며 존경의 마음을 표하기도 하고, 조선 서민문화의 소중함을 찾아 이것을 보존 유지해야 한다는 운동을 펼치기도 했다. 그러나 이것을 발견하는 주체, 향유하는 주체가 일본인이라는 사실로 인해 문화의 유지와 보호 그리고 미래 창출의 문제에서 일본인이라는 '민족'의 경계를 넘어서기 어려웠음을 알 수 있다.

이는 누군가가 지배하고 지배당한다는 구도 속에서는 서로에 대한 올바른 문화적, 혹은 인간적 이해가 어렵다는 것을 의미한다. 따라서 일본인이 쓴 작품을 통해 식민지기를 조명하되 당시의 기록이 아닌 해방 후의 기록물을 살펴보는 것이 진정한 타인의 입장에서, 그리고 조선 문화와 아동을 객체화된 존재로 상대화할 수 있는 가능성을 높여 줄 것이다.

아동문학의 다양성과 식민지를 그린 아동문학

패전 후 일본인이 한국을 제재로 그린 작품 중 가장 많은 것은 해방 전 조선인의 생활이나 강제연행의 기록이고, 그 다음으로 일제의 조선 식민지 통치 하의 조선의 어린이 관련물, 그리고 일본인의 조선으로부터의 귀환 기록이다.[11] 일본아동문학자협회는 1970년대 초 '전쟁아동문학 걸작선'이라는 이름의 시리즈를 출간했는데, 이를 통

---

11 信州児童文学会編, 《親から子に伝える戦争中のはなし》, 郷土出版社, 1984, 12쪽.

해 전쟁을 모르는 소년소녀들에게 일본의 식민지 정책과 1931년에서 45년까지의 상황을 알리고자 했다. 이렇게 만들어지게 된 전쟁아동문학은 현재 환경의 중요함과 평화의 소중함을 일깨우려 애썼다.

전쟁아동문학에 대한 본격적인 논의에 앞서 아동문학계에서 의미하는 '아동'의 범주부터 규정하는 것이 순서일 것이다. 여기에서 아동은 근대에 발견된 '아동'[12]으로서, '순진' '무구' '천진난만' '유순'한 백지와 같은 어린이, 백지여서 무엇을 그려도 그려지는 전략적 대상으로서의 어린이가 아니다. 아동문학자가 보는 아동은 성년이 되기 전 단계의 존재, 그러나 사회적·경제적 책임으로부터 비교적 자유로운 상태로, 기성세대의 틀에 갇히지 않으면서 기성세대보다 좀 더 자기표현에 대한 욕구가 다양하고 왕성한 연령대의 존재들이다. 즉, 아동은 여전히 교육의 대상이기는 하나 자신이 무엇인가를 스스로 생각하고 발견해 가는 '자아 발견기'의 아동이며 특정 연령으로 한정되지 않는다.

앞서 언급했듯이 1970년대는 일본 아동문학의 다양성이 확대된 시기다. 이 물결을 타고 패전 이후 귀환했거나 식민지에 관심이 있었던 작가들 그리고 재일 한국인과 지낸 경험이 있는 작가들이 식민지 조선을 다룬 작품을 쓰기 시작한다. 이러한 작품들은 센세이션을 불러일으킬 정도는 아니지만 《전쟁아동문학걸작선》이나 《신소년소녀교양문고》,《소년소녀걸작선》,《창작아동문학》 등 전집류에 함께 엮는 형태로 선을 보이기 시작한다.

---

[12] 柄谷行人,《日本近代文學の起源》, 講談社, 1985, 142~143쪽.

연도	제목	작가	그림	출판사	비고
1963	큐포라가 있는 마을 (キューポラのある街)	하야후네 지요 (早船ちよ)	스즈키 요시하루 (鈴木義治)	理論社	初刊, 1961年彌 生書房刊
1966	두 나라 이야기 (二つの国の物語)	아카기 유코 (赤木由子)	스즈키 다쿠마 (鈴木たくま)	理論社	
1967	절뚝이 염소 (ヒョコタンの山羊)	나가사키 겐노스케 (長崎源之助)	가지야마 도시오 (梶山俊夫)	理論社	
1970	즈리야마 (ズリ山)	와카바야시 마사루 (若林勝)	가지야마 도시오	牧書房	新少年少女教養 文庫37
1971	바다로 열리는 길 (海にひらく道)	세라 기누코 (世羅絹子)	가지야마 도시오	太平出版社	母と子の読書室
1971	북풍은 싹을 (北風は芽を)	쓰츠이 게이스케 (筒井敬介)	이치카와 사다오 (市川禎男)	童心社	戦争児童文学傑 作選4
1972	무궁화와 모젤 (むくげとモーゼル)	시카타 신	후지사와 유이치 (藤沢友一)	アリス社	
1972	김씨와 고구마엿 (金さんといもあめ)	시미즈 미치오 (清水道尾)	사이토 히로유키 (斎藤博之)	岩崎書店	
1972	사라진 국기 (消えた国旗)	사이토 나오코 (斎藤尚子)	구메 고이치 (久米宏一)	岩崎書店	
1972	빨간 털의 분야의 친구들 (赤毛のブン屋の仲間たち)	아카기 유코	오리모 교코 (織茂恭子)	新日本出版社	
1973	무궁화와 96○○ (むくげと96○○)	시카타 신	후지사와 유이치	牧書房	新少年少女教養 文庫58
1973	하늘로 돌아간 줄리아 (天にかえったジュリア)	야마다 노리오 (山田野理夫)	아사쿠라 세쓰 (浅倉摂)	太平出版社	
1976	다모루 (多毛留)	요네쿠라 마사카네 (米倉斉加年)	요네쿠라 마사카네	偕成社	
1976	하코쨩 (ハコちゃん)	이마니시 스케유키 (今西裕行)	미타 겐지로 (箕田源二郎)	実業日本社	少年少女傑作選
1977	슬픔의 성벽 (悲しみの砦)	와다 노보루 (和田登)	다케베 모토이치로 (武部本一郎)	岩崎書店	創作児童文学2
1978	2학년 2반은 히요코의 반 (二年2組はヒヨコのクラス)	야마시타 유미코 (山下夕美子)	초 신타 (長新太)	理論社	
1979	다쓰야와 수상한 뼈 (たつやとなぞの骨)	다카하시 아키라 (高橋昭)	미즈사와 겐 (水沢研)	岩崎書店	創作児童文学10
1980	두 나라 이야기 2 (二つの国の物語2)	아카기 유코	스즈키 다쿠마 (鈴木たくま)	理論社	

1981	두 나라 이야기 3 (二つの国の物語3)	아카기 유코	스즈키 다쿠마	理論社	
1981	말하지 못했던 감사 (いえなかったありがとう)	도쿠나가 가즈코 (德永和子)	요시다 이쿠코 (吉田郁子)	葦書房	語りつぐ戦争4
1982	융기의 피리 (ユングイの笛)	오쓰보 가즈코 (大坪かず子)	기타지마 신페 (北島新平)	岩崎書店	
1982	별님의 레일 (お星さまのレール)	고바야시 지토세 (小林千登勢)	고바야시 요시 (小林与志)	金の星社	
1982	먼 종소리 (はるかな鐘の音)	호리우치 스미코 (堀内純子)	스즈키 마모루 (鈴木まもる)	講談社	
1983	줄리아 오타 (ジュリア・おたあ)	다니 신스케 (谷真介)	마세나 오카타 (ませなおかた)	女子パオロ会	
1983	내일은 비 (あしたは雨)	사사키 가쿠코 (佐々木赫子)	다카다 사부로 (高田三郎)	偕成社	
1983	감사합니다 (かむさはむにだ)	무라나카 리에 (村中李衣)	다카다 사부로	偕成社	
1983	김의 십자가 (キムの十字架)	와다 노부루	이와부치 게이조 (岩淵慶造)	ほるぷ出版	
1984	아리랑의 파랑새 (アリランの青い鳥)	엔도 기미오 (遠藤公男)	야나기 슈지 (柳柊二)	講談社	
1985	이타도리 계곡으로 사라진 것처럼 (いたどり谷にきえたふり)	도미모리 기쿠에 (富盛菊枝)	고바야시 요시 (小林与志)	太平出版社	戦争があった日 の話9
1985	서울의 파란 하늘 (ソウルの青い空)	사이토 나오코 (斎藤尚子)	이구치 분쇼 (井口文秀)	太平出版社	
1985	수봉의 피리 (スウボンの笛)	오쓰보 가즈코 (大坪かずこ)	기타지마 신페	ほるぷ出版	
1985	서울은 쾌청 (ソウルは快晴)	호리우치 스미코	이와사키 요시코 (岩崎淑子)	けやき書房	
1986	전학생과 나의 비밀 (転校生とぼくの秘密)	노야 이치로 (野矢一郎)	마루키 도시 (丸木俊)	小崎書店	
1986	국경(国境)1　一部	시카타 신	마사키 모리 (真崎守)	理論社	
1987	국경(国境)2　二部	시카타 신	마사키 모리	理論社	
1988	아리랑의 여름 서울 (マリアの夏・ソウル)	와다 하츠코 (和田はつこ)	안도 유키 (安藤由紀)	偕成社	
1989	국경(国境)3　三部	시카타 신	마사키 모리	理論社	

〈표 1〉에 제시된 작품들이 등장하게 된 시대적 배경을 살펴보자. 1953년 일본에서는 '학교 도서관법'이 제정되어 각 학교에 도서실 설치가 의무화되면서, 돌파구를 찾고 있던 아동 도서 출판사가 일제히 학교 도서관용 '전집류' '시리즈류'에 역점을 두는 현상이 벌어진다. 그러면서《일본아동문학 전집》(전 12권 河出書房),《세계소년문학전집》(전 58권 創元社),《일본아동문고》(전 50권 アルス) 등의 전집뿐만 아니라, 과학전집과 역사전집 등이 학교 도서관용으로 만들어졌다.[13] 이러한 50년대의 독서 분위기 형성은 1960년대 이후 고도성장기를 맞아 어린이를 둘러싼 독서 환경 변화로 더욱 활발해졌다. 이제 책은 쉽게 살 수 있는 것이 되었고, 공공 도서관과 학교 도서관이 충실해져 어린이들의 독서 환경이 마련되었으며, 번역문학도 융성해지고 그림책과 유아동화에서도 신선한 작품이 등장했다. 작가나 출판사뿐 아니라 교사나 어머니들이 꾸린 '독서운동'[14]도 활발했다. 그 결과, 1960년대에서 70년대로 이어지는 시기에 창작 아동문학은 눈에 띄게 발전했다.[15] 한편 같은 시기에 TV의 보급으로 학생들이 책을 멀리하는 현상도 공존하여, 아동문학의 보급과 재미 위주의 대중매체 간에 대결 구도가 형성되기도 했다.

이러한 상황을 거쳐 70년대에 이르면 일본의 전쟁아동문학에 식

---

[13] 西田良子,〈戦後児童文学のあゆみ-戦後から50年代まで〉,《戦後児童文学50年》, 日本児童文学者協会, 文渓堂, 1996, 33쪽.

[14] 西田良子,〈戦後児童文学のあゆみ-戦後から50年代まで〉, 34쪽.

[15] 長谷川潮,〈現代児童文学' その生成と発展〉,日本児童文学者協会《戦後児童文学50年》, 文渓堂, 1996, 35쪽.

민지 조선 또는 만주와 관련한 작품들이 집중적으로 출현하게 된다.[16] 패전 이후 일본으로 귀환한 후 아동문학 작가가 된 이들의 조선 관련 작품은 1970년대에서 80년대 사이에 두드러진다. 어린 시절을 식민지에서 보낸 작가들은 대부분 자신의 체험을 살려 근대 식민지를 묘사했다. 이런 작가들 중에서도 이제부터 살펴볼 시카타 신의 문학 세계는 독특한 위치를 점하고 있다.

무엇보다 일본의 전쟁 관련 아동문학 작품은 피해자적 입장에서 그려지기 쉬운데, 시카타 신의 식민지 어린이상은 가해자/피해자라는 의식에 사로잡혀 있지 않다. 이는 자칫 전쟁이나 식민의 문제에 둔감할 수 있다는 우려는 낳기도 하지만, 시카타 신의 모험소설은 무엇보다도 '전쟁'과 '식민'을 직접적으로 다루며, 여기에 어른이 되기 전 단계 소년의 다양한 심상에 '민족'의 문제를 결부시킨다. 그리하여 단순한 군국주의의 고발을 넘어서, 식민지 시기와 현대 아동의 공감을 이끌어 낸다.

이처럼 시카타 신은 동 시기 전쟁문학의 유행과도 거리를 두며 아동문학의 존재 의미를 끊임없이 모색하는 작업을 했다. 그러므로 시카타 신의 문학 세계를 이해하려면 그 같은 모색의 근간을 이루는, 식민지 조선에서 형성된 그의 아동기와 청소년기 체험을 주의 깊게 살펴볼 필요가 있다.

---

[16] 長谷川潮, 〈現代兒童文學, その生成と發展〉, 46쪽.

시카타 신의 아동기와 문학, 그리고 조선

시카타 신의 아버지인 시카타 히로시(四方博)는 유럽 연수를 마치고 1926년 경성제국대학 법학부 교수로 부임하게 된다. 1남 2녀 중 장남인 사카타 신은 조선에서 태어나 초·중·고등학교를 보내고 경성제국대학 예과 1학년 재학 당시 일본의 패전으로 그해 9월 말 일본으로 귀환했다. 일본으로 건너간 이후의 시카타 가족의 생활은 비참했다. 아버지가 일본에서 안정된 직장을 구하지 못해 시간강사 일을 하게 되면서 가족 전체가 경제난에 시달려야 했다. 화가였던 어머니는 스케치 같은 것을 해 주고 달걀이나 쌀을 얻어 와 가족을 부양하기도 했다. 시카타 신은 귀환 후 구마모토(熊本)에 살면서 학교보다는 전쟁고아가 있는 어린이집에서 어린이들을 돌보는 일을 한 것이 전쟁과 아동문학에 관심을 가지게 된 계기가 되었다고 볼 수 있다. 당시 그는 어린이들을 위해 무엇을 할 수 있을지에만 몰두했다고 한다.

이후 도요하시(豊橋)로 옮긴 다음, 당시 마을 청년회에서 어린이회를 만들어 운영하며 아이들을 모아 인형극이나 구연동화를 하곤 했다. 그리고 1960년 이후 나고야에 '우린코 극단'을 세워 창작을 겸하면서 아동극을 기획했다. 이처럼 시카타 신이 아동문학에 관심을 갖고 본격적인 작가가 되기까지 그 자신이 전쟁을 경험한 어린이였고, 전후에도 전쟁이 가져다준 상처를 입은 어린이와 밀착되어 있었음을 알 수 있다. 그렇다면 조선에서 보낸 그의 어린 시절 모습은 어땠을까? 다음은 시카타 신의 친여동생 노부코(伸子) 씨가 털어놓은 오

빠의 어린 시절 이야기다.[17]

질문 1: 한국에서의 생활은?

답변: 유럽 유학을 마친 아버지(시카타 히로시)가 경성제국대학 법학부 교수로 부임하여 서울에서 거주하게 되었다. 한국에 주택을 지어 살았는데, 영국식으로 지었고 우리가 사는 마을은 일본인과 부유한 조선인이 모여 사는 곳이었다.

질문 2: 어떤 책을 즐겨 읽었는가?

답변: 이와야 사자나미(巖谷小波)의 책을 읽었다. 강요로 읽었다고 해야 할까? 도서관을 이용하기보다는 부모님이 대부분 사 주셨다. 당시 어린이 전문 서적은 흔하지 않았다. 그래서 어른들의 문학 책을 읽기도 했다. 《노라쿠로》, 《다코노핫짱》 등 강담사(고단샤)의 그림책을 읽었다. 잡지 《소년클럽》, 《소년강담》, 《쿠오레(사랑의 학교)》, 《어린이 과학》 같은 책을 몇 번이고 읽었다. 그 외에는 나쓰메 소세키나 아쿠타가와 류노스케(芥川龍之介)의 작품 등 어른들의 책을 읽었다.

질문 3: 조선에서는 주로 어떤 놀이를 했는가?

답변: 곤충채집, 만들기, 성벽 돌기, 과학자 흉내 내기 등이다. 당시는 부모님의 간섭 없이 놀았으며, 시카타 신은 학창 시절 산악부에 들어가 백두산, 금강산 등을 돌았다. 호기심이 많은 성격이었으며, 당시 병약했던 자신도 전쟁에 나가야 한다고 생각했으나 패전 후 가치관이

---

[17] 이 내용은 2010년 10월 27일 오전 9시 30분부터 약 1시간 20분간 노부코 씨 자택(名古屋市 千種區)을 방문하여 시카타 신의 여동생 노부코 씨의 이야기를 녹취한 내용의 일부를 인용한 것이다.

바뀌었다. 여자아이들은 줄넘기 돌차기(이시케리), 고무줄, 오테다마(공기), 인형놀이 등을 했고, 남자아이들은 딱히 공 같은 것이 없었으므로 달리기, 말 타기, 전쟁놀이, 자치기, 제기차기, 묵찌빠 같은 놀이 등을 했다.

형제 셋이서는 서울의 성벽 탐험을 주로 했다. 주변에 조선 빈민굴 구경을 하기도 했다. 거기에는 냄새 나고 엉망인 마을이 있었다. 우리는 대학로의 북쪽 끝에 살고 있었는데, 종로 근처는 조선인 마을이라 되도록 가지 말라는 주의가 있었다.

질문 4: 패전 당시의 상황은?

답변: 패전 소식을 듣고 나서 혼돈스럽고 두려웠다. 그런데 한 가지 기억에 남는 일이 있다. 옆집에 사는 조선인이 불안에 떨고 있는 우리 집에 와서 "당신네는 학자 집안입니다. 한국인은 학문을 소중히 여기는 민족이라, 당신들을 결코 해치지 않을 것이니 걱정하지 마세요."라고 말한 것이다. 지금까지는 늘 고개를 숙이고 공손한 몸짓이었는데, 그 순간 조선인은 정말 당당했다. 그리고 패전 직후 청산가리를 아버지가 나눠 주시며 만일을 대비하여 가지고 있으라고 하셨다. 죽는 것이 일상이었던 시대에 그리 놀라운 일도 아니었다. 아버지는 오빠에게 '너는 무슨 일이 있어도 살아남아 일본의 재건에 힘써야 한다'고 말했다. 그리고 아버지는 학교 일을 인계인수하기 위해 1945년 12월 초까지 남았고, 나머지 가족은 9월 말 일본으로 향했다.

시카타 신의 아동기는 국가적으로는 청일전쟁과 러일전쟁의 승리와 함께 부국강병을 기초로 한 신국가 건설의 '국민교육' 체제가 완

성된 시기였다. 세계적으로는 신교육운동과 창조적 자유주의 교육
운동이 고양되고 있었다. 이에 따라 계몽적이고 제국주의적인 것과
는 성격이 다른 새로운 문화도 등장했다. 이러한 상황에서 일어난
'예술적 아동문학' 운동은 도시의 중산계급이 지지하고 교육이나 문
학 등 국제적이거나 새로운 조류에 민감한 문화인들이 참가한 인도
주의적이며 예술적인 고급문화 지향 문화운동이라고 볼 수 있다.

아동문학의 입장에서 보면, 시카타 신이 아동기를 보낸 시절은 그야
말로 '아동의 발견'이 이루어지고 예술 지향적 아동문학이 성행한 시
기였다고 볼 수 있다. 이 시기, 예술적 아동잡지도 탄생한다.[18]《빨간 새
(赤い鳥)》(1918~1936)가 그것인데, 이는 다이쇼기(大正期, 1912~1926)의 중
산층 부모들로부터 환영을 받았고, 교과서 외의 예술 교육서로 활용
되기도 했다.[19]

그러나 실상 일본에서나 조선에서 지내던 일본 어린이들이 즐겨
보던 잡지는《빨간 새》가 아니라 시카타 신의 동생이 밝히듯 강담사
의 그림책이나《소년클럽(少年倶樂部)》,《소년강담(少年講談)》,《쿠오레》,
《어린이 과학》처럼 가볍고 재미있는 잡지들이었다. 아이들은 백지
와 같아서 무엇이든 그리는 사람 마음대로 그려 넣을 수 있다고 생
각하기 쉬운데, 실상 아이들이 주체적으로 요구하는 것은 제국주의
를 구가하던 국가나 학교 교사들의 가르침, 또는 예술 지향적 교육
을 원한 부모들의 바람과 거리가 있었던 것이다.

---

[18] 오오다케 기요미,《한일아동문학 관계사 서설》, 청운, 2006, 28쪽.
[19] 오오다케 기요미,《한일아동문학 관계사 서설》, 29쪽.

이는 당시 《빨간 새》의 판매 부수와, 같은 시기에 발행된 소년잡지의 발행 부수를 비교해 봐도 알 수 있다.

시카타 씨가 즐겨 보았다는 《소년클럽》은 1914년에 창간되어 1917년 4만 부, 1920년 8만 부, 1923년 12만 부, 1924년 30만 부, 1928년 45만 부, 1935년경은 75만 부 이상의 판매고를 기록했다. 가장 전성기 때 《빨간 새》의 판매 부수가 3만 부에 머문 것과 대조적이다. 《소년클럽》 표지를 장식한 강렬한 붉은색 계열의 채색, 군복을 입은 소년, 교복을 입고 일장기를 게양하는 미소 띤 소년의 모습 등은 당시 일본 아동들의 마음을 사로잡았음이 틀림없다. 두 잡지에 각각 실린 문학작품 주인공들의 성격도 대륙으로 뻗어 나가는 진취적 기상을 지닌 용감한 어린이와 소시민적이고 감수성이 풍부하고 착한 어린이로 극명히 대조되었는데, 《소년클럽》의 용감한 어린이 쪽이 훨씬 인기가 많았다.

실제로 당시 일본 역사상 최대의 판매고를 올린 책은, 국가를 잃은 소년들의 결연한 의지가 담긴 《쿠오레》[20]였다. 어려운 환경을 헤쳐 나가며 모험을 마다하지 않는 소년들의 이야기에 일본 아동들은 열광했다. 이처럼 일본에서 《쿠오레》가 획기적으로 성공하자, 당시 일본 유학 중이던 방정환이 이를 '사랑의 학교'라는 제목으로 한국에 번역 소개하기도 했다.

'씩씩하고 용감한 어린이' '모험을 찾아 어딘가로 떠나는 어린이'

---

[20] 1861년 성립된 통일 이탈리아의 작품으로, 당시 아이들의 애국심을 고취시키는 내용으로 널리 읽혔다. 초등 3학년의 엔리코가 10개월간 학교생활을 하며 쓴 일기로, 토리노를 배경으로 선생님이 들려주는 여러 소년의 이야기가 들어 있다.

'정의를 위해 몸 바치는 어린이'는 어린이들에게 새로운 자극제가 되었음은 분명하다. 물론 당시 '정의'라고 불린 것은 제국주의 사상과 밀접하게 결합되어 있었지만, 본래 어린이들은 제국주의적 의도 여부와 상관없이 진취적 기상과 모험, 새로운 세계에 대한 동경에 끌리기 때문이다. 이러한 아동상은 시카타 문학에서도 그대로 드러난다.

《소년클럽》 1932년 2월 만주사변 기념 특대호 표지.

한편, 조선을 바라보는 시카타의 시선은 당시 전쟁을 그리는 아동문학자들처럼 자기만족을 위한 '참회'가 아니었다. 그는 어린 시절 느꼈던 조선을 그리면서도 동정이나 참회를 통한 자기합리화를 시도하지 않았다.[21] 그는 조선인을 대할 때 당시 일본 국가가 심으려고 했던 상하 관계나 지배-피지배의 역학 관계 형성에 최대한 가담하지 않으려 했다. 그가 일본으로 돌아가 느낀 '민족'의식도 이와 관계되어 있다.

---

[21] 그의 다수의 작품이 조선에서의 어린 시절을 반영하지만 특히 실물이 등장하고 지역이 조선 및 만주인 작품들이 앞의 표에 제시한 것들이다. 〈표 1〉의 굵은 글씨체로 표시한 작품에 해당한다.

시카타의 민족 문제

1970년대 초엽은 일본 아동문학계에 여태까지 볼 수 없었던 활기가 넘친 시기였다. 작품 스타일의 다양화와 작품 수의 급격한 증가가 이 활기를 견인했다.[22] 그러나 이러한 양적 확대에 의구심을 품은 작가들이 있었으니, 시카타 신도 그중 하나였다. 그는 일본 아동문학의 양은 많아졌지만 어떤 작품을 보더라도 비슷한 구조를 벗어나지 못하고 있다고 지적했다. 그러면서 이 시기에 비非동경 출신 작가, 즉 개척정신이 강한 지방 작가들의 대거 진출이 동경의 중앙 문단에 에너지를 불어넣었다고 평했다.[23]

시카타는 지방 출신 작가로서, 아동문학이 양적으로 비대해지고 있지만 비슷한 작품들이 쏟아져 나오는 상황에서 아동들이 진정으로 무엇을 요구하며 아동문학자는 무엇을 줄 수 있을지를 고민했다. 그의 작품이 이러한 고민 속에서 탄생했다는 것은 의심할 여지가 없다. 시카타는 아동문학의 문학적 자립성 자체에 문제의식을 품었다. 가뜩이나 에너지가 떨어지는 유년문학이 일본 현실에 대한 자각이나 비판 의식도 없고, 센티멘털하고 자위적인 작품들을 다량 양산하면서 오히려 그것이 순수하다고 착각하고 있다는 것이다.[24]

동 시기 신무라 도오루(新村徹)는 전쟁아동문학의 기술 방법에 대

---

[22] しかたしん, 〈特集/日常的物語はこれでいいのか　眞に子どもの心をつかむ〉,《日本兒童文學》, 1975.6, 35쪽.

[23] しかたしん, 〈特集/日常的物語はこれでいいのか　眞に子どもの心をつかむ〉, 36~37쪽.

[24] しかたしん, 〈地方同人誌運動 (70~72年)〉,《日本兒童文學》, 1972.7, 18쪽.

해 문제를 제기한다. 1970년대 초에 등장한 전쟁아동문학은 일본만의 특이한 문학 장르라고 하면서, 중국에 대한 침략전쟁을 비판하는 작품이 의외로 많다는 것이다.[25] 일본의 전쟁문학이 과연 "전쟁을 반성하고 부정하는 입장에서 씌어진"[26] 것이 맞는가? 전쟁아동문학이 그리는 배경은 대부분 극심한 군국주의 시대인데, 문학 속에 등장하는 어린이들은 하나같이 반전의식을 가지고 있다는 것이 어색하다는 것이다. 이러한 전쟁아동문학은 비현실적인 허상이라고 신무라는 지적한다. 전쟁을 형상화한 아동문학 작가들의 자기위로와 전쟁에 대한 참회가 현실과는 동떨어진 이상적인 어린이상을 만들어 냈다는 것이다.

시카타 신의 아동문학은 그가 문제시한 '동경문단'의 약점과 신무라가 지적한 전쟁아동문학의 비현실성을 극복하려는 시도였다고 볼수 있다. 그는 조선과 만주를 무대로 한 아동소설 《무궁화와 모젤(むくげとモーゼル)》(1972년 12월 アリス館)로 아동문학계에 첫발을 내딛는데, 이 작품 발표 후 본인의 조선 거주 경험을 다시 한 번 깊이 사색했다. 특히 전쟁과 민족의 의미가 그의 화두였다. 다음은 당시 베트남전쟁에 참여하고 있던 일본 국가와 국민의 태세를 염두에 둔 시카타 신의 언급이다.

베트남전쟁을 딴 나라 이야기로 '우리들과 관련 없는 것'이라 여기

---

25 新村徹, 〈日本〈戰爭兒童文學〉と中國 特集 戰時下のアジアと兒童文學〉, 《日本兒童文學》, 1973.9, 16쪽.

26 新村徹, 〈日本〈戰爭兒童文學〉と中國 特集 戰時下のアジアと兒童文學〉, 19쪽.

고, 그 전쟁이 침략전쟁이고 국제적 범죄를 수반하고 있다는 것을 알면서도 가담하고 있는 일본. 이러한 '침략행위' 위에 한가롭게 가부좌를 틀고 소시민적인 '안녕'과 '질서' 속에 살고 있는 일본의 일상. 이런 속에서는 코스모폴리탄적인 소시민적 '개인'은 가깝게 느껴도 '민족' 등의 발상은 역시 일종의 위화감을 느낄지도 모른다.[27]

민족 문제에 강렬한 의미를 부여하고, 문학에서도 이 문제를 간과할 수 없다는 시카타의 메시지를 읽을 수 있다. 전쟁을 직접 경험하여 전쟁이라는 것이 어떤 것인지 알고 있는 그가, 다시 한 번 전쟁에 가담하는 일본의 국가적 태세에 던진 진지한 물음은 곧 그의 문학으로 이어졌다. 민족의식은 어릴 적부터 그의 머릿속을 떠나지 않았던 문제였다. 다음 인용문은 이를 잘 말해 준다.

경성에서 태어나 교육을 받았던 우리들(같은 환경의 일본인들— 필자 주)은 동경의 사촌들에게 '명태새끼'라고 불렸다. (중략) 근데 '명태새끼'인 나는 놀랄 정도로 조선인의 진정한 삶을 몰랐고 알려고도 하지 않았다. 조선에서 태어나고 자란 주제에 조선인을 모른다. ― 그것은 타민족 침략이라는 상황에서 생겨난 현상이기 때문에 이는 '명태새끼'들의 일그러짐일 것이다.[28]

---

27 しかたしん, 〈〈明太の子〉の思い 特集 戰時下のアジアと兒童文學〉, 《日本兒童文學》, 1973.9, 49쪽.
28 しかたしん, 〈〈明太の子〉の思い 特集 戰時下のアジアと兒童文學〉, 46쪽.

실제로 식민지 조선에서 시카타와 같은 일본인들은 한국어를 전혀 사용하지 않고도 자유로운 생활을 할 수 있었다. 학교나 공공기관, 여행지, 백화점 등 그들이 드나드는 대부분의 장소에서 일본어가 통용되었고, 조선인과의 대화도 조선인이 일본어로 이야기하면 되었다. 여동생인 시카타 노부코(현 구리모코 노부코) 씨의 증언에 의하면, 당시 가족이 사용한 '조선어'는 집안일을 도와주던 조선 여성에게 '기지배(계집애)' '오모니(어머니)' 등의 호칭을 사용하는 정도였다고 한다. 조선에 거주했던 일본인들은 일본에서와 다름없는 생활을 했고, 오히려 열도의 일본인보다 더 부유하고 호화로운 생활을 했다는 것이 당시를 추억하는 사람들의 일반적인 증언이다.[29]

앞서 언급했듯이 어린 시카타는 모험을 좋아했고, 학창 시절에는 산악부 활동에 적극 참여 했다. 그의 여행 편력은 패전 후 아동문학 작가가 되고 나서 전 세계의 아동 관련 학회에 빈번하게 참석한 사실에서도 알 수 있다. 조선에 거주하면서도 폐쇄적인 일본인의 세계를 유일하게 넘을 수 있었던 계기가 여행이었다. 그가 여행을 통해 부딪힌 것이 바로 '민족'이었다.

경성제국대학 재학 시절, 시카타는 산악부 소속으로 만주 국경과 가까운 산 등을 여행했다. 아버지와 함께 산행을 하는 경우도 많았다. 여정 중에 조선인들을 우연히 만나는 일이 잦았다. 한번은 여행 중 그가 열차에 올라탔을 때 화기애애했던 열차 속 조선인들이 갑자기 얼음처럼 굳어 증오에 가득 찬 시선을 자신에게 던졌다고 한다.

---

[29] 하야시 히로시게 지음, 김성호 옮김, 《미나카이 백화점》, 논형, 2007, 134쪽.

여행을 할 때, 조선 철도에서 간선(幹線)은 경부선이라고 하는, 부산과 서울을 잇는 철도가 하나 있었어요. 거기에서 갈라진 지선이 있었지요. 지선을 타면 거기에는 일본인은 거의 없어요. 조선인만 가득 타고 있지요. 겨울이 되면 술통 모양의 난로가 열차 안에 놓여 있어서 그 주변으로 조선인이 모여 즐겁게 왁자지껄 이야기하면서 담소를 나누지요. 거기에 우리들이 타면 일본인인 것을 한눈에 알아봐요. 뚝 하고 이야기가 끊기고 곁눈질을 하며 계속 쳐다봅니다. 그런 시선을 계속 느끼고 있자면 도대체 어떻게 해야 할지 모르겠는 거예요. 그냥 내릴 수도 없으니 우린 주눅이 들어 구석에 웅크리고 앉아 있게 됩니다. 우리를 바라보던 그 눈이 엄청났던 것. 그게 하나 강한 인상으로 남아 있어요. 그때 저는 마음속으로 '왜 저렇게 사람을 불편하게 하는 거지?'라고 생각했지요. 저는 제 자신을 이해자라고만 생각하고 있었으니까요. '난 조선인에 대해서 잘 알고 있는 사람이라고. 아주 잘 이해하고 있는 나를 그런 표정으로 보다니.' 그런 생각을 했던 거지요. 그렇게밖에 생각할 수 없었던 거죠.[30]

그리고 일본의 패전에 가까워지자, 그가 다니던 경성제국대학도 술렁거렸고 조선인 학생들이 하나 둘 학교에 나오지 않았다고 한다. 이에 대해 사카타는 조선인 친구들이 '건국 준비'를 하기 위해 그런 것이었다고 말한다. 1945년 8월 15일, 드디어 일본의 패전 선언과 함께 조선의 독립이 찾아왔다. 그때의 경험을 사카타 신은 다음과

---

[30] 中村修 韓丘庸 しかたしん, 《兒童文學と朝鮮》, 119~120쪽.

같이 이야기한다.

8월 15일이 되었다. (중략) 실제 데모대 행렬을 나는 처음으로 봤다. 하얀 조선옷을 입은 오모니들이 있었다. (중략) 무엇보다 강렬했던 것은 그 사람들의 표정이었다. 어제까지 비굴하게, 일본인 집의 부엌 구석에서 웅크리고 있던 오모니가 아니었다. (중략) 나는 무심결에 대열과 함께 걷기 시작했다. 만세 소리가 끊임없이 일어나고 모두 생생한 표정으로 기쁨에 가득 차 서로 이야기하고 있었다. 문득 누군가 가볍게 어깨를 두드렸다. 완장을 달고 한 무리의 데모대를 지휘하고 있는 젊은이었다. 얼굴을 보고 나는 깜짝 놀랐다. 그 사람은 8월 15일이 되기 전 모습을 감춘 같은 과 친구였기 때문이다. 그는 미소를 지으면서도 아무 말 하지 않고 내게 턱으로 대열 밖을 가리켰다. 부드러웠지만 그의 표정은 단호한 거절의 의미를 나타내고 있었다. 그를 통해 나는 깨달았다. 여기는 내가 있어야 할 나라가 아니라는 것을…[31]

바로 한 달 전까지만 해도 서로 위하고 도우며 친하게 지냈던 친구에게서 받은 메시지는 '너는 일본 민족이야'라는 것이었다. 시카타가 해방의 기쁨을 맞이한 조선인들을 구경하러 나갈 수 있었던 것은 아마도 '나는 그들과 다름없는 인간이야' 그리고 '내 주변의 조선인들은 항상 나에게 우호적으로 대했어' '내 조선인 친구는 나와 공감대를 이룰 수 있는 존재야'라고 믿었기 때문일 것이다. 그러나 그가

---

31 しかたしん, 〈〈明太の子〉の思い 特集 戰時下のアジアと兒童文學〉, 47~48쪽.

'휴머니즘' 차원에서 인식했던 조선인과 일본인의 관계를 무너뜨리는 또 다른 강력한 요소가 있다는 것을 패전을 계기로 깨달은 것이다. 이러한 경험을 통해 그는 '민족'의 중요성을 자각했다.

아무리 조선인을 모른다고 해도 '명태새끼'들이 직면하지 않을 수 없었던 체험—그것은 '민족'의 중요함이었다. 데모대 속에 섞여 있는 일본인, 나를 발견했을 때 그가 아무리 나와 친한 같은 반 친구일지라도 그 역시 단호하게 나를 대열 밖으로 나오게 했고, 아무리 우리들이 산을 사랑하는 선량한 젊은이라 하더라도 우리가 일본이라는 민족의 이름을 가지고 있는 이상 그들은 날카롭고 엄격한 시선으로 우리를 심판할 수밖에 없는 것이다. 개인과 개인이라는 관계성을 넘은 개인의 생각, 선의, 감상 등이 개재하는 것을 허락하지 않을 정도로 그것은 완전히 엄격한 것이었다.[32]

이처럼 절실하게 민족 문제를 깨달은 그는, 일본으로 귀환한 후 다시 한 번 이 문제를 겪게 된다.

한편 조국 일본에 돌아온 '명태새끼'는 일종의 심하게 농후한 피를 가진 단일민족국가인 일본과 일본인으로 태어나서 처음으로 살과 살을 맞대는 생활을 시작하고 나서 또다시 복잡한 혼돈을 느끼기 시작했다. 억이나 되는 사람들이 좁은 마을에 모여 살고 있고, 같은 언어로 이

---

[32] しかたしん, 《〈明太の子〉の思い 特集 戰時下のアジアと兒童文學》, 48쪽.

야기하고, 같은 생활 스타일을 가지며, 같은 피부색과 같은 색 눈을 갖고, 같은 체취를 풍기며 살아가는 모습은 대륙 생활에서는 없던 것이다. (중략) 사방이 바다로 둘러싸인 속에서 이 민족이 뿜어내는 농밀한 냄새에 한때 우리는 질식할 것 같다는 생각이 들 정도였다."[33]

일본으로 건너가 접하게 된 일본 민족은 그가 경험하지 못하고 알지 못하는 새로운 민족이었다. 조선 민족에게 느낀 타자의 경험을 이제 장소만 바뀐 채 일본 민족에게 느꼈던 것이다. 그러면서 전쟁과 식민지 통치라는 아동기의 경험이 조선인도 일본인도 아닌 별개의 존재로 그 자신을 느끼게 했고, 그 속에 '민족'이라는 것이 깊이 개입해 있음을 알게 된다. 미성년의 시기에 겪은 '민족' 문제는 그를 아동문학으로 이끄는 계기가 되었고, 이후 그의 문학 활동의 원점이 되었다.

민족을 안고, 민족을 넘어서

귀환 후 아동문학 작가가 된 일본인들은 그들의 트라우마를 문학의 형태로 소생시켰다. 문학을 통해 전쟁을 부정하고 평화와 슬픔을 이야기하고자 했다. 여기에다 시카타 신은 당시 일본 아동문학계가 처한 현실, 일본 국가가 범하는 오류, 전쟁아동문학에 절실하게 요구되는 사항들 중 '민족' 문제에 초점을 맞추어 작품 세계를 펼치고자

---

[33] しかたしん, 〈〈明太の子〉の思い 特集 戰時下のアジアと兒童文學〉, 48쪽.

했다. 그의 식민지 관련 작품군은 이에 대한 모색의 증거이다. 그는 자신을 '명태새끼'라고 부르면서 이 말이 담고 있는 진실과 그 속에서 아동들에게 전달할 수 있는 메시지를 탐색했다.

일반적으로 아동문학은 어른에 의해서 어떤 어린이가 '어린이다운 어린이'인지를 모색하는 과정에서 발견된 허상이 되기 쉽다. 그러나 시카타 신은 식민지 관련 아동문학을 기술하면서 아동문학이 저지르기 쉬운 '교훈적 경향', 전후 일본 아동문학의 문제점으로 지적된 '천편일률적인 순수성', 그리고 전쟁에 대한 무조건적인 '후회와 반성'과 거리를 두었다. 그는 문학을 통해 현재에도 여전히 존재하는 지배와 차별, 전쟁이라는 상황에 젊은이들이 어떻게 대처해야할지 방향을 제시하고 싶어 했다.

4
전쟁을 기억한다는 것
-《무궁화와 모젤》

전쟁과 상처 입은 세대

패전 후 20여 년이 지난 일본은 고도 경제성장의 궤도에 올라 고난의 기억으로부터 점차 멀어져 갔다. 이렇게 전쟁이 잊혀져 갈 무렵, 일본은 다시 베트남전쟁에 가담하고 국내적으로는 '기대되는 인간상'(1966)[1]이라는 표어를 제시하는 등 전전(戰前)의 내셔널리즘적 경향을 다시금 환기시켰다. 이 시기 아동들은 책을 읽기보다는 TV나 만화 등 오락거리를 주로 즐기고, 생활 면에서도 자기 결정권이 점점 희박해져 갔다. 이런 상황에 반응하듯 학교나 학부모 단체에서는 추천도서나 권장도서를 공공 기관에 제공하여 아동들에게 독서를 권장하는 '독서 운동'을 펼치기 시작했다. 이는 작가들에게 아동문학을 할 수 있다는 희망을 주었다.

전쟁아동문학은 이러한 시대적 배경 아래서 출현했다. 전쟁아동

---

[1] 1장 주 1 참고.

문학 작가들은 동시대의 아동들에게 전하고 싶은 이야기가 많았다. 무엇보다 작가들에게 글을 쓴다는 것은 전쟁의 상처를 직접 입은 세대로서 자신 속에 있는 '전쟁'의 의미를 되묻지 않고는 아무것도 새로 시작할 수 없다는 삶의 방식과 관련되어 있었다. 그들은 작품을 통해 전쟁과 식민지가 무엇인지 모르는 어린이들에게 자신들의 전쟁 체험을 전달하고, 전쟁의 실체를 알리고자 했다. 유년기와 청소년기를 식민지와 전쟁의 직접적인 영향 아래서 보낸 시카타 신의 처녀작 《무궁화와 모젤》은 이러한 전쟁아동문학의 원상原象이라고 할 수 있다. 이 장에서는 전쟁아동문학의 출현 배경 속에서 시카타 신 문학의 탄생과 전개를 살펴보고, 《무궁화와 모젤》에 드러난 그의 아동기 기억의 의미와 그 표현 방법에 대해 살펴본다.

아동문학을 통한 '전쟁 기억'의 의미

일본에서 〈전쟁을 모르는 어린이들(戰爭を知らない子供たち)〉[2]이 처음으로 불린 것은 1970년 오사카만국박람회에서였다. 노래의 가사는 다음과 같다.

---

[2] 〈전쟁을 모르는 어린이들〉은 1970년 발표된 지로즈(ジローズ, 제2차)의 히트곡이다. 지로즈는 이해 제13회 일본레코드 대상 신인상을 받았고, 작사자 기타야마 오사무(北山修)는 작사상을 받았다. 1971년 2월 5일 레코드가 발표되자 오리콘차트 최고 11위, 누계 30만 장 이상의 판매고를 올리는 히트곡이 되었다. 1973년에는 이 곡의 가사를 원안(原案)으로 한 동명의 영화가 제작되었다(위키페디아 백과사전(ウィキペディア フリ 百科辭典) http://ja.wikipedia.org/wiki/, 2012년 3월 26일 검색).

전쟁이 끝나고 나서 우리들은 태어났다.

우리들은 전쟁을 모르고 자랐다.

어른이 되어 걷기 시작한다.

평화의 노래를 흥얼거리면서

우리들의 이름을 기억해 주길 바란다.

전쟁을 모르는 어린이들을.

기타야마 오사무(北山修)가 작사하고, 스기타 지로(杉田二郎)가 작곡한 이 노래는 1970년대 초반 일본에서 인기를 얻은 대중음악이다. 전 일본 아마추어 포크 싱어즈에서 불리던 것을 가수 지로즈(ジロー ズ)가 레코드로 녹음했다. 이 노래가 불리기 시작한 1970년에 태어난 세대가 이미 부모가 되어 있는 지금, 일본은 이 노래 자체를 모르는 세대가 대부분이다.

당시 이 곡의 작사자는 자신이 전쟁을 모르니까 순수하게 평화를 외칠 수 있다면서, 무경험이 특권인 양 말하기도 했다. 당시는 베트남전쟁이 한창인 가운데, 패전 후 공포된 '평화헌법'으로 전쟁 가담에 제약이 있던 일본도 전쟁 기지를 제공하는 형태로 미국에 협력하고 있었다. 일본의 일부 문화인과 학생들은 이 같은 정부 행태를 비판하며 반전평화운동의 목소리를 높여 가고 있었다. 이런 상황에서 발표된 〈전쟁을 모르는 어린이들〉은 일본의 대표적인 반전가(反戰歌)가 되었다.

이처럼 전쟁을 모르는 세대가 속출하는 시기, 일본 문단에서는 다시 한 번 전쟁의 의미를 묻는 작업이 시도되었다. 이 작업은 1960년대 더욱 긴밀해지는 미·일 협력 체제 아래에서 정치, 문화, 사상 면에서 군국주의적 경향이 고조되는 현상과 맞물렸다. 동 시기 국가에 충성하고 천황에게 경애의 마음을 표하는 것이 강조되며, 소위 '기대되는 인간상'이 나와 세상 사람들을 놀라게 했다.[3] 이런 상황에서 군국주의화에 반대하는 각종 운동이 꾸준히 진행되고 활발해졌다. 그런 현상의 하나로 1965년부터 1975년 사이의 출판물을 보면 전쟁 체험 기류가 많아진 것을 볼 수 있다.

　1964년부터 65년에 걸쳐 집영사(集英社, 슈에이샤)에서 전 16권의 《쇼와 전쟁문학전집》이 간행되고, 1970년대에 들어서는 태평출판사(太平出版社)에서 전 20권의 전쟁 체험기 집성 《시리즈·전쟁의 증언》이 간행된다.[4] 이처럼 1960년대에서 70년대에 걸친 시기는 "잊지 마"라는 자책의 소리가 활자 미디어를 덮었다는 것을 알 수 있다. 전집이나 시리즈물 외에도 《전몰농민병사의 편지》(岩波新書, 1961), 《원폭체험기》(朝日新聞社, 1961), 《주부의 전쟁체험기》(風媒社, 1961), 《8월 15일과 나》(社會思想社, 1961), 《조선인 강제 연행의 기록》(未來社, 1961), 《해신의 소리는 내 가슴에》(若樹書房, 1968), 《교사의 전쟁체험 기록》(勞働旬報社, 1969), 《동경피폭기》(朝日新聞社, 1971), 《누이의 화톳불》(講談社, 1972), 《무명병사의 시집》(太平出版社, 1972)[5] 등을 확인할 수 있다.

　전쟁 체험기는 가볍게 집어 들기 쉬운 단행본 형태로도 유통되었

---

[3] 澁谷清視, 《平和を考える戰爭兒童文學》, 一光社, 1983, 154쪽.

[4] 坪井秀人, 《戰爭の記憶をさかのぼる》, ちくま新書, 2005, 160쪽.

[5] 坪井秀人, 《戰爭の記憶をさかのぼる》, 158쪽.

다. B6판보다 작은 소형 신서(新書) 형태를 보더라도 1960년대에는 《소개학동의 일기 9세 소녀가 본 종전 전후》(中公新書, 1965), 동경대 십팔사회(十八史會) 편찬의 《학도출진의 기록 어느 그룹의 전쟁체험》(中公新書, 1968) 등의 기록 혹은 체험기가 간행되었다. 개인적인 체험을 유족이 기술하여 출판한 예도 있다. 이런 작업들은 부흥을 이루고 성장을 지향한 전후 사회 속에서 잊혀져 가는 전쟁의 기억을 다시 한 번 소생시키려 한 노력이었다.

일본 아동 문단도 1950~60년대의 아동문학 준비기[6]를 거쳐 1970년대 이후 아동문학의 개화를 맞이한다. 아동 문화 관련 요소들이 다양한 상품 형태로 출현하여 경제력 있는 부모들의 선택을 받았다. 그러면서 일본 아동문학계는 종래의 교사 중심 교육운동을 넘어 가정과 지역의 독서운동으로 활성화되었다. 이때 등장한 것이 '교육마마'라 불린 교육열 높은 학부모 계층이다. 이들이 교육적 투자의 일환으로 아동문학서를 구매하는 경향이 현저해지면서, 이것이 아동문학 출판의 현실적인 버팀목이 되어 주었다.[7] 이는 '전쟁아동문학' 출판을 촉진하는 계기가 되었다. 전쟁아동문학의 출현은,

그 발상의 근원에 있는 것은 전쟁을 모르는 아이들에게 자신들의 전쟁 체험을 전달하고 전쟁의 실체를 알리고 싶다는, 아동문학자로서의 의무감과 희망이다. (중략) 또 한 가지는 전쟁으로 깊은 상처를 입은 세

6　上笙一郎, 〈出版狀況と兒童文學〉, 《兒童文學の戰後史》, 東京書籍, 1978, 164쪽.

7　上笙一郎, 〈出版狀況と兒童文學〉, 169쪽.

대에게 우선 자신들 속에 있는 '전쟁' 그 자체의 의미를 묻지 않고서는 아무것도 할 수 없다는 삶 그 자체와 관련되어 '전쟁아동문학'이 생겨났다.[8]

전쟁으로 상처를 입은 세대가 지닌 전쟁에 대한 기억은 트라우마로 남았다. 이 기억은 현대 아동들에게 전쟁의 실체에 대한 자각의 필요성을 전달하려는 에너지로 치환되었다.

'전쟁아동문학'의 탄생과 존재는 평화를 바라고 소중히 여기는 마음이 비참한 전쟁을 체험한 사람들에게 훨씬 더 강렬하고 절실한 것인 것만큼 그에 대한 인간주의적 입장에서 나온 요구, 인간이 참인간이라면 누구나 가질 수 있는 당연한 요구로서, 적극적인 기원(祈願), 반영(反映), 결정(結晶)으로서의 의미를 가지는 것이다.[9]

앞서 언급한 대로, 비단 과거뿐 아니라 현대의 일상생활에서도 우리는 끊임없이 전쟁과 부딪힌다. 그러나 이 '유사전쟁' 체험은 미디어를 통해 극단적이거나, 일방적이고 단순화된 형태로 왜곡되어 전달된다. 때문에 미디어를 통해 전쟁을 접한 어린이들은 극도로 단순화된 전쟁의 이미지를 떠올리게 된다. 선과 악의 대결, 언제나 보장되어 있는 우리 편의 승리, 정의의 불사조 등이 오늘날의 현대인과

---

8 白木茂 외,《兒童文學辭典》, 東京堂出版,〈전쟁문학 소개〉의 글, 1970.
9 澁谷淸視,《平和を考える戰爭兒童文學》, 154쪽.

아동들이 띠올리는 전쟁의 이미지다.

1970년 초두에 간행된 《전쟁아동문학걸작선》 시리즈(5권)의 편집위원 간행사에는 다음과 같은 기술이 있다.

전쟁을 모르는 소년소녀에게,

우리나라, 일본 은 1931년부터 1945년까지 15년간 전쟁을 계속해 왔다. 일본의 중국 침략을 시작으로 하는 15년전쟁의 마지막 5년은 태평양전쟁이라고 부른다. 독일, 이탈리아와 손잡은 일본은 이 5년간 중국 외에 미국, 영국, 네덜란드 등 세계 각국과 싸웠다. 소비에트의 참전, 미군의 히로시마·나가사키 원자폭탄 투하 후 무조건적으로 항복했다.

15년전쟁 당시 일본 국민의 대부분은 전쟁이 무엇인지 몰랐다. 알려 주지 않았다. 당시 소년소녀는 그 전쟁을 완벽하게 성전(聖戰)이라고 믿고 있었던 것이다. 그렇지만 소년소녀들도 전쟁을 체험했고, 그 후 일부는 그 체험을 근거로 하여 '그 전쟁이 과연 무엇이었는가?'를 동화와 소년소설을 통해 생각해 왔다.

오늘날, 이 책의 독자인 여러분들도 전쟁을 모른다. 15년전쟁을 체험한 우리들은 그 전쟁의 진실을 여러분들에게 알리는 것이 우리들의 어른들로서의 의무라고 생각한다.[10]

전쟁아동문학의 기술 주체들을 살펴보면 그 주류는 일본의 '15년 전쟁기'에 청소년 시기를 보냈던 작가들이다. 이들이 아동문학을 기

---

[10] 日本兒童文學者協會, 〈간행사〉, 《戰爭兒童文學傑作選》, 童心社, 1980, 2쪽.

술하게 된 데에는 전쟁에 대한 지울 수 없는 기억들과 평화의 참 의미에 대해 진지하게 접근하려는 마음이 있었다. 이들의 창작 동기나 의식에는 미묘한 차이가 있는데, 이는 다음의 네 가지 유형[11]으로 구분해 볼 수 있다.

먼저 '15년전쟁' 중 청소년 시기를 보낸 사람들의 이야기로, 인격 형성 시기에 맞이한 전쟁의 여러 가지 체험과 경험, 그리고 거기서 발생하는 자신의 정신적 상황이나 그 발달이 가지는 의미를 냉정하게 되묻는 시점이다. 두 번째로, 전쟁이 인간의 생명을 손상시키고 애써 만들어 놓은 생활과 문화를 순식간에 철저하게 파괴해 버리는 것에 주목하여, 비참하고 비인도적인 전쟁은 두 번 다시 일어나서는 안 된다는 평화에 대한 강한 염원의 결과이다.

세 번째로는 전쟁이 나면 그 상황에서는 맘대로 도망갈 수가 없었기 때문에 싫든 좋든 전쟁과 얽혀야만 했던 상황을 그린 작품들이다. 이런 피할 수 없는 상황, 즉 전쟁이라는 극한 상황에서 인간성이 어떻게 변질되어 가는지에 대한 물음을 던진다.

마지막으로, 패전 후 일본 국민은 평화헌법을 맺고 강화조약도 체결했지만 일본 각지에는 미군 기지가 남았고 세계 각지에서 군사적 분쟁이 끊이지 않았다. 이후 한국전쟁을 계기로 일본에서는 정치·문화 사상 교육에서 군국주의화가 진행되었는데, 이러한 현실 속에서 다시 한 번 전쟁의 의미를 되새기지 않으면 안 된다는 자각과 관

---

[11] 澁谷清視,《平和を考える戰爭兒童文學》, 173~175쪽.

런한 내용으로 볼 수 있다.

시카타 신의 작품은 이 네 가지 중 첫 번째와 네 번째가 관련되어 있다고 볼 수 있다. 즉, 시카타는 현대 아동이 문학을 통해 누군가의 기억과 마주하여 거기에서 배우는 것에서부터 국가와 민족에 의미를 부여해야 한다고 여겼다. 그는 문학을 통한 '기억의 렌즈'로, 잊을 수 없는 그리고 앞으로 있어서는 안 되는 일을 독자에게 전달하려고 했다.

시카타 신의 문학과 전쟁아동문학

시카타 신은 조선에서 태어나 17년간을 조선에서 보냈다. 시카타 외에도 아만 기미코(あまんきみこ),[12] 아카기 요시코(赤木由子),[13] 나스다 미

---

[12] 본명은 아만 기미코(阿萬紀美子, 1931~). 일본 아동문학 작가. 구만주 무순시(撫順市)에서 태어났다. 장춘, 대련을 거쳐 패전 당시 대련 신명(神明)여학교 2학년이었다. 귀국 후 오사카 부립 사쿠라즈카(櫻塚) 고등학교를 졸업하고 바로 결혼하였다. 그 후 일본여자대학 아동학과 통신교육부에 입학하여 요다준이치(与田準一)를 알게 된다. 요다의 권유로 쓰보다 조지(坪田讓治) 주재의 《비파열매 학교(びわの實學校)》에 〈곰 신사(くましんし)〉를 투고하고, 이 잡지의 동인이 되었다. 1968년 《비파열매 학교》에 발표한 작품 등을 모은 작품집 《자동차 색은 하늘색(車のいりは空いろ)》을 출판하여 제1회 일본아동문학자협회상을 수상하고 제6회 노마(野間)아동문예 추천상을 받기도 했다.

[13] 본명은 도카지 기쿠(富樫 菊, 1927~1988). 일본 아동문학 작가. 유소년기에 양친을 잃고 만주로 건너가 현지에서 전쟁을 경험했다. 중국 안잔(鞍山)의 도키와(常盤)고 등여학교를 졸업, 상경하여 잡지사 기자가 되었다. 이후 창작 활동에 전념하여 《버드나무 솜 날리는 나라(柳わたとふ國)》, 《벌거벗은 천사(はだかの天使)》, 《해바라기 사랑 꽃(ひまわり愛の花)》, 《두 나라 이야기(二つの國の物語)》 3부작 등을 발표했다.

노루(那須田稔),[14] 간자와 도시코(神澤利子)[15] 등 식민지 체험 아동문학자는 다수 존재한다. 이 작가들에세는 몇 가지 공통점이 드러난다.

① 패전 체험이 다른 사람보다 강렬하고 복잡하며, 중층적 혹은 이질적인 성격을 띤다.
② 민족의 다양성을 흡수하는 경향이 식민지를 체험하지 않은 일본인보다 더 강렬하다.
③ 일반적인 일본인에게 없는 생활자로서의 고집, 강인함, 혹은 자아가 있다.
④ 개인차는 있지만, 구식민지 체험 작가들은 그렇지 않은 일본인보다 언어 감각 면에서 더 '풍부'하고 '예민'하며 '세밀'하다.

이 작가들이 전쟁아동문학에서 이룬 성과 중 하나는, '침략/피침략'의 관계를 수단으로 하여 전쟁과 인간 파괴로 몰고 가는 상황에서 '일본 민족의 자랑과 일본 정신은 도대체 뭐란 말인가?'라는 의문을 근대와 현대사회에 던진 것이다.

---

[14] (1931~). 일본 아동문학 작가. 동양대학과 아이치대학을 중퇴했다. 1965년 〈자작나무와 소녀(シラカバと少女)〉로 일본아동문학자협회상을 수상했다. 산케이 아동출판문화상 수상.

[15] (1924~). 일본 아동문학 작가. 어린 시절을 북해도 사할린(樺太)에서 지내고, 1958년《민들레의 노래(タンポポの歌)》로 데뷔했다. 1965년부터 본격적인 창작 활동에 들어가 수많은 아동문학 작품을 남겼다. 1975년《오리 할머니(あひるのバ バちゃん)》로 산케이 아동출판문화상, 1977년《강가 근처(流れのほとり)》로 일본아동문예작가회상, 1979년《없다, 없다, 여기 있네!(いないいないばあや)》로 일본아동문학자협회상과 노마아동문예상 등을 수상했다.

특히 시카타 문학의 독특한 점은 일본과 조선 그리고 그 외 다른 민족이 각각 지니는 자각적 민족의식을 기반으로 한 아동들의 모험과 이상향, 그리고 양 민족 간 혹은 다민족 간의 올바른 소통법에 대하여 다루고 있다는 점이다. 그는 전쟁을 취급하면서도 아동들이 흥미를 잃지 않도록 하는 문학적 전략성을 담아 갔다.

시카타 신의 작품들을 읽어 가면서 드는 생각은, 아이들의 시점과 신선한 드라마 만들기에 매우 정교하다는 것이다. 다른 말로, 아이들을 독자로 하는 문학에 엔터테인먼트라는 굵은 기둥을 확실하게 세우고 있는 작가라고 할 수 있다.[16]

아동연극 작가이자 평론가인 도미타 히로유키(富田博之)는 시카타 문학이 지니는 '엔터테인먼트' 기능을 강조한다. 그러면서 시카타의 처녀작 《무궁화와 모젤》은 수많은 작품 중에서 몇 번 읽어도 마음에 남는 작품이라고 이야기한다. 마쓰다 시로(松田司郎) 역시 항상 아동문학을 읽을 때 작품에 몰두하기보다는 차갑게 비평하는 편인데, 이러한 생각을 단숨에 날려 버린 작품으로 《무궁화와 모젤》을 꼽았다. 마쓰다는 이 텍스트를 "나의 방만한 직업의식을 날려 버리게 해 준 몇 개 안 되는 작품 중 하나"[17]라고 평했다. 현대의 어린이들을 둘

---

[16] 富田博之, 〈特集/しかたしん論〈しかたしんよ 苦難の道を選べ〉〉, 《日本兒童文學》2月号, 兒童文學者協會, 1982, 30쪽.

[17] 松田司郎, 〈〈ドラマづくりの妙〉《むくげとモ ゼル》論〉, 《日本兒童文學》, 兒童文學者協會, 1982.2, 29쪽.

러싼 상황에 어떻게 파고들 것인가 하는 측면에서 높이 평가할 만한 작품이라는 것이다. 즉, 시카타의 문학은 현대 아동들에게 지칫 심각하고 지루할 수 있는 '전쟁'을 다루면서도 아동 독자를 끌어들일 수 있는 문학적 장치를 구비하고 있었던 것이다.

시카타 신의 작품에 나타난 식민지 조선을 바라보는 독특한 세계는 그의 어린 시절 '기억'을 통해 식민지 아동을 재해석하고 현재 일본인으로서의 자기 모습을 비춘다. 그리고 현대의 아동 독자들에게 역사 인식을 불어넣는다. 가해자로서 혹은 피해자로서 상처를 입은 세대와 식민지와 전쟁 그리고 이것을 기억해 내는 장치로서의 문학이 어떻게 서로 조율하면서 존재하는지를 보여 주는 것이다.

《무궁화와 모젤》이라는 아동문학

'무궁화'와 '모젤'의 의미

《무궁화와 모젤》[18]은 시카타 신이 20년간의 방송국 샐러리맨 생활을 접고 처음으로 어린이들에게 다가간 그의 데뷔작이다. 그런데 작품 제목이 당시의 아동들에게는 낯선 '무궁화'와 '모젤'(권총을 의미하는 독일어, 1872년 모젤 형제가 설립한 총기 메이커)이다. 꽃과 총의 만남이다. 이 같은 대조적인 개념 제시로 그는 무엇을 이야기하고 싶었던 것일까? 이 작품은 아동문학으로는 특이하게 프롤로그가 있는데, 프

---

[18] しかたしん,《むくげとモーゼル》, アリス館, 1972.

롤로그에서 시카타는 독자에게 이 소설의 존재 의미를 전달하며 독자와 소통을 시도한다.

오른쪽에 있는 지도는 1933년경 일본과 일본의 식민지였던 조선과 만주의 지도입니다.

1910년 일본은 여러 가지 이유를 붙여 조선을 점령하고, 일본의 식민지로 삼아 버렸습니다. 경성에는 총독부라는 일본의 관청이 생기게 되고 일본의 군인이 총독이 되어 조선을 지배했습니다.

조선어 사용을 금지시키고 매일 조선인은 일본인에게 학대와 차별을 받으며 일본인의 정치나 생각을 따르도록 강요당했습니다.

자기 나라 말을 빼앗기고 다른 나라 말을 사용한다는 것만으로도 얼마나 괴롭고 슬픈 일인가 여러분도 한번 상상해 보세요.

일본의 조선 지배는 놀랄 만큼 철저했습니다.

예를 들면 조선인이 진심으로 사랑하고 자신들의 국화로서 자랑스럽게 여기던 무궁화를 심는 것조차도 금지당하고, 일본의 국화인 벚꽃과 함께 심지 않으면 심을 수가 없었습니다. 나라를 사랑했던 조선인들은 자신의 나라를 자신들의 손으로 되찾기 위해 용감하고 끈질기게 다양한 운동을 계속했습니다. 신문을 내거나, 청원운동을 하거나, 여러

차례 독립운동을 펼쳤습니다. 그때마다 강력한 일본의 군대와 경찰의 손에 진압되어 운동을 한 사람들은 죽임을 당하거나 곤경에 치혔습니다. 그러나 조선인들은 좌절하지 않고 운동을 계속했습니다.

이 이야기는 그 시기 조선에 있었던 다자키 히데오(田崎英男)라는 일본인 중학생의 이야기입니다.[19]

시카타는 지도를 제시하고 근대 일본이 만들어 낸 식민지상과 일본인에 대하여 설명하며 아동들에게 말을 걸고 있다. 다자키 히데오라는 중학생의 눈을 통해 일본 아동들에게 익숙하지 않은 역사와 식민지, 전쟁을 지도라는 시각적 자료와 함께 보여 주는 것이다.

무대가 되는 시대는 '일본이 조선을 점령하고 만주에 군대를 보내어 만주국이라는 일본의 꼭두각시가 될 나라'를 만들려고 했던 '15년전쟁'의 초기 격동기다. 주인공 '나'는 경성부립 용산중학교 3학년에 재학 중이다.

이야기는 '나'가 여름방학에 생물클럽 친구 만부타(マンブタ)와 국경 마을 모산(茂山)에 있는 만부타의 고향에 놀러가는 것에서부터 시작된다. 두 사람은 엔진이 달린 배로 두만강을 횡단하여 밀입국하여 밀림 조사를 하려고 떠나지만 배가 떠내려가 조난을 당한다.

지금껏 학교와 가정과 법의 보호를 받고 있던 '나'는 갑자기 자력으로 살아야 하는 비일상적인 시련 속에 내던져진다. 그는 조선 민족의 독립을 바라는 가난한 소녀 백순이의 마을에서 지내며 의무반

---

[19] しかたしん, 《むくげとモ-ゼル》, 프롤로그.

(醫務班)을 담당한다. 그러나 마적(馬賊) 때문에 부락을 떠나게 되고, 산속에서 마(馬)라는 사람의 도움을 받아 '향화'라는 마을에 들어간다. 거기에서 민족의 독립에 불타오르는, 그리고 민중의 신뢰가 두터운 지도자 양타란파(楊大覽把)를 만나 대부대와 함께 동만주로 전진한다. '나'는 정열가인 마(馬)나 현실을 냉철하게 바라보는 참모장 고(高) 등으로부터 나라와 민족에 대한 이야기를 듣고 민족의 진정한 의미를 모색하게 된다.

시카타는 주인공을 통해 일본의 '충군애국의 정신'이라든가 '오족협화(五族協和)'[20] 교육이 얼마나 모순인지를 드러낸다. 만주에서 반만항일운동을 하는 조선인들과 생활하며 살육을 눈앞에서 목격하는 동안에 주인공은 일본인으로서 산다는 것의 의미, 생에 대한 주체적인 집착을 고민한다.

이처럼 시카타는 자신의 식민지에서의 체험을 바탕으로 현대 아동들에게 '전쟁'의 의미를 전달하고자 했다. 흔히 식민지를 그리는 문학에서는 등장인물들 간의 문화적 격차와 차별 문제가 드러나기 쉬운데, 《무궁화와 모젤》에서는 민족 간의 차별 문제보다는 아동들의 시선과 관심에 초점을 맞추어 그들이 실제 전쟁과 맞닿았을 때 할 수 있는 사고가 중심에 놓여 이야기가 펼쳐진다.

이 소설은 주인공이 조선에서 만주로 '여행'을 하면서 시작되는데, 여행을 주도하는 것은 주인공이 아니라 나중에 조선인으로 밝혀지

---

[20] 일본이 만주국(滿洲國)을 건국할 때의 이념으로, 중화민국 성립 초기의 정치 슬로건인 오족공화(五族共和)에서 유래되었다. 일본인(日本人)·한족(漢人)·조선인(朝鮮人)·만주족(滿洲人)·몽골인(蒙古人)이 협력해야 한다는 의미다.

는 만부타이다. 그리고 모험을 해 나가는 속에서도 아동들끼리, 그리고 어른과 아동의 관계에서도 상하 관계가 아닌 동등한 관계로 이야기가 전개된다. 식민지를 다루는 문학이 빠지기 쉬운 '일본인의 가해자 의식/피식민자의 피해자 의식'이라는 스테레오타입에서 벗어나 '전쟁'과 '타 민족'을 대하는 의식이 외부로부터 주입되는 것이 아닌 주인공 내부로부터 나오는 것으로 표출된다.

《무궁화와 모젤》이라는 텍스트

《무궁화와 모젤》은 다음과 같은 특징을 가지고 있다.

① 이야기의 스케일이 크며, 등장인물들의 행동 범위가 넓고 전개 속도가 빠르다. 조선에서 만주에 걸친 지역적 방대함과 이동 속도는 아동 독자에게 이후 이야기를 기대하게 하는 묘미를 안겨 준다고 할 수 있다.

② 이야기의 세계가 긴장감이 넘친다. 텍스트가 전개되는 상황이 소위 '15년전쟁' 초반부이다. 이 시기는 중국·러시아·조선·일본의 국제 관계가 험악했던 시기로, 군대가 진군하고, 마적이 활약하고, 민족끼리 견제하는 분위기였다. 이러한 상황을 배경으로 삼고 있기에 이야기의 역동성이 독자에게 고스란히 전달된다.

③ 긴박한 상황에 주인공을 배치하는 수법이 매우 간결하다. 즉, 민족이라는 추상적이고 이해하기 어려운 개념도 어린 독자들이 이해하기 쉽도록 잘 구성되어 있다고 볼 수 있다.

④ 주인공들이 공감하는 이상적 공간이 제시되어 있다. 주인공 다 자키가 소녀 백순이를 사모하게 되면서 이질적인 세계로 끌려 들어가게 되고, 거기에서 민족의 독립을 위해서 싸우는 사람들과 함께 생활하게 된다. 그러면서 소녀를 구하고 부락을 지킨다는 로맨틱한 의협심과 함께 인간의 존엄과 독립의 문제를 조명하고 있다.

⑤ 긴장과 감정의 고조를 일으키는 장치가 텍스트에 적절하게 배치되어 있다. 전쟁과 재회, 도망과 잠입, 배신과 신뢰라는 요소를 삽입함으로써 아동 독자들의 기본적인 독서 욕구와 흥미를 일으키고 있다. 등장인물들은 항상 죽음과 맞닿아 있는 스릴에 가득 차 있고, 자신을 지키고 미래를 개척하려는 의욕과 뜨거운 정의감이 넘친다. 이로써 그들이 고독하기는 하지만 민족과 사랑이라는 방패를 앞세워 용감하게 싸우려는 로맨티시즘이 호소력 있게 독자에게 전달된다.

⑥ 인물 및 배경 묘사와 용어 사용에 리얼리티가 넘친다. 백순이 마을의 생활, 마(馬)의 행동, 양타란파 부대의 조직이나 정치 기반 등을 독특한 마적 용어와 생활 용어로 박진감 있게 묘사하여 현실감을 높였다. 특히 미지의 세계에 대한 모험심과 이성에 대한 어렴풋한 연정을 품은 소년의 시점에서 바라본 현실의 살육과 육욕, 물질욕 등이 잘 승화되어 있다.

신무라 도오루(新村徹) 역시 《무궁화와 모젤》이 '민족이란 무엇인가'를 잘 표현했다면서,[21] 전쟁아동문학 중 특기할 만하다고 평했다. 시카타는 자신의 작품에 대해 다음과 같이 밝혔다.

《무궁화와 모젤》《무궁화와 96○○》은 그것이 제시하고 있는 문제가 중국에 머물러 있지 않다.

두 작품 다 무대는 만주라고 해도 조선의 국경에 가깝고 주민은 중국 인보다도 조선인이 더 많은 지역이다. 무궁화라는 제목에서 보이는 것 처럼 오히려 조선 쪽에 큰 비중이 있다고 할 수 있다. 조선 문제가 덧붙 여지면 일본이 짊어질 짐은 더욱 무거워진다. 일본이 중국을 침략했던 당시 조선은 그때부터 더 거슬러 올라가 훨씬 전에 나라를 빼앗기고 민 족의 의지와 상관없이 '천황 폐하의 자녀'가 되어 있었다. (생략) 두 작 품 다 주인공 소년이 저서의 대변자이고, 또 전쟁과 민족 문제에 의문 을 가지고 그것을 해명해 가는 존재인 것은 다른 작품과 다를 것 없다.

그러나 주인공 소년이 그러한 의문을 느껴 가는 과정은 일단 확실하 게 씌어 있다. (중략) 그리고 일본인 주인공이 조선인과 '함께 행동하고 싶다'고 했던 바람, 개인적으로 품은 '우정'이 상대편에게 확실하게 거 절당하고 있다. 안이한 타협, 자기만족은 없다.[22]

시카타는 외부로부터 강요된 민족의식이나 국가가 아니라, 실제

---

21 新村徹,〈日本〈戰爭兒童文學〉と中國〉,《日本兒童文學》, 兒童文學者協會, 1973.9, 26쪽.

22 しかたしん,〈特集/新たな展望と子どもをめぐる〈關係〉を〉,《日本兒童文學者協會》, 1983.8, 13~14쪽.

124 • 시카타 신과 전쟁아동문학

이민족의 삶을 체험한 아동들은 어떻게 완난하고 느낄 수 있는지를 이야기하고 싶었던 것이다. 자신이 자란 환경과 받아 왔던 교육을 통해 형성된 민족의 틀과 관계로부터 다른 민족의 틀과 관계로 옮기기란 결코 간단한 일이 아니다. 시카타는 단순하게 식민지적 상황에 놓인 피식민자들을 불쌍하게 여기고 공감하는 형태가 아닌, 주인공들이 서로를 이해하기 위한 보소 장치, 즉 국가의 경계를 뛰어넘음, 타 민족끼리의 접촉과 이해, 스스로의 주체적 깨달음, 이에 대한 실천과 관계 설정을 통해 타 민족과의 교류 및 공유의 세계와 그 이상향을 그리려 했다.

문학을 안일한 타협의 형태로 그리면 텍스트는 바로 리얼리티를 상실한다. 또한 아동을 면죄부 삼아 전쟁 자체의 본질에도 접근하지 못하는 센티멘털한 작품이 될 것임이 틀림없다. 《무궁화와 모젤》은 이런 측면을 극복하고자 한 아동문학인 것이다.

네오테니(neoteny) 지향을 통한 민족 개념의 재발견

시카타는 일본으로 귀환한 후 학업보다는 전쟁고아들이 있는 수용소에서 청년기를 보냈다. 그는 전쟁으로 부모를 잃은 전쟁고아들을 가르치고 그들과 함께 생활하며 그 안에서 삶의 '에너지'를 느꼈다고 고백한다.[23] 그리고 이 에너지가 지닌 매력은 그가 대학 졸업 후

---

23 しかたしん, 〈후기〉, 《とろぼう天使》, ポプラ社, 1981, 364~365쪽.

다양한 일을 하면서도 결국은 아동과 관계된 일을 평생 직업으로 삼을 수밖에 없었던 요인이라고 한다.

《무궁화와 모젤》은 앞서 소개했듯이 두 소년의 모험 이야기다. 그런데 단순한 흥미 위주의 모험이 아니라, 대립할 수밖에 없는 민족과 민족이 만나 선입견이나 견제 없이 어우러지고 생활해 나가기 위해 자신이 가진 능력을 최대한 활용하여 살아 나가는 이야기다. 식민지 시기 중 가장 분위기가 험악했던 당시, 아동이었기에 가능한 경계의 초월 그리고 공감, 그 안에서 미래에 대한 가능성을 보여 줄수 있었던 것이다.

여기에 시카타 아동문학의 '네오테니(neoteny)'[24]에 대한 지향과 가능성의 발견이 있었다고 할 수 있다. 그는 네오테니가 지니는 특성으로서 모험심, 과잉성, 귀여움, 판타지, 세밀한 시각 표현 등을 문학에 살려 자신의 잃어버린 아동기를 재현해 냄과 동시에, 현대의 아동들을 향한 공감을 불러일으켜 근대에 일본이 일으킨 전쟁 때문에 잃어버린 것의 의미를 전달하고자 했다. 즉, 국가와 민족에 대한 고정관념을 타파하고 아동이기 때문에 가능했던 모험을 수반한 월경

---

[24] 네오테니는 그리스어의 젊음(neos)과 연장하다(teino)의 합성어로, 생물학적으로 성적으로는 완전하게 성숙한 개체이면서 비생식기관은 미성숙한, 다른 말로 유형성숙(幼形成熟), 유태성숙(幼態成熟)이라고도 한다. 인류학에서는 라바가 《동물로서의 인간(動物としての人間)》에서, 인류가 야생동물로부터 몸을 지키기 위해서 자기 가축화를 일으키면서 남성과 여성과 아이라는 '3형성'의 사회문화를 발전시키고 종교와 교육을 창출해 냈는데, 그처럼 인류가 형성된 것은 네오테니가 있었기 때문이라는 가족사회론적인 메시지를 발신했다. 이것을 문명론 쪽으로 발전시킨 것은 가스리다. 그는 인류가 문화를 창조해 낸 것은 태내 기간이 짧고 미숙아로 태어난 유아들이 네오테니로 성장을 지연시키면서 여러 가지 놀이나 실험이나 의사소통에 열중한 덕분은 아닐까라고 했다.

(越境), 그리고 아동이기 때문에 새롭게 맺을 수 있는 민족과 민족 간의 관계성을 찾아가고자 했던 것이다.

시카타는 작품을 통해 자신이 경험한 다중적 민족성이라는 특수성을 회복하여 동일한 에너지를 가진 현대 아동들에게 민족 문제를 전달함으로써 '네오테니=아동기 인간의 에너지'를 공유하고자 했다. 시카타는 이렇게 밝혔다.

> 나는 작년부터 쓴 《무궁화와 모젤》, 《무궁화와 9600》에서 외부 민족인 조선인과 중국인 속에서 '일본 민족'을 보려고 했다. 이 일은 물론 앞으로 깊이를 더해 갈 예정이다. 지금 다시 한 번 우리 민족 ─ 내가 속한 일본 민족을 다시 한 번 직시하고 싶다. ─ 그것이 '명태새끼'에게 어울리는 일종의 과제라고 생각한다.[25]

실제로 그는 조선 친구들에게는 '쪽바리', 일본인에게는 '명태새끼'라고 불리며 어느 쪽에서도 자신의 정체성을 찾을 수 없었던 아동기의 경험을 이야기한다. 그래서 현재 일본이 하나의 민족이라고 믿는 아동들에게 진정한 일본 민족이 어떤 것인지를 생각하게 하는 계기로 《무궁화와 모젤》을 제시했다. 시카타는 작품 후기에서 다음과 같이 이야기했다.

---

[25] しかたしん, 〈〈明太の子〉の思い 特集 戰時下のアジアと兒童文學〉, 《日本兒童文學》, 兒童文學者協會, 1973.9, 49쪽.

일본은 아이누인과 같은 지극히 일부 민족을 제외하고는 거의 하나
의 민족으로 하나의 국가를 이뤄 온 세계에서도 보기 드문 나라이다.
더구나 사방이 바다로 둘러싸여 있어서 국경선도 없는 나라라는 것도
흔치 않다.

때문에 일본인은 일본 민족이라는 자기 민족을 상대화하기 매우 어
렵다. 민족이란 무엇인가? 민족의 자랑이라는 것은 어떤 것인가? —이
것도 주인공 다자키와 함께 생각해 봤으면 한다.[26]

그는 문학을 매개로 몸은 다 자란 어른이지만 어린 시절의 느낌
과 기억을 다시 떠올리며 어린이의 세계에 집중한다. 그의 아동기는
'전쟁'으로 물든 시기이기에 거기에는 어떤 의미도 가능성도 없을
것처럼 여겨지지만, 아동의 에너지인 네오테니적 요소는 문학이라
는 매개를 통해 '민족'을 이해하는 원동력이 되었다.

시카타는 아동문학의 문제점으로서 "점점 더 고령화되어 성인문
학 속에서 해체돼 버릴"[27] 수 있는 가능성을 우려했다. 그리고 "소수
독서 능력이 높은 어린이, 우연한 계기로 공감하는 부분을 가진 어
린이 등 소수 독자의 아동문학은 성립해도 많은 아이들을 대상으로
하는 아동문학은 성립하지 못하는 상황"에 문제의식을 갖고 아동문
학을 저술했다. 이에 시카타는 대중 아동 독자가 관심을 가질 만한

---

[26] しかたしん,《むくげとモーゼル》, 후기.

[27] しかたしん,〈子供ばなれ現象との戰いか〉,《日本兒童文學》, 兒童文學者協會, 1976.4,
36쪽.

엔터테인먼트라는 기술과 내용을 문학에 내입하여 현대 아동 독자들이 적극적으로 관심을 가질 수 있는 장치를 마련했다.

시카타는 자신이 일본 민족이라는 민족의식을 원동력 삼아 제국주의 실현을 위한 주체가 되려 한 시대의 경험과, 반면에 현대 어린이들은 민족의식에 너무나도 관심이 없어 국가의 교육정책에 물들어 가는 상황, 이렇게 서로 다르지만 양쪽 다 주체를 성실한 민족의식을 지니고 있다는 점을 문제시했다. 때문에 문학을 통해, 전쟁이라는 상황 속에서도 민족의식의 경계를 넘나들며 끊임없이 모험하고 새로운 것에 도전하며 배움을 멈추지 않는 소년 소녀들의 네오테니적 특성을 강조했다. 그리하여 진정한 민족의 의미를 전달하고자 했다.

《무궁화와 모젤》은 그야말로 민족을 뛰어넘어 민족의 의미를 찾는 아동들이 공존하는 공간이다. 재조 일본인인 다자키가 만주로 여행을 떠나 조선인, 중국인 속에 섞여 그들의 생활에 공감한다. 그는 일본과 조선, 중국을 월경하는 존재인 것이다. 그리고 친구인 만부타는 처음엔 일본인으로 자신의 정체성을 규정하지만 다자키와의 모험을 통해 조선인으로서의 자신을 발견한다. 만부타는 나중에 자신이 조선인임을 고백하면서 일본인으로 산 이유를 다음과 같이 이야기한다.

왜냐하면 내 주위의 녀석들은 아까 말한 김(金)의 축소판인 조선인이 많았기 때문이야. 일본인을 향해서는 히죽히죽 웃으며 아첨을 하고, 나중에 조선인끼리 있으면 이번에는 일본인의 험담을 해. 중국인을 향

해서 일본인과 같은 표정과 행동을 하면서 거드름을 피우고 일본인에게는 또 중국인의 험담을 해.[28]

이러한 만부타가 다자키와의 여행을 통해 조선인으로서 자신을 되찾는 에너지를 얻게 되는 것이다.

난 저분을 통해 조선 민족에 대해 배웠어. 조선이라는 그 민족의 이름에 어울리는 명쾌하고도 선명한 우리나라의 역사를. 과거에는 동아시아 모든 민족의 교사였던 역사를. 일본이 조선을 교사로 삼아 불교와 글자를 배우며, 의복과 도자기 등 일상생활의 기술과 예술을 배운 시대에 대한 이야기를.[29]

이외에도 이 텍스트는 다양한 설정을 통해 민족의 경계를 넘고 있다. 예를 들어, 다자키의 아버지도 일본에서의 좋은 조건을 마다하고 조선의학전문학교 교수로서 후학을 양성하려는 인물로 설정된다. 텍스트의 배경도 민족과 민족의 경계 지점, 즉 국경의 마을이다. 소년들은 배를 타고 미지의 세계를 탐험하고, 조선인 부락에서 공동생활을 한다. 다자키는 조선인 소녀 백순이에게 '아리랑'을 배우고, 한국어·중국어·일본어가 누군가를 매개로 아무런 문제없이 소통된다. 이는 일본인 주인공만의 일방적 소통이 아니라 쌍방적인 형태

---

28 しかたしん, 《むくげとモーゼル》, 162쪽.
29 しかたしん, 《むくげとモーゼル》, 163쪽.

로 제시된다. 텍스트의 마무리 부분에는 이들이 획득한 민족의 진정한 의미에 대해 이야기하는 부분이 있다. 이는 조선인 고(高)가 '나'에게 하는 다음과 같은 말을 통해 알 수 있다.

다자키, 정말 고마워. 네가 그렇게 말해 줘서 너무 기뻐. 중국인 친구와 조선인 친구들을 대표해서 고맙다는 말을 하고 싶어. (중략) 그러나 지금 너에게 우리들과 함께 가자고 하고 싶어도 그럴 수 없어. 중국의 독립은 중국인이, 조선의 독립은 조선인이 이뤄 낼 수밖에 없어. 넌 우리들에게 아주 소중한 사람이야. 넌 조선인에 관해, 중국인에 관해, 그리고 만주에 관해 알려고 노력한 그리 많지 않은 소중한 일본인이야. 우리들에게 다이아몬드보다도 소중한 친구야. (중략)

젊은 일본의 형제여. 나중 20년이나 30년이 걸릴지 모르지만 세 나라가 각각 독립한 날 우리들의 진정한 우정이 생기게 될 거야. 그날을 위해 일본인은 일본인 나름대로 노력해 줬으면 좋겠어. 우리들이 정말 친구로서 악수할 수 있도록.[30]

이상의 예문은 다자키가 조선과 중국인의 편에 서서 참된 민족의 의미를 찾기 위해 함께 투쟁에 나서겠다는 고백을 하는 것에 대한 고(高)의 대답이다. 이것은 자신이 누구인지를 스스로 아는 것에서부터 출발하여 각자의 민족이 독립될 때 다시 한 번 정상적인 소통이 일어날 수 있다는 의미를 포함한다.

---

30 しかたしん,《むくげとモーゼル》, 213쪽.

시카타는《무궁화와 모젤》을 통해 학교교육이 만들어 놓은 민족의 고정관념을 깨고 나라 간의 경계를 넘어 타 문화 타 민족을 새롭게 깨달아 가는 아동을 그려 냈다. 텍스트에는 전쟁의 비참함, 근대 일본의 제국주의 정책의 잔혹성이 드러난다. 그러나 여기에 처해 있는 아동은 그러한 제도 속에서도 스스로가 가진 네오테니적 에너지로 전쟁의 실체를 깨닫는다. 그리고 민족 간에 이해와 화합해 가는 상황을 만들어 낸다. 이것은 결코 일본 아래에 수렴되는 화합이 아닌 각각의 독립 안에서 일어나는 화합이다. 여기에 등장하는 인물들은 각각 자기 민족의 대표가 되어 진정한 '공생'의 의미를 도출했다고 할 수 있다.

전쟁아동문학이 만들어 내는 '너'와 '나'

1970년대는 일본이 세계 경제대국으로 우뚝 선 시기이고, 그에 따라 일본 사회가 경제적으로 풍요로워지면서 보호받기만 하여 자립심이 결여된 아동들이 속출한 시기다. 또한, TV 매체로 아동들의 쏠림 현상 등이 일어났다. 이러한 시기에 주류라고는 할 수 없지만 다양한 '전쟁아동문학'이 전쟁을 경험한 작가들에 의해 쏟아져 나오기 시작했다. 이들 중 시카타 신의 작품군에 나타나는 것은, 그가 경험한 식민지에서 보낸 아동기와 귀환한 이후의 청년기 체험을 통해 과연 민족이라는 것이 무엇인가 하는 것이다.

시카타는 첫 작품인《무궁화와 모젤》을 통해 자신이 경험한 특별한 아동기가 현대사회에 어떤 의미를 전달힐 수 있을지를 모색했다. 그는 아동기의 모험에 대한 적극적인 태도, 나와 타인을 구분 짓고 경계를 만들지 않으려는 심리, 다른 언어에 대한 낮은 거부 인식, 지속적으로 배우려는 태도, 현실 세계에 안주하지 않고 이상적인 세계를 꿈꾸는 것 등 네오테니적 요소들을 작품 속에 충분하게 살려 근대와 현대의 가교를 만들어 갔다. 이를 통혜 각 민족의 고유함과 소중함, 그 위에 쌓아야 할 '나'와 '너'의 의식을 드러내고자 했다.

5
전쟁 시기 독서 환경과
삶의 에너지
─《차렷! 바리켄 분대》

아동의 흥미와 문학

시카타의 아동기 학교교육은, 국가를 위해 영광된 죽음을 선택하는 존재로서 개인의 가치를 강조하는 교육이었다. 학교는 군인을 양성하기 위한 훈련소였고, 성적에 따라 장교가 될지 일반 병사가 될지를 결정하는 곳일 뿐이었다. 이러한 삶의 양식은 학교 밖에서도 마찬가지로 적용되었고, 여기에는 아동기 그가 향유한 미디어가 밀접하게 관련되어 있었다.

이 장에서는 당시 아동들이 즐겨 본《소년클럽(少年俱樂部)》을 중심으로 이 잡지가 아동 독자들을 사로잡기 위해 구사한 전략적 구성을 검토한다. 그리고 이러한 잡지가 발신하는 아동 흥미 유발 요소들이 현대의 아동문학에 어떤 형태로 재구성될 수 있는지를 살핀다. 시카타도 어린 시절 구식민지에서《소년클럽》을 즐겨 읽었다는 점에 기반하여, 이 독서 경험이 그가 성인이 되어서 만들어 가는 아동문학에 어떤 영향을 미쳤는지를 살펴본다. 이를 위해 시카타 신의 초기

작품인《차렷! 바리켄 분대(氣をつけ! バリケン分隊)》[1]를 분석 대상으로 삼아 아동의 흥미와 문학의 접점, 그리고 여기에서 생성되는 전쟁아동문학의 가능성에 대해 모색한다.

전쟁 시기 아동의 독서 환경

시카타는 아동의 생각과 눈을 통해 작품 세계 속에서 전쟁 시기를 재현해 냈다. 그는 문학을 통해 자신이 아동기에 강요당했던 사고 체계의 모순, 이러한 모순 가운데 드러나는 전쟁의 불합리성을 표현했다. 이를 통해 천황을 위해 죽는 것을 아무 의심 없이 받아들이고, 맹목적으로 전쟁을 정당화했던 상황이 타인(타 민족)에게 미치는 폐해를 알리고자 했다.

그의 아동기는 천황에 대한 맹목적인 헌신과 군국일본 예찬이 그 사고의 중심에 있었다. 이런 맹목적인 복종은 학교교육을 통해서 강압적으로 이루어진 것이 사실이지만, 한편으로는 아동 스스로 즐겨서 획득하는 측면도 있었다. 여기에는 당시의 아동을 둘러싼 미디어, 특히 잡지의 영향을 무시할 수 없다. 시카타도 조선에 있었지만

---

[1] 시카타는 일본아동문학자협회가 모집한 '나도 전기(私も戦記)'에 〈조선의 조병창(朝鮮の造兵廠)〉이 입선하여 이 작품이《일본아동문학》66년 8월호에 게재된다. 〈차렷! 바리켄 분대(氣をつけ! バリケン分隊)〉는 중부아동문학회의 앙솔로지《여름과 미래와 바리켄분대(夏とミライとバリケン分隊)》(牧書店)에 발표했다. 이 두 작품을 합한 내용이 1972년 일본아동문학자협회에서 발행한《전쟁아동문학걸작선》(童心社)에 실린 다음, 1995년의《《전쟁과 평화》 어린이 문학관 1》(日本図書センター)에 다시 실린다.

이러한 영향권 하에 있었다. 그의 독서 환경을 살펴보면,

　　당시 어린이 전문 서적은 흔하지 않았다. 그래서 어른들의 문학 책을 읽기도 했다.《노라쿠로》《다코노핫짱》등 강담사의 그림책을 읽었다. 잡지《소년클럽》《소년강담》《쿠오레》《어린이 과학》같은 책을 반복해서 읽었다.[2]

　　이상은 시카타의 여동생 노부코씨의 증언이다. 이들은 서정성 풍부한 문학보다는 단순하고, 그림이 많으며, 아동의 흥미를 자극할 만한 요소가 담긴 책들을 더 가까이 했다고 한다.

　　시카타 신의 아동기는 문학사적으로 보자면, '아동의 발견'이 이루어져 예술 지향적 아동문학이 성행한 시기였다. 예술적 아동잡지인《빨간 새(赤い鳥)》도 이 시기에 탄생했다. 그러나 실상 일본이나 식민지 조선의 일본 어린이들이 즐겨 보던 잡지는《빨간 새》가 아니라 강담사(講談社)의 그림책이나《소년클럽》같은 잡지였다. 이 잡지의 만화를 모은《노라쿠로(のらくろ)》와《소년강담(少年講談)》,《쿠오레》,《어린이 과학(子ども科學)》등 가벼우면서도 재미있고 자기 동기가 부여되는 책이 주류를 이루었다. 특히《소년클럽》은《빨간 새》의 전성기 시절 판매 부수 3만 부를 훌쩍 뛰어넘어, 1935년경 75만 부 이상

---

[2] 시카타 신의 여동생 노부코 씨 이야기를 녹취한 내용 중 일부 번역한 것이다. 3장의 주 17) 참고.

의 판매고를 기록했다.[3] 이것은 당시 아동들의 관심사가 어디에 있었는지를 보여 준다.

《빨간 새》가 '착한 아이' '약한 아이' '순수한 아이'를 아동의 상징적 이미지로 구현했다면,[4] 《소년클럽》은 '의지 강한 아이' '밝은 아이' '진취전인 아이'를 잡지의 축으로 삼았다. 《소년클럽》의 표지 역시 강렬한 붉은 계열 채색에 군복을 입은 소년이라든가, 교복을 입고 일장기를 게양하는 미소 띤 소년이 장식한다. 이처럼 대륙으로 뻗어 나가는 진취적 기상을 지닌 용감한 어린이가, 소시민적이고 감수성이 풍부하고 착한 어린이보다 아동들의 공감을 샀다는 것이다.

《소년클럽》은 일본 아동문학계에서 가장 대중적인 잡지가 되었다.[5] 그 이유는 대략 다음의 3가지로 정리할 수 있다.

우선, 표지의 밝고 힘찬 기운, 강렬한 색채, 작가의 개성이 드러난 회화가 아동들의 구매욕을 자극하는 첫 번째 요소였다. 그 다음에 공상소설, 유머소설, 추리소설, 소녀소설, 시대소설, 군사무협소설, 모험소설 등 아동 취향의 소설들을 잡지에 다수 게재했다. 당시 일류 대중작가들이 쓴 흥미진진한 내용의 아동소설은 아동들을 끌어들이는 가장 큰 요소 중 하나였다.[6] 세 번째 인기 요인은 다양한 정보를 담은 잡지의 교양 기사였다. 기사들은 일본의 당시 상황과, 위대한 사람이

---

3 岩橋郁郎, 《《少年俱樂部》と讀者たち》, 刀水書房, 1988, 9쪽.

4 가와하라 가즈에 지음, 양미화 옮김, 《어린이관의 근대》, 소명, 2007, 106쪽.

5 吉田司雄, 〈科學讀み物と近代動物說話〉(飯田祐子他編, 《少女少年のポリティクス》, 靑弓社, 2009, 75쪽).

6 桑原三郎, 《兒童文學の心》, 慶應塾大學出版會, 2002, 215쪽.

되는 데 필요한 교양과, 주변에 비교적 알려져 있지 않은 생활의 지혜 등을 주요 내용으로 했다. 이는 아동들에게 새로운 지식을 알리는 장이 되었다. 만화와 재미있는 와카(和歌, 일본의 정형시) 등의 역할도 빼놓을 수 없다. 이는 아동 독자들의 즉각적인 반응을 유도했다. 특히 만화는 별권으로 구성될 정도로 아동들의 마음을 사로잡았다. 그리고 다양한 광고와 작문을 모집하는 '독자 참여란'을 통해 시대적 요청에 촉각을 곤두세우며, 독자들에게 현실적 정보를 제공하고 독자의 현실을 다시 잡지 속으로 끌어들이려는 시도를 했다.[7]

이 내용들을 정리해 보면, 당시 아동들이 《소년클럽》에 공감한 요소는 ① 자기 발신성, ② 유머, ③ 상상력, ④ 이상 세계, ⑤ 모험성, ⑥ 새로운 지식, ⑦ 노래, ⑧ 그림, ⑨ 동적인 요소 등이라는 것을 알 수 있다.

이 시기 아동기를 회상하는 작가들의 독서 내용을 살펴보면 비슷한 경향을 확인할 수 있다. 아동문학자 후루타 다루히(古田足日)도 어린 시절 재미있게 읽었던 것으로 《소년클럽》의 소설을 꼽았다. "대부분 모험 이야기로 손에 땀을 쥐며 그것을 읽어 가는 동안 그 작품에 있는 세계 인식을 나 자신의 세계 인식 틀로 치환해 갔다."[8] 모험을 통해 자신이 누구이며 자신이 속한 세계에 대해 알아 가는 즐거움, 이것이 잡지가 지닌 매력 중 하나였다. '나는 누구인가', '일본인은 어떤 존재인가', 그리고 그런 '자신의 생의 가치는 무엇인가'를 제

---

7 岩橋郁郎,《《少年俱樂部》と讀者たち》, 12~38쪽.
8 鳥越信 長谷川潮,《はじめて學ぶ日本戰爭兒童文學》, ミネルウァ書店, 2012, 20쪽.

시하는 글에 끌렸던 것이다.

같은 시기를 겪은 아동문학자 즈카사 오시무(司修) 역시 "집에는 형이 읽고 난 잡지《소년클럽》이 쌓여 있었다. 내가 기억하는 서적은 그 정도이다. (중략)〈모험 단키치(冒險ダン吉)〉라든가〈노라쿠로〉같은 만화를 보게 되면서 나는 조금 건방져졌다.《소년클럽》의 모든 페이지를 읽지 않으면 직성이 풀리지 않았다.")고 고백한다. 소년들은《소년클럽》의 연재만화에 매료되었고, 만화에 이끌려 집어 들었다가 잡지를 통째로 섭렵해 갔다.

여기서 문제가 되는 것은 이러한 아동들의 욕구에 부합하는 내용이 어떤 목적을 가지고 기술되는가이다. 아동문학자 스나다 히로시(砂田弘)는《소년클럽》의 독서 경험을 다음과 같이 말하고 있다.

전쟁 체제가 한창인 속에서 어리지만 어린 대로 전쟁과 마주하지 않으면 안 되었을 때, 군인의 생애를 감동적으로 그린 그림이나 진행 중인 전쟁의 실전 장면을 컬러풀하게 그려 낸 그림책이 아동에게 미친 영향은 상상할 수 없이 큰 것이었다. 이윽고 나는 같은 강담사 발행의《소년클럽》이 낳은 일련의 군사모험소설의 애독자가 되고 제국 군인을 지향하는 애국소년으로 자라 갔다.[10]

즉, 아동의 관심사를 빌미로 아동에게 무엇을 바라보게 했는가

---

9 鳥越信　長谷川潮,《はじめて學ぶ日本戰爭兒童文學》, 150~151쪽.
10 鳥越信　長谷川潮,《はじめて學ぶ日本戰爭兒童文學》, 165쪽.

가 근대 일본이 저지른 과오이다. 자신이 누구인가를 알기 위해서는 '전쟁'이라는 필터를 반드시 거쳐야만 하는 것이 당시의 상황이었다. 앞서 언급한 대로 후루타가 손에 땀을 쥐며 친구들과 함께 열광했다는 소설들은 일본을 아시아의 맹주로 인식하게 했다. 이러한 작품들은 "중일전쟁을 '동양평화를 위한' 전쟁, 태평양전쟁을 '아시아를 백인의 지배로부터 해방시키기 위한 성전(聖戰)'으로 받아들이게 하는 인식 감정"[11]을 싹틔우는 결과를 낳았다.

이처럼 아동 독서의 배경에는 언제나 국가적 정책이 개입되어 있었다. 아동잡지 및 도서를 일체 교과서에 준하는 것으로 취급하고 거기에다 더 교훈적으로 시사 문제를 집어넣어 노골적인 국책교육의 교재로 삼으려는 권력 측의 공갈적 종용을 문화에 적용한 예인 것이다.[12] 이 시기 문학을 접하는 아동들이 읽을 수 있는 것은 대부분 전쟁의 주체인 나, 국가를 위해 당연히 희생하는 나, 그리하여 완성되는 대일본제국이라는 공식에 완벽하게 흡수될 수밖에 없는 내용이었다. 실제로 당시의 아동들은 전쟁 미담을 일상처럼 접했다. 하세가와 우시오(長谷川潮)는 당시 아동들을 매료시켰던 《소년클럽》 전쟁아동문학의 특성을 다음과 같이 지적한다.

---

[11] 鳥越信 長谷川潮, 《はじめて學ぶ日本戰爭兒童文學》, 20쪽.

[12] 1938년 10월 26일 내무성경보국도서과(內務省警保局図書課)에서 〈아동 읽을거리에 관한 지시강령〉이 나오면서 일본 아동의 읽을거리는 완전하게 국가의 통제 하에 놓이게 되었다. 국가의 교묘한 아동문화정책은 사람들에게 아동문화 부흥이 일어난 것 같은 인상을 주었지만, 지시 요강의 진정한 목적은 나라의 정책에 따라서 문학을 통제하는 데 있었다. 이에 따라 아동문학은 전쟁 체제로 편입되어 갔다(鳥越信 長谷川潮, 《はじめて學ぶ日本戰爭兒童文學》, 76쪽).

미담에 담긴 충실성, 인내심, 상대방에 대한 배려 등을 칭찬하고 있는데, 최대 가치를 부여하는 것은 죽음을 마다하지 않고 용감하게 싸우는 것이다. 그 결과로서의 죽음은 모두 영광스러운 것으로 포장되어 표현된다. (중략) (그 이유로는) 머지않아 군인 병사가 될 어린이들에게 그런 가치관을 심어 주기 위해서이다. 여기에 더해 아이들의 아버지나 형의 죽음을 가치 있는 것으로 장식하여 반감이나 불만이 일어나는 것을 막기 위해서였다.[13]

초등학교 고학년부터 중학교 저학년 남학생이 대상이었던 이 잡지의 발간 목표는 '재미'있고 '유익'이 되며, 소년 독자가 읽어서 '수양(修養)'이 되는 것이었다. 이 잡지 소설의 주인공은 근대를 살아가는 아동으로 다른 모든 아동의 롤모델이었다. 《소년클럽》은 규헤(久平)라는 가상의 아동을 설정해 놓고 그가 독자에게 말을 거는 식으로, 아동 독자들이 잡지 속 인물에 자신의 인격을 겹쳐 갈 수 있도록 하는 편집 형태를 취했다.[14]

주인공의 용감함과 성실, 배려, 진보성, 강함, 영리함, 악에 대한 배척 등의 이야기 구조는 현재의 아동들이 즐기는 미디어에서도 흔히 발견할 수 있다. 당시 아동들이 추구했던 모험적 기질과 타인과의 소통, 기지 넘치는 지혜, 위험을 불사하는 용감함에 천황과 군국주

---

[13] 長谷川潮, 〈創作月評　植民地支配の光と影〉, 《日本兒童文學》1月号, 日本兒童文學者協會編, 1988, 26쪽.

[14] 岩橋郁郎, 《《少年倶樂部》と讀者たち》, 96쪽.

의 및 맹복적인 죽음이라는 요소만 빠진다면 그 자체로 아동 심리를 잘 반영했다고 할 수 있다. 그러나 현실은 그렇지 않았고, 일본 아동들은 군국주의에 물든 모험소설과 탐정소설, 과학소설, 만화에 열광했고 시카타도 예외는 아니었다.

흔히 어른들은 아동들을 미성숙한 어른으로 취급하며 양육하고 보호해야 할 연약한 존재로 인식하지만, 실제 아동들이 열광하는 소설이나 만화 속 인물은 어른에게 지시당하고 가르침을 받는 '착한 어린이'가 아니다. 소설의 주인공과 그 주변의 아동들은 주체적으로 행동하고, 그래서 오히려 어른들에게 교훈을 주는 존재로 그려진다. 이것은 아동들이 본래 갖고 있는 호기심이나 상상력, 유희적 심리, 유연성, 유머 감각, 가소성(可塑性), 정직함, 학습욕, 협력적 행동 등의 특성과 관계 깊다.[15] 제국주의 정책과 맞물려 있던 독서계는 아동들의 이러한 심리를 적극적으로 반영한 소설들을 내놓으면서 그들의 마음을 사로잡았다. 아동들이 스스로의 능력을 가상으로 시험하는 장으로서의 역할을 한 것이다. 이 능력은 다양한 경험에서 나온 능력이기보다는 오히려 '가능성'을 나타낸다. 아동의 가능성을 제국주의라는 색깔로 덧입힘으로써 아동 스스로 '소국민'이 되는 데에 전력을 쏟아 붓게 했다. 시카타를 포함한[16] 아동들은 자연스럽게 자신의 에너지를 국가에 쏟아 붓는 것이 최대의 가치라고 여겼다.

---

[15] シュレイ・モンターギュ,《ネオテニ-》, どうぶつ社, 1990, 161~241쪽.

[16] 하세가와 우시오는 "쇼와 3년 태어난 시카타는 《소년클럽》 세대에 속한다. 시카타가 당시 《소년클럽》을 애독했는지 아닌지는 모르지만 완전히 영향권 밖에 있었다고는 할 수 없다"(長谷川潮,〈創作月評 植民地支配の光と影〉, 126쪽).

그러나 이것을 아동문학 작가의 '암울한 과거'로 해석하고 끝내 버린다면, 그를 포함한 근대에 아동기를 겪은 모든 사람의 과거는 의미 없는 유물이 되고 만다. 이런 아동기를 거친 일본인이 패전 후 이것을 어떻게 이해하고, 해석하고, 나아가 긍정정인 방향으로 적용 하는가가 더 중요한 문제라고 할 수 있다.

'덧붙이는 힘'을 향한 지향

전쟁아동문학의 출현에는 베트남전쟁을 반대하는 데모, 미일안보조 약 연장에 대한 분노, 천황과 군대 복권을 주장하며 자살한 미시마 유키오(三島由紀夫)의 행동에 대한 아동작가들의 문제의식이 내재되 어 있다. 1960년대 들어 일본의 군국주의는 회복되고 있었다. 이러 한 사회적 상황에 대한 반동으로, 전쟁이 주는 폐해를 아동 독자들 에게 전달하고자 반전과 평화를 내세우며 전쟁을 다룬 아동문학이 출현한다.[17]

초기 전쟁아동문학은 먼저 작가가 직접 체험한 전쟁을 단순하게 기술하여 아동들에게 전쟁에 대한 교훈을 전달하는 형태로 시작된 다. 그러나 이 과정에서 전쟁아동문학은 작가 스스로 '잃어버린 아 동기를 보낸 전쟁 피해자'라는 인식을 드러내는 과오를 저지른다. 1974년, 77년에 일본 초등학교 교과서에 실린 이마니시 스케유키(今

---

[17] 日本兒童文學者協會編, 《戰後兒童文學の50年》, 文溪堂, 1996, 44쪽.

西祐行)의 〈꽃 한 송이〉(一つの化), 〈히로시마의 노래〉(ヒロシマの歌), 쓰보이 사카에(壺井榮)의 〈맷돌의 노래〉(石うすの歌) 등은 '전쟁의 비참함을 다시 반복하고 싶지 않은 어른들의 생각을 담은'[18] 아동문학이었다. 전쟁아동문학이 교과서라는 공공의 장에 소개되었다는 점에서는 큰 의의가 있지만, 전쟁을 경험하지 못한 현대의 아동 독자에게 전쟁이 그저 역사적 비참한 사건으로만 인식될 가능성이 생겨났다. 그렇지 않으면 옷코쓰 요시코(乙骨淑子)처럼, "일본의 침략전쟁을 아동들에게 전하는 것보다도 나 자신을 무겁게 짓누르고 있는 전쟁을 파악함으로써 나 자신의 미래를 확실하게 붙잡고 싶다는 욕구"[19] 때문에 전쟁아동문학을 기술하기도 했다. 이처럼 전쟁아동문학은 트라우마 강조, 자기만족, 폐쇄성을 담아 가며 비슷한 내용의 반복을 통해 전쟁 기술의 형해화(形骸化)를 초래했다. 이런 문학 역시 그 존재 가치는 충분하지만, 과거 일본이 저지른 전쟁이 역사 속에서 풍화되어 버릴 위험성이 커졌다.

이 지점에서 중요하게 부상하는 것이 '독자의 공감'이다. 전쟁아동문학을 독자가 깊이 자신의 이야기로 치환해 갈 수 있을 때, 기존의 반전과 평화를 희구하는 아동문학[20]으로서의 기능을 충실하게 수행

---

18 宮川健郎,《現代兒童文學の語るもの》, 日本放送出版會, 1996, 176쪽.

19 乙骨淑子, 〈〈戰爭体驗をどのように伝えたらよいか〉について〉, 《日本兒童文學》第10卷第11号, 日本兒童文學者協會, 1964, 37쪽.

20 원래 '전쟁아동문학'이라는 명칭은 태평양전쟁을 소재로 한 작품을 지칭했다. 아시아태평양전쟁을 소재 혹은 중요한 배경으로 한 작품으로서, 전쟁을 부정하고 평화를 추구하는 입장에서 쓰인 작품들이 여기에 포함되었다. '전쟁아동문학'이라는 명칭은 일반 문학에 사용되는 '전쟁문학'과는 그 의미가 다르다. 전쟁문학은 넓은 의미로는

해 갈 수 있기 때문이다.[21]

시카타 신은 전쟁으로 점철된 자신의 아동기를 다시 기억하여 독자와의 공감을 문학에 적용하려고 했다. 전쟁기를 기억한다는 것은 자신이 겪은 고통, 대결, 분노, 가난, 죽음을 다시 떠올린다는 것이다. 시카타는 이러한 전쟁의 특성을 결코 외면하지 않으면서 전쟁 상황 속에서 아동들이 지닐 수 있는 가능성이 무엇인지 도출하고자 했다. 이는 전쟁을 그리되 아동들이 그 문학 안에 자신을 담아 가려면 어떤 요소를 문학에 도입해야 하는지 고민했다는 이야기다.

시카타는 전쟁이 막바지로 치닫던 때에 소년기를 보내어 공부는 뒷전이고 군사훈련과 병기 공장 노역 등을 해야 했지만, 이때에도 친구들과 함께 그 속에서 즐거움을 찾으려고 했다. 그는 친구들과 여행 안내서를 보면서 '지도놀이'라는 것을 했다. 시카타와 친구들은 가 보지 못한 미지의 세계를 모험하고 탐험하는 꿈에 빠지며 괴로움을 잊었다고 한다. 그것은 어두운 현실에서 벗어나려는 욕망이 내재되어 있는 놀이였다. 죽음이 기다리고 있는 터널을 지나가면서도 밝은 날이 올 것을 기대하고 그것을 사는 버팀목으로 삼았다.[22]

시카타의 전쟁아동문학에서 눈에 띄는 점은, 그가 어린 시절 즐겨 읽었던 《소년클럽》의 경험을 방법론적으로 도입했다는 점이다. 그

전쟁에 대한 부정과 긍정에 관계없이 전쟁에 관련된 모든 문학을 가리킨다. 일반 문학에서는 반전 입장에서 쓰인 것은 '반전문학'이라고 부른다. 전쟁아동문학은 반전문학에 가깝다(長谷川潮, 《日本の戰爭兒童文學》, 久山社 1995, 13쪽).

[21] 長谷川潮, 《日本の戰爭兒童文學》, 13쪽.

[22] しかたしん, 〈五年生に讀み聞かせるお話―地図あそび〉, 《小五教育技術》 2月号, 1983, 105쪽.

는 전쟁이란 상황 속에서도 아동들을 매료시켰던 것은 상상력의 세계, 호기심을 충족시켜 주는 과학 이야기, 실험정신, 유머 센스, 타자와의 공감력이라는 것을 깨닫는다. 근대의 제국주의적 색깔을 뺀 아동의 욕망을 문학에 적용하는 것이, 현대의 아동 독자에게 전쟁이란 것의 참 의미를 생생하게 전달할 방법이라고 여겼던 것이다.

이는 중요한 각성이었다. 아동문학에서는 특히 아동 독자를 향한 전략성이 드러나야 한다. 다시 말해서, 쓰고 싶은 것과 써야 하는 것 사이에서 그 경계를 넘나들며 창작하는 것이 중요하다. 시카타는 이러한 아동 독자를 향한 전쟁 이야기에 전략성을 담았다. 그는 패전 후 전쟁고아들 속에 섞여 지내고,[23] 아동 관련 문화 활동을 전개하면서 이러한 측면을 더 확고하게 체득했다. 그는 아동들이 어른들에게 보고자 하는 것은 '살아 있다는 에너지'임을 확신했다.

패전 후 구마모토(熊本)고등학교에 다니던 시절, 시카타는 전쟁고아를 모아 놓고 이야기를 들려주곤 했다. 그때 아이들은 "그래서? 그 다음은? 또 그 다음은?"이라며 끊임없이 새로운 이야기 전개를 궁금해했다. 이처럼 보호받지 못하고, 가난하고, 배고픔 속에서도 아동들은 재미있는 이야기와 모험담, 새로운 세계를 갈망한다는 사실을 체험한 것이다.[24] 이것이 시카타를 창작의 길로 접어들게 했다.[25]

---

[23] しかたしん, 〈子どもの目〉,《文化評論》10月号, 新日本出版社 1981(이 내용은 그의 저작《도둑천사》에 잘 나타나 있다).

[24] しかたしん, 〈兒童文化時評〉,《日本兒童文學》7月号, 日本兒童文學者協會, 1979, 119쪽.

[25] 伊藤記者, 〈しかたしんさん 子どもをとりまく大狀況にこだわって〉,《こどもの本》8月号, 1986, 8쪽.

시카타 신은 '우린코'라는 아동극단을 만들어, 각본을 쓰고 연출까지 맡아서 활동했다. 이때 그는 "어른들의 일그러진 사회 속에서 함께 일그러져 가면서도 아이들은 어떤 형태로든 '놀이'에 집착하고 스스로의 에너지를 드러낸다."[26]는 점에 착목하여 이를 극단 활동의 중심에 두었다. 아이들은 연극을 볼 때 작가나 연출가를 바라보는 것이 아니라 무대에서 연기하는 연기자를 받아들인다. 아이들이 배우들을 통해 가장 보고 싶어 하는 것은 어른들의 '정열적인 삶의 모습'[27]이라고 시카타는 느낀다. 이 깨달음은 이후 그의 문학 창작에 반영된다.

시카타는 아동들이 연극이나 문학을 대할 때 가장 중요시해야 할 것은, 그 문학의 배경이나 구성보다도 등장인물이 어떤 인물이며 그들이 얼마나 역동적인 삶을 실천하는 주체인가, 그리고 무엇을 위해 그렇게 살아가는 것인가를 전달하는 것이라고 여겼다. 지다 히로유키(千田洋幸)도 전쟁아동문학의 가치는 "죽음에서 '생'을 다시 발견하는 시점을 제시하고 독자 자신에게 자기해체에 대한 계기"[28]를 가져오는 데 있다고 한 바 있다. 이러한 측면에서 시카타의 문학은 죽음에서 생의 에너지를 발견할 수 있는 가능성으로서의 전쟁아동문학이라고 할 수 있다.

시카타가 아동문학을 기술하면서 또 한 가지 중시한 것은 "자기 체

---

26 しかたしん, 〈子どもの目〉, 《文化評論》 10月号, 新日本出版社, 1981, 222쪽.

27 しかたしん, 〈子どもの目〉, 222쪽.

28 千田洋幸, 〈國語教科書のイデオロギ その2─《平和教材》と《物語》の規範〉, 《東京學芸大學紀要》第47集 1996, 207 213쪽.

험을 데이터로 이용하여 객관적으로 파고들어 넓혀 가는 에너지"[29], 즉 '발굴형 리얼리즘'이었다. 그는 미래를 바라보는 방법을 자신을 둘러싼 에너지 속에서 발견해 내고자 했다. 문학에서도 자신의 실제 체험을 새로운 에너지로 치환하여 아동들에게 전달하고자 했다.

여기에서 시카타는 어린이들의 에너지를 끌어내기 위한 문학과 문학적 실천으로서 가능한 것이 '덧붙이는 힘'이라고 말한다. 즉, '상상력'이다. 이를 좀 더 구체적으로 풀어 보면, ① 친구에 대한 상상력(자신 이외의 타인의 입장에서 생각하고 행동해 보는 것), ② 사는 방법에 대한 상상력(현재 있는 곳에서 어떻게 미래를 볼 것인가), ③ 자연과 관련된 상상력(스스로 자연이 되어 느껴 보는 것)이다.[30] 그가 그린 전쟁아동문학의 저변에는 이러한 '발굴형 리얼리즘' 의식이 자리하고 있으며, 이는 그의 아동기 독서 체험과 무관하지 않다.

일본의 전쟁아동문학이 일본이 저지른 아시아태평양전쟁에 대한 이야기를 계속 써 가야 한다는 데에는 이견이 없다. 그러나 현재의 아동들이나 미래의 아동들에게 그것은 옛날이야기일 뿐이다. 그렇다면 옛날이야기를 사실적으로 재현한다는 것은 어떤 의미가 있을까? 이는 아동들을 대상으로 이야기를 해야 하는 시카타를 포함한 아동문학 작가들에게 중요한 고민거리였다. 시카타 신의 《차렷! 바리켄 분대》는 시카타 신이 착목했던 아동의 생에 대한 에너지와 이

---

[29] しかたしん, 〈郷土文字はどう可能か-發掘型リアリズムについて〉, 《信州白樺》 4月号, 1980, 39~43쪽.

[30] しかたしん, 〈繪本と劇あそび〉, 《保育問題研究》 5月号, 1983, 103쪽.

에너지를 전달하는 그만의 방식을 잘 보여 준다.

아동의 삶에 대한 에너지

《차렷! 바리켄 분대》[31]는 전쟁 말기 조선의 한 일본인 중학교를 배경으로, 네 명의 소년과 네 마리의 오리로 구성된 '바리켄 분대'의 이야기를 담은 시카타의 단편이다. 시카타는 이 길지 않은 소설 속에 아동과 공감할 다양한 장치를 마련해 놓았다.

먼저, 이 작품은 아동과 친근한 동물을 환기시킴으로써 텍스트의 세계로 독자를 초대한다. 동물들에게 이름을 붙이고 그 특성을 소개하며, 자신들의 클럽 이름도 바리켄[32]이라는 오리 품종으로 짓는다. 한가로움(のんびり), 태평함(のんき), 꼬마(ちび), 철떡철떡(ぺたぺた), 응석받이(あまったれ) 등의 단어로 수식된 오리들이 텍스트 초반부터 아동 독자의 흥미를 유발한다. 전쟁아동문학이지만 전쟁의 비장함 대신 전쟁 상황에서의 '일상'을 통해 독자와 만나려고 한다.

설명한 대로 '바리켄 분대'는 '야마토중학 생물반 실험 사육장'을 중심으로 모인 네 명의 소년과 네 마리 오리들의 비밀클럽이다. 소년들에게 오리를 기르는 일은 전쟁 훈련으로 지친 학교생활에 활기

---

[31] 본 글은 しかたしん, 〈氣をつけ! バリケン分隊〉(長崎源之助 · 今西祐行 · 岩崎京子, 《〈戰爭と平和〉子ども文學館》第一卷　日本図書センタ-, 1995, 273~301쪽)를 텍스트로 사용하고 있다.

[32] Cairina moschata, 오리목 오리과로 분류되는 조류의 일종.

들 수는 것으로, 이들은 오리들을 친구라고 생각한다. 네 명의 소년은 인간과 동물 사이에 경계를 허물고 각 오리들의 개성과 특징을 강조하면서 거기에서 즐거움과 삶의 에너지를 찾는다. 등장인물들은 그 모습이나 성격이 드러나는 유머러스한 별명으로 불리는데, 이역시 아동 독자들을 끌어들이는 방법적 선택이라고 할 수 있다. 주인공 '나(秋山)' 외에 보케(ボケ), 기쿠 테키(カクテキ), 모쵸보(モチョ坊), 엔토쓰 선생(エントツ先生), 안코로 중위(アンコロ中尉), 샤모 대위(シャモ大尉) 등의 표현을 볼 수 있다.

두 번째로, 시카타는 시간의 이동이라는 수법을 취하고 있다. 즉, 현대 독자에게 시간적으로 상당히 거리가 있는 과거의 세계(상상적 세계, 이계)로 건너올 것을 제안한다. 이 제안을 매력적으로 만드는 요소는 새로운 지식이다. 그는 현대 아동들에게 생소한 용어를 텍스트 중간중간에 삽입함으로써 소설 속 세계가 현대 아동 독자들의 세계와 다르다는 것을 인식시킨다. 군대 계급(중위, 장교, 대장 등), 학생 동원, 조선 농민, 특공기, 공습, 빨갱이, 교련, 황국일본, 카키색, 비국민 등의 용어가 그것인데, 이는 이 텍스트에서 가장 어려운 용어들이다. 그 때문에 작가는 이 용어들에는 직접 상세한 설명 주석을 달았다. 그리하여 현대 아동들은 이러한 용어에 대해 알아 감으로써 근대의 시대상을 이해하는 통로를 마련하고 전쟁 시기에 대한 이미지를 그리며 작품 속 상황에 몰입할 수 있게 된다.

시카타는 텍스트의 전개가 현재의 일상과 겹치는 부분과 이화(異化)되는 부분을 의도적으로 배치하여, 일상적 편안함과 다른 시간 속을 동시에 경험할 수 있는 상상력을 자극한다. 이것은 공간에 대해서도 마찬가지인데, 아동들이 어디에서나 접할 수 있는 일상을 상징하는 학교라는 공간이 제시되지만, 이 공간이 식민지 조선에 설정됨으로써 친근감과 자극을 동시에 준다.[33] 이처럼 조선이라는 기호는 시간뿐만 아니라 공간적 월경도 가능하게 한다.

무엇보다, 이 작품은 어른의 입장에서 본 아동이 아닌 아동 스스로가 사건의 주체가 되어 자신의 상황을 이해하고 극복하는 모습을 그린다. 내용의 중심 구성은, 바리켄 분대 구성→오리 사육→오리를 지키기 위한 자기주장→소중한 것을 지킨다는 것에 대한 의식 형성→자신이 누구인지에 대한 깨달음으로 되어 있다. 오리들이 폐기 처분될 위기에 처하자, 바리켄 분대는 오리를 구할 수 있는 방법을 찾는 과정에서 생명의 소중함, 전쟁 상황의 참 의미, 생명의 자기결정권의 소중함 등을 자각하게 되는 것이다.

이 텍스트에 등장하는 네 명의 소년들은 노래를 잘한다거나 성격은 무디지만 동물을 다루는 재주가 좋다거나 하는 식으로 각각의 특성이 살려지며, 학년은 다르지만 상하 관계는 전혀 그려지지 않는 친구로 표현된다. 제국 군인을 요구하는 교련 선생님이 등장하지만, 그에 대한 비난도 등장하지 않는다.[34] 당시에는 그것이 자연스러운

---

33 "일본 본토에서는 이제 비행기를 만들 공장도 없고 공습으로 거의 무너져서 동원된 중학생이나 여학생도 대부분 죽었다는 소문이 들리는데, 바다 하나 건넌 이쪽 조선에서는 아직 거기까지는 이야기되고 있지 않다"(しかたしん, 〈氣をつけ! バリケン分隊〉, 279쪽).

34 일반적으로 전쟁아동문학에 보이기 쉬운 현상으로, 어른들이 저지른 전쟁이라는 식으로 당시 군인이나 선생님을 단죄하는 시선이 보이는데 이 텍스트는 당시의 자연스러운 모습을 그려 낸다.

것이고 당연한 것이었기 때문이다.

　비록 이해하기 쉽고 무겁지 않은 형태로 이야기를 전개해 가지만, 그 안에 담긴 내용까지 가벼운 것은 아니다. 작품 길이는 짧지만 작품이 전하는 메시지는 무겁다. 이는 소년들이 '죽음'에 대해서 나누는 대화를 보면 알 수 있다. 전시 상황이라 교련 훈련 시간이 많았던 소년들은 "모두 철저하게 미련 없이 죽는 것이야말로 황국 군인의 본보기"[35]라는 이야기를 귀에 못이 박히도록 듣는다. 그런 교육 탓에 샤모 대위가 "어때? 넌 천황 폐하를 위해 웃으며 죽을 수 있나?"라는 질문을 던지자, 아키야마는 주저함 없이 "예!"라고 대답했던 것이다. 그러나 이런 소년들의 사고에 균열을 주는 존재가 있으니, 바로 네 명의 소년이 존경하지만 학교에서 빨갱이라고 낙인찍힌 엔토쓰 선생님이다.

　"이봐, 아키야마. 그래서 너 군인이 되어서 죽을 때 어떻게 죽을 생각
　이야? 정말 심각하게 생각해 본 적 있어?"[36]

　선생님의 질문에 아키야마는 "예. 천황 폐하를 위해서 천황 폐하 만세라고 외치고 죽겠습니다."라고 대답한다.

　"선생님, 우리들은 어찌됐든 죽을 수밖에 없어요. 그게 빨리 올지 늦게

---

[35] しかたしん, 〈氣をつけ! バリケン分隊〉, 282쪽.
[36] しかたしん, 〈氣をつけ! バリケン分隊〉, 284쪽.

올지 장교 제복을 입고 죽을지 예과 훈련생 제복을 입고 죽을지 멋지게 죽을지 추하게 죽을지 정도밖에 차이가 없는 것 아닌가요? 어떻게 죽는지는 중요하지 않아요, 천황 폐하를 위해서는 모두 같은 거지요."[37]

전쟁 시기 소년들의 일상은 전쟁 연습이었고, 그것은 죽음 연습이었다. 소년들은 천황 만세를 부르고 죽는 것이 훌륭하고 멋지다고 반복적으로 교육을 받아 온 탓에 자신도 모르게 그것을 상상하게 되었다. 바로 이것이 시카타의 아동기 상황이었다. 시카타는 당시의 상황을 다음과 같이 고백했다.

일본 내지와 마찬가지로 조선반도에서도 학교 수업은 이미 중단되고 우리들은 서울 가까이에 있는 인천의 육군 공장에서 동원학도로 나가게 되었습니다.

전쟁이 끝나 갈 무렵에는 젊은이뿐만 아니라 오십 가까운 사람까지도 전장에 끌려 나가서, 공장에서 일하는 사람은 그렇게 동원된 학생들뿐이었습니다.

동급생이 계속해서 비행병이나 전차병 육해군의 학교에 가는 것으로 하나 둘씩 빠져나가게 됩니다. 우리들도 봄에는 수험이 기다리고 있었지만 상급 학교에 간다 하더라도 결국 출구는 군대였습니다. 젊은이나 소년은 거기에서 특공대가 되어 죽을 수밖에 없었기에 죽음으로 향

しかたしん, 〈氣をつけ! バリケン分隊〉, 285쪽.

하는 터널을 돌진하는 것 같은 나날이었습니다.[38]

'생'에 대해 자기결정권이 주어지지 않은 당시 아동들에게는 국가를 위해 희생하는 것이 가장 아름다운 '죽음'이라는 사고가 일반적이었던 것이다. 아키야마의 대답을 들은 엔토쓰 선생님은 바리켄 분대의 소년들에게 숙제를 낸다.

"설사 천황 폐하를 위해 죽는다 하더라도, 인간이 산다는 것, 그리고 살아왔다는 것은 어떤 의미를 가지는지 생각해 보도록 해."[39]

죽음에 대한 해답을 알기 위해서 먼저 '생'에 대한 해답을 찾으라는 숙제를 던진 것이다. 그리고 하나의 사건이 터지는데, 학교에서 바리켄 분대의 오리들을 처분하려고 한 것이다. 오리가 자신들의 소유이며 친구라는 말을 들은 안코로 중위는,

"자기 것이라고? 자기 것이라니! … 황국 일본에서 말이야, 너희들의 생명에서부터 한 줄기 초목에 이르기까지 살아 있는 것은 모두 ─차렷! ─ 유일신, 천황 폐하의 것이야. 자기 것이라니 무슨 소리야!"[40]

---

[38] しかたしん, 〈繪本と劇あそび〉, 104쪽.

[39] しかたしん, 〈氣をつけ! バリケン分隊〉, 285쪽.

[40] しかたしん, 〈氣をつけ! バリケン分隊〉, 298쪽.

이런 상황에서 바리켄 분대의 대원들은 오리들이 쓸모 있다는 것을 주장하기도 하고 몸으로 부딪쳐 데려가는 것을 막아 보려고 하지만, 오히려 구타를 당하는 등 상황은 더 어려워진다. 그래도 포기하지 않고 버티는 상황에서 아키야마는,

"중위님, 아무리 천황 폐하의 것이라고 해도, 싫은 것은 싫습니다. — 이 오리들은 우리의 친구기 때문입니다."[41]

라는 고백을 하게 된다. 이 고백은 죽음을 각오한 고백이라고 할 수 있는데, 다른 한편으로는 살아 있다는 증거이다. 어떤 상황에서도 자신이 주체가 된 삶을 살며, 거기에 대한 책임을 느끼는 것은 살아 있다는 증거이다. 이것이 시카타가 아동들에게 전하는 가장 중요한 메시지다. 산다는 것의 표현, 즉 삶에 대한 에너지의 방사가 시대의 왜곡을 전달함과 동시에 현 세대가 지녀야 할 생에 대한 가치를 설명해 주고 있다.

이처럼 시카타가 아동의 입장에서 바라본 문학 기술은, 전쟁을 그리면서도 우울함을 전달하지 않는다. 그리고 전쟁의 피해자라는 의식에 갇혀 있기보다는 전쟁 상황이 소년들을 어떻게 교육시켰는지를 강조한다. 동물들이 등장하는 생물반 모임이라는 실험적 요소는 소년들의 관심사를 유지하는 형태로 기술된다. 이는 아동 독자가 무엇에 공감하며, 어떤 방법이 독서욕을 자극하는지를 고민한 결과라

---

[41] しかたしん, 〈氣をつけ! バリケン分隊〉, 300쪽.

고 할 수 있다. 텍스트의 마지막 부분에 이르러, 오리를 시키기 위해 중위 앞에서 발언을 했다가 몰매를 맞는 아키야마에게 환청처럼 엔토쓰 선생님의 목소리가 들려온다.

"알겠지? 아키야마. 인간이 살아간다는 증거는 단지 침묵하고 머리를 숙여서 되는 것이 아니야. ─사랑하는 것은 사랑한다고 말하고, 싫은 것은 싫다고 말해."
나는 안코로 중위가 우습게 보이기 시작했다.
저물어 가는 석양을 등에 지고 발을 동동 구르며 분해하는 우스꽝스러운 원숭이처럼 보이기 시작했다.[42]

여기에는 학교교육을 통해 주입된 '자기 생명에 대한 방기'에서 벗어나, 스스로 생의 주체가 되어 위험을 무릅쓰고라도 자신과 친구들을 지키려는 소년이 있다. 이처럼 시카타는 삶에서 자기결정권의 소중함을 전쟁문학을 매개로 하여 극명하게 드러낸다.

자기결정권 획득을 위한 삶

과거 전쟁아동문학의 기술 경향이 피해자적 입장에서 트라우마 표출의 장이 되기 쉬웠던 것에 비해, 시카타는 가해자의 입장을 적극

---

[42] しかたしん, 〈氣をつけ! バリケン分隊〉, 300~301쪽.

적으로 그려 내며 문학 활동을 했다. 그러면서 아동이 공감하는 전쟁문학을 쓸 구체적인 방법을 궁리한 작가이기도 하다. 시카타는 어른의 입장에서 바라보는 교훈 교화의 대상이 아닌, 주체적으로 행동하는 존재로 아동을 표현했다. 그는 아동이 스스로 뿜어 낼 수 있는 에너지의 근원이 무엇이며, 어디에서 어떻게 나오는지에 주목했다.

시카타를 포함한 동 시기의 소년들이 탐독했던 《소년클럽》은 아동들이 용감한 주체로서 살아간다는 것, 모험과 유머가 주는 일상을 그려 낸 잡지였다. 패전 후 시카타의 전쟁아동문학은 그가 어린 시절 무엇에 가장 공감할 수 있었는가에 대한 고민에서 출발했고, 스스로 경험한 전쟁고아들이 있던 현장과 아동문화 활동 등을 바탕으로 이루어졌다.

시카타는 《차렷! 바리켄 분대》에서 아동이 공감하는 다양한 문학적 기법을 사용하여 아동 독자들을 텍스트의 세계로 끌어들였다. 그리고 그 안에서 전쟁의 의미가 무엇인지 아동들에게 전달하고자 했다. 그러면서 전쟁 상황에서 벌어질 수 있는 자기 왜곡의 실체를 드러내려 했다. 이는 현대 아동들은 의식하기 어려운 생명의 의미를 탐색하는 작업이다. 이를 통해 삶과 죽음에는 자기결정권이 수반되며, 그렇기 때문에 자신의 생명을 소중하게 다루어야 한다는 메시지를 전달하고자 했다. 자신의 생명뿐 아니라, 오리 친구들을 지키려는 분투를 통해 타자의 생명을 지킨다는 것이 어떤 의미인지를 자각하게 한다.

시카타 문학은 천황만을 위한 죽음을 강요당했던 소년들이 생에 대한 자기결정권을 획득해 가는 과정을 그렸다. 이를 통해 오늘날

폭력, 집단 따돌림, 자살, 그리고 무의식적인 전쟁놀이가 횡행하는 아동 세계에서, 아동들이 전쟁이라는 매개를 통해 삶과 죽음, 타인과의 관계, 생의 의미를 생각할 수 있는 계기를 제공한다.

현대 아동들을 향한 메시지

시카타 신이 아동문학을 집필하기 시작한 때는 지속적인 고도성장으로 일본이 경제적 안정기에 접어든 시기로, 당시 일본 아동들은 부모의 그늘 아래에서 자주성을 잃어 가며 스스로 생각하는 것조차 힘들 정도로 수동적인 경향이 짙어진 시기였다.[1] 그러면서 아동들은 현실적이지 않은 싸움, 즉 만화나 애니메이션을 통해 선과 악으로 나뉘어 무자비한 싸움을 벌이는 캐릭터들에 열광하기 시작했다. 시카타 신은 이러한 현대 아동들에게 새로운 메시지를 전달할 문학적 방법을 모색한 작가이다.

　패전 후 가족과 함께 일본으로 귀환한 다음, 시카타 신이 학교와 집보다 더 많은 시간을 할애한 곳은 전쟁고아들이 모인 곳이었다.

---

[1] 上笙一郎, 〈戰後兒童文學の動向と課題　出版狀況と兒童文學〉, 《兒童文學の戰後史》, 東京書籍, 1978, 166~167쪽.

시카타의 《도둑천사(どろぼう天使)》에는 그가 어떤 아이들에게 관심을 가졌고, 또 그 관심을 자신에게 어떻게 대입하였으며, 나아가 아동 독자들에게 무엇을 전달하고자 했는가 하는 메시지가 담겨 있다. 이 작품에는 특히 이상주의나 환상주의, 그 어느 쪽에도 치우치지 않는 팽팽한 긴장과 균형을 유지하면서 전쟁을 모르는 현대의 아동들에게 전쟁의 진정한 의미를 전달하려는 강렬한 의지가 담겨 있다. 이 장에서 살펴볼 '시카타 신-텍스트의 아동-현대의 아동'을 연결하는 고리에 대한 탐구는 패전 후 일본 아동문학이 발신한 아동 존재의 의미를 추궁하는 데에 기여할 것이다.

'소외'에서 비롯된 아동을 향한 관심

시카타 신은 1972년 아동문학 작가로 출발하여 다수의 아동문학을 남겼다. 그의 문학은 엽기적인 면을 지니면서도 아동들이 추구하는 바와 거기서 생산해 낼 수 있는 인간적 · 문학적 의미를 발견하는 데에 초점이 맞추어져 있다. 여기서 시카타가 왜 아동에 집중하게 되었는지를 살펴보지 않을 수 없는데, 세 가지 이유를 들 수 있다.

첫 번째로, 그의 아동기 자체가 일종의 특수성을 띠고 있다. 그는 식민지 조선에서 태어나서 대학 1학년까지 조선에서 지냈다. 즉, 자아 형성기에 해당하는 시기를 식민지 공간에서 보내고 일본으로 귀환한 특별한 경험이 있다.

두 번째는 일본 귀환 후의 경험이다. 그는 귀환하여 최초 정착지인 규슈(九州)의 구마모토(熊本)고등학교에 편입하여 들어가고 나서, 학교는 뒷전으로 하고 전쟁고아 수용 시설에서 아이들과 함께 생활했다.

　마지막으로, 시카타가 아동문학 작가로서 출발한 후 동 시기 일본 아동문학의 개화와 그에 대한 문제점을 자각했기 때문이라고 할 수 있다.

　앞의 두 가지는 근대 일본의 전쟁과 밀접하게 관련되어 있다. 시카타는 자신의 아동기 경험을 기반으로 당시 현대 아동문학의 천편일률적인 양상에서 벗어나고자 했는데, 이때 본인의 아동기 '기억'은 그의 인생 전체에 작용했다고 봐도 과언이 아니다. 시카타는 아동의 감정, 논리, 심리, 가치관, 도덕관 등을 포함한 다양한 것들이 미숙한 어른으로서가 아닌 인간 형성의 한 시기로서 충분한 가치를 지닌다는 의식[2] 하에 아동문학의 의의를 찾고자 했다.

　그러나 이런 이유들만으로 시카타가 아동문학에 경도된 까닭을 온전하게 설명하기는 어렵다. 여기에는 '특수한' 인생을 경험한 사람들만이 느끼는 일종의 '소외'가 작용했다.

　시카타처럼 일본인이지만 조선, 만주, 타이완 등 당시 외지(外地)라 불리던 식민지에서 나고 자라 패전 후 일본으로 돌아와 새롭게 정착

---

2 猪熊葉子,〈讀者にとって兒童文學とは何か〉,《講座日本兒童文學　第一卷　兒童文學とは何か》, 明治書院, 1974, 56쪽.

해야 했다. 그들은 조선에 있을 때에는 지배자의 입장이었기 때문에 조선인들의 비난의 시선을 단 한 순간도 피할 수 없었고, 전쟁 시기에는 외지에 있다는 이유로 내지인보다도 더 큰 충성심을 요구 받았다. 패전 후에는 고국에 새로 정착하느라 경제적·심리적 곤경을 겪었다. 무엇보다 패전 후 이들이 경험한 정신적 충격은 그들의 정체성에 혼란을 가져왔다. 반드시 승리를 거둘 것이라는 국가의 약속이 깨지면서 외지에서 쏟은 그들의 헌신과 노력은 물거품이 되었고, 패전 후 모국으로 귀환했지만 극심한 가난 속에서 다른 일본인에게조차 소외감을 느꼈다. 이런 상황에서 어떻게 다시 새로운 '나'를 구축할 것인가는 그들의 일생을 좌우하는 과제가 되었다. 일본으로 귀환한 시카타도 이 소외 의식을 뼈저리게 느꼈다.

경성에서 태어나 교육을 받았던 우리들은 동경의 사촌들에게 '명태새끼'라고 불렸다. (중략) 그런데 '명태새끼'인 나는 놀랄 정도로 조선인의 진정한 삶을 몰랐고 알려고도 하지 않았다. 조선에서 태어나고 자란 주제에 조선인을 모르는 ―그것은 타 민족 침략이라는 속에서 생겨난 현상이기 때문에 이는 '명태새끼'들의 일그러짐일 것이다. (중략)

아무리 조선인을 모른다고 해도 '명태새끼'들이 직면하지 않을 수 없었던 체험 ―그것은 '민족'의 중요함이었다. 데모대(한국 독립을 축하하는 행렬―필자 주) 속에 섞여 있는 일본인, 나를 발견했을 때 그가 아무리 나와 친한 같은 반 친구일지라도 그 역시 단호하게 나를 대열 밖으로 나오게 했고, 아무리 우리들이 선량한 사람이고 산을 사랑하는 젊은이라 하더라도 우리들이 일본이라는 민족의 이름을 가지고 있는 이상 그들은 날카롭고 엄격한 시선으로 우리들을 심판할 수밖에 없는 것이다. 개인과 개인이라는 관계성을 넘은 개인의 생각, 선의, 감상 등이 개재하는 것을 허락하지 않을 정도로 그것은 철저하게 엄격한 것이었다.[3]

나고 자란 조선에서도 경원의 눈길을 받는 것은 물론이고, 같은 민족인 일본 사람에게도 다른 존재로 취급받아야 하는 딜레마가 느껴진다. 이 이중의 차별을 함축한 말이 바로 '명태새끼'다. 이는 일본인이지만 조선 문화에 젖어 있는 사람이라는 뜻이다. 일본 사촌들의 시선에 비친 시카타는 반 조선인이었던 것이다. 그러나 스스로의 고백처럼 그는 조선과 조선인의 진정한 모습에 대해서는 거의 모르고 지냈다. 일본의 패전을 앞두고 있는 상황에서 여태까지 친하게 생각하고 함께 등산을 다니며 청춘을 공유했던 조선인 친구들로부터 "날카롭고 엄격한 시선으로 자신을 심판"하는 듯한 눈빛이 느껴졌을 때, 그는 더 이상 발 디딜 곳이 없는 심정으로 지금까지의 생에 대해 의문을 품게 되었다. 그는 조선에서도 일본에서도 '소외'를 느꼈고, 이는 그의 정체감 형성에 결정적인 영향을 미쳤다.

소외 의식은 일본 귀환 후 더 현실적인 문제가 되었다. 시카타는 이를 해결하고 삶의 방향을 찾기 위해 아동의 세계에 몸담게 되었다. 자신이란 것을 잃어버리게 한 전쟁의 의미, 여기(일본)에서도 저기(조선)에서도 결코 '우리' 안에 포함될 수 없는 상황에서 새로운

---

[3] しかたしん, 〈〈明太の子〉の思い 特集 戰時下のアジアと兒童文學〉, 《日本兒童文學》, 兒童文學者協會, 1973.9, 46~48쪽.

'나'를 찾으려는 열망이 그를 의지할 데 없는 전쟁고아들 곁으로 이끌었다.

시카타가 소외감과 낯선 학교생활, 어려운 집안 형편 등의 현실적 문제를 극복하고자 찾아간 전쟁고아 수용 시설은 그에게 '외부인'라는 경계나 '명태새끼'라는 차별을 부여하지 않는 공간이었다. 그는 이곳에서 자신의 존재를 확인하고, 새로운 자신을 만들어 갔다. 전쟁고아 시설이야말로 '전쟁'이 낳은 현실적인 결과들, 즉 아이들의 굶주림과 무교육, 부모의 부재, 먹기 위한 사투라는 더 중요한 현실을 반영하는 공간이었던 것이다.

'아동'이란 어떤 존재인가

현대사회는 모든 세대를 사로잡을 '무언가'가 요구되고, 그런 '무언가'에 대해 서로 공감하면서 살아가는 대중의 시대이다. 세대를 뛰어넘는 공감을 얻으려면 단순해야 하고 동시에 어느 정도의 공공성을 띠어야만 한다. 단순하되 잘 알려지고 쉽게 접할 수 있으면서 즐거운 것, 자본주의 경제체제에서 사람들의 이 같은 욕구는 끊임없는 '허상'을 생산한다.

아동문학도 마찬가지다. 아동들은 특히 분명하고 잘 보이며 역동적이고 상징적인 대상물을 추구한다. 이러한 요구를 반영하여 현대의 매스미디어는 다양한 '허상'을 만들어 내고 그것에 대한 구매욕을 자극한다. 아동문학 내부에서도 해당 아동 잡지나 아동 도서의 내용이 얼마큼의 이윤을 창출할 수 있는지에 따라 자동적인 사회적 존재권을 얻어 왔다.[4] 결국 쓰고자 하는 신념이 확고한 작가만이 아동문학계에 남게 되는 것이다.

전쟁과 패전의 체험은 시카타에게 그런 신념을 갖게 했다. 그는 과거 어른이 생각하는 이상적인 아동상에 이의를 제기하고자 했다. 그리고 단순한 이의 제기를 넘어, 문학을 통해서 볼 수 있는 역사적인 아동상의 흐름[5]을 파악하여 직접적 독자인 아동들과 간접적 독자인 어른(부모)들에게 아동이 어떻게 존재해 왔는지를 알리는 매개자가 되려고 했다.

그러나 체험이 곧 문학이 되는 것은 아니다. 시카타는 아동들과 동고동락한 경험을 통해 아동들이 스스로 자신의 문제를 자각해야 한다고 느꼈다. 이를 어떻게 도와줄 것인가. 그는 아동을 향해 메시지를 전하는 것이야말로 자신이 맡아야 할 가장 이상적이고 현실적인 역할이라고 판단했다. 물론 그가 직면한 일본 아동문학 문단의 현실은 그리 호락호락하지 않았다. 시카타의 다음 글들은 이를 잘 보여 준다.

작년 11월 12월에 나온 것들을 전부 읽으려니 마침내 12월의 1주의 분량이 다음 달로 넘어가게 되었다. 3개월 동안 거의 매일 이렇게 동인지를 대면하고 있노라면 매우 피곤해진다.

---

4 砂田弘, 〈兒童文學と社會構造〉, 《講座日本兒童文學　第二卷　兒童文學と社會》, 明治書院, 1974, 8쪽.
5 神宮輝夫, 〈兒童像の変化〉, 《日本兒童文學》, NHKブックス, 1980, 59쪽 참고.

왜 피곤해지는 것일까? 체제도 세련되어지고 표지도 깔끔해졌다. 지금은 인쇄기 등사판 같은 것은 보기 드물고 거의가 활판 아니면 타이프오프다. 동인지도 풍부해졌다고 생각한다. 그런데 왜 읽으면서 지쳐 버리는 걸까? 그것은 일종의 초조함이다. 풍부해진 그릇에 담겨진 내용의, 어떻게 표현해야 할지 모르겠지만, 무언가 비슷한 양상에 대한 초조함인 것이다. (중략) 확실하게 문화 상황도 문학도 다양화되어 있다. 그러나 '다양화'라는 해석만으로 운동은 일어나지 않는다.[6]

당시 일본은 고도성장을 이루고, 최소한 경제적으로는 세계적인 나라가 되었다고 자부하는 상황이었다. 소비문화가 발달하면서, 모든 분야에서 대중의 취향을 파악하는 일에 능동적이었다. 아동문학 분야도 예외가 아니었다. 아동에 관한 다양한 콘텐츠가 속속 개발되면서 아동들도 즉물적인 것을 좇는 현상이 나타났다. 동시에 아동문학도 본격적인 기반을 잡아 갔다. 수많은 오락거리가 쏟아지는 상황에서 아동을 위한 다양한 문학이 시도되었다.

당시 일본 아동문학 문단의 상황은 다양화라고는 일컬어지나 그 안에 담기는 내용은 비슷함의 반복이었다. 동인지가 많이 생기고 그 안에서 아동문학을 직업으로 하는 작가들이 늘어나면서 독자의 구미에 맞는 형태로만 치우치는 경향이 있었다.[7] 동시에 앞서 지적했

---

6 しかたしん, 〈兒童文學同人雜誌評・'いら立ち'を覺える同人誌の似かよい〉, 《日本兒童文學》, 兒童文學者協會, 1973.4, 132쪽.

7 しかたしん, 〈眞に子どもの心をつかむ文學へ〉, 《日本兒童文學》, 兒童文學者協會, 1975.6, 35쪽.

던 경향, 즉 독자를 향한 메시지라기보다는 작가 자신을 위로하기 위한 창작 경향이 두드러졌다.[8] 전쟁아동문학이 특히 그러했는데, 전쟁 시기 자신의 어린 시절을 회고하고 반성하는 내용 일색이었다. 이러한 작품들이 전달하는 메시지도 문제였지만, 문학을 자기 위로의 장으로 삼아 버릴 위험성이 컸다. 이것이 시카타가 아동문학의 존재 의미를 뇌묻게 된 계기가 되었다.

시카타는 작품 활동을 시작하면서, 동시에 실제 아동들과 직접 만날 수 있는 장으로서 아동 극단을 만들었다. 아동들의 실제 체험과 이야기를 무대에 올려 아동들과 좀 더 가깝게 호흡할 수 있는 장을 만들려고 노력했다. 이 시기에 TV가 일본 아동들을 사로잡으면서 아동문학의 경향마저 달라지고 있었는데, 시카타는 이것이 문제라고 보았다.[9] 대형 출판사들이 주도한 만화잡지 붐도 아동들의 사고를 단순화하는 주범이라고 인식했다.[10] 이러한 우려는 단순한 느낌이 아니었다. 아이러니하게도, 작가가 되기 전 시카타는 TV방송국에서 근무했기 때문에 TV 프로그램의 생리를 잘 파악하고 있었다.

다른 분야의 이야기로 튀어서 죄송합니다만, 제가 TV방송국에서 일했을 때의 이야기를 하지요. 예를 들면 연속드라마로 거실 장면 같은 것을 만들 때, 디렉터나 미술가 분들은 스튜디오를 '어떤 도구로 장식

---

8 新村徹, 〈日本 '戰爭兒童文學' と中國〉, 《日本兒童文學》, 兒童文學者協會, 1973.9, 21~22쪽.

9 加藤多一・しかたしん・脇田充子・安藤美紀夫・鳥越信, 〈座談會 地域と兒童文學〉 (1978년 11월 25일 좌담회), 《日本兒童文學》, 兒童文學者協會, 1979.3, 15쪽.

10 加藤多一・しかたしん・脇田充子・安藤美紀夫・鳥越信, 〈座談會 地域と兒童文學〉, 15쪽.

할 것인가'로 고민합니다. 물론 스폰서가 싫어할 만한 일은 하지 않지만 가장 중요한 조건은 무어가 하면 새로운 듯하면서도 평균적인 도구로 장식하게 됩니다. 잘못해서 사람들이 모르는 것을 배치해 버리면 그만큼 시청률이 떨어지게 되거든요. 르포르타주 같은 것도 마찬가지로, 그 지방의 독특함을 드러내되 시청자들이 보면 반드시 아는 내용이어야 한다는 필수 조건이 붙습니다.

그것이 문학에서도 마찬가지로 자칫 잘못하면 그러한 의미에서 미디어화 · 상품주의화 같은 것들이 바로 드러나 버릴 가능성이 있습니다.[11]

TV 매체에 가장 중요한 시청률 문제는 TV 프로그램을 일정한 기준에 집어넣는 역할을 하고, 이것은 광고주와 공범 관계를 유지하는 '평균화되는 사회 상황'을 말해 준다. 때문에 창의적인 것이 제한될 수 있고, 일정한 '평균' 수준에서 대중을 만들어 간다는 단점이 있었다. 특히 아동물의 경우, 아동들의 사고 체계를 균질화시키거나 그 안에 폭력적이거나 신체우월주의 등을 담는 그릇이 되기 쉬웠다. 시카타는 이것을 가장 우려했다.

실제로 TV에서는 '단순화된 대결 구도'를 통해 유사전쟁 이미지를 아동들에게 제공하여 이를 시청하는 아동들로 하여금 전쟁에 대한 무감각을 초래하고 있었다. 이런 상황에 문제의식을 느낀 시카타는, 일상적인 대결 구도와 유사전쟁물의 위험성을 이야기하고자 '실

---

11 加藤多一 · しかたしん · 脇田充子 · 安藤美紀夫 · 鳥越信, 〈座談會　地域と兒童文學〉, 20쪽.

제 전쟁'을 다시 한 번 과감히 문학에 채용했다.

　그는 1970년대에 일본에서 화제가 되었던 아동극 중 이탈리아어로 연기되는 중세의 '코메디아 데라르테(commedia dell'arte, 즉흥연기)' 아동극에서, 일본 아동들이 타 언어를 이해하지 못해도 흥미를 느끼고 재미있어 한다는 사실을 깨달았다. 이 극의 인기는 비단 일본뿐 아니라 세계 다른 나라에서도 마찬가지였는데, 그는 이 현상을 보면서 아동이 '안다'고 하는 영역은 어른들이 이해하는 '안다'는 의미와 다른 것이 아닐까 생각했다. 그리하여 연기하는 배우들의 인생에서 풍겨 나오는 풍부함, 인간다움, 에너지를 느끼는 것이 아동들의 앎의 방식이라고 생각하게 되었다.[12]

　시카타는 이를 아동문학에 적용하고자 했다. 죽음이나 전쟁, 가난과 성의 문제에 별다른 고민이 없는 현대의 풍족한 아동들에게 전쟁 이야기를 하려면 주인공의 인간다움, 그 삶의 역동성에서 저절로 풍겨 나오는 에너지를 사용해야겠다고 생각한 것이다. 그 문학적 실천 사례가 이제부터 살펴볼 《도둑천사》이다.

---

12 しかたしん, 〈兒童文化時評〉,《日本兒童文學》, 兒童文學者協會, 1979.7, 119쪽.

《도둑천사》가 표상하는 아동

시카타 신이 생각한 아동

《도둑천사》[13]는 패전 직후 시카타 본인의 삶의 경험을 살려 당시 아동들의 '존재 양식'에 대해 이야기한 작품이다. 특히 패전의 소용돌이 속에서 마이너리티(minority, 차별 받는 사람)로 존재했던 아동들을 다루고 있다.

오늘날처럼 평화롭고 풍족한 시대에 생존 문제를 고민하는 것은, 특히 천진난만한 아동들로서는 생각하기 어려운 일일 것이다. 시카타는 이러한 아동 특유의 순진함이 자칫 삶에 대한 무감각으로 발전해서는 안 된다고 보았다. 선악 대결 구도로 이루어진 오락거리가 일상화되면서, '우리 편'만 잘되면 그만이라는 생각이 은연중에 아동들에게 심어지는 것을 우려한 것이다. 이렇게 되면 그 과정에서 어떤 폭력이 사용되든, '반대편'이 어떻게 되든, 심지어 그들을 죽여도 된다는 생각이 사회 전체에 번지게 된다.

전쟁을 실제로 겪은 시카타는 전쟁이 인간의 삶과 삶의 과정에 얼마나 어마어마한 파국을 초래하는지를 알았다. 그래서 '생존'이라는, 현대 아동들에게는 그 중대성과 절박함을 쉽게 이해하기 어려운 주제를 과감히 제시한다. 이는 앞서 언급했듯이 아동문학의 풍요 시대에 그 풍요가 진정한 풍요인가 하는 의문까지도 포함한 형태로 제시된다.

---

[13] しかたしん作　織茂恭子繪, 《どろぼう天使》, ポプラ社, 1981.

시카타는 이 작품에서 현대 아동들에게 그리 멀지 않은 과거에, 같은 장소와 같은 민족에게 지금으로서는 믿기 어려울 정도의 가난과 대결 구도, 그리고 무엇보다 전쟁이 있었음을 이야기한다. 그러나 그 잔혹한 대결 양상을 전달하는 방식은 '전쟁' '모험' '대결' '우정' '사랑' 등의 소재를 사용하여 아동들과의 거리를 좁힌다. 물론 이 속에도 주인공과 그 반대 측의 대결이 존재하나, 단순한 권선징악의 논리에서 벗어나 전쟁의 본질과 사람이 산다는 것, 그리고 부모의 부재가 아동들에게 어떤 의미인지를 보여 준다. 시카타는 당시 아동문화의 경향에서 특히 대중매체와 부모의 절대적 영향력을 우려했다. 그래서 자신이 누구인지 어떤 삶을 살아야 할지를 미처 인식하지 못한 채 어른이 되어 버리는 아동들에게 그 고민의 계기를 제공하고자 했다. 어른이 된 다음에 삶을 고민하고 무언가를 시작하려는 어른들이 얼마나 많은 시간과 열정을 허비하고 박탈감을 느끼는지를 보아 왔기 때문이다.

시카타는 《도둑천사》에서 패전을 경험한 자신이 현실 도피처로 삼으면서 가장 리얼한 현실을 보고자 했던 시공간에 대해 소개한다. 패전 후 '조선'과 '일본'의 외측에 놓여 있던 그는 어느 민족에게도 받아들여지지 않는 이방인과 같은 체험을 했다. 귀국 후 일본의 전쟁고아들과 함께 생활한 '명태새끼' 시절이다. 시카타는 이 시기의 자신을 《도둑천사》의 후기에서 다음과 같이 기술한다.

1945년 패전부터 수년간은 야미이치(闇市, 암시장)의 시대이고, 격동의 시대이기도 했습니다. 자신의 삶의 방법을 정하는 것을 한 사람 한 사람 시험당했던 힘든 시기였다고 할 수 있습니다.

이 작품은 물론 픽션이지만 여기에 등장하는 전쟁고아, 귀환고아와 우리 몇 명의 학생들은 1946년부터 수년간 생사를 같이하며 생활했습니다. 그리고 선택의 순간이 몇 번 찾아왔습니다.

'살아간다'는 것은 미래를 향한 모험까지 포함하여 자신이 책임지고 선택해 가는 것이라고 지금 저는 그 당시의 상황을 기억해 내며 다시 한 번 느낍니다.

부모도 없었고, 가정 대신에 고아원에서 생활했으며, 고아원도 가난하고 무력했던 속에서 자란 아이들은 싫든 좋든 자기 스스로 자신의 인생을 선택하고 그 길을 또 자신의 힘과 자신의 책임 아래에서 행동하지 않으면 안 되었습니다.

나는 현재 그것이 그들에게 결코 불행한 것만은 아니었다고 생각하고 있습니다.

그들이 그 후 청년 시절 얼마나 에너지 넘치게 씩씩하게 살았는가, 자기 애인에게, 그리고 태어날 아이들에게 스스로의 소년 시대를 얼마나 자랑스럽게 이야기할 것인가, 그것을 볼 때마다 저는 말로 형언할 수 없는 감동을 받습니다.

저는 몇 번의 길을 돌아서 결국 아이들을 위한 문학과 연극이 평생의 직업이 되어 버렸습니다. 그때 함께했던 동료 학생들도 분야는 다양하지만 역시 아동 관계의 일을 하고 있습니다.

그들의 눈부신 에너지의 조사(助射)를 받은 체험이 '학생 오빠(형)'이었던 우리들에게 그런 길을 선택하게 인도한 것이라고, 저는 지금 그렇

게 생각합니다.[14]

시카타가 전쟁고아 수용소에서 느낀 것은 ① 산다는 것에 대한 자각, ② 삶의 방법에 대한 선택, ③ 부모 부재의 의미, ④ 이러한 아동이 성장하여 어른이 되어 가질 수 있는 감동이었고, 이를 문학으로 그려 내고자 했다. 이는 시카타가 당시 아동문학에 걸여되어 있다고 느낀 인생의 풍부함, 에너지, 인간다움을 회복하기 위한 작업이었다. 시카타는 이러한 작업의 중심에 '전쟁'이라는 요소를 배치했다. 고아원 아이들에게서 의지할 만한 아무것도 남기지 않고 모두 빼앗아 간 것은 '전쟁'이었다. 의지할 대상이 없는 상태에서, 비로소 자신이 누구이고 어떻게 살아야 하고 어떤 어른이 될 것인가 하는 삶의 본질적인 문제에 직면하게 된다는 것이다.

전후 사회의 메타포로서의 '야미이치'라는 공간

이 소설의 출발은 1946년 여름, 아이들의 생활 터전이 되는 공간은 야미이치, 즉 암시장이다. 이곳은 네온사인도, 광고 간판도, 스피커 소리도, 활기찬 음악도 없는 곰팡이처럼 어둡게 꿈틀거리는 번화가이며, 포장마차와 가건물이 즐비하게 늘어서 있고, 식량관리법 때문에 아무나 쌀을 가질 수 없었지만 이상하게도 모든 것이 활발하게 거래는 곳[15]으로 묘사된다. 이와 같은 패전 직후의 '암시장'이라는 공

---

[14] しかたしん作　織茂恭子繪,《どろぼう天使》, 364~365쪽.

[15] しかたしん作, 織茂恭子繪,《どろぼう天使》, 6쪽.

간에 텍스트의 인물들이 배치된다. 이 암시장은 패전 후 일본 사회의 메타포로서, 질서와는 무관한 다른 세계[16]이다. 현대사회에서 보면 비일상적인 상황이 이곳의 일상으로, 이는 패전 후 일본을 상징하는 공간이다.

전쟁으로 회사는 없어지고 공습으로 공장도 다 타 버린 그 즈음의 일본은 일해서 돈을 벌수도 없었다.

길가에 웅크리고 있는 할머니 앞에 귤껍질이 하나 덩그러니 놓여 있기도 했다. 그 할머니에게는 그 귤껍질이 팔 수 있는 마지막 물건이었는지도 모른다.

전쟁에서 막 돌아온 것 같은 젊은 병사가 아침에는 상의와 바지를 팔아서 만두와 우동을 사 먹고, 점심때는 셔츠와 속바지를 팔아서 밥과 된장국을 사 먹고, 저녁에는 결국 속옷을 팔아 완전히 알몸. 그 속옷을 펄럭거리면서 "자, 1엔에 팔아요." 하고 외치기도 했다. 그러나 누구도 이상하게 여기지 않는다. 여기에서 그 정도는 당연한 일이었기 때문이다.[17]

여기에 이러한 가난과 음습한 환경, 그리고 무질서를 분단하는 존재가 있었으니 그것은 이 텍스트의 주인공들로 등장하는 아이들이다. 그들은 정지되어 있는 암시장이라는 공간에서 끊임없이 그 사이

---

[16] "그것은 문자 그대로 어둠의 시장. 지도에서 실려 있지 않으며, 어딘지 번지도 없는 어둠의 마을, 그 마을에는 우편함도 없고 우체국도 없고, 관청도 없고 파출소도 경찰도 없었다"(しかたしん 作, 織茂恭子 繪, 《どろぼう 天使》, 6쪽).

[17] しかたしん 作, 織茂恭子 繪, 《どろぼう 天使》, 7~8쪽.

를 질주하는 존재로 묘사된다.

　　좁은 길이 여기저기 제멋대로 나 있는 암시장의 가건물과 포장마차
사이를 들쥐처럼 달려 빠져나가는 아동들 —그것은 전쟁고아들이다.[18]

　　아이들은 패전 후 일본 사회를 내포하는 암시장의 적막을 깨고 그
사이를 분단하며 거기에 활기를 불어넣는 존재로 배치된다. 그들은
소매치기, 날치기, 암시장 안 음식점에 물 길어 나르기, 술집에서 경
찰이 오는지 망보기, 경찰에게 들키지 않도록 여러 가지 물건 나르
기[19] 등을 한다. 작은 아이들의 끊임없는 움직임은 암시장을 돌아가
게 하는 한 부분이었다. 이들은 자신들만의 공동생활 공간을 형성
하고 이를 ‘매 조직’이라고 칭했다. 이 ‘매 조직’은 다른 아동 집단인
‘사쿠라 조직’[20]과 대결 구도를 보이고, ‘사쿠라 조직’이 야스베를 납
치하자 그녀를 구하려고 각투를 벌이다가 우두머리인 곤타가 상처
를 입은 것을 계기로 ‘데칸쇼 조직’의 도움을 받게 된다. 그 후 두 조
직은 함께 행동하게 되는데, ‘데칸쇼 조직’은 ‘매 조직’과 함께 ‘사쿠
라 조직’과 결전을 벌이려고 계획한다. ‘매 조직’과 ‘데칸쇼 조직’은
하나가 되어 질서가 생기고, 결국 ‘아동원’을 구성하여 공동생활을
하게 되면서 살기 위한 모험, 배움에 대한 열망, 그리고 미래에 대한

---

[18] しかたしん 作, 織茂恭子 繪, 《どろぼう天使》, 9쪽.

[19] しかたしん 作, 織茂恭子 繪, 《どろぼう天使》, 9쪽.

[20] 이 텍스트에서 사쿠라 조직이 하는 일 중 하나는 여자아이들을 납치해서 성매매 시장
　에 내놓는 일이었다. 그 배후에 여러 갱단이 있다는, 무시무시한 조직으로 소개된다.

꿈들을 향해 다양한 시도를 해 간다.

시카타는 암시장이라는 패전 직후 일본 사회의 무질서와 피폐를 상징하는 공간에서 기생하는 아이들을 이야기의 출발점으로 가지고 온다. 암시장은 아이들에게 아무런 미래를 약속해 주지 못하는 공간이다. 아이들 스스로 돌아다니며 먹을 것을 얻으려 노력하지 않으면 굶어 죽는 곳이다. 이곳의 어른들은 아이들에게 전혀 관심이 없으며, 아동과 어른의 교류는 거의 보기 어렵고, 어른은 아이들이 적극적으로 매달려야 먹을 것을 던져 주는 불투명한 존재로 기술된다. 하루하루의 생존을 스스로 해결해야 하는 공간, 이것이 전쟁고아들의 현실이었다. 아이들은 이름조차 명확하지 않으며, 어느 누구도 아이들의 생사를 궁금해하지 않는다.

전쟁고아라는 것의 의미

"인간을 팔면 가장 돈을 많이 벌 수 있으니까. 그리고 가장 팔기 쉬운 애들부터 팔려 가."[21]

"전쟁은 아직 끝나지 않았어. 우리들도 멍하니 방심하고 있으면 바로 어딘가로 팔려 갈지도 몰라."[22]

---

[21] しかたしん作, 織茂恭子繪, 《どろぼう天使》, 203쪽.

[22] しかたしん作, 織茂恭子繪, 《どろぼう天使》, 204쪽.

"앞으로는 귀환한 여자애들을 노릴 거야. 그쪽(식민지―필자 주)에서 생활했기 때문에 피부도 좋고 비싼 값에 팔 수 있으니까."[23]

"근데 센세(センセ, 여자 등장인물의 별명―필자 주) 생각해 봐. 바로 얼마 전 전쟁기에는 나라와 정부가 사람을 마구 돈 주고 샀잖아. 난 맨날 이런 소리만 들었어. '네 생명의 값어치는 1전 5리야. 1전 5리짜리 엽시로 너 같은 병사의 생명은 얼마든지 살 수 있어.' 라는"[24]

이상의 인용문은 당시 전쟁고아의 삶을 단적으로 설명해 준다. 패전으로 피폐해진 일본이 안고 있는 '가난'이라는 현실과, 전쟁으로 부모를 잃은 아동들에게 어떤 삶이 기다리고 있는지가 생생히 드러난다. 이 아동들은 자기 상황을 인식하면서 '군인' '생활자' '가난' '소외의 극복' '식량' '책임' 등 성인이 떠맡아 할 것들을 짊어졌던 것이다.

시카타는 현대 일본 아동들이 상상하기 어려운 비일상적인 삶이 그의 청년기에 실체로서 존재했다는 사실과 그 의미를 전달하고자 했다. 텍스트의 제목인 '도둑천사'가 상징하는 것도 마찬가지이다. '도둑'과 '천사', 누가 보더라도 대조적인 개념의 이 두 단어는 각각 다른 대상이 아닌 하나의 존재를 가리킨다. 전쟁고아인 등장인물의 중심에 있는 것은 '배고픔' '가난' '전쟁'이다. 텍스트에는 이러한 패

---

[23] しかたしん 作, 織茂恭子 繪, 《どろぼう 天使》, 201쪽.
[24] しかたしん 作, 織茂恭子 繪, 《どろぼう 天使》, 204쪽.

전이 만들어 낸 풍경과 함께 의지할 데 없는 아동들이 어른이 되는 과정에서 스스로를 지켜 나가는 모습이 묘사되어 있다.

전쟁은 끝났지만 끊임없이 '죽음'과 대면해야 했고, 인신매매도 아이들을 괴롭힌다. 이 텍스트는 이러한 상황에 놓인 공동체가 타인에게 의지하지 않고 살아가는 방법을 모색하는 과정을 그린다. 여기에서 지금까지 자신들이 지내 온 울타리가 어떤 것이었는지에 대한 회의와 자각을 하게 된다.

> 야스베(やすべ)의 마음속에서는 경성에서 맞이한 패전의 날과 그 후의 일이 필름 돌아가듯 펼쳐졌다.
>
> "나는 초등학교 시절 계속 성적이 좋아 급장을 했었어. 때문에 공부를 못하는 주위의 모두를 거품 같다고 생각했지. 조선 사람들도 일본인을 위해 일하는 거품과 같은 사람들이라고 생각했었어."
>
> 그것이 패전의 날을 기점으로 해서 완전히 뒤바뀐 것이다. 그때까지 야스베가 가장 중요하다고 생각하고 있던 여학교도, 아버지와 어머니까지 거품처럼 사라져 버렸던 것이다.
>
> "나도 결국 거품이잖아."[25]

조선에서 아동기를 보냈던 야스베는 아이들을 정신적으로 이끄는 역할을 맡고 있는데, 그녀는 종종 조선에서 지낼 때의 자기 모습을 언급한다. 그녀는 패전 전 교실 안에서 공부라는 기준으로 타인을

---

[25] しかたしん作, 織茂恭子繪,《どろぼう天使》, 22쪽.

평가하고, 같은 기준으로 조선 민족과 일본 민족을 평가했던 자신을 '거품'이라는 단어로 규정한다. 그리고 스스로를 평가하는 기준이 얼마나 다른 사람의 인정과 칭찬에 의존했었는지를 자각하게 된다. 이러한 생각을 가졌던 것은 '데칸쇼 조직'의 대장인 우라나리(うたなり)도 마찬가지다.

그렇게 말하자면 나는 다른 사람의 인생은커녕 자신의 인생도 자신이 정할 수가 없었던 것 같다. 초등학교를 나와 중학교, 중학교에서 사관학교로 누군가가 정해 놓은 레일에 나는 그 레일 위를 신호에 맞추어 그대로 따라 달려왔다. 중학교 3학년 때 넌 성적이 좋으니 고등학교에 가라는 신호가 오더니, 역시 전쟁이 심해지니 사관학교로 가라는 신호로 바뀌었다. 자신의 인생도 정하지 못하는 사람이 어떻게 다른 사람의 인생을 정한단 말인가.[26]

이는 우라나리가 '매 조직' 아이들이 왔을 때 이들과 하나가 되면서 자기가 소속된 '데칸쇼 조직' 친구들의 인생이 변해 버릴지도 모른다고 걱정하는 장면에서 나온다. 그리고 그는,

"난 자칫하면 개가 될 뻔했어. 다른 사람이 정해 주고 다른 사람이 던져 준 혜택, 수재라는 훈장. 그것에 킁킁 냄새를 맡고 응석을 부리면서 살아가고 있는 동안 나는 스스로 자신의 일에 대해 결정할 수 없는 개

---

26 しかたしん作, 織茂恭子繪,《どろぼう天使》, 100쪽.

가 될 뻔했어. 정신 차려!"[27]

라고 생각하면서 매 순간 자기 결정에 대한 경계와 책임의 중요성에 대해 이야기하고 있다. 그리고 또 한 가지, 그들은 다른 아이들이 갖고 있는 '부모'라는 울타리에 대한 절실한 인식이 있다. 그래서 그들은 스스로를 지키며 같은 사람들끼리 하나가 될 것을 강조한다.

"부모가 있는 녀석들은 아직 괜찮아. 부모가 자식을 보살피기 때문에 조금은 시간을 벌 수가 있지. 그러나 우리들은 달라. 자신의 힘으로 자기 몸을 지키지 않으면 내일이면 단쿠로의 여동생과 마찬가지 꼴이 돼. 서로가 내일을 알 수 없는 사람끼리 모여 힘을 합하여 살아가야 하지 않을까. 그렇지 않으면 이 겨울에 살아남을 수 없어."[28]

이들의 스스로에 대한 자각은 그들이 살아남기 위한 노력으로 이어지게 된다. 패전 전 그들에게 부모라는 울타리와 공부가 부여했던 가치 기준이 무너지고, 어리기 때문에 직업을 가지기 어려운 상황에서 자신들만의 새로운 삶을 개척하지 않으면 안 되었다.

'도둑 천사'들의 모험, 자립형 아동

이들은 '거지'와 같은 생활을 했던 '암시장'에서 벗어나 자활을 길

---

[27] しかたしん作, 織茂恭子繪,《どろぼう天使》, 102쪽.

[28] しかたしん作, 織茂恭子繪,《どろぼう天使》, 125쪽.

을 열어 가고자 한다. 누군가에게 얻어먹는 생활에서 스스로 생산하는 생활로의 전환이다. 경험도 없고 조력자도 없기에 실패를 거듭하며 조금씩 그들의 생존 환경을 만들어 가는 것이다. 그리고 가난이 만들어 내기 쉬운 '거지 근성'과 그것을 배양해 왔던 '암시장'이라는 유혹의 공간에서 벗어나려는 사투를 벌인다. 간장을 만들어 팔려다가 실패하고, 결국 버려진 나무로 숯을 만들어서 피는 일을 추진한다. 그 과정에서 그것이 국유림이라는 것을 알고 이것을 가져오면 국가의 법을 위반하는 도둑이 된다고 생각하지만 그들을 '도둑'을 선택한다.[29] 이런 과정을 통해 그들은 산다는 것의 의미와 에너지를 깨닫게 된다.

　"나는 말이야. 사는 것이든 죽는 것이든 겨우 종이 벽 하나를 사이에 둔 것과 마찬가지라고 생각해 왔어. 어디로 굴러가도 별 차이가 없는 뭐 그런 거. 그렇지만 모두가 함께 일하고 돕는 사이에 살아 있기 때문에 모두가 기뻐하고 좋아하는 일을 할 수 있는 것이구나, 모두가 즐겁고 함께 할 수가 있구나 하는 '삶의 기쁨' 같은 것을 생각하게 되었어. 인간은 무의미하게 살아 있는 것이 아니라는 생각을 했지. 정말 고마워."[30]

　인용문은 공병대 최전선에서 전쟁을 경험한 도가(ドガ)라는 인물이 모두와 함께 일하면서 했던 말이다. 학생 군인으로 활동했던 도

---

[29] しかたしん作, 織茂恭子繪, 《どろぼう天使》, 299쪽.
[30] しかたしん作, 織茂恭子繪, 《どろぼう天使》, 214쪽.

가는 군이 살아야 할 의미를 알지 못했고, 패전 전 일본이 자신을 그런 군인으로 만들어 갔다고 인식한다. 그러나 공동체 안에서 새로운 것을 창조하면서 삶의 기쁨을 획득해 간 것이다. 이들은 자기 인생의 길에 대한 선택에 좀 더 분명한 방향을 가지게 되며, 산다는 것의 가치를 발견하게 된다.

"난 내 나름대로 이 길을 선택했어. 선택한 것은 나 자신이야. 자신이 선택한 길이라는 것의 의미는, 미래에 일어날 여러 가지 일을 포함하여 자신이 책임을 진다는 것을 말해."[31]

"새로운 것, 새로운 가치를 만들어 내는 일이야말로 '일한다'는 의미가 있어."[32]

마침내 텍스트는 이상과 같이 소중한 것에 대한 발견으로 끝나지 않고, 아동들이 각각 불투명한 미래를 향해 달려가야 한다는 메시지를 전달하며 마무리된다. 즉, 지금까지 그들이 만들어 왔던 에너지가 끊임없이 생산되어야만 함을 암시한다.

"빛과 그림자의 저편에 무엇이 보일지 알 수 없지만 어쨌든 걸어갈

---

[31] しかたしん作, 織茂恭子繪,《どろぼう天使》, 102쪽.
[32] しかたしん作, 織茂恭子繪,《どろぼう天使》, 207쪽.

수밖에 없어."[33]

도둑질이 절대로 해서는 안 되는 나쁜 짓이라는 것은 누구나 알고 있다. 그러나 이 텍스트는 '도둑'이 되어야만 살 수 있는, '전쟁'이 안겨다 준 현실을 고발한다. 그리고 아동들에게 전혀 다른 개념으로 느껴지는 도둑과 천사가 한 사람 안에, 한 사회 안에 공존할 수 있다는 것도 제시한다.

패전 후 일본의 아동문학계에는 하나같이 어른이 어린이에게 방향을 제시하는 '계몽적 발상과 자세'[34]가 만연했다. 시카타는 이러한 아동문학의 형태에 의문을 품고 어린이 쪽에서 발신하는 메시지를 문학의 중심에 두었다. 그는 전쟁, 식민지, 패전이라는 현실이 낳은 특수한 아동들이 발신하는 에너지를 표현함으로써 현대 아동들과 교감하고자 했다. 그 매개는 앞서 제시한 아동들의 '안다'는 것이다. 이 '안다'는 것의 의미는 아동들이 본래 갖고 있는 가장 인간적인 에너지다.

시카타는 전쟁을 체험한 아동들의 에너지가, 독서를 통해 교감하는 현대 아동들의 에너지와 맞닿아 전쟁의 진정한 의미를 깨닫고 아이들이 스스로의 에너지를 끊임없이 표출할 수 있는 상상력을 불러일으킬 것이라고 믿었던 것이다.

---

33 しかたしん作, 織茂恭子繪,《どろぼう天使》, 363쪽.

34 上野瞭,〈第二次世界大戰後の日本兒童文學史の思潮〉,《講座日本兒童文學　第五卷 現代日本兒童文學史》, 明治書院, 1974, 44쪽.

선택과 책임의 주체로

시카타는 패전 직후 일본으로 귀환하여 고등학교에 등록했지만 학교는 거의 다니지 않고, 집에도 거의 들어가지 않고, 전쟁고아 수용소에서 아동들과 함께 생활했다. 그곳은 시카타가 조선과 일본에서 느꼈던 부유하는 자신의 마음을 다잡을 수 있는 공간이자, 동시에 패전 후 일본이 짊어져야 할 책임의 공간이었다. 그는 이러한 공간의 아동들을 문학에 배치하면서, 아동들이 자아를 형성하고 올바른 길을 스스로 선택할 수 있게 거듭나는 과정을 제시한다. 그가 그려내는 아동은 독립된 인간으로서 매 순간 자신의 결정과 선택에 책임을 지며 앞으로 한 걸음씩 내딛는 존재이다. 패전 직후 부모를 잃은 고아들이 그야말로 자신의 생명을 유지하기 위해 선택해야 하는 것들에 대한 이야기다.

시카타는 전쟁고아들 스스로 발산하는 에너지를 존중하려고 했고, 이것이 《도둑천사》와 같은 작품으로 드러났다. 그는 아동 독자가 자신들에게 어울리고, 재미있고, 즐거운 작품을 고른다는 특성[35]에 포착하여, '전쟁의 현실'을 가장 리얼한 문학 형태로 제공하고자 했다.

---

[35] 猪熊葉子他編, 《講座日本兒童文學 第四卷 日本兒童文學史の展望》, 明治書院, 1973, 21~23쪽.

7

전쟁아동문학에서 '모험'이라는 장치
—《국경》(1부)

아동기의 기억과 모험

시카타는 나고야를 중심으로 한 아동극단 '우린코'를 운영하면서 수많은 각본과 연출을 담당했다. 그러면서 일본아동문학협회와 세계아동문학대회 활동을 통해 넓은 시각에서 아동문학에 대한 전망을 다져 갔다. 시카타 신의 30여 년간에 이르는 아동문학 활동기의 작품 세계를 살펴볼 때 가장 두드러지는 특징을 한 단어로 이야기 한다면 그것은 '모험'이다. 그가 이것을 아동에게 다가가는 연결 고리로 삼았음을 알 수 있다. 그 배경에는 그의 어린 시절 경험과 독서도 작용하거니와 현대 아동 독자들, 특히 당시 TV나 만화에 사로잡혀 있는 아동들을 문학의 세계로 시선을 돌리게 하는 장치가 필요했기 때문이라고 할 수 있다.

이 장에서는 시카타 신이 문학의 중심에 두고 있는 '모험'이 시카타의 실제 인생에 있어 어떤 의미의 것이었는지, 패전 전의 식민지에서의 그의 삶을 바탕으로 살펴본다. 그리고 이러한 그의 삶이 현

재 아동들에게 제시되는 상징물로서 그의 대표작인《국경(國境)》제1
부[1]에 어떻게 반영되는지 고찰한다.

'명태새끼'의 의무와 문학

시카타 신은 스스로를 '명태새끼'라고 칭했다.[2] 이는 조선에서 살다 온
일본인을 지칭하는 비하어로, 그가 스스로 명태새끼임을 받아들인 배
경에는 '일본열도'라는 공간에서 느낀 고독감, 절망, 답답함이 있었다.

　일제강점기 재조 일본인들에게 일본은 그야말로 '이상향'이었다.
그들은 조선에서도 일본식과 거의 다름없는 의식주 생활을 했으며,
백화점 같은 곳을 통로로 실시간으로 일본의 문화 및 정세에 촉각을
곤두세웠다.[3] 조선에서 나고 자라 익숙해 있으면서도 결코 조선을

---

[1] 《국경》은 3부로 구성된 소설이다(しかたしん作, 眞崎守繪(1986),《國境 第一部 1939
年 大陸を駈ける》, 理論社, しかたしん作, 眞崎守繪(1987);《國境 第二部 1943年 切り
さかれた大陸》, 理論社, しかたしん作, 眞崎守繪(1989);《國境 第三部 1945年 夏の光
の中で》, 理論社). 1부가 1939년, 2부가 1943년, 3부가 1945년 식민지에서의 소년의
모험을 그렸다.

[2] "내가 속한 일본 민족을 다시 한 번 직시하고 싶다. —그것이 '명태새끼'에게 어울리는
하나의 과제라고 생각한다"(しかたしん, 〈〈明太の子〉の思い 特集 戰時下のアジアと
兒童文學〉,《日本兒童文學》9월호, 1973, 49쪽).

[3] 미나카이(三中井)백화점의 교토 본사와 경성 본점, 신경(新京)점은 모두 무선으로 연
결되어 있었다. (중략) 조선과 일본 국내와의 유행 시차는 1년 정도였지만, 일본에서
무선을 통해 들어오는 다양한 정보는 미나카이 각 지점이 새로운 패션의 흐름에 따라
포목의 전략적인 판매 전략 수립을 가능케 했다(하야시 히로시게, 김성호 옮김,《미나
카이백화점》, 논형, 2007, 89쪽).

고향이라 부르지 않고, 아버지나 조부모의 고향이 자신의 고향이라 여기며 생활했다. 그러나 패전 후 막상 일본으로 귀환했을 때, 이들은 그들의 고향이 어디에도 없다는 이질감을 느끼게 되었다. 조선에서 지낼 때 막연하게 느꼈던 차원 높은 '이상향'은 없었다. 고향이라 여겼던 일본으로 귀환하여 목격한 것은 전쟁고아, 가난, 이념의 상실, 여진히 남아 있는 폭력이었다. 그리고 무엇보다도 일본인들끼리 모여 사는 단일하다고 여겨지는 공간에 대한 절망을 느꼈다. 다음은 패전 후 일본으로 귀환한 후 시카타의 두 가지 고백이다.

한편 조국 일본에 돌아온 명태새끼는 일종의 심하게 농후한 피를 가진 단일민족국가인 일본, 일본인과 태어나서 처음으로 밀착된 생활을 하게 되면서 또다시 복잡한 혼돈을 느끼기 시작했다.

억이나 되는 사람들이 좁은 마을에 모여살고 있고, 같은 언어로 이야기하고, 같은 생활 스타일을 가지며, 같은 피부색과 같은 색 눈을 가지고, 같은 체취를 풍기며 살아가는 모습은 대륙 생활에서는 없던 것이었다. (중략) 사방이 바다로 둘러싸인 속에서 이 민족이 뿜어내는 농밀한 냄새에 한때 우리들은 질식할 것 같다는 생각이 들 정도였다.[4]

이윽고 우리 일가가 일본으로 귀환한 후, 나는 생전 처음으로 내 조국에서 생활하게 되었다. 그러나 청춘 전기까지 외지에서 자란 내게 일본은 외국처럼 느껴졌다. 언어는 마찬가지로 일본어였고 기후나 풍토도 많이

---

[4] しかたしん, 〈〈明太の子〉の思い―特集　戰時下のアジアと兒童文學〉, 49쪽.

비슷했지만, 언어 저편에 있는 몸짓의 차이 때문에 나는 상당히 힘들었다.

매일의 기후 변화에 대해 섬세한 뉘앙스를 담아 대화하고, 아침마다 때맞춘 인사를 해야 하는 것 때문에 나는 노이로제에 걸릴 지경이었다. 겨울은 삼한사온 여름은 우기, 가을은 거의 쾌청한 대륙적인 기후밖에 모르는 나에게 그것은 너무 귀찮은 일이었다.

두꺼운 벽과 밀실의 환경에서 자란 나에게 장지와 후스마의 생활도 역시 괴로움의 씨앗이었다. 어느 정도 목소리를 내면 어디까지 닿을 것인지 짐작이 안 가는 상황에서, 독립된 공간이어야 할 방이 장지가 스르륵 움직였다 하면 바로 공공의 장소로 변해 버리는 박자에 따라가지 못하고 그저 멍하니 있을 뿐이었다.[5]

시카타는 진정한 우정을 나누었다고 생각했던 조선 친구들이 던진 '여기는 네가 있을 곳이 아니야'라는 강력한 메시지에 이어, 귀환 후 당연히 하나가 될 수 있다고 생각했던 일본인에게조차 괴리감과 고독을 느끼고 혼돈에 빠져들었다. 야마토 민족이 뿜어내는 농밀한 냄새에 질식할 것 같았다는 것이 귀환 후 시카타의 본심이었다. 여기에서 그는 조선인/일본인이라는 '민족'의식에 대한 새로운 이해를 갈구하게 되고, 스스로를 '명태새끼'라고 부르게 되었다. 이는 '조선 반도에서 태어나고 자라 반도와 대륙의 문화에 적응한 일본인'으로서, 문화적 습관은 양 문화의 특성을 공유하면서 실제로는 조선인도

---

[5] しかたしん, 〈ぼくにとってのロマン-〈大陸〉と〈化け猫と〉〉, 《國語の授業》 7月호, 1976, 100쪽.

일본인도 아닌 새로운 자신을 인식한 결과라고 할 수 있다.

이 명태새끼의 세계는 '문학'을 통해 실현되는 세계이고, 시카타가 전쟁기를 거치면서 잃어버렸던 '아동기' '청소년기'를 회복하는 장이자, 현대의 아동 독자들이 안고 있는 사회적 문제에 대한 자각과 대처를 위한 장이다. 그리고 수많은 작품 활동 속에서 장편《국경》3부작은 그의 작품 세계의 완성이라고 볼 수 있다. 합하여 1천 페이지가 넘는 이 텍스트는 조선과 몽골, 만주 등에서 펼쳐지는 한 일본 소년의 모험을 통해 전쟁기 일본인으로 산다는 것에 대한 새로운 시각을 제시했다. 시카타 자신의 아동기가 영토 확장을 통한 제국 실현이라는 국가적 목표 아래에서 얼마나 유린당했는지를 알리고, 피식민자의 눈을 통해 본 일본·일본인을 묘사해 나감으로써 일본인으로 산다는 것의 책임감을 전달하는 장이 된 작품이 바로《국경》3부작인 것이다.

통산 이러한 '책임의 장' '실체 보고의 장'으로서의 텍스트는 역사 소설이나 자전소설로 그려지기 쉬운데, 시카타는 이를 탈피하고자 했다. 자신의 아동기를 돌아볼 때 아동들은 역사나 자전소설에 공감하기 어렵다고 판단했기 때문이다. 어떤 형태로든 현대 아동들의 공감을 얻어야만 텍스트 안에 기술된 역사성의 의미를 전달할 수 있을 것이라는 발상이다. 그렇기 때문에 아동들이 공감할 만한 '모험'이라는 요소를 텍스트 중심에 두었다. 시카타는 텍스트의 줄거리가 재미있으면 아이들이 공감한다는 점에 주목하고, 아동 독자의 호기심을 채울 만한 '모험'을 기술하는 것의 중요성을 설파했다.[6] 시카타는 역

---

6 しかたしん, 〈ロマンと冒険の旅の行方 外國文學を中心に〉, 《日本兒童文學》11월호,

사적 사실이나 자신의 체험을 바탕으로 하면서도 흥미로운 소재를 텍스트에 엮어 나가야 한다고 생각했다. 시카타는 《국경》을 쓴 취지를 다음과 같이 밝혔다.

무거운 것에 칭칭 얽매어 역사의 추체험을 하는 것이 아니라 한 소년이 그러한 시대 속에서 어떠한 삶의 방식을 선택해 나가는지, 독자와 함께 비상(飛翔)해 주었으면 하는 생각이 강했다.

역사책을 읽지 않는 아동이나 젊은이가 늘어 가는 속에서 픽션의 장에 몸을 두는 즐거움을 맛보게 하고 싶었다.

1939년부터 패전의 해까지 중국, 몽골, 조선 사람들의 눈에는 일본인이 어떻게 보였는지에 대해 쓰고 싶었다. 아마도 그 '눈'은 현재도 여전히 이어지고 있을 것이다.[7]

《국경》에 등장하는 인물들의 연령층도 10~17세 사이의 아동이다. 즉, 자신이 누구인지 추구하고 자아를 실현하며, 어른이 되는 것에 대한 호기심이 증폭되는 시기의 소년소녀들이다. 시카타는 이들의 관심사를 배제하지 않았고, '아름다운 이야기'나 '심금을 울리는 이야기'에 초점을 맞추지 않았다. 사토 다다오(佐藤忠男)와 같은 교육 평론가는 아동을 다음과 같이 해석하고 있었다.

1983, 32쪽.

[7] しかたしん, 〈歷史と架空のリアリズム 國境第二部をめぐって〉, 《子どもの本棚》 12월 호, 1987, 1쪽.

아이들 입상에서 보사면 '동심'이라는 깃은 요컨대 어른이 어린이에게 자기 세계의 싫은 면을 감추고 보이고 싶지 않아서 연막으로서 사용하는 가공의 관념이다. 아이들의 마음속에는 주체적으로는 동심이라는 것은 존재하지 않는다. 아이들은 아이들 나름대로 타산적이기도 하고, 사악한 관념도 죄의식도 가지고 있다. 그러나 아직 어리기 때문에 객관적으로는 그깃이 우스꽝스럽게 보이는 것이고, 그것이 아이들로서는 오히려 억울하기조차 하다. 때문에 '동심'을 과시하여, 어른들의 관심을 사려는 녀석은 역겨운 배신자이고, 기피해야 할 '착한 아이'다. 초등학교 고학년에서 중학교 저학년에 걸쳐서 매일매일 어른 세계의 비밀에 눈을 열어 가는 세대에는 '동심주의'라는 것은 보수주의의 별명에 지나지 않는다.[8]

시카타의 아동 인식도 이러한 부분을 포함하고 있어서 그의 아동소설은 단순하게 낭만과 교훈이라는 흐름에 쓸려 들어가지 않는다. 다음과 같은 하세가와 우시오(長谷川潮)의 《국경》에 대한 평가가 이를 입증한다.

《국경》은 제1부가 1939년, 제2부가 1943년의 조선과 만주를 무대로 하고 있다. 아마도 최후는 패전 시기가 되어 있을 것이다. 주인공인 경성제국대학의 학생 야마우치 아키오(山內昭夫)는 일본의 지배에 저항하

---

8 佐藤忠男, 〈少年理想主義について〉(日本文學硏究資料刊行會, 《日本文學硏究資料叢書 兒童文學》, 有精堂, 1977), 266쪽.

는 조선인 및 중국인과 탄압자들 사이에서 다양한 사건에 부딪히고 생명을 건 모험을 반복하는 속에서 일본의 식민지 지배의 무시무시한 실태를 몸소 체험하며 알아 간다는 줄거리다. 이렇게 쓰면 엄청나게 진지한 작품으로 보일지 모르나 결코 그렇지 않다. 히어로, 히로인, 적 등 주요 인물만도 수십 명이 되는 사람들이 서로 쫓고 쫓기며 복잡하게 얽혀 액션, 스릴, 섹스가 곳곳에 그려지며 이야기가 전개된다.[9]

시카타는 반드시 알아야 할 일본과 일본인, 그것에 속한 자신(시카타를 포함한 독자)을 제시하기 위해 가장 흥미로운 요소로서 '모험'적 요소를 가지고 왔다. 그 배경에는 그의 어릴 적 경험과 환경도 작용했을 것이다.

《소년클럽(少年俱樂部)》, 모험의 역이용

시카타와 동시대를 경험한 사람들이 《국경》을 읽으면서 떠올린 것은 그들의 소년기에 유행한 '군사모험소설'이었다. 시대가 시대인 만큼, 당시 아동들에게 제시되기 쉬웠던 요소는 '전쟁'에 적극적으로 임하는 자세와 국가에 대한 충성이었다. 하세가와는 《국경》을 대했을 때 "쇼와 전기에 있었던 야마나카 미네타로(山中峯太郎), 히라다 신사쿠(平田晋

---

9 長谷川潮, 〈創作月評　植民地支配の光と影〉, 《日本兒童文學》1월호, 1988, 126~127쪽.

策) 등의 군사모험소설[10]이 연상된다면서 다음과 같이 이야기했다.

어쩌면 체제는 일찍이 소년들을 열광시켰던 군사모험소설을 역이용하여 이것을 작품화한 것은 아닐까. 쇼와 3년에 태어난 시카타는《소년클럽》세대에 속한다. 시카타가 당시《소년클럽》을 애독했는지 아닌지는 모르지만 완전히 영향권 밖에 있었다고는 할 수 없다.《국경》속에도《소년클럽》에 대한 언급이라고 생각되는 부분이 두세 곳 있다. 그러나《약탈대작전》,《국경》이 방법적으로 군사모험소설(내지는 대중 아동소설)과 비슷하더라도 그것과는 근본적으로 다른 것이라는 것은 말할 필요도 없다.

군사모험소설은 일본 식민지 지배의 선봉에 나서서 그 표면만을 그렸다. 시카타는《국경》에서 표면의 뒤편에 있는 것, 즉 역사적 사실로서 식민지 지배의 실태를 주인공에게 확인시켰다.[11]

하세가와는 시카타가 소년 시절 유행했던 군사모험소설적 경향을 '역이용'했다고 지적한다. 그 역이용이란 말할 것도 없이, 당시 군사소설이 '전쟁을 종용하고 제국을 위해 죽음을 마다하지 않는 용감한 소년상'을 추구하며 소년들에게 열광적인 지지를 받았다면, 이번에는 제국을 위한 용기가 아닌 '자신이 누구이며, 국가와 민족이 다른 타인과 어떻게 소통하며, 평화롭게 산다는 것의 의미가 어떤 것인지를 모험을

통해 필사적으로 추구해 가는 소년상'으로 역이용되었다는 이야기다. 그러면서 하세가와는 시카타가 애독했는지는 알 수 없지만, 당시 소년들 사이에서 대유행했던 《소년클럽》과 《국경》의 유사성을 지적했다.

앞서 시카타 신의 여동생 노부코(伸子) 씨의 증언을 통해 당시 소년을 대상으로 한 책이 주변에 그다지 많지 않았다는 것과, 소위 순수문학이라 불리는 책들은 어른의 '지도'로 어쩔 수 없이 읽었음을 알 수 있다.[12] 그들이 즐겨 읽었던 것 것은 만화와 같은 그림책이나 흥미로운 잡지류 등이었다. 노부코 씨의 이야기에는 하세가와가 언급했던 《소년클럽》도 포함되어 있다. 《소년클럽》은 딱히 다른 오락거리가 없었던 당시의 아동들에게 '시대에 걸맞는' 요소를 가장 흥미롭게 반영한 아동용 미디어였기 때문이다. 이 잡지의 당대적 위치는 다음과 같은 인용을 통해 살펴볼 수 있다.

어린이들의 전의(戰意) 고양을 꾀하기 위해 군국미담이나 충군애국을 고취하는 책이나 잡지가 연이어 간행되는 등 아이들의 일상적 생활문화나 아동문화 속에서도 점차 군국주의가 침식해 갔다.

많은 잡지들 속에서도 특히 남자에게 인기가 있었던 것은 대일본웅변회강담사에서 간행된 《소년클럽》인데, 이 잡지는 총력전 체제가 일본을 지배한 후 소년을 대상으로 한 잡지 중 인기 톱으로 비약했다. 만화에서는 다가와 수이호(田河水泡)의 《노라쿠로(のらくろ)》 시리즈가 아이들에게 특히 인기가 있었다. (중략) 아이들의 놀이 속에도 일상적으로 전쟁놀이

---

12 시카타 신의 여동생 노부코 씨 이야기를 녹취한 내용, 3장의 주 ***17) 참고).

가 유행하고 전쟁은 아동문화에 불가결한 요소가 되어 갔다.[13]

《소년클럽》은 실질적으로 일본 아동들이 '재미있어 한' 잡지였다. 이 잡지는 쇼와기에 접어들어 아동문학계에서 가장 대중적인 잡지가 되었고, 그 오락적 요소와 이상주의 넘치는 작품들은 아동들의 마음을 사로잡았다.[14] 《소년클럽》을 둘러싼 당시 상황을 살펴보면,

대정이 쇼와로 바뀔 무렵 일본은 불경기가 한창이었는데, 그 무렵 해가 돋는 기세로 부수를 늘리고 있던 소년잡지가 있었습니다. 강담사의 《소년클럽》이 그것인데, 그 잡지의 표어는 "재미있고 유익이 되는" 것이었습니다. 소년 독자가 읽고 또 수양도 되는 것입니다. 대상은 초등학교 고학년부터 중학교 저학년 남학생으로 좁히고, 동년배의 여자들에게는 《소녀클럽》(少女俱樂部, 1923년 창간)이 있었습니다. (중략) 왜 《소년클럽》이 인기였느냐면 당시 일류 대중작가가 재미있는 장편소설을 매월 연재했기 때문입니다. 대중매체가 지금처럼 발달하지 못했던 그 시절, 아이들은 오로지 매월 발행되는 《소년클럽》을 간절히 기다렸습니다.[15]

이 잡지는 특히 아동들의 순진무구한 동심주의가 무효화된 총력

---

13 小針誠, 《教育と子どもの社會史》, 梓出版社, 2007, 138쪽.

14 吉田司雄, 〈科學讀み物と近代動物說話〉(飯田祐子他編, 《少女少年のポリティクス》, 靑弓社, 2009, 75쪽).

15 桑原三郎, 《兒童文學の心》, 慶應塾大學出版會, 2002, 215쪽.

전쟁 시대에 커다란 힘을 발휘했다. 잡지에 묘사되는 '관찰'과 '상상력'을 양손에 쥔 이과 소년들은 전시 하의 군국 소녀의 이미지와 너무나도 선명하게 겹쳐져 갔다.[16] 이 잡지는 대상 독자층을 '소국민'이라 불리는 소년소녀, 특히 소년으로 설정하고 모든 독자가 앞으로 전쟁 수행의 대의를 짊어지고 가는 존재라는 것을 강조했다. 그리고 보호 받기만 하는 존재가 아닌, 전쟁에 참여하여 한 사람 몫을 하는 주체, 대의를 위해 목숨까지 바치는 용감한 주체로의 자립을 촉구했다. 여기에다 주인공이 초인적이고 용기와 힘으로 가득하고 적국(미국이나 러시아 등)의 궤계나 악한 꼬임을 간파하고 이것을 타파하는[17] 내용을 그려 내어, 아동 독자들에게 자신이 속한 국가가 신의 나라이고 만국보다 탁월하다는 점을 끊임없이 확인시켰다.《소년클럽》이 가장 많은 발행 부수를 자랑했던 당시에 연재된 소설의 줄거리를 살펴보면,

① 착실한 서민 집 소년이 불성실한 구 번주(藩主) 집의 소년과 같은 학년 학우로서 함께 생활하고 공부하며, 어린이다운 고집과 선의로 실패하거나 싸우거나 하면서 서로 좋은 감화를 받는 명랑 이야기(1927).

② 소련을 암시하는 모국의 비밀결사가 만주국을 뒤집어엎는 음모를 꾸미는 것을 혼공 요시아키라는 슈퍼맨이 물리치는 이야기(1932).

---

16 飯田祐子他編,《少女少年のポリティクス》, 77쪽.
17 桑原三郎,《兒童文學の心》, 216쪽.

③ 슈퍼맨 흑두건이라는 괴인물이 불행한 소년들을 구하면서 황제를 위해 에도 성의 비밀을 캐내고 소년들의 아버지를 구출하는 이야기(1935).

④ 소비에트 비밀조직이 태평양 해저에 큰 요새를 구축하는 것을 다치카와 도키오(太刀川時夫)라는 청년 해양학자가 잠입해 들어가 조직을 무너뜨리는 이야기(1939).[18]

등이다. 요약하면, 환경은 다르지만 함께 경쟁하고 공부하면서 소통하게 된다는 이야기, 적국에 침투하여 그들의 음모를 파헤치고 싸워 이기는 승리담, 악당에게서 자기편을 용감하게 구출해 내는 슈퍼맨 이야기, 비밀 조직에 파고들어 과학적·논리적으로 그 조직을 치밀하게 무너뜨리는 이야기 등이다. 즉, 소년들의 모험심을 자극하고 어려움 속에서도 죽지 않고 살아나는 불사조, 우리 편을 위해 위험을 감수하며 끝내 승리를 거두는 의지가 강한 존재가 《소년클럽》의 주인공들인 것이다. 이 잡지의 상시 집필자였던 야마나카 미네타로(山中峯太郎)에 의하면,

테마는 정·의·인·협입니다. 사명을 위해서는 몸과 마음을 바치는 것. 웅대 강건한 기분을 중요하게 하는 것. 때문에 영웅주의는 있지만 잔학한 장면은 피했습니다.

입신출세라는 의미가 아니라 자기를 향상시키고 충실을 기하기를

---

18 日本文學研究資料刊行會, 《日本文學研究資料叢書 兒童文學》, 271쪽.

바라는 것. 그래야 한다고 생각하면 몸과 마음을 바쳐서 그것을 향해 일관하는 것입니다. 읽을거리로서 재미있어야 하기 때문에 모험과 탐정 등의 픽션을 덧붙이는 것입니다.[19]

이와 같은 구성을 통해 전쟁이 피부에 닿아 있던 당시의 시점에서 이들에게 싸워야 하는 이유를 제공하고, 결국 승리하고 살아남는 주인공을 묘사함으로서 국군주의 소년의 이상향을 독자에게 오버랩시켜 갔던 것이다.

시카타는 이러한 당시 소년문화를 섭렵하고 즐겼으며, 다른 소년들과 마찬가지로 전쟁에 나가 장렬하게 싸우는 자신의 미래를 어렵지 않게 상상할 수 있었다. 그러나 패전 후 그의 가치관은 변했다.[20]

이러한 가치관의 전환은 그가 어릴 적 즐긴 모험소설을 '역이용'하여 패전 후 일본 아동들을 향한 새로운 메시지를 전달하는 것으로 그의 인생행로까지 바꾸게 된다. 시카타는 "식민지에서 태어나 식민지에서 자란 식민지 인종의 한 사람으로서 누구보다도 계속 느껴 온 책임과 같은 것을 작품을 통해 써 가려고 했다. 식민지 경성을 중심으로 식민지에서 태어난 청년, 소년들의 굴절과 성장을 탐정소설 내지는 모험소설풍"[21]으로 그리다 보니 《국경》이라는 작품이 탄생하게

---

[19] 日本文學研究資料刊行會, 《日本文學研究資料叢書 兒童文學》, 273쪽.

[20] 곤충채집, 만들기, 성벽 돌기, 과학자 흉내 내기 등이다. 당시는 부모님의 간섭 없이 놀았으며, 시카타 신은 학창 시절 산악부에 들어가 백두산, 금강산 등을 돌았다. 호기심이 많은 성격이었으며, 당시 병약했던 자신도 전쟁에 나가야 한다고 생각했으나 패전 후 가치관이 바뀌었다.(3장의 주 17*** 참고)

[21] しかたしん, 《《國境》(理論社)を書きながら――子どもと大人の文學の〈國境〉は？〉, 《文

되었다고 밝힌다. 이러한 군국주의 시대의 모험소설을 역이용하여 패전 후 새롭게 제시되는 전쟁모험소설이 어떤 의미를 가지는지 살펴보자.

국경을 넘나드는 모험

앞서 언급했듯이 《국경》은 3부로 구성된 장편소설이다. 1부가 1939년, 2부가 1943년, 3부가 1945년의 식민지에서 일본 소년의 모험을 그린 것이다. 이 장에서 다루는 제1부는 일본의 15년전쟁기 막바지에 접어든 만주를 배경으로 하고 있다. 1930년대 전후 일본 국내의 정세와 동아시아의 세계사적 현실에서 일본의 제국주의는 심각한 위기를 맞이했다. 이를 타개하기 위해 관동군이 중심이 되어 중국의 동북 지방을 점령하고, 이 지역을 중국에서 분리하여 만주국을 건설했다. 만주국 성립을 발판으로 파시즘이 대두하고, 만주국 지배 체제가 강화됨에 따라 군부의 전이·개입도 확대되어 갔다.

한편 만주국의 3대 국책 사업인 산업개발 5개년 계획, 북변진흥 계획, 일본인 농업이민은 모두 동북의 전략적 지위 향상을 목적으로 하고 있었다.[22] 이 사업들은 근본적인 모순을 내포하고 있어서 실

芸中部》18호, 1987, 38쪽.

[22] 오카베 마키오 지음, 최혜주 옮김, 《만주국 탄생과 유산―제국일본의 교두보》, 어문학사, 2009, 242쪽.

질적으로 만주국 지배는 물적·인적자원의 끝없는 수탈로 민중에게 헤아릴 수 없는 고통을 주었다. 이러한 속에서 농민, 노동자, 병사 등으로 구성된 반만·항일투쟁이 각지에서 일어났다. 일본과 만주국은 반만·항일 세력을 '비적(匪賊)'이라 부르고 반란을 꾀하는 존재로 여겼지만, 그 본질은 동북 민중의 군사행동이었고, 그들은 정규군에 의지하지 않는 대일전쟁을 하고 있었던 것이다.[23] 《국경》의 주인공 아키오는 사라진 친구를 찾아 만주로 건너가 이러한 반만·항일 세력과 만나고 거기에서 새로운 세계를 품게 된다.

《국경》 소년소녀들의 세계

이야기의 출발은 1939년 초여름의 경성이다. 어둠 속에서 경성제국대 예과 소년들이 파티를 하는 장면과 그것을 엿보는 음산한 두 남자가 등장하면서 이야기가 시작된다. 파티에는 왜 자신들이 여기에서 이렇게 있는 것인가 의문을 품는 소년들이 등장한다. 조선에서 태어나서 경성제국대학 예과까지 진학한 일본 소년들이 현재 자신들에게 닥친 상황에 대한 회의를 품는다. 이들은 문학, 법학, 이학 등자신들이 좋아하고 가고 싶은 배움의 길이 있지만 일본과 중국의 전쟁이 이어지면서 모두가 전쟁에 참가해야 하는 숙명을 안게 된 것에 대한 두려움과 공포에 대해 이야기한다.

　아키오는 "비참한 전황에 대하여 내지(일본)의 중학 고교생들을 통

---

[23] 오카베 마키오 지음, 최혜주 옮김, 《만주국 탄생과 유산─제국일본의 교두보》, 245쪽.

해 아주 생생하게"[24] 듣고 있었다. 이들의 내화의 주제는 "죽음에 대한 공포"[25]이다. "이유가 뭐야. 왜 우리가 죽어야 하는 거지?"[26]라며 그들만의 모임에서는 당시 터부시되었던 전쟁에 대한 생각이 논의된다. 아키오는 모범생으로, 학교교육을 통해 각인된 생각을 바탕으로 다음과 같이 말한다.

> 유지(雄次), 나는 말이야. 일단은 천황을 위해 만세를 외치고 죽을 생각이야, 진정한 국가라든가 역사 같은 거 말이야, 우리들을 길러 준 그런 것들, 그런 역사나 정신을 지키기 위해서 죽으려고 생각해. (중략) 뭐 달리 방도가 없잖아? 다른 삶이란 존재하지 않으니까.[27]

학교에서 배운 대로 전쟁에 나가 죽을 때 천황 만세를 외치고 죽기는 하겠으나, 본심은 천황 개인이 아닌 '국가'나 '역사'의 숭고한 정신을 지키기 위해 죽고 싶다는 이야기다. 여기서 천황을 위해 '돌격 앞으로'를 외치며 자기 목숨을 아낌없이 바쳐야 하는 시대적 상황에 대한 근본적인 의문을 품고 있음이 드러난다. 이것이 아키오가 중학 친구 다가와 노부히코(田川信彦)를 찾으러 만주 여행을 떠나게 되는 근본적인 동기가 된다. 자신이 무엇 때문에 왜 죽어야만 하는 것일까에 대한 답, 살아 있는 동안 어떤 일을 하며 죽음을 맞이해야

---

[24] しかたしん, 眞崎守繪,《國境 第一部 1939年 大陸を駈ける》, 10쪽.

[25] しかたしん作, 眞崎守繪,《國境 第一部 1939年 大陸を駈ける》, 11쪽.

[26] しかたしん作, 眞崎守繪,《國境 第一部 1939年 大陸を駈ける》, 11쪽.

[27] しかたしん作, 眞崎守繪,《國境 第一部 1939年 大陸を駈ける》, 12쪽.

할지에 대한 답을 알고자 하는 욕망 때문이다.

아키오가 기억하는 노부히코의 말은, "난 천황 폐하를 위해서는 죽을 수 있을 것 같지 않지만 만주의 미래를 위해서는 죽을 수 있어."[28]이다. 노부히코는 만주국은 국가로서 이상향이라고 생각했다. 이러한 발상은 천황을 위해서만 죽어야 한다는 생각 외에 다른 생각을 할 수 없었던 아키오에게 새로운 세계를 여는 열쇠로 작용했다. 거기에 친구 유지도 한몫한다.

넌 지금 나라와 역사를 지키기 위해서라면 죽을 수 있다고 했지? 그 역사를 우리들이 만든 것이라면 그거야 책임을 지고 죽어도 좋겠지. 그러나 그것을 우리들이 만들었나? 아니잖아? 우리들과 상관없이 어른들이 맘대로 만들어 놓은 거잖아. ─이런 게 일본이야. 그러니까 이것 때문에 죽어. 이 역사 때문에 죽어. ─이런 어른들 말이야. 너무 제멋대로인 것 같지 않느냐는 말이지. (중략)

만주의 역사는 지금 우리들이 만들고 있어. 늙수그레한 어른들이 아니야. 지금 우리 청년들의 손으로 만들고 있는 거야.[29]

이렇게 하여 아키오는 만주행 열차를 타고 아버지 친구인 아사카와(淺川) 씨 집에 도착한다. 이 텍스트의 상황을 주도적으로 이끌어가고 행동을 결정해 가는 주체는 소년소녀들이다. 여기에 등장하는

---

[28] しかたしん作, 眞崎守繪, 《國境 第一部 1939年 大陸を駆ける》, 12쪽.
[29] しかたしん作, 眞崎守繪, 《國境 第一部 1939年 大陸を駆ける》, 14쪽.

어른들, 즉 아키오의 아버지, 아버지의 친구, 만주 살롱에서 만나는 어른들, 만주에서 아키오를 도와주는 몽골인 할아버지 등은 그들의 특색을 드러내지 않고 오로지 아키오의 모험의 여정에 조력자로서 존재한다. 한편 아키오를 미행하고 잡으려는 세력으로 전면에 등장하는 시로메나 까까머리, 아야

《국경》 제1부, 79쪽에 실린 삽화.

코(絢子) 등도 어른이다. 이들은 유지의 말처럼 '역사를 엉망으로 만들어 버린 제멋대로인 어른들'의 표상이다. 다른 나라의 땅을 빼앗기 위해 살상을 자행하는 거칠고 폭력적이며, 목적을 위해서는 수단을 가리지 않는 그런 존재들로 표상된다.[30] 아키오는 이들의 감시망을 교묘하게 피하면서 그가 찾으려는 이상향을 좇아간다. 시카타도 열렬한 독자였던 《소년클럽》이 추구한 소년적 관념을 《국경》 속에 담아 갔던 것이다. 이 소년적 관념이란,

　　현재 자신의 능력으로는 전혀 파악되지 않는 불가능한 세계 그 앞에

---

[30] 텍스트에 출현하는 악당들이 궁극적으로 추구하는 것은, 제국 만주국 건설을 와해하는 세력들을 타파하는 것이다. 이들은 아키코를 통로로 하여 조선인, 만주인, 몽골인, 중국인들이 하나 되는 조직을 구성하고 항일운동을 벌이며 일본 제국주의 타도를 지향하는 세력을 제거하고자 한다.

직면하여 그것을 뛰어넘는다. 이 시기의 어린이는 관념적인 것을 강하게 추구한다. 자신이 앞으로 편입되어 간 세계를 파악하기에 충분한 명확한 느낌이 있는 이미지를 열심히 모색한다. (중략)

이데올로기의 선악은 별도로 하고 소년 시대에 특유의 이러한 불안정한 마음을 무조건 열심히 부딪혀갈 수 있는 확실한 느낌이 이러한 소설 속에는 있었던 것이다.[31]

여기에서 말하는 '이러한 소설'은 《소년클럽》의 소설을 말하는데, 이는 아키오를 통해 재현되는 《국경》의 세계와 맞물린다고 할 수 있다.

아키오는 만주에 가서 아사카와 씨의 하녀인 테인린을 통해 일본인들이 모이는 살롱을 방문한다. 거기에서 아키오는 관동대지진 때 조선인 학살의 실상에 대해 들을 수 있었고, 서로가 스스럼없이 자신의 생각을 말할 수 있다는 것에 놀랐다. 따라서 이곳은 아키오에게 있어 고정된 역사 의식에 균열을 주는 장이 되었다.[32]

노부히코의 세계를 알아 간다는 것

아키오의 중학 동창 노부히코는 군관학교에 들어간 후, 당시 이상적

---

[31] 日本文學硏究資料刊行會, 《日本文學硏究資料叢書 兒童文學》, 272쪽.

[32] 이곳은 "마르크스나 엥겔스 논문을 인용하면서 당당하게 만주의 상황을 분석하고 이야기하는 만철조사부의 젊은 청년, 그것이 탁상공론이라고 반박하는 얼굴이 그을린 협화회의 남자. 한쪽에서는 후이황제(薄儀皇帝)의 스캔더러스한 사생활, 일본 황제를 추종하는 것에 대한 조롱을 그리는 작가와 화가, 자유연애는 반드시 필요한가, 쩨지는 목소리로 서로 이야기하는 여배우와 아나운서"(しかたしん作, 眞崎守繪, 《國境第一部 1939年 大陸を驅ける》, 70쪽)가 등장하는, 발언이 자유로운 장소이다.

인 국가라고 떠들어 댔던 만주국 건설에 참여하기 위해 만주로 건너 갔다. 그러나 등장하는 여러 인물들을 통해 이야기되듯이 만주국은 '거짓 나라'이고, 일본이 대륙을 침략하기 위해 만든 '변명'[33]이라는 것을 알게 되어 만주군에서 탈영하여 항일 세력에 가담한다.

노부히코는 국가의 목표와 국민의 의무에서 도망하여 국가를 배반한 상징적인 인물이다. 아키오는 그가 왜 배반했는지를 만주에 직접 건너가 확인하려 했고, 이 과정 속에서 일본의 실체를 깨닫게 된다. 노부히코는 아키오가 가야 할 삶의 목적에 대한 메타포이다. 노부히코는 끝내 모습을 나타내지 않지만, 노부히코가 지향했던 세계가 어떤 것이었는지 당시 일본 소년들이 알아야 할 것이 무엇이었는지를 아키오는 모험을 통해 밝혀 간다.

아키오는 만주의 아사카와 씨 집 2층에 있는 작은 도서관에서 만주 관련 서적들을 통해서도 새로운 사실들을 알아 가게 된다. 그리고 노부히코의 기록과 그가 읽었다고 추정되는 자료집을 보게 되면서 노부히코의 자장 안으로 들어간다. 아키오는 아사카와 씨 집 서재에서 '사문동(謝文東) 사건 보고서'라는 비밀 보고서를 접한다.[34] 그리하여 아키오는 개척단, 소년의용군이 결국 도둑질한 땅을 확보하

---

[33] しかたしん 作, 眞崎守 繪, 《國境 第一部 1939年 大陸を駆ける》, 82쪽.

[34] 거기에는 대지주로서 평안한 일상을 보내고 있던 사동문이 어떻게 마적이 되었는가에 대한 경위가 기술되어 있다. 일본에서 만주로 건너가는 개척단, 소년 의용군을 위해 땅을 알선해 주는 역할을 했던 만주척식공사가 그의 토지를 수탈하여 개척단에게 주어 버리고, 사동문은 그것이 도둑질이라며 동북민중자위군인 비적이 되어 가는 과정이 기술되어 있다(しかたしん 作, 眞崎守 繪, 《國境 第一部 1939年 大陸を駆ける》, 91쪽).

기 위해 보내진 사람들이라는 것을 알게 된다. 그 외 만주의 농민들의 집을 불살라 없애고 집단부락을 강제로 만들어 마적과 싸우게 하는 등 일본이 저지른 만행도 알게 된다. 또, 외국 신문들을 통해 일본이 국제적으로도 인권 탄압으로 비난 받고 있다는 기사도 접한다. 그야말로 우물 밖의 세상을 만나게 된 것이다.

아키오는 노부히코의 행적을 안다는 김을 만나게 된다. 아키오는 김에 대해 "일본인의 세계에 대해 잘 알고 있으면서 그 내면에는 일본인이 짓밟기 어려운 강인한 세계를 가지고 있는 조선의 인텔리"[35]라고 표현하는데, 김은 아키오에게 이렇게 말한다.

"당신 일본인들은, 아주 커다란 어항 아니면 온실 속에 있어요. 그 안에서 아무리 마음껏 논쟁을 벌인다 하더라도, 그것은 세상을 바꾸거나 움직이는 힘을 가지고 있지 않아요. 어항 속에서 헤엄치고 있을 뿐이죠. 현실 세계는 좀 더 다른 힘으로 계속 움직여 가요. (중략)

그렇군요. 학교에 있는 동안은 자유롭고 해방된 것처럼 보여요. 대개 모든 고등학교는 자유의 종 같은 것이 있거나 자치가 강조되죠. 그러나 장래의 인생에 대해서는 좀 더 커다란 힘으로 엄격하게 모든 것이 관리당하고 예정되어 버려요. 그렇지 않나요?"[36]

이와 같은 김의 말에 아키오는 반론을 할 수 없음을 알게 된다. 그

---

[35] しかたしん作, 眞崎守繪, 《國境 第一部 1939年 大陸を駆ける》, 104쪽.
[36] しかたしん作, 眞崎守繪, 《國境 第一部 1939年 大陸を駆ける》, 105쪽.

러면서 친구 유지가 했던 "전쟁을 이어 가기 위해 예정되고 정해진 길을 우리들은 도취되어 걷게 되어 있어."[37]라는 말을 기억해 낸다. 아키오는 이시하라 간지(石原莞爾)의 《세계최종전쟁론(世界最終戰爭論)》을 거론하며[38], 이시하라의 '전쟁을 통해 다음 전쟁을 준비하면서 세계전까지 넓혀 가자'는 이론에 일본의 젊은이가 심취해 있고 자신도 그중 하나였음을 깨닫는다. 이제 만주 몽골에서 일본인이 벌이는 잔악한 행태를 알게 된 아키오는, 이시하라의 전쟁철학은 피가 피를 부르는 결과를 가져온다는 것을 깨닫는다. 그 세계를 아키오는 '어항 밖은 아수라장(金魚鉢の外は修羅場)'이라고 표현한다.

한편 노부히코의 세계로 가는 통로가 되어 주는 존재는 만주에서 라디오 아나운서를 하고 있는 하라다 아키코(原田秋子)이다. 그녀는 일본인으로 알려져 있지만 실제로는 몽골인 소녀로, 아키오와 사랑에 빠지게 된다. 아키오는 그녀와 그녀의 뒤편에 있는 반만·항일 세력을 지키기 위해 필사적이 된다. 그 이유는 "노부가 지금 어떤 세계에 있는지 어떻게든 알고 싶다."[39]는 의지가 생겼기 때문이다. 아키오는 아키코에게,

"나도 그렇게 살고 싶어. 몸으로 느끼고 싶어. 가르쳐 줘. 어디서 어떻게 하면 노부를 만날 수 있는 거야? 노부를 만나서 듣고 싶어. 내가 어떻게 하면 그런 삶을 선택할 수 있는 건지 말이야."[40]

---

[37] しかたしん作, 眞崎守繪, 《國境 第一部 1939年 大陸を駆ける》, 106쪽.

[38] しかたしん作, 眞崎守繪, 《國境 第一部 1939年 大陸を駆ける》, 253쪽.

[39] しかたしん作, 眞崎守繪, 《國境 第一部 1939年 大陸を駆ける》, 167쪽.

[40] しかたしん作, 眞崎守繪, 《國境 第一部 1939年 大陸を駆ける》, 168쪽.

"아키코, 미안하지만 난 역시 가야 해. 난 죽어 가는 금붕어가 아니니까."[41]

아키오는 점점 더 노부히코의 세계로 다가가기를 원한다. 그것이 위험하다는 것, 자신이 지금까지 지킨 원칙에 어긋나는 것, 국가의 제국 건설에 위배되는 것임을 알면서도 그 세계를 알기 위해 만주에서의 새로운 모험을 감행한다.[42] 그러나 그는 영웅이 아니다. 단지 그 시대를 살아가는 일개 학생에 불과하지만, 스스로 어떻게 살아야 하는지 여행과 모험을 통해 깨닫는 주체이다. 그에게는 일본 제국에 저항할 힘도 없다. 노부히코의 세계로 들어가기로 결심했으면서도 조국 일본과 조선, 몽골의 친구들 사이에서 갈등하는 모습도 보인다.[43] 이 소년은 모험을 통해 무엇을 얻을 수 있었던 것일까?

진실을 안다는 것, 그래서 견딜 수 없는 안타까움과 괴로움이 거기에 존재한다. 그 진실 속에서 어떻게 할지 방향을 잡아 가는 것이다. 결국 아키오는 그가 추구했던 이상향에 도달하지 못한다. 그 이유에 대해서는 몽골인 아키코가 이야기하는데, 그녀는 영원히 아

---

[41] しかたしん作, 眞崎守繪, 《國境 第一部 1939年 大陸を駆ける》, 177쪽.

[42] 악당에게 붙잡히지 않으려고 변장을 하고 유지와 하얼빈까지 갔는데, 역에서 유지의 가방을 도난당해 우물쭈물하고 있는 사이에 아키오가 시로메 일당에게 붙잡히게 된다. 경성에서부터 계속 아키오의 뒤를 밟으며 누구와 접촉하는지 기다렸다가 거기에서 노부히코를 탈주시킨 비밀조직을 파혜치려고 했던 것이다. 아키오는 이들에게 붙잡혀 심한 고문을 당하지만, 끝내 비밀조직에 대해 발설하지 않아 무혐의로 풀려난다.

[43] 일본인으로서 일본인 편에 있을 것인가 아니면 노부와 아키코 편에 서서 그들을 도울 것인가 고민하는 장면은 《국경國境》 제1부 206~207쪽에서 확인할 수 있다.

키오와 함께 하고 싶은 마음을 표현하면서도 다음과 같은 말로 그것의 불가능성을 설명한다.

"그래, 그것만은 안 되지. 너의 민족과 우리 민족이 서로 빚을 지는 일도, 열등감을 느끼는 것도 없어지는 날, 침략하는 것도 당하는 것도 없어지는 날, 평화가 오지 않으면."[44]

시카타는 결코 '착한 소설'을 만들고자 하지 않았다. 동 시기 전쟁아동문학의 경향에서 종종 드러났던 점령자·가해자의 입장에서 한 발짝 떨어진 제3자의 시선에서 나쁜 것은 어른들, 군대, 장교, 헌병 등이고, 주인공인 자신은 휴머니즘으로 똘똘 뭉친 존재로 형상화하며 전쟁에 대한 무조건적인 비판을 하는 것[45]을 피하고자 했던 것이다. 텍스트의 마지막 장면에서 아키오는 노부히코의 세계로 들어가기를 원했지만 거부당한다. 서로가 서로를 진정으로 이해할 수 있는 조건이 허락되지 않으면 그것은 불가능하다는 것을 암시한다. 결국 아키오는 '가해자'인 일본인 소년으로 돌아간다. 모험의 출발 시점과 달라진 것은, 아키오가 국가의 요구에 따라 전쟁에 나가 죽더라도 그것이 천황을 위해 죽는 것이 아니라는 확신이다. 여기에 시카타가 말했던 전쟁아동문학의 급무가 "피해자 의식을 가지는 것보다 가해

---

[44] しかたしん作, 眞崎守繪, 《國境 第一部 1939年 大陸を駈ける》, 330쪽.

[45] 新村徹, 〈戰爭兒童文學 日本と中國〉, 《日本兒童文學》 9월호, 1973, 21쪽에서는 일본의 전쟁아동문학에는 '휴머니즘'이라는 일종의 망령이 배회하고 있다며, 이것은 가해자 의식을 버린 비현실적 허상이라고 지적한다.

자 의식을 획득[46]"하는 것이라는 의식이 반영된다.

현대 아동과 관계 맺는 법

한 손에 총을 들고 비적을 격퇴하면서 황량한 만주를 개척해 가는 소년들의 용감한 모습은 어린이잡지의 표지를 종종 장식했다.[47]

《국경》의 주인공 아키오가 아사카와 씨의 다락방에서 본 잡지 《소년클럽》 내용의 일부를 인용한 것이다. 아이러니컬하게도 잡지 표지의 소년과는 반대로, 아키오는 비적의 편에 서서 제국 일본의 실상을 고발했다. 비적이 왜 탄생하게 되었는지를 알리며, 이런 상황을 만든 일본 제국주의의 만행과 만주에 사는 다른 민족들의 삶을 드러내고자 했던 것이다. 이는 전쟁기 군사모험소설의 역이용으로, 시카타는 여기서 소년들이 좋아하는 모험이란 어떤 것인가 되묻고 있다.

전쟁 시기에는 나라에 충성하고 나라의 이익을 위해 역경을 견디며, 나라를 위해서라면 목숨도 아끼지 않는 존재가 모험의 주체였다. 그러나 이 텍스트에 등장하는 소년의 모험은 '친구의 죽음에 대한 의문' '그 친구의 생존 소식을 듣고 그가 왜 죽은 자로 살아야 하

---

[46] しかたしん, 〈ぼくにとってのロマン-《大陸》と《化け猫》と〉, 《國語の授業》7월호, 1976, 103쪽.

[47] しかたしん作, 眞崎守繪, 《國境 第一部 1939年 大陸を駈ける》, 91쪽.

는지를 알고자 하는 욕망'에서 시작하여, '일본인 젊은이로서 살아간다는 것의 의미'를 검증하며, 스스로 내가 '누구인가'를 찾는 과정으로 이어진다. 시카타가 이야기한 '가해자 의식'을 간직한 채 작가 자신의 소년기 경험과 아동 특유의 호기심을 자극하여 만들어 낸 전쟁 아동문학이 《국경》인 것이다.

시카타의 전쟁아동문학을 접하는 현대 아동들은 멀지도 않은 과거에 식민지에서 일어났던 제국주의의 실상을 파악하게 된다. 시카타는 현대 아동들에게 죄의식을 심어주기보다는 앞으로의 인간과 인간의 관계 맺음, 나라와 나라 간의 관계 맺음에 누군가의 이기적 생각이 개입될 때 벌어질 일을 전달하고 싶었다. 이것이 '명태새끼' 인 자신의 의무라고 생각했다.

8

성장을 통한 비상 飛翔
—《국경》(2부)

부유(浮遊)하는 민족의식과 문학

식민지기 재조 일본인[1]은 부유하는 민족의식 사이에서 스스로를 정의해 나가지 않으면 안 되는 존재들이었다. 식민지 말기, 이들의 수는 무시할 수 없을 정도로 증가한 상태였고, 그들은 조선으로 일본 문화를 입수하고 전파하는 기본적인 통로였다. 그리하여 패전 후 일본으로 귀환한 재조 일본인들 중 자신의 아동기를 기억하며 현대 일본 아동들에게 '전쟁' 문제를 가지고 다가간 작가들이 탄생했다.

이 장에서는 재조 일본인이었던 시카타 신의《국경》제2부[2]을 통해 '아동기=전쟁기' 기억의 방법적 장치에 주목하고자 한다. 여기에

---

[1] 일제강점기 재조 일본인 수는 1931년 말 51만 명에서 1942년 말 약 75만 명에 이르렀다. 11년간 약 24만 명, 연평균 약 2만 명이 증가했다. 특히 1935년과 1940년에는 각각 약 6만 명의 증가세를 보였다. 조선 북부 지역이 공업화된 것이 주요 원인으로 작용했을 것이다(다카사키 소지 저, 이규수 옮김,《식민지 조선의 일본인들-군인에서 상인, 그리고 게이샤까지》, 역사비평사, 2006, 152쪽).

[2] しかたしん,《國境 第二部, 1943年》, 理論社, 1987.

는 '평화'에 대한 강력한 희구가 있고, '생명'의 소중함이 전제된 형태로 전쟁에 대한 비판적 사고가 작동한다. 시카타는 텍스트에 등장하는 아동들을 통해 어른들이 부수지 못한 자기와 타인의 권력적 장벽을 뛰어넘고자 했다. 또한 아동들은 인간 가치의 중요성을 인식하는 공감대를 스스로 만들어 내며, 끊임없이 배우고 발전함으로써 새로운 것을 지향하는 '성장하는 주체'로서 존재한다는 것을 밝힌다. 이러한 아동 이해 방법은 어린이들을 수동적인 교훈의 수혜자 또는 사회 상황에 대한 타자라는 기존의 인식과 결별하고, 과거와 현재의 접목을 통해 미래를 짊어지고 갈 아동들이 꼭 가져야 할 가치를 전달한다.

가공모험소설로서의 《국경》

재조 일본인인 시카타가 아동문학에 관심을 갖게 된 배경은, 앞서 언급한 것처럼 조선에서 보낸 아동기 체험, 일본 아동문학에 대한 새로운 지향, 패전 후 전쟁고아들과의 동고동락 등을 들 수 있다. 그는 이러한 체험을 바탕으로 현대 일본 아동들에게 '전쟁'의 의미를 전달하고자 했다.

그의 아동문학 세계는 나고야를 중심으로 한 아동극단 운영, 세계 아동문학대회 활동, 실질적인 아동과의 접촉 및 국제적 시야 확보를 통해 그 깊이와 폭이 확대되었다.

《국경》 제2부는 1943년의 조선과 만주가 무대이다. 주인공 야마우치 아키오(山內昭夫)가 생명을 건 모험 속에서 일본 식민지 지배의 실태를 알아 가며 민족 독립의 중요성을 깨닫는 것이 이 텍스트의 중심 내용이다.

시카타는 이 작품에 대해, "1939년부터 패전까지를 당시 일본의 식민지였던 조선, 중국 동북부, 몽골을 무대로 하여 역사소설풍" "자전소설풍"[3]으로 묘사했다고 밝혔다. 그러면서 결코 '역사소설' '자전소설' 그 자체는 아니라고 덧붙인다. 식민지에서 태어나고 자란 사람이기 때문에 대륙의 각 지역에 대한 감각이 있고 그 나름대로 자료도 조사했으며, 소설 속 여러 사건들이 실제 체험을 살린 내용인 것은 사실이나, "이것은 자신의 체험과 연결되는 자전도 아니고, 역사적 사실의 흐름을 탄 역사소설도 아니다. 그것은 모두 작품을 만들기 위한 데이터에 지나지 않는다. 어디까지나 가공 모험소설로 그린 것이다."[4]라고 고백한다. 굳이 이렇게 설명하는 이유가 무엇인지 《국경》의 기술 배경을 다음 인용문은 보여 준다.

전쟁을 생활의 측면에서 말하자면 체험을 바탕으로 해야 할 필요가 확실하게 있고, 그 나름대로의 의미는 있다고 생각한다. 핵 문제도 마찬가지다. 지구상에서 유일한 핵 피폭국으로서 그 피해를 있는 그대로 전달하는 것은 세계에 대한 책임이기도 하다.

그러나 전후 40년이 지난 현재, 지극히 복잡한 형태로 서서히 위험

---

3 しかたしん、〈狀況をどう描くか? ―〈國境〉と〈略奪大作戰〉と〉、《日本兒童文學》8월호, 1986, 54쪽.

4 しかたしん、〈狀況をどう描くか? ―〈國境〉と〈略奪大作戰〉と〉、54쪽.

한 상황으로 기울어 가는 '대상황'을 아이들에게 전하려고 할 때 생활의 연속 논리만으로 그것을 전할 수 있을까 하는 의문에 부딪혔다.

가해와 피해의 상황이 얽혀 있고, 핵병기는 절대 가지면 안 되는 일본이, 국제적으로 보면 핵무장에 의한 협박과 침략에 깊이 관련되어 있는 상황 (중략) 그리고 한편으로, 그 표면에는 평화스럽고 온화하고 풍부한 일상이 있다. (중략)

한편 이러한 상황을 더구나 생활과 경험의 연속이 아닌 가공된 형태로 그려 내려고 하니 아무래도 추상적인 문체를 취할 수밖에 없었다. 주위의 상황, 사건 등에서 리얼리티를 만들어 갈 필요가 있기 때문이다. 사소설적 문체로는 아무래도 다 그려 낼 수 없는 부분이 있는 것 같은 느낌이 드는 것은 어쩔 수 없다.[5]

그는 1980년대 중반 일본의 상황(《국경》의 집필 시점)과 1939년경 일본의 상황(《국경》의 배경)이 비슷한 것에 대한 문제의식을 중심으로 '가공 모험소설'을 그려 냈다고 한다. 이를 위해 수많은 인물들을 등장시켜 서로 쫓고 쫓기며 복잡하게 얽혀 가는 스토리로 완성해 갔다.[6] 그리고 삽화에 극화 작가 마사키 모리(眞崎守)가 기용되어 아동들의 흥미를 자극한다.

한편, 사회적 상황에 대한 문제의식과 더불어 시카타가 인식한 동시대 아동의 경향도 무시할 수 없다. 패전 전 일본의 어린이는 '소국

---

[5] しかたしん, 〈狀況をどう描くか? ―〈國境〉と〈略奪大作戰〉と〉, 54쪽.
[6] 長谷川潮, 〈創作月評植民地支配の光と影〉, 《日本兒童文學》 1월호, 1988, 126~127쪽.

민'으로서 나라의 상황이나 어른 사회의 척도에 의해 그 존재 방식이나 이상적인 모습이 설정되었다. 그러나 패전 후에는 '아동'으로서 권리나 존엄을 인정받아 어른과 사회에게 보호 받아야 할 대상으로 변화되었다. 이러한 사회적 배경에는 1955년 이후 지속된 일본의 고도 경제성장이 있다. 화이트칼라를 배우자로 둔 전업주부가 대중 수준으로 현재화되고, 1970년대 중반에는 그 비율이 최고치에 이르러 사회와 마찬가지로 가정생활도 안정되었다. 그리하여 1960년대 중반부터 '교육마마'라고 불리는 교육에 열성적인 어머니들이 사회의 주목을 받게 되었다.[7] 또한 동 시기, 매스미디어의 발달 및 대중화로 인해 아동들을 대상으로 한 시장이 확대되었다. 이에 따라 영상(만화, TV 등)에 강하고, 금전 감각이 몸에 배어 있어 억척스러우며, 자기주장이 강하고, 자기 유리한 쪽으로 빨리 처신하는 등 현대 일본 사회를 살아 낼 조건을 갖춘 아이들이 쏟아져 나와 '현대아이'[8]라는 유행어가 나오기도 했다. 즉, 현대 아동들은 패전 전 혹은 패전 직후의 아동들과 상당히 많이 달라져 있었다.

시카타는 이러한 아동들에게 결코 잊지 말아야 할 전 시대의 모습을 전하고 싶었다. 전 시대에 일어났던 전쟁을 통해 폭력이 무엇인지, 가해와 피해의 관계가 인간을 어떻게 변화시키는지, 부모의 존재와 보호의 의미가 무엇인지, 자기가 생명을 지키며 스스로 살아간다는 것이 무엇인지 알리고 싶었던 것이다. 한편으로 '현대아이'에게

---

7 小針誠, 《教育と子どもの社會史》, 梓出版社, 2007, 172~173쪽 참고.

8 阿部進, 《現代子ども氣質》, 新評論, 1961, 162쪽에서 '현대아이(現代っこ)'라고 표현함.

과거 식의 직구를 던져서는 안 된다는 것을 알았기에 '역사소설'이나 '자전소설'이 아닌 액션, 스릴, 섹스, 극화와 같은 요소들을 소설 속에 삽입해 갔다. 이미 아동문학계에서는 아동들을 다음과 같이 파악하고 있었다.

어린이들은 결코 어른이 생각하는 것만큼 천진난만하지 않다. 결국에는 자신이 그 일원이 되어야 하는 사회에 대한 깊은 공포심을 마음속 저변에 숨기고 있는 것이다. 초등학교 상급생에서 중학교 저학년이 되면 이미 성적인 관심과 그것에 근거한 불안, 열등감도 생긴다. 제 존재의 작음, 무력함을 너무나도 잘 알고 있기 때문에 그것들에 대한 공포에 대항하려면 과대한 격려나 비전이 필요하고 그것을 뺀 단순한 심미적인 문예 감상 등에는 흥미가 없는 것이다.[9]

어른들이 아동들에게 보고자 하는 순수성은 어른들이 정해 놓은 자기만족의 허상이라는 것을 자각하고, 독자로서의 아동들에게 어떤 내용으로 다가가 그들을 감동시킬지 것인가를 다양한 방법으로 모색했던 것이다. 인용문에서 이야기하는 '이러한 소설'은 '모험소설류'를 지칭한다. 이와 비슷한 자각을 한 시카타는 모험소설을 통해 '역사'를 재현해 내고자 했다. 아동들이 실질적으로 당면해 있는 문제와 가장 흥미로워할 만한 요소를 접합하여 그들의 공감을 얻고자

---

[9] 佐藤忠男, 〈少年理想主義について《少年俱樂部》の再評価-〉(《日本文學研究資料叢書 兒童文學》, 日本文學研究資料刊行會, 有精堂, 1977, 272쪽).

했던 것이다.

현대 아동과의 접점 만들기

시카타 신은 현대 아동·주니어물[10]을 ① 스포츠물, ② 음악·발레물,
③ 동성 간의 애정·우정물, ④ 이성 간의 애정·우정물[11] 등으로 구
분했다. 여기에서 그는 당시 대표적인 아동·주니어물의 문제점을
거론하며, 작중 아동들이 '어른들과 절대 조화 가능한, 지극히 안전
무해한 존재'로 그려지는 모순을 지적했다. 그러면서 거기에 주니어
소설이 본래 추구해야 할 정신의 성장 과정도, 궁극적인 추구도 없
다는 점을 안타까워했다. 시카타는,

　　얼핏 보기에는 성장의 모습이 그려지는 것 같지만 그것은 전부 어른
　이 예정한 성장이고 자신다운 성장은 없다.[12]

고 하며, 아동소설의 중심축은 누군가의 기대치에 순응하는 성장이
아닌 '자신다운 성장'이라고 생각했다. 그가 말하는 '성장'은 호기심
이 충만하며, 모험을 겁내지 않고, 자신을 획일화 해 버리지 않고, 타

---

10 여기에서 '아동' '주니어'라는 두 가지 용어를 사용하는 것은《국경》의 독자가 초등학
　교 고학년에서 중학교 정도의 연령대이기 때문이다.

11 しかたしん,〈ジュニア文學の條件〉,《子どもの本棚》23号, 1978, 82쪽.

12 しかたしん,〈ジュニア文學の條件〉, 82쪽.

인 앞에 자신을 당당하게 내놓을 수 있는 용기와 깊은 관련이 있다. 이것이 시카타 문학의 중심에 있다.

이러한 발상에는 그의 가정환경도 한몫했음을 알 수 있다. 그가 소년 시절 학교에서 그림을 모사(模寫)하는 교육을 받고 잘 베낀 그림을 어머니에게 보였을 때, 그의 어머니는 '창의성이라고는 전혀 찾아볼 수 없는 흉내 내기'에 불과하다고 혹평했다. 모방이 칭찬을 받던 그 당시, 어머니는 모방의 '허무함'을 주지시켰던 것이다. 그는 이 허무함을 패전 후 당대 아동들에게, 즉 성장과 창의력이 배제된 TV 애니메이션 등에 열광하는 아동들에게서 다시금 느꼈던 것이다. 실제로 그는 TV 애니메이션을 보면 소년 시절 학교교육에서 했던 그림 베끼기가 떠오른다고 했다.

1970년대에는 민방에서는 프로그램의 하청의 합리화가 대폭 진행되어, 영화 프로그램에서는 필름 사용량까지 제한을 받았다. '특이함의 부정' 사상은 이렇게 경제 면·제작 시간 면에서 강요받았다. 더욱이 영업, 대리점 측의 시청률 최우선 발상이 여기에 오버랩되자 '모험'과 '특이함'은 마침내 위험시되어 한층 제재를 당하게 되었다.

자본의 규모와 생산 시스템의 차이는 있지만, 그림책의 생명은 '특이함의 자유'에 있는 것은 아닐까. 미술가, 작가, 편집자에 의한 '특이하게 놀기'가 그림을 생동감 있게 만드는 것은 아닐까. 나의 어릴 적 미술 시간은 대부분 국정 도화 교과서의 그림을 얼마나 잘 베껴서 그리는가 하는 임회교육(臨繪教育)이었다. 여기에도 '특이함의 부정' 사상이 있었다. 화가였던 어머니가 좋은 점수를 맞아 온 내 그림을 경멸하듯이 보면서 '흉내 내기'라고 조소했던 것이 종종 생각난다. TV 영싱은 그런 '흉내 내기'를 한 것 같은 느낌이 드는 것은 어쩔 수 없다.[13]

시카타는 문학세계에 입문하기 전 중부일본방송(中部日本放送株式會社) 디렉터로서 20년간 근무했다. 이 경험을 통해 TV의 생리에 대해 너무나도 잘 알고 있던 그는, 이것이 자신이 소년 시절 겪었던 무언가와 겹친다는 생각을 하게 되었다.

패전 직후 천황을 위해 자결까지 하려 한 아동작가 야마나카 히사시(山中恒)가 "어린이들의 영혼의 자유가 훌륭하다는 것을 이야기하고 싶다"[14]며 전후 맹렬하게 전쟁 고발·반전 아동소설을 써 갔던 것처럼, 시카타도 그의 아동기를 연상시키는, 개성을 없애고 단순화하여 대중을 끌어들이는 미디어와 교육에 대해 극도로 문제의식을 품고 있었다.

그리고 또 하나, 시카타가 문제시한 것이 당시 만연했던 학교 폭력이었다. 1970~80년대 고수준의 학교교육 시스템이 대규모로 정비되면서 이에 따른 각종 부작용도 심각하게 대두하였다. 학력주의 수험 경쟁의 폐해로서 '5월병',[15] '교육마마',[16] '난숙(亂塾)'[17] 등이 매스컴에서 비판적으로 다뤄졌다. 그리고 학교를 황폐화시키는 교내 폭

---

[13] しかたしん, 〈子どもの〈心の繪〉の成長とテレビ〉, 《子どもの本棚》 37호, 1982, 33쪽.

[14] しかたしん, 〈ジュニア文學の條件〉, 84쪽.

[15] 원하지 않는 입학이나 신학기 개시 1개월 후인 5월이 되면 무기력 상태에 빠지는 현상.

[16] 과열된 자녀 교육의 상징으로 학력이나 시험 경쟁에 열심인 어머니를 가리킨다.

[17] 초등학생이 중학 수험을 위해 밤늦게까지 학원에 다니는 현상.

력,[18] 학내 폭력, 체벌, 삼무주의(무기력·무감동·무관심), 등교 거부 문제가 새로운 사회문제로 떠올랐다. 이지메(집단 따돌림) 문제도 심각해져서 당시 〈아사히〉 등 언론의 '이지메' 보도 건수는 1985~86년에 특히 많았고,[19] 이지메가 죽음을 동반하기도 했다. 이런 상황에서 시카타는 학내 문제와 구조적인 유사성을 띤 '가해/피해'와 '죽음'의 문제가 실제 인생에 맞닿아 있음을 《국경》을 통해 제시했다.

그는 동료 문제에 대해서, "동료 관계가 무너진다는 것은 단순하게 뿔뿔이 흩어지는 것, '무관계'가 되는 것을 의미하지 않는다. (중략) 동료가 아니라는 것은 바로 차별과 피차별, 압박과 피압박의 관계를 의미하는 것"[20]이라는 후지타 노보루(藤田のぼる)의 말을 인용했다. 그러면서 시카타는 다음과 같이 현대 아동들의 문제에 대해 지적한다.

사람이 자살을 해도, 사람을 죽여도 왜 지도자인 그들은 아무렇지도 않은 것일까? 결국 그들은 부모자식, 가정, 동료라는 '관계'에서 튕겨져 나오는 아이들의 숫자가 계속해서 늘어난다는 것을 확실히 알고 있고,

---

18 일반적으로 '대교사 폭력' '학생 간 폭력' '기물 파손'을 총칭한다. 학교가 특히 위기감을 느낀 대교사 폭력 건수는 80년대 이후 급증하여 한때 약 1,000건에 달했다(小針誠, 《教育と子どもの社會史》, 192~193쪽).

19 그 결과 나카소네(中曾根) 내각은 '행정개혁' '세제개혁'에 필적하는 정권 과제의 하나로 '교육개혁'을 내걸고 수상 직속 임시교육심의회(臨時教育審議會)를 설치하여 '여유'와 개성 중시 원칙, 학교 기능 축소를 지향하고, 학교 주 5일제와 학교 선택의 자유화, 학교 운영의 효율성을 중시하는 안을 제안했다(小針誠, 《教育と子どもの社會史》, 192~193쪽).

20 しかたしん, 〈新たな展望と子どもをめぐる〈關係〉を 戰爭兒童文學の流れを軸に〉, 《日本兒童文學》 8월호, 1983, 8쪽.

거기에서 튕겨져 나오는 아이들이 자신들의 조직 관계식 속에 들어오지 않을 수 없다는 것을 알고 있으면서 말이다.

실로 후지타가 말한 것처럼 '동료(부모자식, 가정)'라는 관계를 깨 버렸다고 해서 아이들이 무관계 상태이거나 고독해지는 것은 아니다. 좀 더 좋지 않은 관계 –파시즘, 폭력과 같은 관계, 내지는 그 전 단계인 차별과 피차별과 같은 관계에 포함될 뿐이다. (중략) 어쨌든 현대의 아이들을 둘러싼 패러다임을 제외하고는 전쟁을 이야기할 수 없다.[21]

시카타는 '무관계'라는 추상적이고 고독한 존재 따위는 없다고 주장한다. 동료 관계가 붕괴하고 나면 차별과 피차별, 따돌림시키는 아이와 따돌림당하는 아이 등 더 위태롭고 악질적인 '관계', 나아가서는 파쇼적인 '관계' 속에 포함되어 버린다는 것이다. 때문에 시카타는 "아이들에게 어떤 관계를 훌륭하다고 느끼게 하고 추구하게 할지가 아동문학의 중요한 임무"[22]라고 말한다.

전중 전후에 만들어진 관계, 침략과 피침략, 가해자와 피해자, 명령과 침묵 등의 비인도적인 관계가 평화스럽게 보이는 현대에도 종이 한 장 차이를 두고 존재한다는 것을 시카타는 과거와 현재를 동시에 살피는 복안의 눈으로 바라보고 있었던 것이다.

---

[21] しかたしん, 〈新たな展望と子どもをめぐる〈關係〉を-戰爭兒童文學の流れを軸に〉, 8~9쪽.

[22] しかたしん, 〈新たな展望と子どもをめぐる〈關係〉を-戰爭兒童文學の流れを軸に〉, 22~23쪽.

식민지 일본인의 존재 의미

《국경》의 배경은 전쟁 말기인 1939년에서 1945년까지다. 이 시기의 일본은 오로지 군국주의의 길을 추진해 갔다. 그 계기가 되었던 것이 만주사변[23]이다. 이에 맞서 중국 각지에서 항일운동이 전개되자 일본군은 이것을 엄격하게 배제, 1937년에는 중국에 대한 전면적인 침략전쟁을 일으켜, 특히 남경에서 수많은 중국인을 학살했다.

1931년 만주사변에서 1945년 포츠담선언 수락에 의한 무조건적 항복과 패전까지의 15년간 중에서도 중일전쟁에서 패전까지의 시기를 일반적으로 '총력전체제기'[24]라고 한다. 이때 일본 국민은 황국신민으로서 국가의 통제와 관리를 받았다. 당시 일본 정부는 승리를 위해 군수 생산 우선 등 전쟁 체제에 자발적으로 참가하는 국민을 배양해 갔다. 또한 신사참배나 전역자 위령회 개최, 군인 유족 위문, 출정 병사 환영, 국방헌금, 국기 게양, 복장 등의 간소화나 물자 절약, 폐품 이용 등이 반강제적으로 행해졌다. 1938년에는 이러한 내용을 법제화한 '국가총동원법'이 제정되기도 했다.[25]

이러한 시대적 상황을 배경으로《국경》의 주인공 아키오를 포함

---

[23] 일본이 '만몽(중국 북부의 만주와 동부 내몽골 지방)은 우리나라의 생명선'이라는 슬로건을 내걸고 1931년 9월에 중국 동북 지방을 침략한 사건.

[24] 총력전이라는 것은 전쟁 완수에 필요한 각종 물자와 인력을 동원하고, 이것이 용이하도록 사회적·법적 체제를 갖추는 것이다.

[25] 小針誠,《敎育と子どもの社會史》, 128쪽.

한 등장인물들은 모두 아직 성인이 되지 않은 학생 신분으로 '농료'라는 것의 의미에 대해 질문을 던지며 그 해답을 찾아간다. 특히 《국경》 제2부는 1943년 설정으로, 시카타가 조선에서 중학 3학년에 재학 중일 때를 반영한 것이다. 그는 이 텍스트의 완성 과정에 대해 다음과 같이 이야기한다.

식민지에서 태어나 식민지에서 자란 식민지 인종의 한 사람으로서, 어찌되었건 누구보다도 계속 느껴 온 책임과 같은 것을 달성하고자 하는 작품을 쓰기 시작했다. 식민지 경성을 중심으로 식민지에서 태어난 청년, 소년들의 굴절과 성장을 약간 탐정소설 내지는 모험소설풍으로 생각해 보니 아무래도 한 권으로는 정리가 되지 않고 2부 3부로 이어지게 되어 버렸던 작품이다.

출판사 이론사(理論社)로부터의 '소위 아동문학이라고 불리는 것의 체제를 대폭 넓히고 싶다'는 요구가 있었고, "어린이가 읽어도 읽지 않아도 상관없으니까"라는 상당히 마구잡이식의 사고에서 출발했다.[26]

이처럼 시카타는 그간의 아동문학의 굴레에서 벗어나 자신의 체험을 문학에 반영하여 현대 아동들에게 의미 있는 작업이 무엇인가를 염두에 두며 《국경》을 기술해 갔다. 여기에는 실제 그가 동원학도로서 무기공장에서 총의 손잡이를 만들면서 했던 생각이 담겨 있다. 그

---

26 しかたしん, 《《國境》(理論社)を書きながら--子どもと大人の文學の〈國境〉は?》, 《文芸中部》 18号, 1987, 38쪽.

는 당시 '왜, 나는 여기서 무엇을 하고 있는가' 라는 의문을 품었다. 그리고 그에 대한 답을 패전 후 아동문학 활동으로 찾으려 한 것이다.

《국경》제2부의 주요 무대가 되는 경성 교외의 인천육군조병창에서 나는 동원학도로서 '구구식대제총'이 되는 총검의 손잡이의 일부를 매일 만들고 있었다. (중략) 철야의 작업으로 멍하니 기계 앞에 앉아 "대체 어디에서 누가 진심으로 전쟁에 대해 생각하고 성실하게 무기를 만드는 것일까"라고 생각하고, 어렸지만 말할 수 없는 절망감과 허무감과 공포를 느꼈던 것을 기억한다. 한편 오늘날 어린이들의 상황이나 교육에 대해 생각할 때 "어딘가에서 누군가가"만 가지고서는 다 말할 수 없다는 생각이 든다.[27]

당시 그가 느꼈던 '절망'과 '허무감'은 반드시 극복해만 하는 패전 후 시카타의 과제가 되어 버렸고, '어른이 정해 놓은 성장'만을 좇아가는 현대의 아동들의 현상을 볼 때 그런 욕망이 더욱 강해졌다.

그러면서 아동문학이 얽매이기 쉬운 '교훈' 문제에 어느 정도 거리를 두자고 결심했다. 문학이 사실 전달이나 교훈에 얽매이지 않고 '상상력'을 담아낼 때 독자와 더 깊이 교감할 수 있다고 믿었던 것이다. 그는 《국경》에 대해, "무거운 것에 칭칭 얽매여 역사의 추체험을 하는 것이 아니라 한 소년이 그러한 시대 속에서 어떠한 삶의 방식

---

[27] しかたしん, 〈"どこかで, 誰かが"の恐怖〉, 《子どもの本棚》 1월호, 1987, 36쪽.

을 선택해 나가는지, 독자와 함
께 비상(飛翔)"[28]해 주었으면 하
는 생각을 바탕으로, 문학적 상
상력을 충분히 발휘한 텍스트라
고 소개한다. 역사적 사실을 바
탕으로 하지만 결코 거기에 얽
매이지 않고, '탐정소설' '모험소
설'을 지향하면서 아동들의 문
학적 상상력을 자극하여, 결국
'자신다운 성장'이라는 데에 이
를 수 있도록 하는 바람이 담겨
있는 것이다.

《국경》제2부 19쪽에 실린 삽화.

'자신다운 성장' 드라마

'공부'의 의미

이 텍스트는 앞서 언급한 바와 같이 시카타의 개인사, 그의 문학적 견
해, 시대적 상황에 대한 이해를 바탕으로 구성되었다. 이 텍스트의 주
요 무대가 되는 곳은 경성 교외에 있던 인천육군조병창이다. 주인공

---

[28] しかたしん, 〈歷史と架空のリアリズム―國境第二部をめぐって〉,《子どもの本棚》12
월호, 1987, 1쪽.

야마우치 아키오는 경성제국대학 이공학부 3학년 학생으로 동원을 당해 제국 육군이 직접 관할하는 병기공장 기술지로 근로 봉사를 나온 소년이다. 그는 이 공장에서 일하며 조선 소년들의 정신적인 리더 격인 설계과의 공원 윤봉길(尹奉吉)과 심적인 유대감을 가지고 있다. 어려운 일도 마다하지 않고 어른보다 더 뛰어난 기술을 지니고 있는 봉길에 대해 "대체 이 녀석은 어른이야 아이야?"라며 아키오는 감탄한다.

이 텍스트는 독자가 상상하기 어려운 전시 상황, 그리고 무기제조 공장이라는 공간(여기에는 극심한 빈곤, 제한적인 환경, 잔인하고 혹독한 육체적 노동, 배움이 어려운 열악한 환경, 부모의 부재, 원치 않는 폭력의 난무가 존재한다.)에서 소년소녀들이 자신을 어떻게 찾아가는가가 스토리의 주요한 흐름이다. 이는 현대의 소년소녀들 사이에 존재하는 부모의 과보호, 물질적 풍요, 교육 기회의 다양성 등과 정반대의 상황이, 별로 오래되지 않은 과거 조부모 세대에 벌어지고 있었음을 시사한다. 이처럼 낯선 환경, 이질적인 공간은 아동 독자들의 흥미를 유발한다.

한편 이 텍스트는 학교교육과는 또 다른 '배움'의 의미를 제시한다. 그리고 부모의 부재(부모를 잃었거나 부모를 떠나 온 환경) 때문이지만, 자신의 행동과 나아갈 바를 스스로 결정하는 것이 얼마나 중요한지를 이야기한다. 윤봉길과 조선 소년들은 변변한 고등교육을 받을 수 없는 상황에서 공장 내부에서 '공부 모임'을 만들어 스스로의 기능을 연마하고자 했고, 아키오는 이를 도와준다.[29] 일제의 북진을

---

[29] 이 '공부모임'을 통해, 보통학교 졸업 후 중학교에 진학하기 어려운 똑똑한 조선 소년들은 무료로 공업학교 졸업 수준의 교육을 받을 수 있는 기회를 만들어 갔다.

위한 무기를 만드는 공장 안에서 조선 소년들은 기술을 익혀 '광복'의 꿈을 이루는 데 사용하려고 한다. 이 텍스트에서는 특히 조선 소년들의 공부에 대한 열망이 강조된다. 봉길이 아키오에게,

"우리 조선인이 얼마나 공부하고 싶어 하는지 일본인은 모를 거야. 일본인은 늘 '우리들은 머리가 좋아서 공부를 잘해. 그러니까 아시아의 지도민족이야'라고 말해. 조선인으로부터 공부할 기회를 빼앗아 버리면서 그런 말이 나올까 하는 생각이 들어. 그렇게 생각하지 않아?"[30]

식민지 피지배자가 겪는 교육 기회의 희박성을 시사하는 대목이다. 이에 아키오와 조선 소년들은 공장 안에 버려져 있던 기관차를 수리해 보면서 기계의 구조를 연구하게 된다.

조선 소년들의 열악한 학습 환경에 반해, 일본인 아키오는 잘 짜인 교육제도 아래에서 착실하게 공부해 온 인물이다. 그러나 그는 "아버지의 지위, 학생 신분, 기술 위탁생이라는 엘리트 신분, 무엇보다 일본인이라는 지배자의 권력"[31]의 보호 아래서만 자신의 '공부'가 존재한다는 것을 깨닫는다. 스스로의 의지에 따른 자신다운 성장이 아닌 어른이 정해 놓은 성장 속에 놓여 있었음을 자각하는 것이다. 그 자각의 결과를 다음과 같이 표현한다.

---

[30] しかたしん,《國境 第二部, 1943年》, 理論社, 1987, 58~59쪽.
[31] しかたしん,《國境 第二部, 1943年》, 271쪽.

지금까지 졸업 후 목표였던 기술장교라는 직위가 갑자기 허무하게 느껴졌다.[32]

예과부터 대학까지 열심히 공부해 왔던 것마저 모두 헛된 것이라는 기분이 들었다.[33]

학교를 졸업하여 장교가 되면 그는 더욱 보호받는 안전한 장소에 배치될 것이다. 그러나 아키오는 '그럼 아키오, 넌 그 안전한 장소에서 무엇을 할 생각이야?'[34]라는 친구의 말을 떠올리며 일본의 광기를 떠받치는 무기 제조를 위해 공장 안을 여기저기 정신없이 돌아다니는 자신을 상상하자 이것은 아니라는 생각에 이르게 된다.

여기에서 '공부'는 전쟁 상황에서 각각 다른 의미로 해석된다. 어떤 사람에게는 그를 보호해 줄 수 있는 편안한 안식처이자 좀 더 높은 자리로 갈 수 있는 통로이지만, 다른 사람에게는 그의 삶을 지탱할 필사적인 수단이자 새로운 세계로 발돋움하기 위한 준비가 된다. 즉, 한 민족에게는 나라를 찾기 위해 꼭 필요한 도구가 되고, 다른 한편에게는 제국 건설이라는 '광기'를 지탱할 수단으로 사용되는 것이다. 이처럼 '무엇을 위해 공부하는가'라는 질문에 대한 대답은 각각 다르다.

---

[32] しかたしん,《國境 第二部, 1943年》, 121쪽.

[33] しかたしん,《國境 第二部, 1943年》, 122쪽.

[34] しかたしん,《國境 第二部, 1943年》, 153쪽.

절망과 희망을 넘어서

아키오가 이러한 생각에 이르게 된 것은 갑작스러운 것이 아니다. 그전부터 그는 두 가지 상반된 감정을 느끼는데, 바로 절망과 희망이었다.

이 일본 소년의 절망은, 기술과 학문의 세계가 국경과 이념을 초월할 수 있다고 여기고 자신이 기술사로서 국경 없는 특별한 세계에 산다고 여겼던 것[35]에 대한 절망이다. 아키오는 조선을 탈출하여 중국으로 가는 과정에서 제국을 위해 싸우다가 부상당하거나 죽음을 앞두고 있는 일본 병사들을 목격한다. 그리고 거기에서 우연히 친구 야마시타(山下)를 만나 "학생 출신 장교 같은 건 소모품 방탄 인형으로밖에 보지 않는 것 같아."[36]라는 고백을 듣게 된다. 전쟁 상황에서 인간으로서의 가치를 인정받지 못함을 탄식하는 장면이다. 야마시타는,

"이제 충분해. 이런 짓 해서 이기는 것이라면 중국도 만주도 조선도 다 돌려주면 좋겠어. 난 요즘 그런 생각이 들어. 예과 때 반제 학동 녀석들을 적색분자라고 하며 두들겨 팬 적도 있는데 내가 너무 나쁜 짓을 한 것 같아."[37]

십 수년 간 학교교육을 통해 배운 일본의 승리, 천황의 승리가 가

---

35 しかたしん, 《國境 第二部, 1943年》, 194쪽.

36 しかたしん, 《國境 第二部, 1943年》, 301쪽.

37 しかたしん, 《國境 第二部, 1943年》, 302쪽.

저다줄 '영광'의 실제 현실은 절망이었다. 이는 전쟁이 안겨 준 절망이기도 하다. 그러나 한편으로 아키오는 타 민족과의 접촉, 그들과의 교류를 통해 희망을 가지게 된다.

이 텍스트는 아키오와 조선인, 중국인 소년소녀 상호 간의 교류가 역동적인 장면을 만들어 낸다. 그들은 '사랑합니다', '미안합니다', '아버지', '어머니', '계집애', '감사합니다', '안녕히', '여보세요' 등 한국어를 통해 감정적 소통의 폭을 넓힌다. 그들 사이에는 신뢰가 있었다. 서로에게 믿음이 없었다면 이 소설은 진전 없이 경찰이나 헌병이 의심을 했을 때 모든 것이 폭로되어 끝났을 것이다. 그러나 그들을 연결해 주는 끈은 국적을 뛰어넘은 서로에 대한 믿음이었다. 아키오가 '역시 나도 일본괴물(오니(鬼))의 한 사람인가'[38]라는 자괴감에 빠져 있을 때,

"난 모든 일본인이 오니라고는 생각하지 않아."[39]

라며, 봉길이 아키오를 떠올리며 이야기하는 장면이 그려진다. 그러나 아무리 교감하는 일본인 친구라 할지라도, 주권과 나라를 찾지 않아도 좋을 만큼의 '우정'은 존재하지 않았다. 봉길은 아키오 앞에서 언제나 당당하게 원하는 것을 요구할 수 있고, 무엇이 바른 것인

---

38 しかたしん,《國境 第二部, 1943年》, 60쪽.
39 しかたしん,《國境 第二部, 1943年》, 144쪽.

지 이야기했지만, 독립에 대한 일만큼은 비밀로 하고 행동했다.[40] 차별과 피차별, 압박과 피압박의 상황에서 진정한 소통이 이루어지기는 어려웠다.

한편 이 텍스트에는 아키오와 조선인 소녀 남궁미자(南宮美子)의 풋풋한 사랑 이야기도 등장한다. 나미야 요시코라는 일본 이름으로 공장에 취직한 미자는, 경성 여학교 출신으로 취미와 성격이 아키오와 맞아 마음을 터놓게 된다. 전쟁기가 아니었다면 둘은 어렴풋한 사랑을 키워도 될 만큼 여러 가지 면에서 이야기가 잘 통했다. 아키오의 위탁학생 합격을 축하하는 메시지를 쓴 쪽지 끝에 미자는 "サランハンミダ(사랑합니다)"[41]라고 쓴다. 아키오도 "가슴이 뜨거워지며 두근거렸다."[42] 미자는 아키오에게 적극적으로 다가가며 자신의 마음을 표출한다. 그녀는 광복회 활동을 위한 통로 역할도 한다.[43] 그러나

---

[40] "봉길은 변함없이 열심히 도와주었는데 최근 2, 3일 왠지 좀 이상하다. 가끔 아키오 몰래 공부 모임에서 빠져나가 어딘가로 가 버린다. 돌아와서도 엄청 피곤한 듯 웃는 얼굴도 보여 주지 않는다"(しかたしん, 《國境 第二部, 1943年》, 71쪽). 아키오는 '뭔가 이야기라도 한 마디 해 주면 좋을 것 같다'며 독립운동 활동을 하는 봉길의 행동을 모르고 서운해한다. 그리고 "이번 일요일 시간 있어? 이렇게 공장 안에서 말고 다른 곳에서 이야기하고 싶어"(しかたしん, 《國境 第二部, 1943年》, 71쪽)라고 봉길에게 이야기를 건네지만, 봉길이 집에 돌아가는 날이라고 거절하면서 둘은 엇갈린다.

[41] しかたしん, 《國境 第二部, 1943年》, 30쪽.

[42] しかたしん, 《國境 第二部, 1943年》, 30쪽.

[43] 봉길은 광복회 활동을 위해 아키오를 통해 다른 공장에 드나들 수 있는 통행증을 빌리게 되는데, 이것이 독립의지를 키워가는 소년의 활동을 여는 비밀의 열쇠이다. 봉길을 중심으로 다른 공장에서 일하는 조선 소년들이 서로 네트워크를 형성할 수 있는 통로를 마련해 주기 때문이다. 이것에는 공장장의 도장이 필요한데, 그것을 가지고 있는 미자에게 부탁하면 간편하게 만들어 주었다.

미자가 조선 소녀라는 것을 알고 있는 공장의 오바(大庭) 과장은 미자를 겁탈할 기회만을 노린다. 자기 말대로 하지 않으면 여자 정신대에 넣어 버린다고 위협하기도 한다. 이에 아키오가 미자를 구출하고 오바의 위협에 맞선다.

공부해야 할 이유와 목적을 잃어버린 텍스트 속 소년들은 스스로에게서 새로운 가치를 찾기 위해 모험의 장으로 뛰어든다. 여태까지 한 번도 가 본 적도, 생각해 본 적도 없는 모험을 위해 자신을 둘러싼 성벽을 허무는 것이다.

맞서는 용기

주인공 아키오와 그 주변 인물들이 느낀 절망과 희망은 앞으로 그들이 나아가야 할 방향을 제시하고, 이를 방해하는 것에 맞서는 용기로 나타난다. 아키오의 주변에는 조선 사회에서 일본의 부당함을 고발하는 존재가 등장하여 아키오에게 영향을 끼친다. 이 텍스트에는 아키오의 아버지가 동양척식회사 사원을 향해 "너희들은 너희들 맘대로 정해 놓은 법률대로 조선 사람들에게 토지를 빼앗는 도둑이야. 도둑 회사야."[44]라고 호통 치는 것을 아키오가 회상하는 장면이 있다. 경성제국대학 선배는 조선 화전민에 대해 설명하며 아키오에게 다음과 같이 말한다.

"이렇게 불행한 사람들(조선의 화전민—필자주)이 생기지 않고 조선인

---

[44] しかたしん, 《國境 第二部, 1943年》, 100쪽.

과 일본인이 서로 진정한 우정을 갖기 위해서라도 길은 하나밖에 없어. 일본이 조선의 독립을 인정하는 것이야. 우리들도 그것에 협력하지 않으면 안 돼."[45]

이러한 주변 사람들의 영향은 그가 무엇을 향해 나아가야 하는지 결정하는 계기가 된다. 아키오는 후배 기미오(公雄)의 "우리들은 천황폐하를 위해서만 죽어야 하나요? 자신을 위해서 죽으면 안 되는 건가요?"[46]라는 질문에, 아키오는 주저하지 않고 다음과 같이 대답한다.

"네 생명은 네 것이야. 천황의 것도 아니려니와 다른 누구의 것도 아니야. 누구를 위해 죽을지 그것은 자신이 정하는 거야."[47]

이는 기미오의 물음에 대한 대답이자, 자신에 대한 대답이기도 했다. 그리고 아키오는 일본 헌병에게 쫓기는 신세가 되어 중국으로 도망하던 중, 기차 안에서 일본 여배우를 만나 간신히 위기를 모면한다. 그녀는 광기에 가득 찬 일본에 대항하기 위해 동북연군(東北連軍)에 가담할 것이라며, "나는 자신이 자신답게 산다는 것이 가장 중요하다고 생각해. 그렇기 때문에 내 인생을 이런 삶에 걸어도 좋아."[48]라고 이야기한다. 이 여성뿐만 아니라 아키오는 봉길과 같이

---

[45] しかたしん,《國境-第二部, 1943年》, 106쪽.

[46] しかたしん,《國境-第二部, 1943年》, 262쪽.

[47] しかたしん,《國境-第二部, 1943年》, 263쪽.

[48] しかたしん,《國境-第二部, 1943年》, 278쪽.

광복을 위해 몸 바치는 소년을 동료로 가졌고, 일본인 학교에 다니면서 어려움 없이 성장했지만 자신의 조국을 위해 목숨을 내던진 미자를 좋아했다. 그리고 앞으로 자신이 어떻게 나아가야 할지 스스로에게 질문을 던지며 결심한다.

어디에서 누가 그 광기를 멈추게 할 것인가?[49]

(중략)

어디서 누가? —왜 그렇게 남 이야기하듯 말하는 걸까?

조국을 배반해도 그것이 조국을 정상적인 길로 되돌리는 것이라면 그것으로 족하다. 나는 그렇게 생각해. 그것이야말로 진정한 애국자라고.[50]

그리고 마침내 아키오에게 당한 네즈미 오토고가 아키오에게 '일본을 팔아먹은 매국노'라고 외칠 때,

"난 애국자야. 너 같은 놈들, 그리고 너의 주인인 시로메 같은 놈들이야말로 매국노야. 자신의 욕망이라는 굴레, 자신의 이득, 자신들의 하찮은 바람, 그런 것 때문에 나라를 파는, 너희들이야말로 매국노야."[51]

---

[49] しかたしん,《國境-第二部, 1943年》, 279쪽.

[50] しかたしん,《國境-第二部, 1943年》, 281쪽.

[51] しかたしん,《國境 第二部, 1943年》, 364쪽.

라고 당당히 내답한다. 이러한 인식은 시카타가 주장하는 '가해자 의식'의 획득과 불가분의 관계에 있다.

전쟁아동문학에서조차 —전쟁에 반대하는 민주주의를 지키는 입장에 선— '공공의 피해자 의식'을 면면히 호소하는 것에 그친 작품이 많은 것이 나는 상당히 기슬린다. 나는 현재의 일본인이 몸담고 있는 세계사 적 입장을 생각해 보면 피해자 의식을 가지는 것보다 가해자 의식을 획 득해 가는 것이야말로 현대 아동문학의 급무라고 믿기 때문이다.[52]

이는 당시 전쟁아동문학의 경향이 자기위로나 자기 합리화 경향 에 치우치는 것에 대한 경고이다. 아동을 상대로 한 전쟁문학이라면 '나도 피해자'라는 의식을 담는 데에 그쳐서는 안 된다는 것이다. 시 카타는 좀 더 적극적으로 일본 현대사회가 기울어 가는 모습들에 대 항할 수 있는 텍스트, 세계사 속에서 일본인이 감당해야 할 몫을 자 각하는 작품을 쓰려 했다.

패전 후 일본은 헌법적 제약에도 불구하고 다시 한 번 베트남전쟁 에 가담했고, 청소년을 대상으로 '기대되는 인간상'이라는 내셔널리 즘적 메시지를 전파·확산해 갔다. 이에 시카타는 전쟁에 대해 모르 는 세대가 속출하고 그 안에서 간접적으로 전쟁에 가담하려는 경향 을 보이던 당시 일본의 분위기에 경종을 울리며, 바로 전 세대에 일

---

52 しかたしん, 〈ぼくにとってのロマン--《大陸》と《化け猫》と〉, 《國語の授業》7月호, 1976, 103쪽.

본이 제국을 이루기 위해 했던 일들을 등장인물들을 통해 상기시켜 앞으로 일본을 책임져야 할 젊은이들의 나아갈 방향을 제시하고자 했다.

시대에서 시대로의 모험

가만히 있으면 오랜 동안의 역사와 더불어, 익숙했던 생활과 마음의 지지대를 빼앗긴 조선인이나 일본 민중들의 탄식의 눈물이 그 주변 일대로부터 뿜어져 나오는 듯하다.[53]

이는 시카타의 심정을 대변하는 《국경》의 일절이다. 그는 과거를 통해 현재를 바라보고자하는 작가의 눈, 아동기와 어른이 되기 전 단계의 일본 아동이 당면해 있는 세계적인 문제, 현대 일본이 과거 역사를 통해 반성하고 각성해야 할 점 등에 주목했다. 시카타의 작품 세계가 갖는 중요한 의미 중 한 가지는, 문학이 과거와 현재 그리고 미래를 향한 굳건한 연결 고리가 되어야 한다는 확신이다. 이 확신이 아동 독자들이 관심을 가지고 그것에 공감할 만한 것을 써야 한다는 사명과 결합하여, 진지하면서도 흥미로운 아동소설을 쓰고자 하는 희망으로 발전했다.

시카타가 지향한 아동문학은 역사성을 담은 흥미로운 줄거리로

---

53 しかたしん,《國境 第二部, 1943年》, 32쪽.

구성되었다. 그의 전쟁문학은 과거 일본이 전쟁의 주체였음을 완전히 잊은 듯이 살아가며 행동하는 일본 사회에 대한 비판이자 미래를 짊어지고 갈 소년소녀들을 향한 대화의 시도였다. 시카타는 전쟁에 대한 진정한 이해를 통해 현대 아동들을 둘러싼 과보호, 물질적 풍요, 목적 없는 공부, 이유 없는 폭력 등의 문제를 해결할 방법을 제시하려 했다. 《국경》은 '마음의 지지대'를 잃어버린 현대 아동들에게 전하는 '자신다운 성장'에 대한 강력한 메시지였다.

9

표정의 발견, 가해자로서의 기억

─《국경》(3부)

'전쟁 피해자'라는 한계 극복의 장

시카타가 조선에서 지냈던 17년간의 삶, 특히 그의 10대 시절은 그야말로 일제의 가장 농밀한 '전쟁기'였다. 나라를 위해 몸 바치는 군인이 가장 가치 있는 인간이라는 세뇌 작업이 한창이던 바로 그 시기다. 그는 패전 후, '전쟁으로 인한 피해의식의 표현'이라는 한계를 극복하지 못하는 전쟁아동문학에 대한 회의의 염을 담아 자신의 전쟁 기억을 재구성했다. 전쟁 책임을 애매한 것으로 만들어 버리는 '피해자라는 환상'[1]에서 벗어나, 기존의 전쟁아동문학이 가진 한계와 아동문학계의 현실을 극복하고자 했던 것이다.

시카타의 전쟁아동문학이 갖는 특수성은, 기존의 전쟁아동문학이 설정한 성역을 탈피하여 그만의 방식으로 '전쟁'과 '아동'의 문제를 텍스트화했다는 점이다. 그는 문학을 통해 '책임'과 '가해자 의식',

---

[1] 新村徹,〈日本〈戰爭兒童文學〉と中國〉,《日本兒童文學》, 兒童文學者協會, 1973, 21쪽.

이로 인해 끊임없이 긴장감을 가지고 살아야 하는 일본인에 대해 이야기하고자 했다. 그리고 현대 아동들이 경원시하는 문학을 아동들과 밀착시키기 위해 다양한 수법을 활용했다.[2] 이 장에서는 그의 전쟁아동문학의 완성이라고 할 수 있는 《국경(國境)》[3] 제3부를 통해 '패전'의 모습과 그 의미에 대해 살펴본다.

'소년 감성'을 매개로 한 전쟁아동문학

패전 직후 일본 아동문학계에는 전쟁이 가져온 폐해에 대한 비판과 고발이 이어졌다. 그리고 민주주의 하에서 새로운 아동문학에 대한 전망이 논의되었다.

　　1950년대에 잡지 《소년소녀(少年少女)》에 이어, 《고추잠자리(赤とん ぼ)》, 《은하(銀河)》, 《어린이 광장(子どもの廣場)》 등이 폐간되면서 전후 아동문학 1기의 종언을 맞이한다. 이 시기는 창조적인 아동문학의 생산이 제대로 이루어지지 못한 아동문학의 침체기였다고 할 수 있다.[4] 오늘날의 인식과 같은 아동문학이 본격적으로 형성되기 시작한 것은 1960년 전후라고 볼 수 있다. 일본 아동문학계에서는 1960년대 전후 아동문학의 변혁을 담당한 작가들을 '현대 아동문학의 1세

---

[2] 宮川健郎, 《現代兒童文學の語るもの》, 日本放送出版會, 1996, 185~186쪽.

[3] しかたしん作, 眞崎守繪, 《國境 第三部 1945年 夏の光の中で》, 理論社, 1989.

[4] 鳥越信, 《近代日本兒童文學史研究》, おうふう, 1994, 25~27쪽.

대'라 부르고, 60년대 후반에 걸쳐 70년대에 새롭게 등장하거나 본격적으로 활동을 개시한 작가들을 2세대라고 하는데, 시카타 신은 2세대에 속한 작가이다.[5]

비교적 이른 시기의 전쟁아동문학(즉, 전쟁 체험을 제재로 하거나 전쟁에 대한 반성과 비판을 주제·사상으로 한 아이들을 위한 문학)으로는 다케야마 미치오(竹山道雄), 쓰보이 사가에(壷井榮)의 작품 등이 있는데,[6] 전쟁이동문학 창작 활동은 1960년대에 들어서 본격적으로 활발해졌다.[7]

한편 전쟁아동문학 논의의 출발점은 시바타 미치코(柴田道子)의《골짜기 아래에서(谷間の底から)》(1959)가 출현한 즈음이다.[8] 그전에도 전쟁 체험의 어떤 면을 다음 세대에 전할 것인가 하는 문제의식은 존재했지만, 전쟁 체험을 토대로 그것을 사상화하고 문학작품으로서 질적 향상을 꾀하려는 시도는 이 텍스트 이후에 이루어졌다고 할 수 있다. 그 후 이마니시 스케유키(今西祐行)의 〈꽃 한 송이(一つの花)〉가 일본 초등학교 국어 교과서(日本書籍)에 1974년 처음 게재됨으로써 전쟁아동문학이 공적 장소에서 아동들에게 제시되었다.[9] 그러나 이 텍스트는

---

5 長谷川潮, 〈現代兒童文學, その生成と發展-60年代から70年代へ〉(《日本文學硏究資料叢書 兒童文學》, 日本文學硏究資料刊行會, 有精堂, 1977, 46쪽).

6 1장의 30~32쪽 참고.

7 2장의 68-73쪽 참고.

8 澁谷淸視,《平和を考える戰爭兒童文學》, 一光社, 1983, 20쪽.

9 전쟁이 가족을 갈기갈기 찢어 놓는 내용으로, "한 개만 줘." 이것이 주인공 유미코가 처음으로 기억한 말이다. 전중의 식량난 시대에 유미코의 어머니는 주먹밥을 한 개밖에 주지 않는다. '한 개만'이란 말이 어머니의 입에 붙어 버리고 아이는 이 말을 익힌다. 주먹밥 한 개로는 부족한 아이는 울음을 터트리고, 출정(出征)을 앞둔 아버지는 어디선가 코스모스 하나를 꺾어 와 "유미, 꽃 한 송이만 줄게. 소중히 간직하렴"이라

'전쟁의 비참함을 반복하고 싶지 않은 어른들의 생각을 담아 아동들에게 건넨 작품'[10]으로, 주로 부모의 입장, 즉 어른의 입장에서 그려져 있어 아동문학으로는 성공하지 못했다는 비판을 받기도 한다.

한편 어른의 자기만족이나 위안이 아닌, 아동의 입장에서 문학을 기술하려는 움직임도 존재했다. 이는 전쟁을 경험한 세대가 과거를 그대로 투영해 내는 작업이 지닌 한계에 대한 인식, 전쟁아동문학이 역사물이나 전기물처럼 자리 잡지 못하는 문제점을 극복하기 위한 시도였다고 할 수 있다. 그래서 옷코쓰 요시코(乙骨淑子)의 《피챠상(ぴぃちゃあしゃん)》(1964)처럼 허구 속에서 전쟁을 쓰려는 작품도 출현했다. 판타지나 SF 수법을 사용하여 현대의 아동들을 전쟁과 만나게 하여, 전쟁의 전체상을 제시하려는 작품도 탄생한다.[11]

20여 년간의 융성 이후 전쟁아동문학은 내용상의 한계에 이르렀다. 그것은 전쟁을 이야기하는 방법을 모색해 온 현대 아동문학 자체가 포화 상태에 이르렀음을 의미했다. 1990년에 일본아동문학 신인상을 수상한 오쓰카 아쓰코(大塚篤子)의 《바닷가 집의 비밀(海辺の家の秘密)》 역시 기존 전쟁아동문학의 기술 기법을 연상시키며 전쟁아동문학이 쌓아 온 작품 만들기를 답습하고 있다는 인상을 피하지 못했다. 전쟁을 그리면서 낙관적인 전망 쪽으로 계속 달려가며, 그 안

말하고 기차에 오른다는 내용이다.

[10] 宮川健郎,《現代兒童文學の語るもの》, 161쪽.

[11] 예를 들면, 마쓰타니 미요코(松谷みよ子)의 《두 명의 이다》나 미키 타쿠(三木卓)의 《멸망한 나라의 여행(ほろびた國の旅)》 같은 작품이 있다(古田足日,《兒童文學の旗》, 理論社, 1970, 171쪽).

에 안수하려는 의식이 남겨 있는 것이다. 이러한 전쟁아동문학 창작 주체의 공통된 특징은, 작가 스스로가 당시 어른들이 일으킨 전쟁의 피해자임을 표현했다는 것이다.

그러나 당시 10대 청소년들, 특히 좀 더 어릴 적부터 자립을 요구 당했던 근대 시기의 청소년들이 제국주의 실현의 주체가 아니라고 단정 지을 수 있을 것인가. 그들은 스스로 사고하고 판단할 능력이 있었으며, 어떤 면에서 제국주의의 우산 속에서 충분하게 그 단맛을 봤던 존재임을 부인할 수 없다. 그들은 전쟁을 종용하는 소년잡지(예를 들어《소년클럽》《소년강담》 등)에 열광했고, 그 흥미로움 때문에 무비판적으로 잡지를 수용한 주체였다.

시카타 신은 전쟁아동문학을 책임 회피의 장으로 삼아 버리는 행태에 대한 우려를 나타내며 자신만의 문학 세계를 펼쳐 나갔다. 그는《무궁화와 모젤》《무궁화와 96○○》,《국경》(1~3부) 등을 통하여 전쟁기 '가해자'로 존재하는 일본 소년을 그렸다. 전쟁기 가해자로서 일본인을 드러낸다는 것은 피식민자의 눈에 자신들이 어떻게 비치는지를 끊임없이 의식해야 한다는 의미였다. 스스로 알고 이해한다고 생각했던 조선인과 실제 조선인 사이의 거리를 드러내는 작업이야말로, 가해자로서 자신을 상대화할 수 있는 방법임은 분명하다.

시카타는 자신의 체험을 바탕으로 조선인과 일본인 사이의 괴리를 기술해 간다. 기술 방법 면에서는 아동이 환영할 만한 소위 '대중적이고 통속적인 측면을 도입'[12]하자는 입장을 취했다. 그는 당시 아

---

12 鳥越信,《近代日本兒童文學史研究》, 29쪽.

동들이 즐기고 익숙해져 있는 '영상형 문체'라는 기술 방식을 이용하여 아동 독자를 텍스트에 밀착시키는 방법론을 구사했다.[13] 또한 텍스트에 과학, 모험, 탐험, 추리, 연애와 같은 '소년적 감성'을 삽입함으로써 시대 이해의 장치로 사용했다. 전쟁 시기에는 국가가 군국주의 형성을 위해 소년들의 용감한 활약상과 장엄한 죽음을 강조하여 이들의 감성을 자극했다. 그러나 시카타는 이런 '소년적 감성'을 현대 독자들에게 전쟁의 실상을 알리는데 이용했다. 여기에는 현대 아동문화 속에 깊이 침투되어 있는 검증되지 않은 선악 구분, 이를 통한 나와 적의 관계적 구도 속에서 벌어지는 모의전쟁, 만화, 애니메이션, 시뮬레이션 게임 등의 무분별한 수용에 대한 문제의식이 포함되어 있다.

전쟁을 그린 시카타 문학의 큰 축은 조선과 만주 등지에서 펼쳐지는 '소년의 모험'이다. 특히 이 장에서 다루는 《국경》(제3부)은 해방을 맞이한 조선에서 일본 소년의 시각을 통해 지배자의 입장이 무엇을 은폐해 버렸는지 리얼하게 다룬다. 같은 공간에서 벌어지는 '패전'과 '해방'이라는 사건을 소년의 눈을 통해 전달하고자 했다. 여기에는 시카타 자신의 패전 경험이 전제되어 있다.

---

[13] 미야카와는 아동문학이 한계점에 도달한 1980년대의 시점에도 시카타의 《국경》은 수작(秀作)이라며, 이 텍스트가 '영상형 문체(映像型文体)'를 취하고 있고 아동문학에 여전히 유효하다고 지적한다(宮川健郎, 《現代兒童文學の語るもの》, 日本放送出版會, 1996, 174쪽).

패전 체험과 조선인의 표정

패전에 대한 시카타의 기억은 그가 알고, 이미지하고, 접해 왔던 조선인이 허상이었다는 것을 상기하는 작업에서부터 시작된다. 원래 그는 경성제국대학 법학부 교수였던 아버지의 영향으로[14] 조선인에 대해 스스로가 '이해자'이며, '좋은 친구'라는 것을 의심하지 않았다.

현지에 있는 중학생 정도까지의 일본 아동들은 약 7대 3 정도로, 조선인은 뼛속 깊이 구제 불능인 민족, 바보, 멍청이, 공부를 못하는 민족이라는 교사나 부모의 세뇌를 의심하지 않았다. 3할 정도가 자신은 조선인에 대해 잘 알고 있으며, 선생님이나 부모님이 말한 것처럼 그렇게 간단하게 판단할 문제는 아니라고 생각했다.[15]

---

14 "내가 자란 가정환경은 당시로서는 그리 흔치 않았다. 대정 데모크라시의 전형과 같은 가정이었다. 대학교수였던 아버지와 서양화가였던 어머니 두 사람 다 그 나름대로 조선인과 그 역사에 대한 이해자였고, 조선인을 좋은 친구로 사귀려고 했다. 우리 집은 다른 일본인 가정과 달리 조선인에 대해 경멸적인 언동을 하면 엄하게 야단을 맞거나 했고, 뛰어난 재능을 가진 조선인 학자나 예술가가 자유롭게 드나들었다. 그것은 상당히 살롱적인 분위기이고, 지금 생각하면 제국대학 교수라는 프레임 속에서의 자유로운 사귐이었다. 이것은 온실의 유리를 통한 조선인에 대한 이해였는데, 당시의 나는 그런 것을 알 리 없었다. 나만은 다른 일본인들과 달리 조선인을 잘 알고 있고 친구도 있다는 어리광 속에서 중학 시절과 청춘 시절을 보냈다. 그러나 이러한 프레임은 전쟁의 막바지에 이르자 균열이 가기 시작하여, 이윽고 몰아치는 세찬 바람 속에서 나는 어쩔 도리 없이 가해 민족의 일원으로서 조선인을 마주대하게 되었다"(しかたしん, 〈ぼくにとってのロマン-'大陸'と'化け猫と'〉, 《國語の授業》, 1976.7, 98~99쪽).

15 仲村修·韓丘庸·しかたしん, 《兒童文學と朝鮮》, 神戸學生·靑年センター出版部, 1989, 117쪽.

시카타는 조선인에게 장벽을 두거나 자신과 조선인을 주종 관계로 인식하는 것을 경계했다고 고백한다. 그러나 패전 후 다양한 사건을 경험하며 그는 자신이 얼마나 오만했는지를 깨닫는다. 조선인과의 교류를 통해서도 느끼게 되지만, 일본으로 귀환한 후 일본인 중에도 허드렛일을 하는 노동자들이 있다는 것을 보고 조선인과 일본인의 역할에 대한 자신의 고정관념이 잘못됐음을 깨닫는다.

기묘한 당혹감이 몇 가지 있었습니다. 예를 들면, 일본에 있는 일본인이 항만의 짐꾼이나 전차의 차장을 하고 있다는 것은 매우 충격이었지요. (중략) 식민지 일본인이라는 어떤 의미에서 다른 인종으로 살고 있었던 것입니다. 그래서 아까 말씀드린 것처럼 겉으로는 자신이 조선인에 대해 잘 알고 이해한다고 하지만, 실제 감각은 그렇지 않았다는 것이지요.[16]

시카타는 조선에서 지낼 당시 가정교육을 통해 조선인을 인격적 존재로 대하도록 배웠다. 그 때문에 자신만은 다른 일본인들과 달리 조선인들과 조화로운 관계를 유지할 수 있다는 신념이 있었는데, 그것이 패전을 통해 깨졌던 것이다. 패전의 결과, 그는 여태까지 자신이 만나고 경험했던 조선과 조선인은 온실 안에서 바라본 것이었음을 깨닫는다. 패전 경험을 통해 온실 밖의 세계, 그것이 조선 민족에게 안겨 준 고통, 가해자로서 산다는 것에 대한 책임이 어떤 것인지를 알게 되었다.

전쟁과 패전은 일본인들에게 큰 고통을 안겨 주었다. 자유로운 사

16 仲村修 · 韓丘庸 · しかたしん, 《兒童文學と朝鮮》, 126쪽.

고와 행동을 규제받고, 국가를 위해서 목숨까지 바쳐야 했다. 때문에 이 시대를 살았던 이들이 국가에 대해 피해의식을 가지는 것은 자연스러운 일이다. 이러한 면이 아동문학자, 특히 전쟁을 경험한 이들이 그려 내는 아동문학 속에 나타나는 것은 이상한 일이 아니다. 그러나 시카타는 피해자 의식에 앞서 일본인이, 특히 전쟁을 그려 내는 아동문학자가 가져야 하는 것은 가해사 의식이라고 이야기한다.

가해자 의식의 획득, 그것은 문학자 스스로의 의지가 반영되어야 한다. 이는 전쟁을 경험한 세대라면 누구나가 느낄 잃어버린 아동기에 대한 자기 연민이나 안타까움에서 벗어나 한 단계 더 성숙하지 않으면 얻어 낼 수 없다. 인권을 유린하고 폭력을 사용하는 것을 아무런 저항 없이 받아들인 이상 결코 스스로가 피해자일 수 없다는 가혹한 현실을 깨달아야 한다.

신무라 도오루(新村徹)는 당시의 전쟁아동문학이 저질러 왔던 오류, 즉 주인공과 피해자 간의 거리를 너무 가깝게 설정한 나머지 객관적 상황을 제대로 전달하지 못할 가능성과 관련하여 "최대의 문제는 점령자 지배자로서 타국의 전장에 있으면서 일본의 입장을 부정하는 인물을 설정함으로써 전쟁 책임을 애매한 것으로 밀어내 버리는 점"[17]에 대한 우려를 드러냈다. 가해자가 피해자의 입장이나 감정과 상관없이 자기 본위로 반성하는 것은 긍정할 수 없다고 한 것이다.

전쟁아동문학의 전반적 경향은, 일본인으로서의 '나'를 부정하는 측면이 강하다. 애초에 전쟁을 일으킨 주체가 실체 없는 상상된 공

---

17 新村徹, 〈日本〈戰爭兒童文學〉と中國〉, 《日本兒童文學》, 兒童文學者協會, 1973.9, 21쪽.

동체였기 때문에, '일본'이 가해자이지 '나'는 아니라는 의식이 작가들에게도 자리하고 있었다. 시카타는 이러한 오류가 여전히 존재하며, 당시 세계 각지에서 벌어지는 전쟁과 '나'를 별개로 생각하는 위험성을 지적했다.[18] 그는 '일본인인 나'와 전쟁이 갖는 상관성을 회피하지 않고 그 답을 문학 속에서 찾으려고 했다.

일본인 시카타가 조선에서 패전을 경험하며 새삼스럽게 발견한 것은, 조선인의 '표정' '눈빛'의 변화였다. 지금까지 일본인에게 종속되어 자신의 '표정'을 가질 수 없었던 조선인들의 얼굴에서 감정을 읽어 낼 수 있었다는 것이 그가 느낀 패전의 가장 강렬한 인상이었다.

패전 소식을 듣고 나서 혼돈스럽고 두려웠다. 그런데 한 가지 기억에 남는 일이 있는데, 옆집에 사는 조선인이 불안에 떨고 있는 우리 집에 와서 "당신들은 학자 집안입니다. 한국인은 학문을 소중히 여기는 민족이라 당신들을 결코 해치지 않을 것이니 걱정하지 마세요."라고 말한 것이다. 지금까지는 늘 고개를 숙이고 공손한 몸짓이었는데, 그 순간 조선인은 정말 당당했다.[19]

그때까지 일본인에게 조선인은 어둡고, 고개를 숙이고, 뭐든지 명확하게 말하지 않는 암울한 이미지였다. 그런데 패전 이후 조선이라

---

[18] しかたしん, 〈〈明太の子〉の思い 特集 戦時下のアジアと児童文學〉, 《日本兒童文學》, 1973.9, 49쪽.

[19] 시카타 신의 여동생 노부코 씨 이야기를 녹취한 내용 중 일부를 번역한 것(3장의 주 17 참고)이다.

는 공간이 조선인에게 표성의 변화, 희로애락을 표현할 수 있는 공간으로 순식간에 바뀌었던 것이다. 시카타 가족은 패전과 함께 다른 민족에게 나라를 뺏기고 자신들의 말을 잃었던 조선인들의 민족적 자존감이 회복된 것을 그들의 생생한 표정을 통해 느낄 수 있었다. 이를 통해 지배/피지배, 가해/피해, 명령/침묵 관계가 인간에게 가 셔나주는 폐해를 절실하게 깨닫게 된다.

이러한 경험 때문인지 《국경》 속 조선 소년들은 수동적인 존재가 아니라 상황을 이끌어 가는 주체로서, 일본인과의 관계에서도 합리적이고 적극적인 인물로 표상된다. 일본인의 억압과 잘못된 욕심을 책망하지만 그것을 이유로 보복하려 들지 않으며, 독립국가의 더 나은 방향을 위해 협력하려는 인물로 그려진다. 《국경》 제3부의 주요 등장인물인 기미오(公雄)와 아키오(昭夫)는 피해자, 착한 일본인, 일본인을 혐오하는 일본인으로서가 아니라, 가해자로서 자신을 자각하고 조선의 독립을 지지하고 현실을 아는 것에 주저하지 않고 긍정적인 관계 맺기를 두려워하지 않는 일본인으로 그려진다.

'책임의식'과 패전의 기억

시카타 신과 《국경》의 접점

시카타의 문학 세계는 패전의 경험을 바탕으로 한다.[20] 시카타가 패

---

[20] 8월 15일 경성의 거리에서 갑자기 같은 반 친구가 나에게 '여긴 네가 있을 곳이 아니

전일 경성의 거리에서 학교 친구로부터 같은 장소에 있는 것을 거부
당했을 때, 지금까지 자신이 '이해자'이고 '좋은 친구'라고 생각했던
환상이 깨지는 순간을 맛보았다. 그가 품었던 동류의식에 균열이 간
것이다. 그런데 이 동류의식은 일본 귀환 후 또다시 그를 배반했다.

청춘 전기까지 외지에서 자란 내게 일본은 소위 외국과 같았다. 말
은 같은 일본어이고 상당히 비슷한 기후 풍토였지만 언어 저편에 있는
몸짓의 의미를 구별해 내는 것은 상당히 힘들었다.[21]

그가 여태까지 식민지에서 꿈꾸던 같은 민족으로서의 일본인에
대한 환상도 깨졌다. 이러한 경험은 그에게 동류의식이라는 것이 다
른 여러 집단과의 관계 속에서 성립되고, 상황에 따라 현재화하거나
소실된다는 것을 깨닫게 했다. 민족적인 귀속 의식이라는 것도 마찬
가지로 일상적인 공속 감각으로 육성되는 것이며, 그 자체가 민족의
특성이 아니라는 점[22]을 인식한 것이다.

시카타의 아동기 식민지 체험은 민족적 아이덴티티 개념을 상대

야'라고 말해 준 것은 나에게 소중한 체험이었고, 이것이 뭔가를 써 보고자 하는, 연
극 관련 일을 해 보고자 하는 결정적인 계기가 되었다고 생각합니다. 그리고 거기에
다가 그러한 자신을 향한 의문이 깊어 가는 속에서 '인간은 도대체 무엇을 근간으로
사는가?' 하는 것을 생각하기 시작하고 지역 활동 문제 같은 것을 진지하게 생각하
게 되었습니다(仲村修·韓丘庸·しかたしん, 《兒童文學と朝鮮》, 132쪽).

[21] しかたしん, 〈ぼくにとってのロマン-〈大陸〉と〈化け猫と〉〉, 100쪽.

[22] 니시카와 나가오 지음, 윤해동 외 옮김, 《국민을 그만두는 방법-국가 이데올로기로
서의 민족과 문화》, 역사비평사, 2009, 157쪽.

화할 수 있게 했고, 그 덕분에 그는 전쟁 문제 앞에서도 이ᄂ 쪽에도 치우치지 않는 의식을 획득할 수 있었다. 그 때문에 그의 텍스트에는 피해와 가해가 역전되는 상황에 대한 우려도 담기게 되었다. 이러한 통찰을 통해 동 시기 다수의 전쟁아동문학에서 보이는 자기만족이나 피해의식, 무조건적인 피식민자 옹호의 측면에서 벗어날 수 있었던 것이다.

《국경》 제3부에는 패전 직전과 직후(1945년 8월 14일 밤부터 8월 21일까지) 경성 각지에 있던 일본인과 조선인의 모습이 세밀하게 그려진다. 시카타는 자신의 실제 경험과 《국경》 제3부의 주인공이 연대적으로 가장 가깝다며,[23] 이 텍스트의 저작 배경에 대해 다음과 같이 이야기한다.

왜 이 작품을 쓸 수밖에 없었을까? 8월 15일의 이야기로 돌아갑니다. 8월 15일에 저는 두 가지 커다란 경험을 했던 것 같습니다. 이 작품을 쓰려고 생각했던 가장 큰 계기는 8월 15일 맞이한 조선의 해방입니다. 그 후 조선은 몇 가지 변화를 겪게 됩니다. 남북이 나뉘고, 한국전쟁이 발발합니다. 그러나 8월 15일에는 아무도 그런 일은 예상하지 못했을 겁니다. (중략) 저는 그때 과학소년이었습니다. 경성제대에 들어가기 위해 초등학교 때부터 공부, 공부, 또 공부만 해 왔는데, 재학증명서라고 쓰인 종이 한 장 건네주고 '이제 끝났다'는 예과 부장의 선언을 듣고

---

23 仲村修 · 韓丘庸 · しかたしん, 《兒童文學と朝鮮》, 109쪽.

그저 멍하니 있을 수밖에 없었습니다.[24]

1945년 8월 15일은 시카타 인생에서 가장 충격적인 날이었다. 그는 조선인들이 해방을 기뻐하는 표정을 볼 수 있었지만, 자신의 17년 인생에 대한 상실감도 느꼈다. 이처럼 같은 공간에 '회복'과 '상실'이 공존하는 혼돈의 상황에 대한 경험이 시카타로 하여금 《국경》을 기술하게 했다.

시카타는 패전의 상황이 과연 무엇을 말해 주는지를 객관적인 관점에서 바라보고 있다. 그리고 현대의 소년적 감각과 과거 역사와의 만남을 통해 현대 아동들이 직면해 있는 문제들에 좀 더 현실적으로 다가갈 수 있는 통로를 제공하고자 한다. 그는 자신의 텍스트를 '가공된 리얼리즘'[25]의 공간이라고 말했다. 현대의 청소년을 과거의 역사적 사실 속에 투입함으로써 아동소설의 가능성을 발견하고자 했던 것이다. 그 덕에 《국경》은 중학교 도서관 선정도서로 지정되어 소년소녀 독자층을 확보하기도 했다.[26]

---

[24] 仲村修・韓丘庸・しかたしん, 《兒童文學と朝鮮》, 111~112쪽.

[25] 仲村修・韓丘庸・しかたしん, 《兒童文學と朝鮮》, 145~146쪽.

[26] 시카타는 "아동문학을 쓰는 사람은 어찌 되었건 간에 독자가 성실하게 읽어 줄 것인가를 생각하지 않을 수 없는 특성이 있는지도 몰라요. 그런 의미에서는 《국경》은 중학생 정도의 아이들이 상당히 읽었고, 중학교 학교 도서관의 선정도서가 되어 많이 읽혔지요."(仲村修・韓丘庸・しかたしん, 《兒童文學と朝鮮》, 151쪽)라며 《국경》과 당시 독서 환경에 대해 이야기했다.

《국경》에 담긴 패전 상황

아키오의 후배인 기미오는 자신도 어쩔 수 없이 일본의 방탄복이 될 수밖에 없었던 전쟁의 막바지 상황을 전한다.[27] 전쟁 막바지의 일본 소년들에게는 삶과 죽음에 대한 선택이 사치라고까지 표현될 정도로 생존에 대한 자기결정권이 결여되어 있었다. 아동문학 작가 시바타 미치코(柴田道子)는 전쟁기 어린 시절을 회상하며, "어린아이들은 집에서 기르는 개"[28]와 같았다고 표현한다. 아이들은 선생님에게 절대 복종하고, 위에서 흘러들어오는 교육을 의심 없이 그대로 받아들였으며, 자신의 의견을 발언한 적이 없었다.[29] 이는 당시 아동들이 처한 상황을 단적으로 드러내 주는 증언이다.

8월 15일, 대학 예과에 다니는 기미오는 그날도 등교를 했고, 정오 학교 강당에서 다른 일본인 친구들과 함께 천황의 패전 방송을 듣는다. 여기저기에서 흐느끼는 소리가 들렸다. 그리고 구로다(黑田)교수의 폐교 선언 후,

---

27 "이미 우리들은 죽음을 피할 수 없는 존재입니다. 누구를 위해서도 살아야 한다는 의미가 없어졌어요. 그런 사치는 우리들에게 허락되지 않은 거지요"(しかたしん 作, 眞崎守 繪, 《國境 第三部 1945年 夏の光の中で》, 理論社, 1989, 35쪽.

28 柴田道子, 〈戰爭が生んだ子どもたち〉(鶴見俊輔, 《叢書兒童文學 第五卷 - 兒童文學の周辺》, 世界思想社, 1979, 177쪽).

29 "'이길 때까지 참겠습니다'라는 경의를 표하고 소개에 참가한 우리들에게 패전 소식은 지옥 바닥으로 떨어진 것 같은 기분이었다. 철저하게 내팽개쳐지고, 믿었던 사상, 신국일본, 무적일본, 현인신천황, 이런 모든 기성의 권위가 붕괴되었으며, 믿을 수 없는 것이 되었다. (중략) 이제는 모든 권위가 이상하다고 느끼는 감정을 자연스럽게 몸에 익히게 되었다"(柴田道子, 1979, 184쪽).

바로 10분 전까지 죽음을 각오하고 있었는데, 갑자기 상황이 역전되어 버린 것이다. 태어나서부터 17년간 한결같은 교육을 받아 온 황국의 필승(皇國の必勝)이 불과 3분간의 천황 말씀으로 안개처럼 사라져 버린 것이다.[30]

이것이 당시 일본 소년들이 처한 상황이었다. 혼돈. 학생들은 각 교실에 걸려 있던 황국신민의 서사(皇國臣民の誓詞)가 쓰인 액자를 부수고, 교실 안은 어느 틈엔가 '광란 상태'에 빠졌다. 학생들은 "밟고 있던 땅이 사라져 버린 것 같은 기분으로 지탱하고 서 있을 곳이 없다. 몸이 공중에 붕 떠 있는 것 같다."[31]는 심경을 드러냈다. 여태까지 천황을 위해 삶과 죽음을 선택해야 했던 이들이 이제는 조선인에게 학살당할지도 모른다는 공포에 사로잡히게 된다. 텍스트는 패전을 느끼는 일본 소년들의 심경을 생생하게 드러낸다. 이들은 누군가에 의해 결정되지 않는 '나'에 대한 추구, 즉 스스로가 누구이고 어떻게 살아야 하는 것인가에 대한 의식을 강하게 표출한다.

천황을 위해 왜 죽어야 하는지 의문을 품고 있는 등장인물들은 공부나 기술 등을 통해 타인을 돕고 그들과 동류의식을 형성하고 싶다는 욕망을 현실화해 간다. 그리고 조선인에게 거부당하는 공간에서 그들과 공존하며 패전의 의미를 얻고자 했다. 시카타 텍스트의 등장인물들이 지니는 패전에 대한 시선은 '일본이 전쟁에서 졌다' 그래

---

[30] しかたしん作, 眞崎守繪, 《國境 第三部 1945年 夏の光の中で》, 49쪽.
[31] しかたしん作, 眞崎守繪, 《國境 第三部 1945年 夏の光の中で》, 52쪽.

서 우리들은 '끝났다'가 아니라, '전쟁의 끝, 패전이 가지는 의미는 무엇인가'를 추구하는 것이었다.

조선의 거리, 표정의 발견

바로 세 시간 전 아침에 등교했을 때와 전혀 딴판이었다. 마치 갑자기 다른 차원의 세계에 들어와 버린 것 같은 느낌이 들어 기미오는 현기증이 났다. (중략) 이윽고 그것은 차 안 사람들의 표정이라는 것을 알게 되었다. 일본인은 한 사람도 타고 있지 않았다. 조선인들은 상기된 얼굴을 들고 밝게 서로 이야기하고 있었다. 눈치를 보듯이 눈을 내리깔고 일본인의 표정을 살피는 어두운 눈빛이 전혀 아니었다. (중략) 창밖에는 걸어 다니는 사람들의 무리가 급격하게 많아졌다. 오전까지만 해도 진한 초록색의 국민복밖에 볼 수 없었는데, 지금은 하얀 조선옷이 넘치고 있었다. (중략) 박물관에서 사진으로밖에 본 적이 없는 태극기가 순식간에 늘어나기 시작했다.[32]

이상은 기미오가 목격한 해방일 조선 거리의 풍경이다. 천황의 방송이 끝난 뒤 거리의 분위기는 오전과는 완전히 다른 세상이 되어 있었다. 이 순간, 그가 깨닫게 되는 것은 두 가지인데, 먼저는 '조선인의 표정'이었고, 그 다음은 자신이 그 공간에 존재하는 유일한 일본인이라는 것이었다. 조선인의 표정은, '일본인의 눈치를 살피는'

---

[32] しかたしん作, 眞崎守繪, 《國境 第三部 1945年 夏の光の中で》, 68쪽.

것이 아닌, 상기되고 밝고 만면에 웃음을 띤 것이었다. '조선 독립 만세'라고 외치며 눈물을 흘리는 한 노파의 눈물은 여태까지 한 번도 본 적이 없는 기쁨의 눈물이었다. 그리고 조랑말처럼 뛰며 양손을 높이 흔드는 소년소녀들을 처음으로 목격했다.[33] 또 여태까지 교화, 보호, 관찰, 관리의 대상이었던 조선인들이 나라의 주체로서 행동하면서 일본인을 보복의 대상으로 삼지 않고 보호하려는 행동을 취한다는 것도 알게 된다.

동대문시장에서 주운 삐라의 내용에는, '우리 조선은 해방되었다! 해방된 독립민족의 긍지를 가져라! 일본인을 해치지 마라!'는 문구가 쓰여 있었다. 그 당당한 글귀에 기쁨과 긍지가 넘쳐나는 듯하여, 기미오는 굴욕과 동시에 한편으로는 묘한 감동을 느끼며 바라보았다.[34]

패전 직후 조선인 거리의 활기도 여태까지 볼 수 없었던 진기한 광경이었다.[35] 반대로 일본인들의 불안은 극에 달해 어떻게 살아서 조선을 빠져나갈 것인지 혈안이 되어 있었다. 기미오는 "정오 방송

---

[33] しかたしん作, 眞崎守繪, 《國境 第三部 1945年 夏の光の中で》, 70쪽.

[34] しかたしん作, 眞崎守繪, 《國境 第三部 1945年 夏の光の中で》, 66쪽.

[35] 일본이 항복하고 4일간 동안 종로 거리의 상점가는 한층 활기를 되찾고 있었다. 어디에 숨겨져 있었는지 다량의 쌀과 콩과 소금, 보석처럼 귀중했던 설탕까지 가게에 넘쳐나고 말린 명태나 고기, 생선 등이 산더미처럼 쌓여 있었다. 술집 앞에는 전쟁 전과 마찬가지로 설렁탕이 커다란 솥에서 끓고 있고, 몸에 스며들 것 같은 맛있는 냄새가 풍기었다. 귀환이 가까워질 것 같아 일본인이 서둘러서 팔아 버린 듯한 호화로운 융단이나 커튼 가구 등을 어수선하게 산더미처럼 쌓아 놓고 있는 가게도 있었다(しかたしん作・眞崎守繪, 《國境 第三部 1945年 夏の光の中で》, 227쪽).

이후 불안이 패닉 직전까지 상승되어 눈꺼풀 주위의 근육이 부들부들"[36] 떨리는 여관집 여주인, 더 이상 조선이 일본 영토가 아니라는 사실에 어쩔 줄 모르는 일본인들의 모습을 바라본다. 그리고 조선에서 이루어 놓은 경제적 축적이 아무 의미 없게 된 현실에 불안해하며 조선인의 보복이 두려워 떠는 이들의 모습을 보게 된다.

미군이 상륙하여 2주 후에 입성한다는 소식 등 수많은 소문이 떠돌고, 나이가 찬 아가씨와 부인들이 피난처를 찾거나, 자결용 청산가리가 다시 배부되는 등의 소동이 여기저기 일본인 마을에서 일어났다.

그리고 한편으로는 일본으로 귀환하는 시기가 앞당겨질 것이라는 소문도 돌아 어떻게 재산을 가지고 갈 것인가 하는 문제로 라쿠고(落語)를 능가할 정도의 우스꽝스러운 현상이 벌어지기도 했다. 가지고 갈 수 있는 것은 한 가득 채운 분량의 배낭과 양손에 들 수 있을 정도의 짐뿐. 돈도 귀환하고 나서 한 달 정도 살 수 있을 만큼만 가지고 갈 수밖에 없다는 사실을 이미 마을회를 통해 전달 받았다. 대부분의 사람들이 생각해 낸 것은 팔아치운 재산을 금 아니면 백금으로 바꿔서 그것을 감시의 눈을 피해서 일본에 가지고 간다는 아이디어였다.[37]

기미오의 눈을 통해 본 패전을 맞이한 재조 일본인의 모습은 '라쿠고를 능가할 정도의 우스꽝스러운' 것이었다.

---

[36] しかたしん作, 眞崎守繪, 《國境 第三部 1945年 夏の光の中で》, 227쪽.
[37] しかたしん作, 眞崎守繪, 《國境 第三部 1945年 夏の光の中で》, 232쪽.

이처럼 시카타는 패전 직후의 풍경을 조선과 일본 어느 쪽에도 치우치지 않는 시선으로 그려 냈고, 독자를 교화하려는 태도도 취하지 않았다. 다만, 식민 통치의 억압이 사람에게서 표정을 앗아 간다는 사실과, 부당한 권력의 대가가 어떤 것인지를 보여주고 있다.

이 텍스트는 일본의 중학생 정도의 소년소녀가 읽는 문학으로 80년대 말에 제시되었다. 전쟁이라는 것이 먼 나라의 이야기로만 생각되고, 게임이나 애니메이션 같은 가상의 세계에서나 가능하다고 여기는 현대 아동들을 향해 전쟁의 실상과 의미에 대해 소통하려 한 것이다.

사라진 국경 속에서

"앞으로 우리들은 어떻게 되는 걸까요?"

"우리들은 지금 국경 바깥에 있는 거예요. 지금까지 절대로 움직이지 않을 거라고 확신했던 국경은 이미 사라져 버렸어요."

(중략)

자신은 지도상에 그려진 가느다란 선이 어느 틈엔가 절대적이라고 생각하고 있었다. 그것을 뛰어넘은 세계에서 어떻게 살 것인가는 생각해 본 적도 없다. 눈앞이 아찔해졌다. 그렇다면 무엇을 믿고 어떻게 살아야 할 것인가?[38]

---

[38] しかたしん作, 眞崎守繪,《國境 第三部 1945年 夏の光の中で》, 64~65쪽.

기미오는 지금까지 자신을 지탱해 준 것이 지도에 그려진 선이었고 현재 자신은 그 선 바깥에 있다는 것이 무엇을 뜻하는지, 그 의미를 찾고자 텍스트 속을 분주히 이동하며 조선인들과 소통하고자 한다. 자신을 지켜 줄 울타리가 없는 상황에서 스스로 어떻게 살아가야 할 것인가를 찾기 시작한 것이다. 그러면서 자신보다 앞서 이런 고민을 거쳐 간 아키오를 한없이 그리워한다. 그리고 그가 지내 온 환경과 받아 온 교육에 대해 다음과 같은 회의의 염을 드러낸다.

기미오는 문득 외치듯이 말했다. 패전일 종로 거리에서 쏟아져 나오듯이 밀려 나오는 데모 행렬을 본 순간 소학교에서 중학교까지 배웠던 역사나 지리에 대한 지식이 송두리째 흔들려 버리는 것 같았다. 남산 뒤편 저택의 고문실에서 피 냄새를 맡고 최소년이 자신을 추궁했을 때, 어른들에게 귀에 못이 박힐 정도로 들었던 세계에서 유일한 정의와 도덕의 나라라는 신화가 아무래도 그 반대라는 생각이 들었다.[39]

이러한 패전일의 경험을 바탕으로 기미오가 취하게 되는 행동은 조선의 건국을 돕는 것이었다. 최라는 조선 소년이 "일본인인 당신이 왜 조선인인 우리들에게 협력하는 거야?"[40] 하는 질문에 그는,

"응, 아마도 부러웠기 때문이었을 거야. 너희들이 모두 자신들의 나

[39] しかたしん作, 眞崎守繪, 《國境 第三部 1945年 夏の光の中で》, 239쪽.
[40] しかたしん作, 眞崎守繪, 《國境 第三部 1945年 夏の光の中で》, 172쪽.

라를 만드는 데 혼신을 다하며 꿈을 이야기하는 거. 그게 부럽고 눈부셔서."[41]

기미오는 조선의 건국준비위원회 소년들과 함께 있으면서 자신과 자신의 민족이 저지른 죄의 현장을 목격하고 그것에 대한 책임의식을 느낀다. 그는 고문실로 사용했던 방을 조선 소년들과 함께 둘러보며 그 방에서 자신과 같은 일본인이 조선인에게 저지른 잔학한 행동을 떠올리자 견딜 수 없는 심정이 되었다. 고문실의 기억은 앞으로 계속 자신들 일본인이 짊어지고 가지 않으면 안 되는 무거운 죄의 증거라는 생각을 했다.[42] 그리고 민족 개념을 넘어서서 소년들끼리 가능한 것들을 제시하려고 했다. 기미오는 "확실히 나는 이 나라에 있어서는 안 되는 민족 중 하나임이 틀림없다. 하지만 나라와 민족을 넘어선 우정이나 나라나 민족을 뛰어넘는 분노는 존재하는 것"[43]이라며 일본인인 자신과 조선 소년들의 관계에 대한 희망을 이야기한다. 그는 일본이라는 테두리 안에 함몰되지 않고 타인을 보는 시각을 제시하려 한다.

한편 텍스트에는 패전 후 조선이 두 개로 양분되려는 분위기에서 아키오가 갖고 있는 소총 설계도를 뺏으려는 각투가 그려진다. 등장인물들은 소총 설계도가 다시 전쟁에 사용되는 것을 바라지 않기에

---

[41] しかたしん作, 眞崎守繪,《國境 第三部 1945年 夏の光の中で》, 173쪽.

[42] "기미오는 뭐라고 대답해야 좋을지 몰랐다. 이 방의 기억은 앞으로 계속 자신들 일본인이 짊어지고 가지 않으면 안 되는 무거운 죄의 증거라는 생각이 들었다"(しかたしん作, 眞崎守繪,《國境 第三部 1945年 夏の光の中で》, 147쪽).

[43] しかたしん作, 眞崎守繪,《國境 第三部 1945年 夏の光の中で》, 174쪽.

뺏기지 않으려고 필사적이 된다. 아키오는 기미오에게 소총 설계도를 건네며 다음과 같이 말한다.

> 내가 이 설계도와 설명서를 가지고 돌아온 것은 어디까지나 하나 된 조선이 생긴다는 전제 하에서야. 일본인의 한 사람으로서, 지금까지의 저지른 죄에 대해 인종의 용서를 구하는 것으로 생각했던 거지. 독립된 조선이 스스로를 방어하는 데에 조금이나마 도움이 되었으면 하고 생각했어. 그런데 지금의 상태로는 아무래도 나쁜 쪽으로 움직이려는 기운이 강해. 만약 두 개로 나뉜 조선의 어느 쪽이든 이 설계도가 넘겨진다면 동포끼리 서로 피 흘리는 데에 사용될 뿐이야.[44]

시카타가 전쟁을 통해 자각한 사실 중에는 무기의 권력성, 위협 및 공포가 있었음을 알 수 있다. 그는 《국경》과 같은 작품을 기술하는 것에 대해, "지구상에서 유일한 핵 피폭국으로서 그 피해를 있는 그대로 전하는 것은 세계에 대한 책임"이라며, 당시 국제적으로 핵무장에 의한 협박과 침략에 일본이 깊이 관련되어 가는 상황에 대한 위기의식을 드러냈다. 시카타는 과거 잘못에 대한 책임을 어떤 형태로 질 것인지, 전쟁이 가져다주는 폐해와 이에 대해 현대 소년들이 가져야 할 태도를 제시하고 싶었던 것이다.[45]

---

[44] しかたしん作, 眞崎守繪, 《國境 第三部 1945年 夏の光の中で》, 246쪽.

[45] しかたしん, 〈狀況をどう描くか?-〈國境〉と〈略奪大作戰〉と〉, 《日本兒童文學》, 兒童文學者協會, 1986, 54쪽.

《국경》 제3부 245쪽에 실린 삽화.

이처럼 시카타는 자신만의 역사와 장소로 거슬러 올라가며 아동문학을 기술해 갔다. 그리고 자신의 텍스트를 읽는 청소년들로 하여금 스스로의 역사와 자신의 존재 장소가 전하는 의미를 추구하게 했다. 나아가 국가나 사회, 학교 등과 같은 공동 집단 속에서 개인이 균형을 이루는 법을 제시하고자 했다.

그는 자신의 기억을 통해 독자에게 과거를 상기시키는 것이 아니라 현재를 살게 한다. 독자는 전쟁을 전혀 모르는 아동이기에, 텍스트를 통한 과거와 현재의 접점에서 전쟁 이야기는 새로운 가능성을 유발한다. 전쟁기 소년의 '생'과 현재 아동의 '생'을 겹친 미래를 향한 결의가 생성되어 나타나는 것이다. 시카타의 희망대로 자기 과거의 이야기를 현재 독자의 생에 겹칠 수 있다면, 그것은 미래를 향해 가는 개인의 생으로도 연결될 수 있을 것이다. 그리고 이는 한 인간의 삶이 다른 인간의 삶과의 관계성에 의해 존재하고 생의 연쇄 속에서 자기 위치를 확인할 수 있다는 자각으로 이끌며, 이는 인간 존재의 역사라고 해도 좋을 시간의 흐름을 형성[46]해 갈 것이다. 시카타

46 A.ファイン(澤田澄江)監修 神宮輝夫 早川敦子, 〈自分を語り,現在を語る〉, 《歷史との 對話》, 近代文芸社, 2002, 207쪽.

는 현대 아동 독자가 한 번도 접해 보시 못한 세계를 소재로, 그러나 이상적 세계가 아닌 현실적·역사적 세계로 아동 독자를 초대했던 것이다.

개인의 역사로서의 전쟁

식민지 지배 체제는 사람들의 자율성을 거부하고, 식민 통치 주체가 부여한 자유, '조선인' '일본인'이라고 테두리 지어진 속에서 스스로를 받아들이게 했다. 이러한 상황에서 패전을 맞이한 일본인들은 자신들이 패전의 주체라는 사실을 받아들이기 어려웠다. 시카타는 이러한 '곤란'을 '기억'하는 작업을 통해, 전쟁의 주체로서 일본인을 자각하고자 하는 염을 자신의 문학에 담았다. 이것은 기존의 전후 전쟁아동문학이 지닌 한계점, 즉 피해자 의식을 극복하는 것과 맞물려 있는 작업이었다.

《국경》의 주인공 기미오와 아키오는 식민지였던 조선을 종횡무진하며 패전의 현장을 목격하고, 정당하지 못한 지배의 결과가 어떤 것인지를 깨닫는다. 그리고 주인공이 과거에 느끼지 못했던 조선인의 표정을 인식하고 조선 소년들과의 새로운 관계 형성을 적극적으로 도모한다. 이것이 성공이었든 실패였든 간에 상대방을 인정하면서 새로운 관계 맺기를 두려워하지 않는 상황이 명확한 '영상형 문체'로 기술되었으며, 여기에 시카타 문학의 가능성이 존재한다.

시카타는 자기 자신이 제국주의 현상이 만들어 낸 '변종'이라는 것을 인식하고 보편적인 역사가 아닌, '개인의 역사' 속에서 얻어 내는 것의 가치를 전달하고자 했다. 이때 목표로 삼은 것은, 개인의 역사가 지닌 의미와 중요성을 독자가 자각하도록 하는 것이었다. 그는 《국경》을 통해 제국주의에 입각한 폭력적 지배와 강압적 교육이 인간의 본성에 얼마나 상처를 주는지, 그리고 균등과 안정이 파괴된 사회가 당시의 아동들에게 가져다준 결과가 무엇인가를 고발하고자 했다. 이러한 패전의 기억에는 전쟁을 경험한 주체로서의 책임의식이 그 바탕에 전제되어 있었다.

작가 인터뷰

동화 작가가 본 조선

■ 이야기의 출발

오랜만에 감기에 걸렸습니다. 저는 약 30년 전에 한 번 큰 병에 걸린 적이 있어요. 그 이후는 크게 아픈 적은 없는데, 가끔 감기에 걸리면 왠지 모르게 맥이 풀려 버려 오늘 기운이 없네요. 죄송합니다. 본래도 머리가 그다지 맑지 않은 편인데, 감기 때문에 더 무거워진 것 같아 이야기를 잘할 수 있을지 모르겠습니다.

방금 소개해 주신 대로, 저는 《국경(國境)》의 3부를 완성, 아니 이제야 간신히 마무리 작업하고 있는 중입니다. 겨우 뭐 하나 정리되었다는 생각이 들어 이제 좀 쉬어 볼까 했는데, 막상 놀고만 있을 수도 없어서 다시 다음 작품을 구상하고 있습니다. 정말 작가라는 직업은 수지에 안 맞는 장사라고 투덜거리면서 다음 작품을 준비 중입니다. 다음번에는 《국경》의 무대를 좀 더 넓혀서 유럽 세계와 연결지어 볼까 합니다.

《국경》은 제가 제일 아끼는 작품입니다. 어느 작품이나 제게는 모두 소중하지만, 《국경》은 특히 제게 매우 중요한 작품이어서, 오늘은 그와 관련된 말씀을 드릴까 합니다. 작가는 과대망상벽이 강하기 때

---

* 이 장은 시카타 신이 나카무라 오사무(仲村修), 한구용(韓丘庸)과 공동으로 저술한 《아동문학과 조선(児童文学と朝鮮)》(神戸学生・青年センター出版部, 1989)에서 시카타 신이 기술한 〈아동문학자가 본 조선(児童文学者がみた朝鮮)〉 부분을 번역한 것이다. 내용은 시카타의 식민지와 일본 귀환 후 이방인으로서의 체험, 그리고 마지막 부분은 시카타와 독자의 대담으로 구성되어 있다.

문에, 연구자 입장에서 보면 그런 역사적 사실이 있었나? 거짓말 같은데? 입증할 수 있나? 라고 하실 부분이 상당수 있을지 모릅니다. 그렇지만 입증하지 못하는 것에 대해 쓰는 것 역시 작가의 특권과 같은 것이므로 그런 점까지 포함하여 나중에 질문 내지는 불만 사항을 말씀해 주십시오. 과대망상적인 부분도 포함하여 말씀드릴 테니 이 점 양해 부탁드립니다.

■ 40년 지나서 집필하게 된 《국경》

《국경》을 2부까지 출판했는데요, 주인공 아키오(昭夫)라는 인물이 혹시 저의 분신이 아닌가 하는 질문을 종종 듣습니다. 즉, 제 경험담이냐는 거죠. 그런데 실은 그게 가장 곤란한 질문으로, 확실히 어떤 의미에서 보면 제 자신과 가깝습니다. 아키오라는 남자가 경성제국대학 예비과 학생이라는 설정에서 보자면요. 지금 와서 뭘 감추겠습니까? 딱히 숨길 필요도 없지만(웃음), 저는 경성제국대 예비과라고 하던 곳의 학생이었습니다. 아키오의 아버지를 대학교수로 설정했는데요, 사실을 밝히자면 제 아버지도 대학교수였습니다. 단지 바꾼 부분이 있다면 제 아버지는 경성제국대 경제학 교수였는데, 아키오의 아버지는 의학부, 그 당시 의전이라고 불리던 의학전문학교, 칼리지의 교수라는 설정을 해 봤습니다.

이제 막 3부를 완성했는데, 그 3부의 주인공이 시대적으로 보자면 저와 가장 가깝습니다. 1부와 2부의 주인공 아키오는 역으로 계산해 보자면 지금의 저보다도 10세 정도 나이가 많은 것에 해당됩니다. 상당히 나이가 많은 거지요. 저는 보시는 바와 같이 '아직 젊은데'라고 생각하시겠지만(웃음). 그래서 3부의 주인공으로 아키오의 후배인 기미오(公雄)라는 남자아이를 설정했습니다. 이 인물은 저와 같은 세대이고, 게다가 3부에 쓴 서울 거리에서의 경험이 제게는 이 작품을 쓰게 된 원체험이 된 날이어서, 이 사건을 중심으로 그려 갔습니다.

그것은 1945년 전쟁이 끝난 해 8월 15일 정오의 일이었습니다. 그리고 그 후 40년 정도 지나서야 작품이 된 것입니다. 작가라는 사람이 그동안 도대체 무엇을 했는지 40년이나 지나서야 겨우 쓸 수 있게 된 거지요. 출판사 측인 이론사(理論社)의 편집자도 처음 저와 이야기를 했을 때 당연히 금방 써 올 거라고 생각했던 것 같아요. "전쟁이 끝난 날인 8월 15일 그때부터 시작합니까?"라고 물었고, 저는 그때 자신 있게 "예, 그렇습니다."라고 대답했지요. 대답하고 나서 막상 써 보려고 하니까 그게 쉬운 일이 아니더라고요. 그 시점부터 쓰기 시작하면 마치 회상록같이 되어 버리는 거예요. 절대로 그렇게 가서는 안 된다. 현역 작가가 회상록을 쓰는 것만큼 부끄러운 일도 없다라고 생각했던 것 같습니다. 회상록이 되어서는 절대로 안 된다는 의지가 확고해지자 어딘가에 떼어 놓을 수밖에 없었습니다. 그렇지만 1945년 8월 15일의 경험은 제게 원점과도 같은 때이기에 너무 멀리 갈 수도 없었습니다. 수많은 고민 끝에 제1부에서 보시는 바와 같이 1939년부터 쓰기 시작한 것입니다. 아마 여기에 계신 젊은 분들은 1939년에 어떤 일이 있었는지 상상조차 못 하시겠지요. 그래서 일단 표지 안쪽에 그 때 무슨 일이 있었는지에 대해 출판사와 상의하여 써 두기로 했습니다. 이 책은 상당히 친절한 구성이지요. (웃음)

■ 경성에서 맞이한 8월 15일

어떻게 이 작품을 쓰게 되었는지는 8월 15일의 이야기로 돌아갑니다. 8월 15일에 저는 두 가지의 엄청난 경험을 하게 되지요. 이 작품을 쓰기로 결심한 가장 중요한 경험은, 일단 8월 15일에 조선이 해방의 날을 맞이했던 것에서부터 시작됩니다. 그 후 조선은 많은 변화를 겪게 됩니다. 남북으로 나뉘고, 한국전쟁이 발발합니다. 그러나 8월 15일에는 아마 누구도 그런 것은 예상하지 못했을 겁니다. 한국인이라고 불러야 할지, 조선인이라고 불러야 할지 어느 쪽이 좋을지 모르겠지만, 저는 늘 조선인이라고 부르고 있는데요. 조선인 쪽에서 보자면 8월 15일을 해방의 날이라고 생각하고 있었음이 틀림없습니다. 조금 전에 말한 것처럼 작가는 과대망상을 하는 버릇이 있어서 혹시 그게 아닐 수도 있지만 저는 그렇게 확신하고 있습니다. 어쨌든 8월 15일 12시에 무슨 소리인지 알아듣기 어려운 방송이 흘러나왔어요.

저는 그때 모든 일본인이 그것을 어떻게 천황의 목소리라고 확신했는지, 아직도 그 이유를 모르겠습니다. (웃음) 저는 그 시대 사람들에게 자주 물어요. "어떻게 당신은 그게 천황의 목소리인 줄 알았어요?"라고 물어보면, "그게 일본어가 아닌 것처럼 들려서 천황의 목소리라고 생각했어."라고 말하는 사람이 있어요. (웃음) 또 "전혀 무슨 말인지 모르는 내용뿐이어서 그런 말을 할 사람은 천황밖에 없다고 생각했다."라든가. 그러니까 천황의 목소리 같은 것은 누구도 들어 본 적이 없었던 거예요. 가끔 저는 그것은 어쩌면 천황의 목소리가 아니라 어떤 모략과 같은 것이 숨겨져 있었던 것은 아닐까 하는 의문을 품어 보기도 합니다. 얼마 지나지 않아 그것은 천황의 목소리가 아니라 타임슬립해 온 인베이더(침략자)의 목소리였다던가. 그런 SF를 써 볼까 하는 생각을 해 본 적도 있어요. 뭐 그런 건 별로 중요하지 않은 여담이고요.

저는 그때 예과 학생이었습니다. 천황의 방송이 끝나고 예과 부장이 성큼성큼 교단으로 올라와 "지금 이 시각부터 경성제국대는 해산합니다."라며 우물우물 뭐라고 말하고는, '안녕히, 이것으로 끝'이라는 식이었습니다. 그 당시 성대(城大, 경성제국대. 이하 경성대) 예과에 들어가기 위해서는 초등학교 상급생 정도부터 수험 공부를 해야 했습니다. 계속해서 공부, 공부, 또 공부를 이어 가야 하는 거지요. 저는 그다지 공부를 열심히 하지는 않았는데요. 어쩌다 운 좋게 그 학교에 들어가게 되었습니다. (웃음) 그것이 '자 이제 이것으로 끝!'이라며, 교문에서 임시판으로 급하게 인쇄한 것 같은 재학증명서에 해당하는 종잇조각을 건네 주고 '잘 가라'는 식이었으니 모두 완전히 멍한 상태가 되어 버렸지요. 이런 내용을 제3부에 썼는데요.

이런 때의 인간이란 갑자기 어떻게 해야 좋을지 모르는 상태가 되어 버리잖아요. 모두들 교문을 나왔지요. 조선의 북쪽에 가족이 있는 어떤 애가 "난 어쨌든 북에 있는 집으로 가야겠어." 하고 말했습니다. 저는 왠지 그러면 안 될 것 같다고 생각했어요. 지금 북쪽으로 가면 좋지 않을 것 같다는 예감이 들었지요. "너 그쪽으로 가지 않는 게 좋을 것 같아." 하고 말했는데, 역시 부모님이 계시니까 북에 있는 집으로 돌아가고 싶다는 거예요. 그 녀석은 결국 갔는데요. 그가 가려고 할 때 "안 돼. 가지 마!" 하고 강하게 말렸어야 했는데, 그때

제가 확실하게 안 되는 이유를 말해 줬으면 좋았을 텐데 하며 지금도 후회하고 있습니다. 마침내 북쪽에서는 이동금지령이 내려져 눈깜짝할 사이에 남과 북이 나뉘어 버렸어요. 그 친구는 그대로 시베리아로 보내졌는지 어떻게 되었는지 행방불명이 되어 버렸어요. 운명이라고밖에 할 수 없는 공허함을 느끼며 지금도 가끔 그때를 생각합니다.

■ 조선의 해방을 기뻐하는 데모 행렬

8월 15일 12시 전까지 우리들이 무엇을 하고 있었는지 말씀드리지요. 저희들은 "모레 소비에트군이 경성 거리에 나타나게 될 것이다. 전차대가 몰려올 때, 이불 폭탄을 안고 각각 전차 밑으로 뛰어 들어가라."는 이불 폭탄 육박공격 훈련을 받고 있었지요. 마침내 '오는구나' 하고 그날은 아침부터 문어잡이 항아리와 같은 방공호를 파고 있었어요. 여기에 숨어 있다가 전차가 눈앞에 나타나면 폭탄을 안고 '확' 하고 뛰어들라는 것이었죠. 그런 상상을 하면서 '마침내 죽는 거구나. 이것이 내 묘지구나'라고 생각하면서 방공호를 파고 있었는데, 갑자기 상황이 확 바뀌어 버린 거예요. 머릿속이 어떻게 되어 버리는 줄 알았어요. 대학은 갑자기 사라져 버리지, 이게 흔히 말하는 정지 화면과 같은 상태였지요. 상황에 생각이 전혀 따라가지 못하는 상태. 근데 그때 저는 역시 젊었나 봐요. 호기심이라는 것은 두려운 것이기도 하지만 고마운 것이기도 하지요. 바로 집으로 돌아가는 게 아쉬워서 그대로 경성의 거리를 걸었습니다. 거기에서 저는 태어나서 처음으로 데모 행진을 봤어요. 조선인의 데모 행진이었지요.

그 데모 행진을 하고 있는 조선인의 얼굴은 제가 지금까지 알고 있던 조선인의 이미지를 완전히 뒤엎어 버렸어요. 저는 이것이 작품을 쓰게 된 하나의 커다란 원동력이 되지 않았나 하고 생각합니다. 작품을 쓰는 것뿐만 아니라 저 자신에게도 인생에 대해 가장 깊이 생각하게 한 원동력이 되어 주었다는 생각입니다. 지금까지 조선인의 이미지 하면 역시 우울하고, 고개를 수그리고 있고, 명확하게 뭔가를 이야기하지 않는 어두운 이미지였어요. 그런데, 그 데모 행렬 때의 조선인의 얼굴은 엄청나게 밝았지요. 목청껏 "만세! 만세!" 하며 넓은 번화가를 가득 메운 인파가 걸어가는 거예요. 감동적이었지요. 어딘가에서 누군가가 춤을 추기 시작했어요. 순식간에 그 사람을 중심으로 커다란 춤의 원이 만들어졌어요. 춤추면서 조금씩 일정한 방향으로 걸어가요. 그것을 보고 있자 저도 제가 일본인이라는 사실을 잊어버리고 함께 분위기에 취해서 그 안에 섞여 들어가 버렸지요. "만세! 만세!" 하고 외치면서 말이죠. 그것도 《국경》 3부에 썼습니다.

■ "여긴 네가 있을 곳이 아니야"

몹시 부끄럽지만, 그때는 침략자로서의 죄의식이 없었어요. 문득 정신을 차리고 보니 그 거리 모퉁이에 예과 학생 하나가 서 있었어요. 그는 조선인 학생이었죠. 그 녀석은 3개월 정도 전에 교실에서 모습을 감췄던 애였지요. 독립 준비 때문에 모습을 감추고 공작원으로서 지하조직에 들어간 애였어요. 그는 건국준비위원회라는 완장을 차고 있었지요. 공교롭게도 그 녀석과 딱 하고 눈이 맞았어요. 서로 쳐다보지 않았다면 저는 그냥 아무것도 모른 채 "만세! 만세!" 하면서 아마도 경성역까지 갔을 텐데 말이에요. (웃음)

그 녀석이 좀 와 보라고 하는 거예요. "뭐라고?" 하면서 그쪽으로 갔어요. 그는 아주 근엄한 표정으로, "여긴 네가 있을 곳이 아니야." 하고 말하는 거예요. 그 말을 듣고 전 정말로 깜짝 놀랐어요. '여긴 네가 있을 곳이 아니야'라는 말을 들었을 때 퍼뜩 정신이 들었지요. 정말 바보 같은 이야기지만, 그것이 제 자신에게 조선에서 태어나 자랐다는 것을 다시 한 번 되묻는, 다시 생각하게 하는, 다시 보게 하는 중요한 계기가 되었던 것 같습니다.

■ 식민지 일본인의 의식

《국경》 속의 주인공 아키오가 여행을 합니다. 동료 작가들에게 "시카타 신이라는 자는 인간의 내면을 그리지 않으니까 여행을 시켜서 사건을 일으킨다."는 소리를 자주 듣는데요. (웃음) 이것이 바로 그런 내용이에요. (웃음) 저는 심각하게 인간의 내면을 그리는 것은 좋아하는 편이 아니고, 역시 사건과 여행을 아주 좋아해요. 그렇지만 이 작품의 경우, 여행 설정은 많은 고민 끝에 하게 된 것이에요. 그 시대 경성대의 예과 학생, 한 일본 청년이 자신이 놓인 장소에서 벗어나 조선인, 중국인, 몽골인 등의 진실을 접하기 위해서는 절대적으로 어딘가로 떠나지 않으면 안 될 상황이 있었거든요. 학교 강의에서는 그런 것을 가르쳐 주는 학과도 교수도 없고, 출판도 저널리즘도 엄격한 검열 하에 진실을 말하려고 하지 않았던 시대였으니까요. 그런 상황을 어떻게 만들까 고민하자, 역시 여행밖에 없었어요. 여행이라고 하면 매우 안이하게 보이고, 예상했던 대로 출판 후 악평을 듣기도 했지만, 저로서는 어쩔 수 없는 선택이었습니다. 그렇지만 저는 주인공을 여행시키는 과정에서, 아까 말씀드렸던 "만세! 만세!" 하고 외치면서 조선인들이 춤을 추던 때의 표정과 그전 일본의 식민지 지배 하에서 보였던 표정의 격차를 마음속으로 계속해서 생각하고 있었습니다.

이 중에서 귀환자가 계신다면 좀 거북해하실 수도 있겠지만, 현지에 있었던 일본인 중학생 정도의 아이들은 아마도 7대 3 정도의 비율로 70퍼센트 정도가 무단파형, 파시즘파라고 생각해도 좋지 않을까 하는 생각이 드는데요. 즉, 교사나 부모를 통해 배운, 조선인은 뼛속부터 안 되는 민족, 바보, 덜된 인간, 공부 못하는 사람이라는 이미지를 의심하지 않았어요. 나머지 30퍼센트는 자신은 조선인에 대해서 잘 알고 그들을 이해하고 있으며, 그렇게 간단하게 정리되는 문제가 아니라고 생각한다는, 인텔리파, 문약파(文弱派)라고 해야 할까요? 뭐 이런 사람들이 있었지요.

이런 내용도 작품에서 나오는데, 일본인과 조선인은 가는 학교가 초등학교 때부터 완전히 달랐어요. 중학교 정도 되면 더 심해지는데요. 어쨌든 중학교도 초등학교도 돈 많은 조선인들은 자기 자식을 일본인 학교에 입학시켰어요. 일본인 중학교에 들어가는 편이 훨씬 학교 설비도 좋았고, 진학률에도 엄청난 차이가 있었지요. 그 때문에 어떻게든 무리를 해서라도 일본인 중학교에 집어넣는 겁니다. 학급에 소수파로서 5명 정도 조선인이 항상 있었어요. 그러면 5명 정도의 조선인을 파시즘파 녀석들은 괴롭히는 거예요. 걸핏하면 따돌렸지요. 그렇지만 연약파(軟弱派)인 우리들은 그걸 보면서도 어떻게 할 수가 없는 거예요. 완력도 없고, 패기도 없지요. 중학생 정도 되면 완력이 있는 녀석들은 유도부, 검도부라 팔도 다리도 두껍고 그야말로 불만이라도 토로하면 밟아 죽일 것 같은 녀석들이 많았어요. 조선 애들을 감싸 줄 힘이 전혀 없었죠. 그렇지만 속으로는 '난 저 녀석들과 달라!' 하고 끊임없이 생각했어요. 주뼛주뼛 주눅이 들리긴 했지만.

■ "난 다르다"라는 착각

저도 그런 사람 중 하나였는데요. '난 달라, 조선인에 대해서 잘 알고 있어'라는 제 생각이 큰 오해였음을 깨닫게 된 것이 제 마음속 여행의 출발점이었던 것 같아요. 제 아버지는 경성제국대 경제학부 교수여서 저희 집에는 아버지의 제자들이 자주 드나들었어요. 아버지 본인도 "조선 학생은 정말 우수해." "일본인들은 우물쭈물하다가 져 버린다니까." 하는 말씀을 종종 하셨습니다. 어머니는 화가여서 몇몇 훌륭한 조선 화가들이 집에 방문하곤 했습니다. 아이들의 경우 어른들과 달리 직감으로 훌륭한 화가라는 것을 알 수 있지요. 저 같은 사람도 그런 의미에서 조선에 대해 잘 알고 있다고 착각하고 있었던 것입니다. 이것이 실제로는 착각에 지나지 않았음을 겨우 알게 된 것은, 전쟁이 끝나고 일본으로 귀환하여 상당히 긴 세월이 지난 다음이었습니다.

　일본인이 침략자의 입장에서 조선에 있을 때는 아무리 조선인에 대해서 잘 알고 있다고 하더라도 전혀 아는 것이 아니었죠. 그것을 제가 깨닫게 되기까지는 10년 정도의 세월이 걸렸습니다. 일본에서의 진정한 제 모교였던 아이치(愛知)대학의 훌륭한 교수님들에게서 진실을 배웠어요. 조선인 친구들과 함께 생활했던 상황의 의미를 비로소 알게 되었던 것이지요. 《무궁화와 모젤》이라는, 제가 처음으로 썼던 장편 아동문학은 그런 사실들이 제 자신 내부에서 이해되기 시작한 이정표였습니다. 《국경》과 마찬가지로 반드시 쓰고 싶다는 생각으로 저술한 제 여행의 최초 일보였습니다. 이 작품도 여행을 하는 구성으로 이루어져 있지요.

■ 조선인 강제연행을 목격하다

여행이라고 하면, 몇 가지 장면이 지금도 생각나는데요. 예과에 다닐 때는 산악부에 가입했었고, 중학교 때도 여행광 중 한 사람이었어요. 아버지도 여행을 좋아해서 항상 저를 데리고 잘 알려지지 않은 조선의 마을 구석구석을 조사여행으로 떠나거나 했지요. 조사여행은 일본 학자로는 처음이었지요. 꽤 자주 아버지를 따라다니면서 여행을 했던 기억이 납니다.

여행을 할 때, 조선철도에서 간선(幹線)은 경부선이라고 하는, 부산과 서울을 잇는 철도가 하나 있었어요. 거기에서 갈라진 지선이 있었지요. 지선을 타면 거기에는 일본인은 거의 없어요. 조선인만 가득 타고 있지요. 겨울이 되면 술통 모양의 난로가 열차 안에 놓여 있어서 그 주변으로 조선인이 모여 즐겁게 왁자지껄 이야기하면서 담소를 나누지요. 거기에 우리들이 타면 일본인인 것을 한눈에 알아봐요. 뚝 하고 이야기가 끊기고 곁눈질을 하며 계속 쳐다봅니다. 그런 시선을 계속 느끼고 있자면 도대체 어떻게 해야 할지 모르겠는 거예요. 그냥 내릴 수도 없으니 우린 주눅이 들어 구석에 웅크리고 앉아 있게 됩니다. 우리를 바라보던 그 눈이 엄청났던 것. 그게 하나 강한 인상으로 남아 있어요. 그때 저는 마음속으로 '왜 저렇게 사람을 불편하게 하는 거지?'라고 생각했지요. 저는 저 자신을 이해자라고만 생각하고 있었으니까요. '난 조선인에 대해서 잘 알고 있는 사람이라고. 아주 잘 이해하고 있는 나를 그런 표정으로 보다니.' 그런 생각을 했던 거지요. 그렇게밖에 생각할 수 없었던 거죠.

한번은 어떤 작은 역에서 조선인 강제연행 장면을 목격하고 말았어요. 이것도 엄청난 경험이었지요. 저는 사람이 '운다'는 것이 이런 거구나 하는 생각을 처음으로 했어요. 어머니가 통곡을 하는 거예요. 통곡하는 어머니를 쓰러트리고, 후려치고, 밀어젖히면서 아들과 남편들을 화차에 싣고 가는 풍경을 목격했지요. 그때의 울음소리는 아직도 강렬하게 남아 있습니다. 저는 그때 조선인에 대해 잘 알고 있는 주제에 손가락 하나 까딱할 수 없는 일본인의 한계를 어딘가에서 감지하고 있었어요. 그 당시 저는 무슨 생각을 했느냐면, '이제 머지않아 경성대를 졸업하여 어딘가의 공장장이라도 된다면 절대로 이런 일이 벌어지지 않도록 해야지' 하는 생각을 했습니다. 이것이 일종의 그 시절 저의 입장이었고, 아마도 저뿐만 아니라 식민지에서 태어난 문약파, 연약파 일본인 애들의 발상이었을 거라는 생각도 듭니다. 그것을《국경》의 2부 어딘가에서 잠깐 언급했습니다.

이런 이미지와 해방의 날 엄청나게 열광하는 이미지, 이 두 가지가 제 가슴속에서 큰 낙차를 지니며 일본에 돌아오고 나서도 머릿속에 남아 있었습니다. 그 낙차를 어떻게 메워야 할 것인지, 어떻게 하면 메워질 것인지가 제 인생의 과제로 계속 존재했던 것이 이 작품을 저작하게 된 계기가 되었다고 생각합니다.

■ 인생의 원점이 된 조선 해방 체험

이제 8월 15일이 지나고, 다음 날이 되자 건국준비위원회가 점차 모습을 갖추기 시작했습니다. 9월 6일에 건국준비위원회 결성대회가 경기고녀(京畿高女), 지금은 어떤 이름으로 바뀌었는지 모르겠지만, 경성 시내 큰 일류 여학교의 강당에서 열렸습니다. 다음 날 미국군이 상륙해 온다. 건국준비위원회가 뽑은 수석, 부수석, 관리들의 명부를 미국군 정부가 인정하게 해야 한다. 이것으로 새로운 통일조선이 발족된다. 대강 그런 스케줄이 짜여 있었던 것 같습니다. 학교 친구들, 경성제국대 학생이라고 하면 하다못해 예과생이라도 그 시대의 조선인 중에서는 지식인에 포함되는 존재였기 때문에 각각 나름대로 활약하기 시작했던 것이지요. 완장을 차고 씩씩하게 집회의 사회를 맡거나 자기들끼리 미래의 국방군 모습은 어때야 하는지 등의 토론 같은 것을 하거나 했지요. 그런 기운이 어렴풋하게 제게도 전해졌습니다. 엄청 부러웠고, '이제 조선이 새로운 나라가 되는구나.' 하고 생각했습니다. 그것과 반대로 '나는 일본으로 돌아간다. 앞으로 일본은 어떻게 될지 모르고, 어쩌면 이대로 미국에 연행되어 가 버릴지 모른다'는 암울한 기분에 사로잡혀 있었습니다.

8월 15일을 경계로 매일매일 조선인의 밝은 얼굴을 볼 수 있었어요. 환상을 보는 것 같은 나날이었다는 것이 제 기억 속에 계속 남아 있습니다. 그러던 중 몇 가지 이상한 사건이 일어났습니다. 8월 16일 건국준비위원회가 일제히 일본인의 대기업, 공장, 방송국, 신문사를 차지하고 이를 모조리 접수해 버렸습니다. 그런데 8월 17일 역접수라고 하여 조선에 있던 일본 군대가 갑자기 움직이기 시작하여 다시한 번 되찾으려고 했습니다. 저는 '이거 봐라. 이거 어떻게 되는 거야?' 하고 생각했지요. 친구들도 분개하여 데모 행진을 하기도 했습니다. 그러나 결국 일본군이 전차를 앞세워 방송국과 신문사를 역접수해 버립니다. 건국준비위원회 쪽에서 지령이 내려져서, '어차피 우리 것이 될 것이니 지금 여기에서 쓸데없이 피를 흘릴 필요는 없다'고 결론을 내렸던 것 같습니다. 이렇게 역사가 변해 가는 순간을 운좋게 목격할 수 있었다고 스스로 생각하면서 집으로 가니, 평소에는 무사태평한 성격의 어머니도 역시나 걱정을 하고 계셨습니다. "너 여태까지 뭐하다 이제 들어와! 이 바보 같은 녀석아."라며 화를 내셨습니다. 역사가 바뀌어 가는 순간은 가슴을 두근거리게 하지요. 거리에 나가 보지 않고는 견딜 수 없었어요. 사람들이 모여 있으면 함께 연설을 들어 보고 싶다는 욕망을 스스로도 어떻게 제어할 수 없는 촐랑거리는 기질이 있어서요. 어쨌든 그렇게 해서 마을 여기저기를 구경하고 돌아다녔던 기억이 납니다.

이것도 잊을 수 없는 풍경 중 하나인데요. 동대문이라고 이씨 조선 왕조 시대부터 커다란 문이 있는데요. 일종의 교통센터와 같은 곳이에요. 거기에 커다란 종이가 붙어 있었어요. 실로 묵흔임리(墨痕淋漓)라는 느낌이 들었어요. '우리는 지금 해방을 맞이했다. 해방민족으로서의 긍지, 자랑스러움을 가지고 살자. 일본인에 대해서 이유

없는 침략이나 폭행을 하지말자'라고 쓰여 있었어요. 확실하게 다 확인한 것은 아니지만, 저는 일본인이 조선인에게 무슨 짓을 했는지 일본인 헌병이 무슨 짓을 했는지 어렴풋이 알았잖아요. 아버지의 관계, 어머니의 관계도 있고, 아까 말했던 것처럼 여행에서도 연행 장면 같은 것도 보면서 말이죠. 이렇게 어느 정도는 알고 있었기 때문에 이 문구를 봤을 때 언군이 새빨개져서 계속 쳐다보고 있을 수 없었습니다. 그런 충격을 17세 정도의 나이에 받게 되었던 것이 인생의 하나의 원점이 되었다고 생각합니다.

■ 미군의 인천상륙을 경험하다

사건이 하나 더 있었어요. 출판사에서는 그 내용을 꼭 쓰라고 했는데, 결국 못 쓰고 말았어요. 9월 8일이었던가. 미국군이 인천에 상륙합니다. 저는 인천 상륙 최초의 순간을 목격하게 되는 행운을 얻었습니다. 이것도 생각해 보면 일촉즉발의 위험한 상황이어서, 이때도 역시나 어머니가 "오늘은 절대로 집 밖에 나가지 말라."고 하셨지만, 결국은 또 슬금슬금 기어나가 버렸습니다. 그때 마침 학생통역대 모집이 있었어요. 내일 미국군이 상륙하니까 학생통역대에 지원할 사람은 지원하라는 것이었지요. 아마도 여러분들은 대부분 모르실 거라고 생각하는데, 전쟁 중에 일본은 어리석은 생각을 갖고 있어서 영어 공부하는 것은 적국의 사상에 젖어 버리는 것이라며 공부를 하지 못하게 했어요. 중학교 같은 데에서도 영어 시간을 상당히 줄였지요. 그런 콤플렉스가 아직까지도 남아 있다는 것은 다 아시지만요.

전문학교 코스에 들어간 학생들에게도 전혀 외국어를 가르치지 않았어요. 외국어 교육을 받은 것은 기껏해야 예과 학생밖에 없었어요. 그 때문에 예과 학생에게 학생통역대 지원자를 모집한다는 고지가 돌았던 거지요. 저는 어쨌든 재미있을 것 같다는 생각에 들떠 지원해 버렸지요. 3주 전까지만 해도 적이었던 놈들, 그들이 마침내 지금 눈 앞에 나타난 거지요. 그 순간은 역시 스릴이 있었어요. 지금까지 한 번도 본 적 없는 커다란 폭격기의 대편대가 머리 위를 윙 하고 돌아 하늘을 새까맣게 덮으며 통과하는 거예요. 엄청 크다는 생각을 했어요. 이것들에 우리 선배들과 친구들이 공격당해 죽었던 것일까 하는 생각에 오싹했어요. 그리고 하얗게 칠한 군함이 있다는 것을 처음으로 알게 되었어요. 일본의 군함은 전부 재색으로 칠해져 있었으니까요. 미국은 하얀색을 칠하고 있더군요. 상륙용 군함이라 깨끗한 것으로 골라 사시고 왔던 것일까요? (웃음) 그게 새하얗고 거대한 벽처럼 가까이 다가오고, 상륙용 소함정이 파도를 일으키며 이쪽으로 다가오자, 그때는 정말로 제 다리가 후들거리며, '이거 큰일 났는데. 나한테 총구이라도 들이대면 어떻게 하지?' 하는 생각을 했습니다. 그렇지만 이제 와서 되돌아갈 수도 없는 노릇이라 해안에 가만히 멍하니 서서 미국 병사들이 상륙하는 것을 기다리고 있었어요. 지프를 싣고 상륙용 소함정이 해안가로 다가오자 일제히 상륙해 오는 겁니다.

제 영어라고 하는 것은 학교 영어라 도움이 될 리가 없었지요. 처음 한두 마디 주고받은 다음, "너희들은 도움이 안 돼. 해고야!" 하고 바로 잘려 버렸어요. (웃음) 그러나 처음으로 외국인과 정면으로 대면한 그때의 충격은 컸지요. 지금 여러 나라로 회의나 여행을 가볍게 훌훌 떠날 수 있고, 가더라도 그다지 컬처쇼크도 받지 않고 돌아다닐 수 있는 것은 이런 강렬한 예방주사를 맞았던 탓이 아닐까요.

■ 조국 일본으로의 귀환
아무튼 그런 것들을 다 경험하고 일본으로 귀환했습니다.

돌아와서 이번에는 또 다른 마음의 갈등에 부딪혔습니다. 일본이 저의 조국이고 모국이라는 것은 아버지와 어머니에게 들었으니 잘 알고 있었지요. 호적부를 보더라도 본적지에 고베시(神戸市) 나다구(灘區) 나다기타도오리(灘北通)라고 쓰여 있었으니까요. 미카게(御影) 주변을 지나면 어머니가 항상 "집이 여기에 있었어."라고 이야기해 주었고, 아버지의 중학교는, 지금은 뭐라고 부르는지 모르겠지만 고베1중이었고, 고베1중 학생이 있으면 "아버지가 저 사람의 선배야." 라는 말을 듣곤 했으니 그 정도의 친근감은 있었어요. 그 정도밖에 아는 것이 없어요. 이상하게 들리겠지만, 실제로 일본에 있는 일본인과 그다지 깊은 이야기를 나눠 본 적도 없고, 식민지에 있던 일본인하고만 이야기해 봐서요. 기묘한 당혹감을 느낀 적이 몇 번 있었습니다. 예를 들면 일본에 있는 일본인이 항만 하역이나 전차의 차창을 하고 있다는 것은 엄청난 쇼크였습니다. 항만의 하역을 일본인이 하다니, 일본이라는 나라는 문화적인 나라라고만 생각하고 있었던 것이지요. 매우 부끄러운 일이지만, 이런 이야기를 해도 여기에 계신 분들은 무슨 이야기인지 모르시겠지요?

조선에 있을 때는 항만 하역이라든가, 마차를 끌거나, 도로공사를 하거나, 하인 역할은 모두 조선인들이 했던 거지요. 일본인은 그런 일은 전혀 하지 않았어요. 일본인이라는 문화적으로 고급 민족은 최저 학교 선생이나 순사 정도였으니까요. 최저가 학교 선생이라고 하면 화내실 분들이 계시겠지만, (웃음) 죄송합니다. 저변의 일은 어쨌든 모두 조선인들이 했었어요. 그 때문에 일본으로 돌아와서 배의 하역을 일본인이 하고 있는 것을 봤을 때 깜짝 놀랐어요. 제 쪽에서 보자면 학교 선생님이 하역을 하고 있는 것처럼 보였거든요. 그런 점에서 식민지 일본인은 어떤 의미에서 다른 인종으로 살아왔던 거예요. 그러니까 아까 제가 말씀드린 것처럼 겉으로는 '난 조선인에 대해서 잘 알고 있어. 이해하고 있어.' 하고 말하지만 감각적으로는, 실제로는 전혀 이해하지 못했다는 것을 이런 점을 포함하여 말씀드리려고 하는 것입니다.

■ 먹을거리가 있는 규슈(九州)로

그러면 귀환 전의 이야기로 다시 돌아가겠습니다. 조국 일본이 공습으로 재만 남아 허허벌판이 되어 어디를 가도 먹을 것이 없다는 소문을 귀에 못이 박히도록 듣기는 했습니다. 조선인 친구들이 "너희들은 일본에 돌아가도 굶어 죽으려고 가는 거나 마찬가지야." 하며 싫은 소리를 하기도 했지요. "그렇지만 어쩔 수 없이 돌아가야 하는 것 아닌가. 너희 나라에 있을 수도 없으니 돌아갈 수밖에."라고 말하면, "그건 그래. 너희들이 여기 있어서는 안 되지."라는 말을 들으며 돌아왔어요. 당시 귀환자는 모두 비슷한 생각이었을 텐데, 어디로 가면 먹을 것이 있을지 우선 생각했지요. 저도 그랬어요. 아버지는 남은 일을 정리하고 나중에 돌아오기로 해서 어머니와 여동생 둘을 데리고 먼저 일본으로 돌아왔어요. 어머니와 어디로 가면 먹을 것이 있을까 함께 상의했지요. 땔감도 석탄도 없으니 날씨가 따뜻하고 먹을 것이 있는 곳이 좋지 않을까 하고, 그래서 규슈에 가면 먹을거리가 있을 거라고 생각하게 되었지요. (웃음) 규슈는 따뜻하고 어항이 많고, 고구마는 산처럼 많이 거둘 수 있다는 소문을 듣기도 했고요. 이런 예상은 빗나가지 않았어요. 역시나 규슈가 일본에서 제일 먹을 것이 많았습니다. 그래서 고향이 규슈인 사람은 행복했지요. 동경으로 돌아간 사람들은 모두 말라 비틀어져서 힘없이 돌아다닐 때 이쪽은 매일 고구마와 생선을 먹으며 생활했으니까요. 그런 의미에서 규슈행은 잘한 결정이었지요.

그런데 잘하지 못한 부분이 있었습니다. 저는 그 즈음 아직 인간의 심리 구조 같은 것에 대해서는 잘 몰라서, 일본인이라는 것은 같은 얼굴을 하고 같은 언어를 사용하기 때문에 비슷한 심정으로 살아갈 것이라고만 생각했던 거예요. 그런 착각을 하고 있었기에 별로 고민하지 않고 규슈로 갔습니다. 구제고교로 전입학하게 되었는데, 어느 학교로 갈지를 고민할 때도 마찬가지였습니다. 그 당시 제가 갈 수 있는 남규슈고등학교는 오로지 두 개밖에 없었어요. 하나는 구마모토의 제5고등학교, 지금의 구마모토(熊本)대학이 된 고등학교이지요. 다른 하나는 제7고등학교, 지금은 가고시마(鹿兒島)대학이 되어 있는 학교입니다. 미야자키(宮崎)에는 학교가 없었고, 후쿠오카(福岡)에는 후쿠오카고등학교와 사가(佐賀)고등학교 이렇게 네 학교가 있었습니다. 그중에서 고를 수 있는 학교가 5고와 7고밖에 없었지요. 7고에 가 보니 가고시마 사투리가 위세를 떨치고 있었어요. 방언의 힘이라는 것을 지금의 젊은이들은 잘 모르겠지만, 가고시마 사투리를 쓰는 사람과 이야기하고 있으면 무슨 말인지 전혀 모르겠는 거예요. 가고시마 사투리만 사용하는 고등학교에서는 말을 알아들을 수 없으니 '여기는 안 되겠다'고 생각했습니다. 그 다음 표준말을 조금을 알아들을 수 있겠지 하는 생각으로 5고에 가려고 생각했었지요. (웃음)

■ 일본인 속에서 소외감 때문에 고민하다

이것이 큰 실수였던·것입니다. 그 당시는 전부 기숙사 생활을 해서 어쨌든 모두가 기숙사에서 생활해야 했습니다. 7명 정도가 한 방에서 생활하는 형태였지요. 7명 중의 한 명이 저고, 다른 사람은 모두 그 지역 출신, 그 지역이라면 좀 그렇고, 규슈 각지에서 뽑힌 수재들이었어요. 규슈의 각지에서 모였기에 모두 규슈 남자였지요. 일본인 중에서도 가장 일본인다운 규슈형 남자 애들만 모여 있었어요. '의지가 강하고 꾸밈이 없으며 말수가 적은 것은 도덕의 이상인 인(仁)에 가깝다(剛毅木訥仁に近かし)'는 문구가 기숙사 입구에 붙어 있거나, '히고못고스(肥後もっこす, 완고하고 순수하며 정의감이 강하지만 융통성이 없고 자기주장이 강한 구마모토 남자를 가리키는 말)'라고 하여, 요컨대 도회풍은 그다지 즐기지 않는 사람들인 거예요. 지방색이 강하고 보수적인 것에 열을 올리는 교풍 같은 것이 있었습니다. 저 같은 촐랑이가 끼어들어가자 처음부터 이상한 생물을 보듯이 바라보는 거예요. 저는 별로 특별한 행동을 한 것 같지 않는데 상대방이 보면 왠지 이상한 거지요. 아침 인사부터가 달랐으니까요. 어쩔 수 없었지만 말이에요. 예를 들면 "안녕하세요" 한 다음에, 조선에서는 날씨가 어떻다던가 하는 등의 이야기는 덧붙이지 않았어요. 조선의 겨울은 삼한

사온이라고 하여 날씨나 기온의 사이클이 일정했고, 거의 완전 난방을 하지 않으면 얼어 죽으니까 두꺼운 벽으로 만든 방에서 지내니 날씨 같은 것은 그다지 신경 쓰지 않았죠. 그래서 "오늘은 추워질 것 같으니 주의합시다"라던가, "곧 뭔가가 쏟아질 것 같아"라던가 라는 말을 들으면 어떻게 대답해야 할지 모르겠고, 당황해 버리는 것이지요. 상대방도 '이싱한 일본인'이라고 생각하는 것이 빤히 보이는 데도 저로서는 어쩔 수가 없었어요.

그런 것부터 시작하여 뭔가 감각적으로 그들과 딱 들어맞지 않는다는 느낌이었지요. 제가 하는 말도 상대방에게 잘 전달되지 않는다는 느낌이 들고, 저의 사고 회로는 일본인과 좀 다른 것이 아닐까 하고 그때 생각하기 시작했어요. 지금 생각해 보면, 그것은 그런대로 괜찮았던 것 같아요. 지역의 고등학교에 따라서 사고방식이라든가, 교풍, 학풍이 다른 것은 어떤 의미에서는 훌륭한 것이라고 생각합니다. 그런데 저 같은 사람은 여태까지 일본에서 살지 않다가 갑자기 순수 일본인에게 둘러싸이니 완전히 맥을 못 추겠는 거예요. (웃음) 규슈 사투리를 못 알아듣는 데다가 언어가 지닌 다양한 뉘앙스도 모르겠는 거예요. 이런 이유에서 저는 상당한 소외감에 휩싸였습니다. 상대방도 악의가 있어서 그런 것은 아니었을 텐데 말이에요. 어떻게든 친구를 만들어 보려고 했지만 그들은 저와 템포나 감성이 달랐지요. (웃음) 정말 어떻게 해야 할지 몰라서 결국 5고도 다닐 수 없게 되었습니다. 도중에 다른 일을 시작하기도 해서 학교에는 별로 나가지 않게 되었지요.

■ 나는 도대체 누구인가?

그 시절 저는 대륙에서 아버지나 어머니를 잃은 아이들, 전쟁으로 부모나 형제를 잃은 아이들을 위해서 하는 구제 활동 같은 것에 빠져 있었어요. 점점 학교에 가는 것을 기피하게 되었지요. 그런 내용은《도둑천사》에 썼습니다. 이 책도 그다지 팔리지는 않았는데요.

그러는 동안에 식민지에 있던 각 대학으로부터 귀환한 교수들을 중심으로 도요하시(豊橋)에 아이치(愛知)대학이 생겨서 거기로 귀환한 학생들이 모두 모이게 되었습니다. 모이자고 서로 약속한 것도 아닌데, 요컨대 여기저기 저와 비슷한 녀석들이 많이 있었던 거지요. 그런 녀석들이 모두 바람에 날려 모래가 쌓인 것처럼 모여들어, 저는 비로소 소외감에서 벗어날 수 있었습니다. 저는 아이치대학 예과에 전입학해서 비슷한 느낌을 가진 녀석들과 함께 지내고 나서부터 마음이 편해졌습니다.

이제 그 시기 몇 년 동안 어떤 생각을 하며 지냈는지 말씀드리자면, 저는 아무래도 조선인이 아닌 것은 틀림없다. "여기는 네가 있을 곳이 아니야."라고 거부당했기 때문에 조선인이 아닌 것이지요. 조선에는 제가 있을 장소가 없어요. 그렇다고 해서 아무리 생각해도 일본인도 아닌 것 같다는 생각이 절실하게 들었던 것입니다. 논리적으로 '이건 틀렸으니 이렇게 고쳐' 하고 이야기해 주면 알 것 같기도 하고, 논리적으로는 일본인이 된다는 것은 그리 복잡한 문제는 아니었지만, 비논리적인 회로에서는 지금 내가 하고 있는 행동이 일본인들과 템포가 잘 들어맞지 않아 왠지 찝찝했던 거지요. 요컨대 어딘가 달랐어요. 그런 느낌을 뼈저리게 갖고서는 그 이후 '도대체 나는 누구인가'라는 생각을 하기 시작했습니다.

그러니까 저는 귀국자녀 문제 같은 것에 대해 매우 공감합니다. 논리나 외면상으로는 알 수 없는 감성 회로의 차이라는 것이 정말 있다고 생각 합니다. 하지만 '나라는 인간은 도대체 어떤 존재인가'라는 생각을 하기 시작한 것으로 저는 큰 이익을 본 것 같다는 생각이 강하게 들어요. 청춘 시기에 인간이 가장 해야만 하는 질문을 이런 여러 가지 과정을 통해 했다는 것은 감사한 일이었지요. 8월 15일 경성 거리에서 학교 친구가 갑자기 "여긴 네가 있을 곳이 아니야."라고 말해 줬던 것은 제게 큰 체험 중 하나였고, 그것이 글을 쓰는 직업, 연극에 관계된 일 등을 하게 된 가장 큰 계기가 되었습니다. 그리고 더욱이 그런 자신을 향한 의문을 계속 품어 가는 속에서 '인간이 살아갈 수 있게 지탱해 주는 것은 과연 무엇일까' 하는 생각을 하기 시작했고, 지역 활동 문제 같은 것을 진지하게 생각하기 시작했습니다.

■ 《오란과 류타(お蘭と龍太)》에 썼던 것
《무궁화와 모젤》을 출판한 후 《안녕! 마한의 성이여(さらば！バハンの城よ)》이라는 좀 이상한 제목의 책과 《오란과 류타》라는 두 개 시리즈의 책을 출판했습니다. 이것은 신일본출판사라고 하는 곳에서 출판했는데요. 이 책은 직접 조선을 무대로 한 것은 아니지만 어딘가에서 연결은 되어 있습니다. 어떤 분이 《무궁화와 모젤》에서는 조선에 대한 문제를 정면으로 다뤘는데, 《오란과 류타》나 《안녕! 마한의 성이여》에서는 왜 조선에서 벗어났느냐고 화를 내시기도 했습니다.

《오란과 류타》는 전국시대 초기를 무대로 한 역사소설 같은 것입니다. 전국시대를 무대로, '청춘이라는 것은'이라는 질문을 테마로 하여 오란이라는 해적의 딸을 주인공으로 삼았지요. 그 당시 왕직(王直)이라는 유명한 중국인 해적이 있었어요, 그가 국제적인 해적 선단을 조직했지요. 그는 고국인 중국에서 쫓겨난 상인입니다. 그 시절 해금책이라고 하여 중국의 황제가 무역 제한을 합니다. 그 과정에서 무역에 목숨을 걸고 있던 많은 상인들이 일자리를 잃게 되지요. 그 상인들 연합의 우두머리 격인 왕직이라는 남자가 상인연합을 조직하여 요즘 말하는 밀무역을 단행하게 됩니다.

그 시기 이미 포르투갈이 마카오를 기지로 하여 일본 근처까지 와 있었고, 항로가 몇 개 개척되어 있었기에 밀무역이라고 해도 중국 정부가 하는 공무역보다는 훨씬 큰 힘을 가지고 있었습니다. 그렇지만 이것은 지하무역이었기에 당연히 무장도 하고 있었고, 해적 같은 거친 사람들도 있었지요. 마한선은 공포의 대상이 되기도 합니다. 왕직은 포르투갈인, 중국인, 조선인 등 국적을 가리지 않고 거친 남자들을 부하로 삼아 대선단을 편성합니다. 그 사람의 사랑하는 딸이라는 설정으로, '오란'이라는 인물을 구상해 보았습니다. 제 속으로는 '오란'에 대해서 쓰면서 고향이 어딘지 모르는 여자아이와 자신을 겹쳐 보았습니다. 왕직은 고향에 돌아가고 싶지만 돌아가면 밀무역을 하는 해적이었기 때문에 사형에 처해지게 됩니다. 그래서 고향에 돌아갈 수도 없습니다. 마침내 자신의 성을 오도열도(五島列島) 안에 만듭니다. 그리고 오도열도의 영주인 마쓰우라(松浦) 씨와 사이좋게 지내며 히라도(平戶)에서 성(城)을 하나 받아 살아갑니다. 그러나 그는 아무래도 고향에 돌아가고 싶다는 생각을 하게 되요. 그 언저리에 대한 생각은 저를 정말 울컥하게 합니다. 결국 왕직은 어쩌면 밀무역을 했다는 것을 용서받을 수 있을지 모른다는 소리에, 책략이라는 것을 알면서도 고향에 돌아가게 되고, 결국 사형을 당하게 됩니다. 그 후는 완전히 저의 창작인데요. 그가 사랑하는 딸이 선단을 이끌고 망망한 남쪽 바다를 향해 방랑 여행을 떠난다는 설정입니다. 그리고 오란을 좋아하는 어부의 아들 류타라는 소년을 설정하는데, 소년기의 연인인 오란은 해적 선단을 이끌고 남쪽으로 가지만, 류타는 일본에 남아 자기 고향을 이곳으로 삼으려고 결심합니다. 그런 이야기를 써 봤습니다.

■《국경》을 쓰려는 결심

제가 이 작품을《무궁화와 모젤》다음에 쓴 것은, 방금 말씀드린 것처럼, 자신의 아이덴티티라고 해야 할까요. '자신은 무엇인가'를 생각해 가는 중에 기억나는 것을 중심으로 썼습니다. 제 쪽에서 보자면 여러 가지 경위를 거쳐 물 흐르듯이 나고야에 흘러들어와 버렸지만, 나고야를 고향으로 삼고 여기에 터전을 잡아 나만의 문화와 관계된 일을 해 나가야지 하는 생각 하나는 확실했습니다. 그런 확실한 작품을 써 보자는 결심도 했지요. 그래서《무궁화와 96○○》라는 작품을 쓰게 되었습니다. 그러나 그 이후《국경》에 이르기까지 '시카타 신은 조선에 대한 이야기를 전혀 쓰지 않고 있다' '그 사람은 조선에 대한 문제를 버렸다'는 식의 이야기를 듣기도 했습니다. 그러나 실제로 저는 그렇지 않았고, 다양한 작품들을 써 가면서 서울 거리에서 받았던 숙제를 계속 생각하고 있었습니다. 그 숙제를 생각해 가면서 아이덴티티 문제, 제가 살고 있는 지역의 문제 등 여러 가지 생각을 하고 있었습니다.

　이러한 과정을 거치면서 《국경》을 쓰려고 결심하게 된 것입니다. 여기에서 모험 이야기로 되돌아가는데요. 《국경》이라는 작품을 쓸 때 가장 힘들었던 점이 무엇이었는가 하면, 조선의 문제가 나 자신의 인생과 너무 가까워서 좀처럼 작품이 되지 않는 다는 것이었지요. 작품 내용이 반은 거짓말이라는 말을 자주 하는데, 반이 아니라 70퍼센트 이상이 거짓말인 거죠. 거짓말을 하지 않으면 안 되었으니까요. 거짓말쟁이 작가로 출발하게 된 거지요. (웃음) 글쟁이라는 것은 정말 거친 직업이라 거짓말을 하는 재능도 필요하지요. 그렇지만 저와 너무 친근한 문제는 거짓말을 하기가 어려웠어요. 바로 본심이 나와 버려요. 그러니까 경찰이 심문 같은 것을 할 때 그런 부분을 잘 이용하나 봐요. (웃음) 그런 이유로 제 삶과 가장 가까운 3부를 맨 나중으로 미뤄 뒀어요. 제1부는 조선에 대한 이야기가 거의 나오지 않고 바로 중국으로 여행을 가 버리고, 제2부에서 절반 정도 경성 거리를 썼는데, 역시 중국의 이야기로 바뀌어 버리고, 제3부에 와서야 겨우 경성의 마을 이야기로만 구성된 한 권을 쓸 수 있었습니다.

■ 왜 몽골인을 등장시켰는지?

제1부에서 몽골인 소녀를 매개자로 내세웠지요. 이것에 대해서도 여러분들이 자주 하시는 질문인데요. "왜 몽골인가요? 작가 쪽에서 보자면 조선인이 나오는 것이 더 어울리지 않나요? 《무궁화와 모젤》에서 공들여 아름다운 조선인 소녀를 매개자로 만들었는데, 왜 그 사

람이 등장하지 않나요? 몽골인의 등장은 일본 사람들에게는 확 와 닿지 않아요."라는 등의 말씀을 하시지요. 그렇지만 저에게는 몽골 소녀를 등장시킨 것이 큰 의미가 있었어요. 이것도 젊은 분들은 전혀 이해 못 하시겠지만, 일본인이 동아시아 민족을 지배해 가는 과정에 서, "너희들은 모두 바보야!"라고 해 버리면 일제히 반란이 일어날 수 있으니 그런 식으로 말하지 않았어요. "너희들 중 조선인은 일본인과 가장 긴 시간을 함께 해 왔다. 그렇기 때문에 조선인은 일본인에 대 해서 가장 잘 알고 있다. 너희들은 일본인과 협력해서 다른 민족을 지배할 수 있도록 도와야 한다." 뭐 이런 식이었지요. 인도인이 영국 인의 하사관으로 불렸다는 것과 비슷한 관계가 일본인과 조선인에 게 있었다고 생각합니다. 저는 3부에서 '반왜놈' '반일본인'에 대해서 매우 자세하게 써 두었는데요. 일본인은 하사관과 같은 역할을 조선 인에게 부여했던 것입니다. 중국인에게는 "너희들은 상업에 매우 뛰 어나고, 손재주도 뛰어나다. 그러니까 공업과 상업을 열심히 해 주길 바란다. 그렇지만 너희들의 마음은 일본인과는 매우 거리가 있다. 우 리의 마음을 너희에게 절대로 맡길 수 없다. 일본인 말을 잘 듣고 확 실하게 상업과 공업을 하면 그것이 너희들에게도 좋은 일이고 일본 에게도 좋은 일이다."라는 것이 중국인과의 관계였던 것이지요.

그리고 철저하게 일본인이 경멸했던 대상이 몽골인이었어요. "몽 골인은 양을 치는 일 정도밖에 할 수 없다. 그러니까 너희들은 짐승 과 같다. 땅만 좀 나눠 줄 테니까 거기에서 양과 소를 길러라. 그 가 죽은 일본 병대에 헌상하라." 이랬습니다. 그러니까 '만주'에서 오족 협화를 외쳤지만 몽골인은 그중에서도 가장 낮은 위치에 두었던 거지요. 제1부에 만주군 이야기를 상당히 많이 다뤘는데요. 만주군 중에서도 몽골인 부대는 일본인에게 가장 무시당하는 존재였습니다.

■ 역사책에 등장하지 않은 노몬한 사건

제1부에서는 노몬한 사건*을 가장 중요하게 썼는데요. 이것도 여러분 같이 젊은 분들은 역사 시간에 어떻게 배웠는지 모르겠네요. 제가 근무했던 대학에서 학생들에게 노몬한 사건을 알고 있는 사람은 손을 들어 보라고 하면 아무도 손을 드는 사람이 없어서 깜짝 놀랐어요.

일본이 소비에트군의 기갑부대와 정면으로 부딪힌 것은 노몬한 사건이 두 번째입니다. 더구나 노몬한 사건의 특징은 몽골군과도 완전히 정면으로 부딪혔다는 것이지요. 지금까지 그런 식으로 바보 취급을 했던 몽골 군대에게 일본 육군 최강의 관동군이 괴멸되어 버린 거예요. 그 시기 일본 최고의 정예부대로 불린 관동군이 얼마나 약한지 백일하에 드러났다는 특징적인 사건이지요. 그런 점에서 정

---

* 1939년 몽골과 만주의 국경지대에서 일어난 일본군과 소련군의 대규모 무력충돌 사건으로, 결과는 일본군의 참패로 끝났다. 노몬한은 만주 북서부에 위치하며 외몽골과의 경계선이 뚜렷하지 않아 국경 분쟁이 일어나기 쉬운 지대였다. 1939년 5월 11일 노몬한 부근에서 만주국 경비대와 외몽골군이 교전한 것이 사건의 발단이 되었다. 일본 참모본부와 육군성은 처음부터 사건의 확대를 원하지 않았으나, 현지의 관동군이 중앙의 의사를 무시하고 전투를 속행·확대시키면서, 외몽골과의 상호원조조약(1936)에 따라 출병한 소련군과 격전을 벌이게 되었다. 8월 하순에 소련 기계화부대의 대공격으로 일본군 제23사단이 섬멸되었다. 8월 23일 독·소 불가침조약이 체결되고, 9월 3일 유럽에서 제2차 세계대전이 발발하는 급박한 세계 정세 속에서 일본 정부는 도고 시게노리(東鄕茂德) 소련 주재 대사에게 정전 교섭을 벌이게 하였다. 9월 15일 도고 대사와 몰로토프 외무인민위원의 회담에서 정전협정이 성립되어 16일 공동성명이 발표되었다(다음 백과사전: http://100.daum.net/encyclopedia/view/b03n4400a 2015.08.13 검색).

부와 군대는 이 패배를 숨기고 또 숨겼습니다. 아마도 전쟁 전의 역사책에는 거의 등장하지 않았을 거예요. 저 같은 사람이 노몬한 사건을 알고 있는 것은 그 사건에 조선의 사단, 우리들의 선배가 소집되어 많이 죽거나 전사까지는 아니어도 거의 초죽음이 되어 돌아왔기 때문이지요. 그래서 종종 그런 이야기를 들었어요. "너한테만 이야기하는데"라는 형태로 소비에트군 선차난의 무시부시함에 대한 이야기가 선배로부터 후배에게 전달되는 형태로 이어져 왔어요. 우리들은 노몬한 사건을 통해 소비에트라는 나라가 얼마나 대단한 저력을 가지고 있는가 뼈저리게 느꼈던 것이지요. 오기스(荻須) 아무개라는 사단장이 있어서 노몬한 사건에서 지휘를 맡았고, 부하들을 빨리 퇴각시켰으면 좋았을 것을 최후의 최후까지 퇴각시키지 않고 대부분의 부하를 죽게 놔두었다. 그 바보 같은 오기스가 야스쿠니 신사에서 노몬한 사건의 생존자와 유족들 앞에서 "내 부하였던 사람은 앞으로 나와!" 하고 외쳤다든가 어쨌다든가 하는 기사가 신문에 실린 걸 보고, '이런 사단장이 있어서는 정말 큰일이겠구나' 하고 생각했던 적이 있습니다.

제가 노몬한 사건을 쓴 이유는 몽골인을 통해서 그 시기 일본의 차별정책, 그 가장 하부에 있던 계층으로서 몽골인에 대해 써 보고 싶었기 때문입니다. 즉, 몽골인을 쓰는 것으로 그 당시 일본이라는 나라의 사고 구조를 써 보고 싶었다는 것도 있습니다. 그런 이유로 조선인이 아니라 몽골인이었고, 부주인공인 매개자를 몽골인 소녀로 했던 것입니다.

■ 일본은 아시아에서 무엇을 했는가?

또 하나 《국경》 작업을 구상하고 나서는 아니었지만, 좋은 기회가 있었습니다. 10년 정도 전일까. 일본인이 그다지 여행 다니지 않았던 몽골인민공화국에 가게 된 적이 있습니다. 몽골의 수도 울란바토르에는 군사혁명박물관이 있는데요. 이 박물관은 관광 코스에 들어가 있었어요. 들어가 있기는 하지만 통역 겸 가이드를 했던 사람이 일본인인 우리들의 마음을 헤아려서 그곳을 건너뛰고 지나치려고 했지요. 그때 저는 저도 모르게 "잠깐만요!"라고 말해 버렸지요. 그리고 거기에서 처음으로 노몬한 사건의 진실을 봤다는 생각이 들었습니다. 무엇을 봤느냐면, 확실히 당시 일본 측 2개 사단이 전멸했습니다. 몇 만 명에 해당하는 사단 단위의 병력이 일주일 정도 만에 소멸해 버린 격전이었지요. 몽골 자체에서도 완전 정면에서 나라의 흥망을 걸고 외국과 싸운 첫 상대가 일본이었던 겁니다. 당시 그 나라의 자세한 인구수는 기억이 나지 않지만, 몽골은 몇 십만 명 정도의 인구밖에 없었어요. 예를 들어 20만 명의 인구를 가진 나라라고 한다면 병대가 될 수 있는 인구는 기껏 해 봐야 4만 명 정도지요. 5분의 1 정도인 거지요. 5분의 1의 인구 중에서 2만 명의 병사가 거기에서 전사해 버리면 그 나라는 얼마나 큰 타격을 받을 것인가. 결국 나라의 노동, 군사, 생산을 짊어지고 있는 가장 중요한 젊은이들 중 절반이 하룻밤에 사라져 버리는 거니까요. 그것이 그 나라에 얼마나 큰 타격이었을지 그때 절실하게 깨달았지요.

일본 측에서는 역사의 일부분으로밖에 배우지 못했지만 몽골인 측에서 보자면 어떤 심정으로 일본이라는 나라를 상대했는지, 저는 그

때 알 수 있게 되었습니다. 몽골을 하나의 예로 하여 일본이라는 나라가 아시아의 나라들에게 어떤 심각한 가해를 저질렀던가. 그 하나의 모습을 써 두고 싶다는 심정까지 포함하여 제1부에서 저는 몽골 사람의 이야기를 쓰지 않을 수 없었던 것입니다. 물론《국경》표지 그림만 봐도 전쟁 시기를 거친 사람이라면 "앗! 이거 야마나카 미네타로(山中峯太郎)다"라고 말할지도 모르겠지만. (웃음) 실은 야마나카 미네타로라는 것이 머릿속에 없었다면 거짓말인데요. 무엇보다도 제게 몽골인은 어떤 묵직한 의미를 갖고 있습니다. 지금도 매우 중요한 의미를 가지고 있지요. 제2부에서 어떻게든 다시 몽골 이야기를 써 보려고 고민했어요. 마지막 장면에서 몽골에 공항을 만드는 이야기를 집어넣어 볼까 하고 원고까지 제대로 써 봤는데, 어쩐지 그 부분은 억지스러운 것 같고, 왜 이런 억지스러운 장면을 끌고 오는지 이해하기 어렵다고 편집자가 비웃는 바람에 관둬 버렸습니다.

■ 민족과 민족이 서로 협력하는 길

그런 과정을 거쳐《국경》에 이르게 된 것입니다.《국경》에까지 이르는 동안, 출발점으로서 저의 원체험인 조선의 풍경이나 조선인과의 문제가 있었습니다. 일본으로 귀환하고 나서 제 인생의 갈림길과 같은 지점에서도 조선에서의 체험은 매우 크게 작용했고, 지금도 중요하게 생각하고 있습니다. 그런 이유로 이 작품은 3부까지 어찌어찌 운이 좋게 발행할 수 있게 된 것입니다.

　저는《무궁화와 모젤》이라는 작품 속에서 각자가 제 민족을 중심으로 자립했을 때 우정이 생길 수 있다고 썼는데, 그와 더불어 정말

'나라와 나라, 민족과 민족이 서로 협력한다는 것은 어떤 것일까'를 또 하나의 과제로 열어 두고 싶다는 생각이 강합니다. 가장 핵심적인 과제 중 하나라고 생각하는데, 오로지 자기 민족만 가지고 생각하면 아무런 답이 나오지 않는 문제가 아주 많아서, 어떻게든 국제적인 시야를 가지고 해결해 가야 한다는 생각을 가졌습니다. 그래서 지금 《국경》의 속편은 유럽을 출발점으로 하려고 생각하고 있습니다.

한편으로는, 아까 말씀드린 것처럼, 제게 중요한 것 중 하나로 지역 활동이 있었지요. 지역 활동과 함께 국제적인 시야를 연결해 가지 않으면 안 된다는 사실을, 이 나이가 되어서야 겨우 깨닫게 되었으니까요. 그에 대한 내용을 일단 3부 마지막에 배치해 보려고 했습니다.

이 정도로 해서 일단 저의 이야기를 마무리하고, 이후에는 질문이나 감상 등을 들으면서 더 이야기해 가고 싶습니다.

질문과 대답

사회: 그러면 여기에서 제1부를 마치겠습니다. (웃음) 여기저기 작품을 열심히 읽어서 수긍하고 계신 분도 계시고, 상상하면서 들으셨던 분도 계신 것 같습니다. 그렇다면 질문으로 들어가 보도록 하지요. 자, 부탁드립니다.

질문: 처음엔 아이들을 위해서 이 책을 샀는데요. 제가 읽고 재미있었다고 할까요. 솔직히 말하면 공부가 되었습니다. 일본이 만주라든가

그 주변에서 무엇을 했는지 전혀 몰랐으니까요. 배울 점이 많았고, 그런 의미에서 재미있었습니다. 제3부를 기대하고 있습니다.

시카타: 감사합니다. 사실 저는 일반적인 일본인이 얼마만큼 전쟁 중의 조선이나 만주에 대해서 알고 있는지 잘 모르겠습니다. 특히 최근에는 학생들만 상대하다 보니 잘 모르기도 하고요.

■ 사실(史實)과 가공의 리얼리즘

질문: 아키오가 많은 위험을 헤쳐 가는 과정에서, 이제 여기가 마지막이지 않을까 하는 지점에서 다양한 구원의 손이 나타납니다. 월광 가면이 나타나는 것처럼요. (웃음) 아주 잘 구성하셨다고 생각합니다. 그렇지만 반대로 죽어 가던 아키오 같은 사람도 분명히 있지 않았을까요? 민족의 참모습을 이해하기는 하지만 그 직전에 망설인다든가, 혹은 그런 현장에 뛰어들어 가서 죽음을 맞이한 아키오 같은 사람들도 있었을 것이라는 생각이 드는데요, 어떤지요?

시카타: 당연히 많았을 것이라고 생각합니다. 진정한 역사로서 그 이야기를 썼다면 그런 내용을 써야만 했겠지요. 비슷한 이야기도 여러 사람들에게 들었습니다. 말씀하신 대로예요. 죽어 간 아키오가 많았을 거라는 생각이 듭니다. 《무궁화와 모젤》을 썼을 때도 여기까지 진실을 알아 버린 소년은 아마도 일본으로 돌아갈 수 없었을 것이라는 말을 종종 들었습니다. 《국경》의 경우에도 마찬가지로, 1부를 마무리해 가는 과정에서 그 부분을 가장 고심했습니다. 어떻게든 무사히 2부를 이어 가기 위해서는 주인공 아키오를 잘 살려 두어 서울로 돌아오게 하지 않으면 안 되었으니까요. (웃음) 이렇게 쓰는 게 이상하

지 않을까? 이렇게 무사하게 돌아오게 하는 설정이 아귀가 맞는 것인가? 이에 대해 편집자에게 읽어 보라고 하면서 써 갔습니다. 솔직히 마지막에는 상당히 괴로웠지요.

확실히 이것은 순 거짓말이에요. 그 시대의 역사적 사실로 보자면 이런 것까지 알아 버린 학생은 도저히 돌아갈 수 없었을 것이라고 생각합니다. 그쪽의 그 시대를 알고 있던 사람들은 모두 그런 말을 합니다. '그렇지만 돌아올 가능성도 없지는 않다.' 작가라는 인간은 그런 가능성에 희망을 걸고 쓸 수밖에 없는 것 같아요. 말씀하신 것에 대해서는 완전히 수긍하는데요. 오히려 역사적 사실에 입각해서 말하면, 죽어 간 아키오와 같은 사람들이나 그대로 그쪽에서 팔로군(八路軍) 조직에 들어가 버린 아키오와 같은 존재가 훨씬 많았을 것입니다.

그리고 저도 어딘가에서 그런 분들을 한번 만나 뵙고 싶다는 생각을 하는데요. 예를 들어 경성제국대 미야케(三宅)라는 교수를 중심으로 반제학생동맹 사건에 연루된 학생들은 모두 그야말로 졸업생 명부에서조차 사라져 버렸습니다. 그런 경우가 많이 있었을 거라는 생각이 듭니다.

혁명도 있었지만, 몇 차례의 내분이나 폭력 사태도 일어났고, 그 가운데 많은 사람이 사라져 간 것은 사실이었을 것이라고 생각하는데요. 역사학에서 보자면 그러한 사실에 대한 연구는 정말 꼭 필요하다고 생각합니다. 저는 감사하게도 작가이기 때문에 다행히도 그것을 피할 수 있었는데요, 월광가면 아저씨는 항상 건재하다는 것으로 겨우 명맥을 유지해 왔던 것입니다. (웃음)

생소하게 들리실지 모르겠지만, 저는 제 작품을 '가공리얼리즘'이라고 위치짓고 있습니다. 가공리얼리즘이라는 것은 현실적인 리얼리즘이 아니지요. 즉, 리얼리즘적 무대장치는 완벽하게 배치하지만, 거기에 등장하는 인간은 그렇지 않은, 현대의 청년이에요. 좀 더 구체적으로 이야기하면 아키오와 그 후에 나오는 기미오 같은 사람들이 그런 예로, 현대의 청년이지요. 아키오를 그 시대의 청년으로서, 그 시대 청년의 정신 구조를 그대로 살려 현실적 리얼리즘으로 썼다면 아무래도 작품이 만들어지지 않았을 거라는 생각이 듭니다. 무대장치만은 정말로 당시의 현실을 반영하여 구축했지만, 가공리얼리즘이라고 저 스스로 단언하고 있습니다. 그러니까 "이것은 역사소설이 아니다" "나는 역사소설을 쓸 마음은 전혀 없었다"라고 사람들에게 이야기하고 있습니다. 그렇지만 무대장치만큼은 상당히 면밀하게 제 나름대로 계산하고 만들어서 비교적 그런 의미에서는 "잘 만들었네." 하는 칭찬들을 해 주셨지요. (웃음) 제가 존경하는 선배로, 시대 고증 분야 전문가이신 분이 있어서 그분에게 우선 읽어 보라고 하여 "어디 이상한 부분은 없나요?" 하고 물었더니, "정말 치밀하게 구성했네."라고 칭찬해 주어서, 그것으로 안심했던 적이 있습니다.

요컨대 여러 조각들을 조합해서 리얼리스틱한 무대장치를 만들고, 거기에 현대 청년을 등장시켜서《국경》이 완성되었다고 저 자신은 단언하고 있습니다. 그러니까 역사와는 다르겠지요. 역사적으로 정직하게 아키오라는 인간의 정신 구조를 만들어 냈다면 아마도 이런 형태의 활약은 할 수 없었을 것이라고 생각합니다. 제가 그 시기의 선배들을 봐 왔기 때문에 그런 생각을 하기 시작하면 절대로 쓸 수가 없었지요.

■ 권력계급의 정신 구조를 가까이에서 지켜보다

또 하나, 제가 이 작품을 가공리얼리즘으로 써야지 하는 확신을 갖
게 된 것은 제 주변의 환경이 준 하나의 행운이 있었기 때문입니다.
제 아버지가 경성대 경제학 교수이기도 했고, 옆집에 사는 사람도 경
성대 교수로, 일본의 보수층과 깊이 연계되어 있는 사람이었습니다.
패전 후에는 자민당 보수층의 일익이 되었던 사람이었지요. 당시 저
희 집과는 담도 없이 지낼 정도의 사이였는데요. 그 집 아들도 어느
국립대학의 교수가 되었는데, 그 녀석과 저는 어릴 때 같이 씨름도
하고, 함께 뒹굴며 돌아다니기도 하고, 나무타기도 하던 사이였지요.
그 집에 어느 궁내청(宮內廳)의 높으신 분들이 자주 놀러 왔었지요. 저
희는 그때 어렸기 때문에, 그 사람들은 별로 저희들을 신경 쓰지 않
고 이야기를 주고받았었어요. "우리 천황은 집요한 성격이 있어서 말
이야. 바보같이 쓸데없는 것을 잘 기억하고 있다니까."라든가. (웃음)
"고집이 센 사람이라서, 이쯤 해서 생각을 바꾸면 좋을 텐데 바꾸지
않는단 말이지."라던가. 술을 몽땅 마시고서는 그런 이야기를 하는
거예요. 그 사람들은 우리가 아직 애들이라고 생각하고 거리낌 없이
아무 말이나 했지요. 아이들이라도 재미있는 이야기는 귀를 쫑긋 세
우고 듣는데 말이죠. 그 당시 정확한 의미는 몰랐는데, 나중에 무슨
말이었는지 알게 되었습니다. 그래서 일본 권력계급의 정신 구조 같
은 것을 비교적 가까이에서 체험할 수 있었습니다.

이런 말을 한 당사자들이 모두 죽었기 때문에 이제는 말할 수 있

지만, 제 아버지의 형은 동경에서 헌병대장을 하고 계셔서 도조(東條)가 정권을 잡으려 할 때 이를 도운 사람이었어요. 도조가 정권을 잡을 때, 큰아버지가 동경헌병대라고 하는, 최측근의 권력 구조를 저지하는 입장의 그룹의 리더여서, 도조의 칼과 방패가 되어 반대파를 무력으로 진압했습니다. 이런 이유에서 헌병이 가지고 있던 권력의 식도 가까이에서 볼 수 있었습니다.

그런 식으로 여러 가지 정보를 보고 들을 수 있었습니다. 지금처럼 테이프레코드가 있었다면 모두 녹음을 해 놨을 테지만 안타까운 일이지요. (웃음) 이런 이야기를 하면 제 아들이 저를 채근하면서 "아버지, 기억에서 사라지기 전에 어딘가 써 둬야 해요."라는 말을 하기도 했습니다. 아들이 재촉해서 쓴 것도 있습니다. "그렇게 희한한 경험을 한 아동문학 작가는 일본인 중 그리 많지 않을 테니 그런 것을 써 둬야 할 책임이 있어요."라며 위협을 당해서 말이지요. "쓰지 않는 것은 역사적인 책임을 다하지 않는 거예요."라는 등. (웃음) 그러니까 그런 작품으로 완성된 것이라고 생각합니다.

■ 식민지 문학의 작성법

식민지 문학은 여러 가지 작성법이 있다고 생각하는데요. 예를 들면 아카기 유코(赤木由子) 씨라고, 최근에 돌아가신 분인데, 제가 존경하는 선배님이 계십니다. 《두 나라 이야기》라는 이론사에서 출판한 장편소설을 썼는데, 그녀는 저와 정반대의 입장이었지요. 만주에서 서민의 딸로, 일본인 중에서는 하층계급이라고 해야 할까요. 서민의 딸로서 씩씩한 삶을 살아왔지요. 그녀가 저와 같은 시대의 이야기를

《두 나라 이야기》에 썼습니다. 아카기 씨에게 "저도 이제 곧 쓸 거예요."라고 했더니, "그래. 쓰는구나. 내 책은 별로 인기가 없었는데, 네 책을 어떨지 한번 기대해 봐야겠네."라고 말씀하셨지요. (웃음) "아카기 씨의 이야기에는 일본과 중국 이 두 나라가 등장했지요. 저는 네 나라에 대해 쓰고 있어요. 조선, 만주, 중국, 몽골, 이 네 나라의 이야기니까 좀 더 팔릴 거예요."라고 대답했지요. 근데 제 책도 별 수 없었어요. (웃음) 아카기 씨의 경우에는 자신이 경험한 범위 내에서 착실하게 써 갔어요. 저는 제 신변에서 벗어나 큰 무대장치를 설정하여 이야기를 전개해 갔지요. 그러니까 상당히 다른 리얼리즘 형태가 되었다는 생각이 듭니다. 그러나 이런 선행 작품이 있었기에 저는 안심하고《국경》을 쓸 수 있었고,《두 나라 이야기》도 상당히 팔렸으니까 두 개 나라가 그 정도였으니 네 나라 이야기인《국경》은 좀 더 팔릴지 모른다는 저의 이상한 예언에 출판사도 말려들어 버린 거지요. (웃음)

■ 아동문학과 대상 연령

질문: 이 작품은 일반 성인도 대상이라고 생각하는데요. 독자 연령을 중학, 고교, 어느 정도까지 생각하고 작품을 쓰셨는지요?

시카타: 지금 아동문학에는 두 개의 흐름이 있습니다. 하나는 대상 연령을 매우 명확하게 구분 짓는 것. 읽는 사람을 확실하게 상정해 두고 써 가는 방법이 하나가 있습니다. 저도 그렇게 쓰는 사람 중 하나인데요. 제 책 중 팔리는 것은 확실히 그런 책들입니다.《4학년 1반 유령선 사건》이라든가《4학년 1반 가짜 우표 사건》. 이것도 아카

기 씨와 작심하고 쓴 작품으로, 아카기씨는《가짜 금 사건》이라는 작품을 썼는데, 저는 "가짜 금 같은 것은 너무 노골적이니까 좀 더 문화적으로 가짜 우표로 할게요."라고 했지요. (웃음) "아카기 씨보다 제 것이 훨씬 잘 팔릴 테니 두고 봐요." 하고 말했는데, 아무래도 금의 힘이 더 강했던 모양으로 우표 쪽이 전혀 팔리지 않아 곤란했던 적이 있었어요. (웃음)

그런 형태로 4학년을 타깃으로 삼아 4학년 정도의 학생이 관심을 가질 만한 유령선이라든가 가짜 우표, 눈사람, 그런 이야기를 써 갔지요. 이것은 아동문학으로서는 당연한 것이라고 저는 생각하고 있습니다.

《국경》의 흐름은 그런 식이 아니지요. 아동들은 전혀 염두에 두고 있지 않았어요. 처음부터 출판사에 그렇게 선언했죠. "아동에 대한 이야기가 아니에요."라고. "아동은 없어도 돼요. 주인공은 딱 소년과 청년의 중간 정도예요. 그러면 그 세대의 사람들은 사서 볼 거예요."라고, "아니, 가장 책 안 보는 나이인가?" 하면서 말이지요. (웃음) 이것도 역시 아동문학을 쓰는 방법 중 하나라고 저는 생각합니다. 아동문학으로 완성되는 작품 중에는, 예를 들면《걸리버 여행기》라든가《로빈슨 쿠루소》같이 아동들을 타깃으로 해서 쓴 책이 아닌 것도 있잖아요. 처음에는 타깃을 두지 않고 일반 문학으로 발표되지만 그 가운데 아동들이 재미있어하는 책으로 여겨져 아동문학이 되어 갔던 거지요. 아동문학이라는 것은 그런 흐름으로 가도 상관없지 않을까 하는 생각입니다. 아카기 씨의《두 나라 이야기》만 보더라도 그렇지요. 전혀 아동을 염두에 두고 쓰지 않았어요. 누가 뭐라고 하든

쓰고 싶은 것을 써 가면 되는 것이 아닐까 하는 생각이 듭니다. 단지 소위 성인문학 글쓰기와는 상당히 다르다고는 생각하고 있습니다.

성인문학은, 이 가운데 성인문학을 하시는 분이 계신다면 화를 내실지도 몰라 강력하게 주장하지는 못하고 작은 소리로 말씀드리는데, 성인문학이라는 것은 그다지 읽는 사람을 생각하지 않고 쓰는 분이 많은 것 같습니다. 자신이 쓰고 싶은 것을 자신의 생각을 가지고 써 가지요. 아동문학 작가는, 말은 그렇게 하지만, 어떻게 하면 독자가 열심히 읽어 줄 것인가 하는 고민을 하지 않을 수 없다는 성질이 있어서요. 그런 의미에서 《국경》은 이러니저러니 해도 상당히 많은 중학생 정도의 독자가 있고요. 중학교 도서관의 선정도서가 되어 많은 학생들이 읽어 주고 있습니다.

■ 극화(劇畵)를 삽화로 사용한 것

여러 가지 실패담이 있는데요. 저는 아주 마음에 드는 장정을 마사키 모리(眞崎守)라는, 신념 강한 일부 팬을 갖고 계신 마이너 극화가에게 그려 달라고 부탁했습니다. 그러니까 아이들은 우선 겉표지 그림만 보고 "아, 만화다!"라고 생각하고 책을 집어 드는 거지요. 서점에 따라서는, 여러분도 잘 아시는 《아돌프에게 알리다(アドルフに告ぐ)》라는 엄청나게 재미있는 데츠카 오사무(手塚治虫)의 작품이 있지요. 그 옆에 놓여 있었어요. 그렇게 하면 아이들은 완전히 극화라고 생각하여 책을 집어 드는데, 막상 펼쳐 보면 글자가 많다며 다시 제자리에 꽂아 버리는 거지요. (웃음) 엄마들은 이런 표지를 보는 것만으로도 혐오감을 표시하며, "뭐야, 이 책. 극화잖아! 오늘은 이런 책

은 안 돼!"라고 하시죠. 결국 어머니들로부터 버림받고 아이들로부터 버림받아 심각한 절망 상태. (웃음) 저로서는 《아돌프에게 알리다》에 지지 않을 정도로 재미있다고 생각하는데 말이지요.

질문: 방금 극화라는 말씀을 하셨는데요. 저는 친구들과 함께 아동문학을 읽는 모임을 갖고 있습니다. 제1부를 읽었습니다. 1부라고 쓰여 있기에 2부가 반드시 나올 것이라고 생각해 서점에서 찾았는데요. 그때 어째서 이런 조잡한 극화를 집어넣었을까. (웃음) 내용과 잘 어울리지도 않고, 여배우가 너무 관능적인 느낌으로 나와 있거나 해서요. 좀 더 다른 그림이 어울리지 않았을까 하는 생각을 했었어요.

시카타: 그 이야기는 질릴 정도로 많이 들었습니다. 제2부의 경우 이렇게 에로틱한 그림이 있어도 되는 것일까? 아동들에게 보여서는 안 되는 것 아닌가라던가. (웃음) 저는 '이런 낭패가 있나' 하고 생각하기도 했습니다. 저는 아이들이 매일 자주 접하는 극화 쪽이 좀 더 괜찮지 않을까 싶어 집어넣은 건데요.

제가 극화로 하고 싶었던 이유는요. 아까 말씀 드린 대로 이 작품은 가공리얼리즘이잖아요. 무대장치라고 해야 할까요. 소품이나 의상에 상당히 신경을 썼어요. 그런 고민 끝에 무대장치나 의상을 순수하게 그려 줄 수 있는 것은 극화라는 생각을 했지요. 이것을 훌륭한 화가가 그렸다면 분위기로밖에 나타낼 수 없었을 것이라고 생각합니다. 막연하게 분위기로만 그려지는 것이지요. 그렇게 되면 제가 생각했던 이미지와 상당히 달라져 버리니까요.

■ 《무궁화와 96○○》

질문: 저만 질문하는 것 같아 죄송한데요. 앞으로 두 가지 정도 더 있습니다. 아버님께서 〈시카타 문고(四方文庫)〉를 열게 된 경위를 알고 싶습니다. 그리고 《무궁화와 96○○》라는 작품, 기관차에 관한 이야기라고 하셨는데요. 엄청나게 갖고 싶다는 열망이 있지만 가질 수 없어 끊임없이 그것을 바란다고 하는, 이 《무궁화와 96○○》 이야기의 요지를 간단하게라도 듣고 싶습니다. 이 두 가지입니다.

시카타: 《무궁화와 모젤》, 《무궁화와 96○○》 이 두 작품은 매우 운이 안 좋았어요. 두 개 연작 형태로 책을 낸 출판사가 완전히 망해 버렸어요. 어느 정도 팔리기는 했지요. 당시 집사람까지 엄청나게 들떠서 "여보, 이거 10만 부는 팔린 것 같아요. 10만부 분의 인세가 들어오면 얼마나 될까요?"라며 주산을 놓아 보기도 했죠. 그 시기 저는 회사를 그만두려고 생각하고 있었어요. 조만간 사표를 내고 싶다고 집사람에게 말했지요. 그녀는 잠시 생각하더니 "그래요. 아들들의 대학 졸업도 얼마 안 남았고, 이것이 팔려 10만부 분의 인세가 들어오면 몇 년 정도는 버틸 수 있을 테고, 극단도 조만간 어떻게든 꾸려 갈 것이고, 상황을 봐서 그만둬도 되지 않을까요."라고 했던 터라 '얼씨구나' 하면서 확 그만둬 버렸지요. 그만두고 나서 돈이 들어오는 것을 기다리고 있었는데 출판사가 완전히 망해 버린 거예요. (웃음) 받은 인세는 병아리 눈물만큼. (웃음)

《무궁화와 96○○》은 《무궁화와 모젤》의 형제작인데요. 《무궁화와 모젤》의 주인공은 제가 다닌 중학교인 용산(龍山)중학교 학생, 소위 인텔리겐치아의 예비군이라고 해야 할까. 아키오와 비슷한 남자의 시점으로 썼어요. 《무궁화와 모젤》에 나오는 나사키(田崎)라는 소년은 장래에 아키오와 비슷한 길을 걷는, 어느 정도 아키오의 연속과 같은 부분이 있어요. 《무궁화와 96○○》에서는 노동자를 써 보려고 했어요. 그래서 기관수 소년을 주인공으로 해서 썼지요. 그 시절은 아직 증기기관차가 칙칙폭폭 하고 달리고 있을 때여서, 그 작품을 쓰기 위해서 증기기관차를 탄 적이 있어요. 중앙신을 타고 계속 돌았지요. 정말 죽을 것처럼 힘들어서 국철에 근무하시는 분들은 대단하시다는 생각을 절실하게 했습니다. 그 소년이 만철의 기관사가 되어 여러 가지 모순 속에서 조선의 독립운동에 참여해 가는 이야기를 썼습니다. 아키오와 같은 엘리트 대학에 진학하는 사람이 아니었지요. 다른 시점으로 써 보자는 의도가 강했습니다.

서민의 시점에서 아까부터 말씀드리고 있는 가공리얼리즘을 시도해 본 작품이 없다는 점도 있었습니다. '어린이책 연구회'에서도 상당히 평가를 해 주셨고, 저로서는 그런 의미에서 안타깝게 여기는 작품인데요. 재판이 될 기미는 전혀 안 보이고, 절망적이지요.

■ '시카타 문고'에 대하여

아버지의 '시카타 문고' 말씀인데요. 제 아버지는 아들의 입장에서 보면 운이 나쁜 학자였다는 생각이 듭니다. 조선에서 그 시절 누구도 하지 않던 실증적인 경제학을 구축하고 싶어 하셨는데요. 저와 전공이 달라서 자세하게는 모르겠지만, 아마도 아버지는 그런 생각이 있으셨던 것 같습니다. 그런 의미에서 상당히 자료를 많이 모으셨어요. 일본에 돌아오고 나서는 조선에서 모은 자료가 전부 무슨 '문고' 형태로 조선에서 어떤 학자들이 명맥을 유지하고 있다는 기록을 읽었는데요. 그런 형태로라도 좋았는데, 한국전쟁 중에 그것을 이어 가던 한국 학자가 어떻게 되어 버린 거예요. 그래서 자료가 산실되어 버린 거지요. 그 후 산실되었다고 생각했던 책들 중 일부가 바다를 건너와서 다시 '시카타 문고'에 소장되었다고 여동생이 말해 주었습니다. 어떻게 일본으로 건너왔는지는 잘 모르겠지만요.

아버지는 여기에 돌아오셔서 다시 조선사를 연구하고 싶어 하셨지요. 그러나 안타깝게도 아버지는 대학 경영과 관련한 능력이 있었던 모양이에요. 원래 학자들은 대학 경영 같은 것은 안 하고 싶어 하는데요. 아버지는 재능 같은 것이 있었나 봐요. 문부성의 공무원들을 구워삶는다던가 하는. (웃음) 결국 그런 역할을 하게 되었지요. 그래서 아이치대학을 만드나 했더니, 나고야대학에서 그 당시 이·공·의(理·工·医)대학에서 경·문·교(経·文·教)를 포함한 종합대학으로 만드는 일을 맡으셨어요. 그것이 끝나는가 싶었더니, 기후(岐阜)대학을 종합대학으로 만드는 일로 다시 기후대학의 학장이 되셨고, 그 다음은 아이치현(愛知県)대학장. 이렇게 학장 직을 쉴 새 없이 하시게 되었지요. 결국 아버지 입장에서 보자면 여러 자료를 모으면서도 이것을 연구로서 정리해 갈 여유가 없었던 거예요. 그리고 암에 걸려서 돌아가셨습니다.

여동생이 그 뒤를 이어 '문고'를 운영하고 있는데요. 이런 '문고'라는 것은 어디에서 돈이 나오는 것도 아니고, 여동생이 죽으면 결국 그것으로 사라져 버리겠거니 하는 생각이 듭니다. 저도 그것을 맡을 여유가 없고, 나이로 보자면 제 쪽이 5살 위니까 먼저 죽겠구나 하고 생각하기도 하고. (웃음) 제 아들 중 한 명은 극단 일에 열중하고 있으니까 절대로 맡지 않을 것이고, 장남이 열심히 노력하여 학자가 되면 좋았을 텐데 학자가 될 재능도 돈도 없어서 결국 이어 받을 사람이 없는 상황입니다. 그런 자료들은 잘 보존해 가지 않으면 안 된다고 절실하게 생각하지만요.

사회: '시카타 문고'에 저도 가 보지는 못했지만 목록도 잘 만들어져 있고, 일반적으로 언제나 열려 있는 도서관이 아니라 방금 말씀하신 여동생 분에게 연락을 취해서 조만간 방문하고 싶으니 열어 달라는 부탁을 하고 적당한 때를 맞춰 가면 자료를 볼 수 있다고 합니다.*

시간이 이제 10분 정도 남았습니다. 또 질문하실 분이 있으십니까?

■ 아동문학의 쇠퇴와 이야기성의 회복

질문: 아까 친구하고 이야기했는데요. 선생님께서 가공리얼리즘이지만 지금 현대 청년의 정신 구조에 맞춰서 썼다고 말씀하셨잖아요. 저희들 생각은, 한두 살 차이가 나더라도 괜찮으니 이 당시의 청년이 등장했으면 어땠을까 하는 것입니다. 저희가 사는 현대 세상에 이렇게 삶을 진중하게 생각하는 세대가 과연 얼마나 될까 하는 이야기를 했어요. 선생님의 세대라면, 아까 3대 7 정도라는 이야기가 나왔었는데, 어쩌면 삶을 진중하게 생각했던 사람들이 그보다 더 적었을지도 모르지만, 지금 전후 40년이 지난 일본의 상황에서, 또 다른

---

* 이 시카타 문고는 2010년부터 동경경제대학(東京經濟大學)에서 〈四方博朝鮮文庫〉라는 이름으로 소장·공개되고 있다.

의미에서 입시와 관련된 문제가 아니고서야, 정말 이런 식으로 세상을 이해하는 아이들이 얼마나 될까. 그런 이야기를 했습니다. 이것을 읽은 비슷한 세대의 아이들, 청소년들은 자신과 같은 사고의 레벨로 읽는 것이 아니라, 하나의 가공 이야기로 읽는 것은 아닐까 하는 식으로 이해했다는, 뭐 이런 이야기들을 했습니다.

시카타: 문학을 즐기는 방법은 다양하다고 생각합니다. 자신에게 딱 들어맞게 끌어와서 즐기는 사람도 있으려니와, 그냥 이야기로서 즐기기도 한다고 생각합니다. 어느 쪽도 다 괜찮은데요. 기본적으로 독자들을 끌어당기는 즐거움이 필요하지 않을까요. 제가 가공리얼리즘이라고 한 데에는 그런 이유들이 있습니다.

아동문학은 어른들의 문학도 그렇지만, 해체의 위기를 겪고 있다는 생각이 절실히 듭니다. 그것이 무슨 말인가 하면, 진자는 판타지로 계속 확장해 나갈 것이 틀림없고, 후자는 사소설의 방향으로 한계의 순간까지 가 버릴 것이라는 생각이 듭니다.

거기에서 벗어날 수 있는 길은 아마도 스토리, 즉 이야기성밖에 없는 것은 아닐까 하는 생각을 뼈저리게 했습니다. 그래서 저는 아동문학은 이야기성을 회복해야만 한다고 주장하고 있습니다. 그런 의미에서는 제 작품을 그냥 이야기라고 생각해 주셨으면 합니다. 저는 아동문학이 이야기성을 잃어 가고 있다고 생각합니다. 대작가들은 이미 돈을 많이 벌어서 책이 많이 팔리지 않아도 괜찮으니까 내용에 별로 신경을 안 쓰시는 것 같아요. 이분들은 지극히 고상한 아동의 심리 내면의 주름을 구석구석까지 그리는 명작을 쓰시는데요. 아동들은 그런 거 잘 안 읽어요. (웃음) 어쩌면 읽을지도 모르겠지만,

극히 일부라고 할 수 있지요. 그런데 저는 그런 내용만 써 가면 아동 문학은 점점 더 쇠약해질 것이라고 생각합니다. 매우 명석한 문학적 감성이 높은 아이들과 사소설적인 감성에 예민한 어른들 사이에서 대화를 하면 쇠약해질 수밖에 없어요.

그런 의미에서 문학이 다시 한 번 활력을 되찾기 위해서는 이야기 성을 가장 중요시해야 한다고 저는 생각합니다. 이야기성을 전개해 가기 위해서는 무대와 장면을 정확하게 만들어 가야 합니다. 공감, 동감, 안다, 이해한다, 모른다는 말에 너무 신경 쓰지 말고, 다 읽고 나서 '재미있는 이야기이구나' 하는 생각이 드는 문학을 쓰는 거죠. '군데군데 거짓말처럼 느껴지는 장면도 있는 것 같아' '이상한 부분 도 있는 것 같아' '월광가면. 아저씨가 툭 하면 나오네'라고 생각하는 것도 나쁘지 않아요. (웃음)

왜 오늘날 소설적인 수법이 안 되는가 하면, 중세 문학적인, 일종 의 이야기성을 거부해 버리는 것에서부터 근대소설이 성립했기 때 문이죠. 이것이 어른들의 문학을 포함하여 아동문학이 쇠약해져 가 는 큰 원인이라는 생각이 듭니다. 《두 나라 이야기》 같은 경우, 아카 기 씨의 신변소설처럼 보이지만 실은 아카기 씨의 이야기입니다. 조 선 사람들이 하는 '신세타령'과 같은 것이라고 생각합니다. 아카기 씨의 매우 밝은 성격을 반영한 에너지 넘치는 '신세타령'이지요. 그 런 의미에서는 이 작품도 이야기라고 생각하는 편이 좋을 것 같습니 다. 그런 말을 하면, 그녀는 "난 문학자가 아닌 거네?" 하죠. 그러면 저는 "그런 거지요."라고 대답하죠. (웃음)

■ 아픔을 느끼며 역사를 생각하다

질문: 좀 벗어나는 질문일지도 모르겠지만, 문학을 받아들이는 입장에서 중학생 정도의 아이들이 역사적인 것에 대해서 어느 정도 파악할 수 있을까 하는 점입니다. 방금 드린 이야기와 관련이 있는데요. 저 같은 사람도 역사적으로 이렇고 저렇다, 이 사람은 어떻게 생각하고 있다, 하는 사실 전달 측면으로 구성되면 엄청 딱딱하다고 생각해 버리는 경향이 있어요. 아동문학으로 읽기 시작하니 전혀 저항 없이 받아들이게 됩니다. 역사적인 것을 생각하기 시작하면 복잡해질지도 모르겠지만, 그런 이야기 식으로 받아들이게 되면 괜찮지 않을까 하는 생각이 듭니다.

시카타: 맞습니다. 현재 역사소설을 쓰는 사람들은 예를 들면 제가 가담하고 있는 동인지 출신이어서 험담을 하고 싶지 않습니다만 《가미스키노 우타(紙すきの歌, 종이를 만들며 부르는 민요)》를 쓴 쓰노다(角田) 군, 상대가 미인이기에 더욱 험담을 하고 싶지 않은데요. (웃음) 기후(岐阜)의 여성 작가가 기후의 가미스키 마을을 소재로 한 역사소설을 썼어요. 비교적 좋은 평을 받았고, 그런 점은 달리 불만은 없는데요. 저는 그녀에게 말했지요. "이렇게 글을 쓰면 얼마 안 가서 질려버려요." 하고. "사람들이 읽지 않게 돼요."라고.

말하자면 그녀는 매우 역사학적으로 썼던 거지요. 이런 시스템은 여기에 있었다, 이런 사실은 여기에 기록되어 있다는 것을 확실하게 증명해 보이면서 써 갔어요. 본인은 역사적 사실의 확실성을 독자에게 납득시키고, 본인 작품의 견고함을 알리기 위해 써 두고 싶었던 거지요. 그것이 필요하기도 하고 중요한 사항이니 써 넣는 심정은 잘 알겠지만, 그런 것만으로 글이 구성된다면 저는 아동문학에서도 어린이들이 역사에 대한 흥미를 잃어버릴 것이라고 생각해요. 저는 이야기성이라는 날개를 달아 비약해 가지 않으면 안 된다고 생각했지요. 아이들은 본래도 역사에 관심이 없고 알려고 하지 않는데, 아동문학에서까지 역사에서 멀어지는 현상이 일어나서는 안 된다고 생각했기 때문이지요.

질문: 노몬한 사건 같은 것은 역시 사람들에게 거의 잊히지 않았나 하는 생각이 드는데요. 사실 이름 정도만 아는 거지요.

시카타: 그렇습니다. 학교나 부모로부터 가르침을 받을 때 어떤 아픔을 갖고 배우지 않으면 완전히 이름만 남게 되지요. 이 작품을 통해 제가 무엇을 전달하고 싶었냐면, 여러 역사적 사실에 대해 함께 공감하고 아파하며 받아들여 줬으면 하는 마음이 있었어요. 관동대지진 때 오스기 사카에(大杉榮) 같은 사람들을 학살한 헌병장교 아마카스(甘粕)나 도조히데키(東條英機) 같은 인간을 출현시키는데요. 실제로는 아마카스도 도조도 나올 필요가 없어요. 그렇지만 아마카스나 도조라는 이름이 어떤 아픔과 어떤 생각을 포함하는 형태로 아동들에게 전달될 수 있다면 감사할 따름입니다. 또, 모리시게 히사야(森繁久彌)도 나오는데요. 그것도 일본이라는 나라가 그 시기 중국 동북부, 만주, 이런 곳에까지 연관되어 있다는 것을 알아줬으면 해서 등장시켰습니다. 특별히 서비스할 생각이 있어서가 아니라요.

사회: 아직 더 질문하고 싶은 분들이 많으시겠지만, 여기에서 마치도록 하겠습니다. 선생님, 진심으로 감사드립니다. (박수)

시카타 신의 작품 목록

	제목	출판사	출판 연도	비고
1	무궁화와 모젤 (むくげとモ・ゼル)	アリス館	1972.12	文庫 1975.10
2	차렷! 바리켄 분대 (氣をつけ！　バリケン分隊)	童心社	11972.12	
3	무궁화와 96○○ (むくげと○○)	アリス館	1973.3	
4	웃어라 히라메군 (笑えよヒラメくん)	新日本出版	1974.1	
5	나와 유령 누나 (ぼくと化け姉さん)	金の星社	1975.2	
6	두 개의 태양 (ふたつの太陽)	國土社	1975.2	文庫 1980.12
7	전시국민생활 현대사 증언(戰時の國民生活―現 代史の証言解說 主谷悅治 집필 しかたしん他)	汐文社	1975.9	
8	안녕 마한의 성이여 (さらばバハンの城よ)	新日本出版	1975.11	
9	날개를 펼쳐라 리코의 태양 (はばたけリコの太陽)	PHP出版	1976.7	
10	사라진 변신 고양이 제국 (消えた化け猫帝國)	童心社	1976.7	
11	변신 고양이 마을에 오다 (ばけねこがまちにやってきた)	童心社	1976.1	
12	떠나라 펭귄호 (乗り出せペンギン号)	金の星社	1976.8	
13	펭귄 로토의 모험 (ペンギンロトのぼうけん)	小蜂書店	1976.9	

---

* 부록의 표는 〈문화의 길 후타바관(文化のみち二葉館)〉(나고야(名古屋)시 소재) 자
료실에 소장되어 있는 시카타 신의 자료를 열람·복사하여 필자가 작성한 것이다.

14	딜러라 아만자구 (走れあまんじゃく)	國土社	1977.8	
15	아이치현(あいちけん) 집필 시카타신 외 (しかたしん 山本知都子 小出降司)	岩崎書店	1977.11	
16	오란과 류타 (お蘭と龍太)	新日本出版	1977.11	
17	뚱보 사자씨 (でぶっちょらいおんくん)	小蜂書店	1978.2	
18	아이치현 민화 꽃축제 괴물(愛知縣民話-花まつりのてんぐ 시카타 신 외 중부아동문학회 협회 회원)	偕成社	1978.7	
19	다누코 선생님과 4명의 명탐정 (タヌ子先生と4人の名探偵)	ポプラ社	1978.7	
20	소년 쓰이가의 모험 (少年·ツイガのぼうけん)	岩崎書店	1978.7	
21	극 놀이 시리즈(劇あそびシリーズ) 1. 연극놀이 입문(劇あそび入門) 2. 흉내놀이 에서 연극놀이(ごっこあそびから劇あそび) 3. 연극놀이에서 연극 만들기(劇あそびから劇つ くり) 4. 아동극의 성립 과정(兒童劇のなりた ち) 5. 바로 상연되는 대본집(すぐ上演できる 台本集)	鳩の森書房	1978.9	
22	쉬운 오페레타 놀이(やさしいオペレッタあそ び しかたしん 江原滋樹 中野雅之 須川久 공저)	鳩の森書房	1978.8	
23	갑자기 변신한 고양이 길 (どろんばっけてねこのみち)	國土社	1978.12	
24	마사오는 명감독 (マサオは名ディレクタ)	ポプラ社	1979.6	
25	이야기 마도카짱 (おはなしまどかちゃん)	PHP出版	1979.9	
26	무엇을 가지고 도망칠까 (なにをもってにげるか)	ポプラ社	1980.1	
27	나 오줌 마려워 (ぼくおしっこあいたい)	佼成出版	1981.1	
28	S 사인이다! 검은고양이단 (Sサインだぜ！ 黒ねこ団)	新日本出版	1981.6	

29	기린의 꼬리는 친구다 (キリンのしっぽはともだちだ)	草炎社	1981.10	
30	사츠키관의 비밀 (さつき館の秘密)	學校図書	1981.12	
31	도둑천사 (どろぼう天使)	ポプラ社	1982.1	
32	고양이 밟았다 (ねこふんじゃった)	小學館	1982.9	
33	요정전사들 (妖精戦士たち)	金の星社	1983.9	
34	들고양이 무차라의 검은 꿈 (のらねこムチャラの黒い夢)	國土社	1984.7	
35	검은 고양이 탐정단 '드래곤' 우표에 놀라다 (黒ねこ探偵団龍切手にドッキリ)	くもん出版	1984.8	
36	달려라 카누—모험의 바다로 (はしれカヌ—冒険の海へ！)	金の星社	1984.11	
37	4학년 1반 가짜 우표 사건 (4年1組エラ—切手事件)	小峰書店	1985.1	
38	야탈대작전 1 소년 코만도 발진 (掠奪大作戦1 少年コマンド發進)	ポプラ社	1985.8	
39	백화점 탐험대 (デパ—トたんけんたい)	草炎社	1986.1	
40	국경 (國境 第一部)	理論社	1986.2	
41	4학년 1반 수수께끼 유령선 사건 (4年1組なぞのゆうれい船事件)	小峰書店	1986.3	
42	약탈대작전 2 비밀사령발신 (掠奪大作戦2 秘密司令發信)	ポプラ社	1986.5	
43	약탈대작전 3 승리를 향한 암호 (掠奪大作戦3 勝利への暗号)	ポプラ社	1987.4	
44	마루미쨩의 모험 (まるみちゃんの冒険)	さらら書房	1987.5	
45	검은고양이 탐정단 '요트' 조난 사건 (黒ねこ探偵団ヨットそうなん事件)	くもん出版	1987.7	
46	국경 제2부 (國境 第二部)	理論社	1987.9	
47	4학년 1반 수수께끼 유키오토코 사건 (4年1組なぞの雪男事件)	小峰書店	1987.11	

48	아동문학과 소선 (兒童文學と朝鮮 집필 しかたしん 中村修 韓丘庸)	神戸學生セ ンタ 出版部	1989.2	
49	국경 제3부 (國境　第三部)	理論社	1989.3	
50	우주로부터 온 요정 고양이 (宇宙からきた妖精ねこ)	ポプラ社	1989.6	
51	용궁성의 양 언니 (龍宮城のヤン姉さん)	理論社	1989.9	
52	여행의 친구 (旅の友だち　パングヤオ)	小峰書店	1991.1	
53	사토미 핫켄덴 1 (里見八犬伝　一)	ポプラ社	1992.6	
54	사토미 핫켄덴 2 (里見八犬伝　二)	ポプラ社	1992.10	
55	어둠을 달리는 개 (闇を走る犬)	講談社	1993.1	
56	도토리 도리오의 키재기 (どんぐりトリオの背くらべ)	國土社	1993.2	
57	반쪽 고양이 진짜 고양이 너는 어느 쪽 (半猫・本猫きみはどっち)	草炎社	1993.2	
58	사토미 핫켄덴 3 (里見八犬伝　三)	ポプラ社	1993.5	
59	사토미 핫켄덴 4 (里見八犬伝　四)	ポプラ社	1994.6	
60	초이호라 언니 (チュイホラねえさん)	プレ・ベル 館	1994.4	
61	4학년 1반 수수께끼 유령선 사건 (4年1組なぞのゆうれい船事件)	小峰書店	1995.2	
62	나의 고양이 시간 (わたしの猫時間)	童心社	1995.5	
63	국경 전1권 (國境　全一冊)	理論社	1995.6	
64	제로를 뒤쫓아라 (ゼロを追っかけろ！)	ポプラ社	1996.6	
65	드래곤 전설, 비옥의 구슬 (ドラゴン伝説　秘玉の玉)	小峰書店	1996.7	
66	동란에서 살아난 소녀 (動亂に生きた少女)	ポプラ社	1997.8	

시카타 신 및 관련 잡지 게재 글

	내용	수록 잡지	수록 연도
1	차렷! 란도레스 분대 (気をつけ!ランドレース分隊)	연극과 교육 (演劇と教育)	1968.3
2	일본아동문학자협회의 존재에 대한 요구: 당연한 것을(日本 兒童文學者協会のあり方への注文: あたり前のことを)	일본아동문학 (日本児童文学)	1969.7
3	아문협총회 인상기 (兒文協總会印象記)	일본아동문학	1971.7
4	없애버려! 괴물고양이 제국 (くたばれ化け猫帝國)	어린이극장 (こどもの劇場)	1971.7
5	정보화 사회와 예술문화 (情報化社会と芸どころ文化)	샤치(シャチ)84호	1971
6	특집: 지방동인지 운동 (特集: 地方同人誌運動)	일본아동문학	1972.7
7	끝까지 달려! 심술꾸러기 (はたてに走れあまんじゃく)	어린이극장	1973.1
8	아동문화동인잡지평: 동인지다운 작품 추구를 (兒童文学同人雜誌評: 同人誌らしい作品追求を)	일본아동문학	1973.2
9	아동문화동인잡지평: 문학의 '원점'과의 만남을 (兒童文学同人雜誌評: 文学の〈原点〉との出会いを)	일본아동문학	1973.3
10	아동문화동인잡지평: '초조함'을 불러일으키는 동인지의 유 사함(兒童文学同人雜誌評:〈いら立ち〉を覚える同人誌の似 かよい)	일본아동문학	1973.4
11	명태새끼의 생각, 특집: 전시 하의 아시아와 아동문학 (〈明太の子〉の思い, 特集: 戰時下のアジアと兒童文学)	일본아동문학	1973.9
12	무궁화와 96○○에 관해 (《むくげと九六○○》をめぐって)	중부아동문학 (中部児童文学)	1973.12
13	삼이 작품론〈토끼의 눈〉에 관해 (三二作品論 〈兎の眼〉をめぐって)	일본아동문학	1974.11
14	작품·괴물고양이는 얼굴 없는 고양이야 (作品·化け猫は顔なし猫さ)	일본아동문학	1975.1
15	작품·아미바 (作品·アミーバ)	일본아동문학	1975.4
16	특집: 일상적 이야기는 이대로 좋은가, 진심으로 아동의 마 음을 사로잡다(特集: 日常的物語はこれでいいのか·真に子 どもの心をつかむ)	일본아동문학	1975.6

17	특집: 작가·야마나카 히사시 전체적인 시점이 결여되어 있는 그의 시각(特集: 作家·山中恒 トータルな視点に欠けるその目の位置)	일본아동문학	1975.12
18	현대아동문학 작품론〈절뚝이 염소〉(現代日本兒童文学作品論〈ヒョコタンの山羊〉)	일본아동문학 별권(別冊)	1975
19	특집: 전후일본아동문학에 있어서 낭만의 계보(特集: 戦後日本兒童文学におけるロマンの系譜)	일본아동문학	1976.3
20	아동문학 1975년 수확 창작 1 아동분리현상과의 싸움인가(兒童文学1975年の収穫創作1 子どもばなれ現象との鬪いか)	일본아동문학	1976.4
21	특집: 문체·문장에 대해서(特集: 文体·文章について)	일본아동문학	1976.10
22	특집: 에세이 마크트웨인과 나〈집 없는 허크〉의 친구들에 대한 이야기(特集: エッセイ·マークトウエインと私〈宿なしハック〉の仲間たちのこと)	일본아동문학	1977.5
23	창작·저건 달리지 않아(創作·あれは走らない)	일본아동문학	1977.10
24	사우스 홀의 문학에 관한 메모(サウスホォール文學をめぐるメモ)	아동문학평론(児童文学評論)	1977
25	전망·연극과 문학(展望·演劇と文學と)	일본아동문학	1978.9
26	나의 괴물고양이 망상(ぼくの化け猫妄想)	아동문예 여름증간호(児童文芸 夏増刊号)	1978
27	세계의 연극교육으로부터(世界の演劇教育から)	연극과 교육	1978.12
28	특집: 좌담회 지역과 아동문학(特集: 座談会 地域と兒童文学)	일본아동문학	1979.3
29	특집: 각 장르 성과·희곡 불모의 해(特集: 各ジャンル成果·戯曲不毛の年)	일본아동문학	1979.4
30	아동문화 비평(兒童文化批評)	일본아동문학	1979.7
31	관상운동에 있어서의 양의성(観賞運動における両義性)	데아로토(テアロト)	1979.8
32	기고·닌교교게 30주년을 기념하는 문집(寄稿·人形京芸30周年を記念する文集)	교게(京芸)	1979.10
33	아동문화비평(兒童文化批評)	일본아동문학	1979.9
34	아동문화비평(兒童文化批評)	일본아동문학	1979.10
35	문학과 연극(文学と演劇と)	연극과 교육	1980.2

36	특집: TV와 아동문학 (特集: テレビと兒童文学)	일본아동문학	1980.7
37	향토문학은 어떻게 가능한가 (郷土文学はどう可能か)	신슈 시라카바 (信州白樺)	1980.4
38	자꾸 신경 쓰는 경향과 훌훌 털어 버리는 경향 (こだわりリズムとあっさりリズム)	아동문화(児童文化) 6호	1980
39	특집: 가와무라 다카시론〈구마노 해적〉을 중심으로 (特集: 川村たかし論〈熊野海賊〉を中心に)	일본아동문학	1981.4
40	어린이의 눈 (子どもの目)	문화평론(文化評論)	1981.10
41	아시테지 제7회 대회를 참가하고 나서 (アシテジ第7回大会に参加して)	데아토라(テアトラ)	1981.10
42	특집: 시카타 신론〈시카타 신이여, 고난의 길을 선택하라〉 (特集: しかたしん論〈しかたしんよ 苦難の道を選べ〉)	일본아동문학	1982.2
43	특집: 시카타 신 작품론 (特集: しかたしん作品論)	일본아동문학	1982.2
44	특집: 기타무라 겐지론〈기타무라 겐지 작품에 있어서의 향 토성〉 (特集: 北村けんじ論〈北村けんじ作品における郷土性〉)	일본아동문학	1982.10
45	전국 아동문학 동인지 연락회에 관해 (全国児童文学同人誌連絡会のこと)	일본아동문학	1983.3
46	동인지평: 평균화·균질의 경향 (同人誌評: 平均化·均質の傾向)	일본아동문학	1983.5
47	그림책과 연극놀이 (絵本と劇の遊び)	보육문제연구 (保育問題研究)	1983.10
48	지도놀이 (地図のあそび)	쇼고교육기술 (小五教育技術)	1983.2
49	특집: 새로운 전망과 어린이를 둘러싼 관계를 (特集: 新たな展望と子どもをめぐる〈関係〉を)	일본아동문학	1983.8
50	특집: 낭만과 모험여행의 행방 (特集: ロマンと冒険の旅の行方)	일본아동문학	1983.11
51	우리들은 어디로 (ぼくたちはどこへ)	일본아동문학	1984.2-6
52	놀이에서《우리들의 바다》로 (遊びから《私たちの海》へ)	연극과 교육	1985.1
53	놀이에서《우리들의 바다》로 (遊びから《私たちの海》へ)	연극과 교육	1985.2
54	놀이에서《우리들의 바다》로 (遊びから《私たちの海》へ)	연극과 교육	1985.3
55	놀이에서《우리들의 바다》로 (遊びから《私たちの海》へ)	연극과 교육	1985.4

56	세계 어린이와 문화 (世界の子供と文化)	여름(夏)	1985
57	특집: 논픽션의 현재·논픽션과 현재 (特集: ノンフィクションの現在·ノンフィクションと現在)	일본아동문학	1985.9
58	특집: 엔터테인먼트의 현재 (特集: エンターテイメントの現在)	일본아동문학	1986.8
59	어린이를 둘러싼 엄청난 상황에 주목하여 (こどもをとりまく大状況にこだわって)	어린이 책 (こどもの本)	1986.8

각 장의 글이 처음 실린 곳

1장 패전 직후 일본아동문학의 경향과 〈전쟁아동문학〉, 《日本語教育》 69, 한국
     일본어교육학회, 2014.

2장 1960-70년대 일본 아동문학과 〈전쟁아동문학〉, 《日本語文學》 62, 한국일본
     어문학회, 2014.

3장 식민지 기억과 일본 현대 아동문학-전후 일본 아동문학 상황과 시카타 신
     의 조선 체험, 《日本語文學》 55, 日本語文學會, 2011.

4장 전쟁, 그 기억의 의미와 방법: 시카타 신의 《무궁화와 모젤》을 중심으로,
     《日本語文學》 57, 일본어문학회, 2012.

5장 시카타 신의 아동기 독서 환경과 전쟁아동문학: 〈차렷! 바리켄 분대〉를 통
     하여, 《日本語教育》 64, 한국일본어교육학회, 2013.

6장 시카타 신의 문학과 '아동': 《도둑천사》를 중심으로, 《日語日文學》 54, 대한
     일어일문학회, 2012.

7장 시카타 신의 문학세계를 통해 본 '모험'이라는 장치: 《國境 第一部 大陸を
     駆ける》를 중심으로, 《日本語文學》 55, 한국일본어문학회, 2012.

8장 시카타 신의 《국경(國境)》을 통해 본 '성장'의 의미, 《일본어문학》 59, 일본
     어문학회, 2012.

9장 일본 전쟁아동문학과 시카타 신의 패전 체험: 《국경 3부, 여름의 태양 속에
     서》를 통해, 《일본문화연구》 46, 동아시아일본학회, 2013.

각 장의 표지 및 본문 삽화 출처

1장 《무궁화와 96○○》, 新少年少女敎養文庫58, 牧書店, 1973, 속표지.

2장 《국경 제2부》, 理論社, 1987, 129쪽.

3장 《국경 제3부》, 理論社, 1989, 77쪽.

    삽화 : 《소년클럽》1932년 2월 만주사변 기념특대호, 講談社, 표지.

4장 《무궁화와 모젤(むくげとモ‐ゼル)》, アリス館, 1972, 220쪽

    삽화 : 《무궁화와 모젤》서문

5장 〈차렷! 바리켄 분대〉, 長崎源之助他《〈戰爭と平和〉子ども文學館》第一卷, 日本図書センタ‐, 1995, 297쪽.

6장 《도둑천사》, ポプラ社, 1981, 속표지.

7장 《국경 제1부》, 理論社, 1986, 47쪽.

    삽화 : 《국경 제1부》, 79쪽.

8장 《국경 제2부》, 理論社, 1987, 189쪽.

    삽화 1 : 《국경 제2부》, 19쪽.

    삽화 2 : 《국경 제2부》, 273쪽.

9장 《국경 제3부》, 理論社, 1989, 51쪽.

    삽화 : 《국경 제3부》, 245쪽.

10장 《무궁화와 96○○》, 210 211쪽.

참고문헌

한국어 자료

가와하라 가즈에 지음 · 양미화 옮김, 《어린이관의 근대》, 소명출판, 2007.

기욤르 블랑 지음 · 박영옥 옮김, 《안과 밖》, 글항아리, 2014.

김광기, 《이방인의 사회학》, 글항아리, 2014.

니시카와 나가오 지음 · 윤해동 외 옮김, 《국민을 그만두는 방법-국가 이데올로
기로서의 민족과 문화》, 역사비평사, 2009.

다카사키소지 지음 · 이규수 옮김, 《식민지 조선의 일본인들 군인에서 상인, 그리
고 게이샤까지》, 역사비평사, 2006.

데니비드 허다트 지음 · 조만성 옮김, 《호미바바의 탈식민적 정체성》, 앨피, 2011.

도미야마 이치로 · 임성모 옮김, 《전장의 기억》, 이산, 2002.

레이초의 지음 · 장수현 · 김우영 옮김, 《디아스포라의 지식인》, 이산, 2005.

레이초우 지음 · 정재서 옮김, 《원시적 열정》, 이산, 2010.

로버트 J.C. 영 지음 · 김용규 옮김, 《아래로부터의 포스트 식민주의》, 현암사,
2013.

박영기, 《한국 근대 아동문학 교육사》, 한국문화사, 2010.

서기재, 〈쓰보이 사카에의 《스물네 개의 눈동자》에 나타난 '반전'의식과 은닉된
메시지〉, 《일본어교육연구》 73, 한국일어교육학회, 2015.

서기재, 〈패전 직후 일본인의 전쟁윤리 고찰-쓰보이 사카에의 《엄마 없는 아이와
아이 없는 엄마》를 통해〉, 《일본어문학》 67, 한국일본어문학회, 2015.

오카베 마키오 지음 · 최혜주 옮김, 《만주국 탄생과 유산-제국일본의 교두보》, 어
문학사, 2009.

오오다케 기요미, 《한일아동문학 관계사 서설》, 청운, 2006.

하세가와 우시오(長谷川潮),〈일본전쟁아동문학에 없는 것〉,《창비어린이》(3)1,
　　창작과비평사, 2005.

하야시 히로시게 지음·김성호 옮김,《미나카이 백화점》, 논형, 2007.

일본어 자료

しかたしん,《むくけとモーゼル》, アリス館, 1972.

しかたしん,〈地方同人誌運動〉(70~72年),《日本兒童文學》7月号, 兒童文學者協
　　會, 1972.

しかたしん,〈〈明太の子〉の思い 特集 戰時下のアジアと兒童文學〉,《日本兒童文
　　學》9月号, 兒童文學者協會, 1973.

しかたしん,《むくげと96○○》, 新少年少女敎養文庫58, 牧書店, 1973.

しかたしん,〈兒童文學同人雜誌評·'いら立ち'を覺える同人誌の似かよい〉,《日
　　本兒童文學》4月号, 兒童文學者協會, 1973.

しかたしん,〈特集/日常的物語はこれでいいのか　眞に子どもの心をつかむ〉,《日
　　本兒童文學》5月号, 兒童文學者協會, 1975.

しかたしん,〈眞に子どもの心をつかむ文學へ〉,《日本兒童文學》6月号, 兒童文學
　　者協會, 1975.

しかたしん,〈子供ばなれ現象との戰いか〉,《日本兒童文學》4月号, 兒童文學者協
　　會, 1976.

しかたしん,〈ぼくにとってのロマン-〈大陸〉と〈化け猫と〉〉,《國語の授業》, 明治図
　　書出版, 1976.

しかたしん,〈ジュニア文學の條件〉,《子どもの本棚》23号, 1978.

しかたしん,〈兒童文化時評〉,《日本兒童文學》7月号, 日本兒童文學者協會, 1979.

しかたしん,〈鄕土文字はどう可能か-發掘型リアリズムについて〉,《信州白樺》4
　　月号, 1980.

しかたしん作, 織茂恭子繪,《どろぼう天使》, ポプラ社, 1981.

しかたしん,〈子どもの目〉,《文化評論》10月号, 新日本出版者, 1981.

しかたしん, 〈子どもの〈心の繪〉の成長とテレビ〉, 《子どもの本棚》37호, 1982.

しかたしん, 〈繪本と劇あそび〉, 《保育問題研究》5月号, 1983.

しかたしん, 〈五年生に讀み聞かせるお話--地図あそび〉, 《小五教育技術》2月号, 1983.

しかたし, 〈新たな展望と子どもをめぐる〈關係〉を・戰爭兒童文學の流れを軸に〉, 《日本兒童文學》8月号, 1983.

しかたしん作, 眞崎守繪, 《國境　第一部　1939年　大陸を駈ける》, 理論社, 1986.

しかたしん, 〈狀況をどう描くか?-〈國境〉と〈略奪大作戰〉と〉, 《日本兒童文學》, 兒童文學者協會, 1986.

しかたしん作, 眞崎守繪, 《國境　第二部　1943年 切りさかれた大陸》, 理論社, 1987.

しかたしん, 〈《國境》(理論社)を書きながら--子どもと大人の文學の〈國境〉は？〉, 《文芸中部》18号, 1987.

しかたしん, 〝どこかで,誰かが〟の恐怖〉, 《子どもの本棚》1月号, 1987.

しかたしん, 〈歷史と架空のリアリズム 國境第二部をめぐって〉, 《子どもの本棚》12月号, 1987.

しかたしん作, 眞崎守繪, 《國境 第三部 1945年 夏の光の中で》, 理論社, 1989.

しかたしん, 〈氣をつけ! バリケン分隊〉, 長崎源之助・今西祐行・岩崎京子, 《〈戰爭と平和〉子ども文學館》第一卷, 日本図書センタ-, 1995.

吉田精一, 〈竹山道夫著〈ビルマの竪琴〉〉, 《生活學校》3(7), 1948.

寒川道夫 他編, 《お父さんを生かしたい 平和を叫ぶ子らの訴え》, 青銅社, 1952.

竹內好, 〈《ビルマの竪琴》について〉, 《文學》22(12), 1954.

平野威馬雄, 《レミは生きている》, 東都書房, 1959.

阿部進, 《現代子ども氣質》, 新評論, 1961.

橫谷輝, 〈子どもをどうとらえるか-リアリズムの可能性(下)〉, 《日本兒童文學》12月号 日本兒童文學者協會, 1964.

古田足日, 〈戰爭讀物をどういう材料でどう書くか〉, 《日本兒童文學》10卷第8号,

日本兒童文學者協會, 1964.

乙骨淑子, 〈〈戰争体験をどのように伝えたらよいか〉について〉, 《日本兒童文學》10卷第11号, 日本兒童文學者協會, 1964.

早乙女勝元, 〈あとがき〉, 《火の瞳》, 講談社, 1964.

今村秀夫・谷川澄雄, 〈兒童娯樂雑誌一年の動き〉, 《日本兒童文學》10卷第6号, 日本兒童文學者協會, 1964.

日本兒童文學者協會編, 《日本兒童文學》(2)8, 日本兒童文學者協會, 1965.

隅井孝雄, 〈軍國主義化の進むテレビ　ラジオの實体〉, 《日本兒童文學》第二卷八号, 日本兒童文學者協會, 1965.

上野瞭, 〈〈ビルマの竪琴〉について　兒童文學における《戰後》の問題1〉, 《日本兒童文學》11卷第6号, 日本兒童文學者協會, 1965.

横谷輝, 〈戰争兒童文學の問題点〉, 《日本兒童文學》10月号, 日本兒童文學者協會, 1966.

今西祐行他, 〈アンケート〈戰中・戰後派の八月十五日〉〉, 《日本兒童文學》8月号, 日本兒童文學者協會, 1966.

いぬいとみこ, 《木かげの家の小人たち》福音館書店, 1967.

關英雄, 〈壺井榮の兒童文學〉, 日本兒童文學者協會《日本兒童文學-壺井榮追悼特集》700, 河出書房, 1967.

熊野正治, 〈西本鶏介〈戰争兒童文學論〉批判〉, 《日本兒童文學》12, 日本兒童文學者協會, 1967.

猪熊葉子他, 〈特集ベトナム・沖縄問題と日本の兒童文學者〉, 《日本兒童文學》7号, 日本兒童文學者協會, 1967.

白木茂 他, 《兒童文學辭典》, 東京堂出版, 1970.

古田足日, 《兒童文學の旗》, 理論社, 1970.

澁谷清視, 〈戰争兒童文學の槪觀と今後の課題〉(日本兒童文學協會(2007)《現代兒童文學論集第4卷-多樣化の時代に1970~1979》日本図書センター), 1970.

鳥越信, 《日本兒童文學史研究》, 風濤社, 1971~1976.

尾崎秀樹, 《子どもの本の百年史》, 明治図書出版株式会社, 1973.

新村徹, 〈日本〈戰争兒童文學〉と中國〉, 《日本兒童文學》9月号, 兒童文學者協會,

1973.

猪熊葉子他編,《講座日本兒童文學 第四卷 日本兒童文學史の展望》,明治書院, 1973.

鳥越信,〈兒童文學研究・評論の歷史とその現代的意義について〉,《日本兒童文學 史研究》,風濤社, 1974.

砂田弘,〈兒童文學と社會構造〉,《講座日本兒童文學 第二卷 兒童文學と社會》,明 治書院, 1974.

上野曉,〈第二次世界大戰後の日本兒童文學史の思潮〉,《講座日本兒童文學 第五 卷 現代日本兒童文學史》,明治書院, 1974.

猪熊葉子,〈讀者にとって兒童文學とは何か〉,《講座日本兒童文學 第一卷 兒童文 學とは何か》,明治書院, 1974.

柴田道子,《谷間の底から》,岩波書店, 1976.

長谷川潮,〈現代兒童文學, その生成と發展-60年代から70年代へ〉, 日本文學研究 資料刊行會,《日本文學研究資料叢書 兒童文學》,有精堂, 1977.

佐藤忠男,〈少年理想主義について-《少年俱樂部》の再評価-〉, 日本文學研究資料 刊行會,《日本文學研究資料叢書 兒童文學》,有精堂, 1977.

上笙一郎,〈出版狀況と兒童文學〉,《兒童文學の戰後史》,東京書籍, 1978.

鶴見俊輔,《叢書兒童文學第五卷-兒童文學の周邊》,世界思想社, 1979.

柴田道子,〈戰爭が生んだ子どもたち〉, 鶴見俊輔,《叢書兒童文學第五卷-兒童文學 の周辺》,世界思想社, 1979.

加藤多一・しかたしん・脇田充子・安藤美紀夫・鳥越信,〈座談會 地域と兒童文 學〉(座談會, 1978. 11. 25),《日本兒童文學》3月号, 兒童文學者協會, 1979.

神宮輝夫,〈兒童像の変化〉,《日本兒童文學》,NHKブックス, 1980.

日本兒童文學者協會,《戰爭兒童文學傑作選》,童心社, 1980.

富田博之,〈特集/しかたしん論〈しかたしんよ 苦難の道を選べ〉〉,《日本兒童文 學》2月号, 兒童文學者協會, 1982.

松田司郎,〈ドラマづくりの妙〉《むくげとモーゼル》論〉,《日本兒童文學》2月号, 兒童文學者協會, 1982.

澁谷清視,《平和を考える戰爭兒童文學》,一光社, 1983.

信州兒童文學會,《親から子に伝える 戰爭中のはなし》, 郷土出版社, 1984.

柄谷行人,《日本近代文學の起源》, 講談社, 1985.

伊藤記者, 〈しかたしんさん 子どもをとりまく大狀況にこだわって〉,《こどもの本》8月号, 1986.

岩橋郁郎,《《少年倶樂部》と讀者たち》, 刀水書房, 1988.

日本兒童文學學會編 ,《兒童文學辭典》, 東京書籍, 1988.

長谷川潮, 〈創作月評 植民地支配の光と影〉,《日本兒童文學》1月号, 日本兒童文學者協會編, 1988.

中村修・韓丘庸・しかたしん,《兒童文學と朝鮮》, 神戸學生青年センタ‐出版部, 1989.

シュレイ・モンタ‐ギュ,《ネオテニ‐》, どうぶつ社, 1990.

鳥越信,《近代日本兒童文學史研究》, おうふう, 1994.

長谷川潮,《日本の戰爭兒童文學 ‐‐戰前・戰中・戰後》, 久山社, 1995.

宮川健郎,《現代兒童文學の語るもの》, 日本放送出版會, 1996.

千田洋幸, 〈國語敎科書のイデオロギ‐その2‐《平和敎材》と《物語》の規範〉,《東京學芸大學紀要》第47集, 1996.

日本兒童文學者協會編,《戰後兒童文學の50年》, 文溪堂, 1996.

長谷川潮, 〈現代兒童文學,その生成と發展‐60年代から70年代へ〉,《戰後兒童文學の50年》, 文溪堂, 1996.

西田良子, 〈戰後兒童文學のあゆみ‐戰後から50年代まで〉, 日本兒童文學者協會,《戰後兒童文學50年》, 文溪堂, 1996.

西澤正太郎, 〈壺井榮‐國民文學としての位置〉,《國文學解釋と鑑賞》(9), 1997.

鳥越信,《はじめて學ぶ日本兒童文學史》, ミネルウァ書房, 2001.

桑原三郎,《兒童文學の心》, 慶應塾大學出版會, 2002.

A.ファイン(澤田澄江 監修) 神宮輝夫・早川敦子, 〈自分を語り,現在を語る〉,《歷史との對話》, 近代文芸社, 2002.

小松伸六, 〈壺井榮 人と作品〉,《二十四の瞳》, 新潮文庫 新潮社, 2005.

坪井秀人,《戰爭の記憶をさかのぼる》, ちくま新書, 2005.

宮川健郎,《現代兒童文學の語るもの》, 日本放送出版協會, 2005.

桑原三郎,《日本兒童文學》3·4月号, 日本兒童文學者協會, 2006.

神宮輝雄,〈子どもの文學新周期 1945-1960〉,《日本兒童文學の流れ》, 國立國會図
書館國際子ども図書館, 2006.

砂田弘他,《現代兒童文學論集大4卷　多樣化の時代に1970~1979》, 日本兒童文學
者協會, 2007.

小針誠,《教育と子どもの社會史》, 梓出版社, 2007.

吉田司雄,〈科學讀み物と近代動物說話〉, 飯田祐子他編,《少女少年のポリティク
ス》, 靑弓社, 2009.

鳥越信·長谷川潮,《はじめて學ぶ日本の戰爭兒童文學史》, ミネルヴァ書房,
2012.

인터넷 자료

〈나가사키 증언의 회(長崎証言の會)〉, http://www.nagasaki-heiwa.org/n3/syougen.
html, 2015년 2월 17일(10:12AM) 검색.

〈서울신문〉 인터넷 기사, http://www.seoul.co.kr/news/newsView.php, 2014년 1월 7
일(9:52AM) 검색.

〈위키페디아 백과사전(ウィキペディア-フリ-百科辭典)〉, http://ja.wikipedia.
org/wiki/, 2012년 3월 26일 검색.

〈일본 어린이책 100선 1945~1978(日本子どもの本100選1945~1978)〉,
http://www.iiclo.or.jp/100books/1946/htm/frame019.htm, 2014년 1월 13일
(9:55AM) 검색.

디아스포라 휴머니티즈 총서 004

시카타 신四方晨과
전쟁아동문학

2017년 5월 30일 초판 1쇄 발행

지은이 | 서기재
펴낸이 | 노경인 · 김주영

펴낸곳 | 도서출판 앨피
출판등록 | 2004년 11월 23일 제2011-000087호
주소 | 우)07275 서울시 영등포구 영등포로 5길 19(37-1 동아프라임밸리) 1202-1호
전화 | 02-336-2776   팩스 | 0505-115-0525
전자우편 | lpbook12@naver.com
블로그 | blog.naver.com/lpbook12

ISBN 979-11-87430-13-1 93830

디아스포라 휴머니티즈 총서

004